Aleksander Minkowski

Das Freiluftmuseum

Aleksander Minkowski

Das Freiluftmuseum

Roman

Aus dem Polnischen
von Hubert Schumann

Pahl-Rugenstein

CIP-Titelaufnahme der Deutschen Bibliothek

Minkowski, Aleksander:
Das Freiluftmuseum: Roman / Aleksander Minkowski. Aus d.
Poln. von Hubert Schumann. – Köln: Pahl-Rugenstein, 1988
Einheitssacht.: Zmartwychwstanie pudrycego <dt.>
ISBN 3-7609-7018-4

Umschlaggestaltung: Christiane Wolf, Köln
Satz: ICS Communikations-Service GmbH, Bergisch Gladbach
Druck: Plambeck & Co, 4040 Neuss

I

Das Motorrad stieg aufwärts und schwebte ganz langsam dahin. Unten blieben die schwarze Straßenbiegung und der quer stehende Fiat mit der eingedrückten Motorhaube zurück. Pudrycy sah das Auto immer kleiner werden, dann erschien eine Wolke von der Form eines Pferdekopfs, schließlich die Krone und der Stamm einer mächtigen alten Kiefer. Das Motorrad hielt direkt auf diesen Stamm zu. Pudrycy schwang sich aus dem Sattel und blieb über dem Fahrzeug hängen, aller Schwerkraft ledig, leichter als Luft. Der Lenker entglitt seiner Hand, vielleicht hatte er ihn auch selber losgelassen, um wie ein Ballon gen Himmel steigen zu können. Er stieg jedoch nicht: Eine mörderische Kraft sog ihn in einen Wirbel, mit kosmischer Geschwindigkeit schoß er hinunter auf den Asphalt. Es wurde dunkel, den Aufschlag spürte er nicht mehr.

Es blieb nicht dabei; die Dunkelheit konnte nicht länger gedauert haben als einen Augenblick, denn Pudrycy befand sich plötzlich außerhalb der Zeit und auch außerhalb des Raums mit dessen traditionellen drei Dimensionen, die er im Geometrieunterricht einst gelernt hatte. Jetzt schwebte er in einer Stille, zusammengesetzt aus Geräuschlosigkeit, Starre und Gleichgültigkeit.

Direkt unter ihm lag die Chaussee. Er sah sein Motorrad oder vielmehr dessen Überreste: ein Metallknäuel, gebohrt in den Kiefernstamm, dessen Holz unter der abgefetzten Rinde weiß hervorschien wie ein nackter Knochen. Ein Stück weiter, auf dem kiesbedeckten Randstreifen, lag er selbst, Pudrycy W., die Beine ausgestreckt, den Kopf eigenartig eingezogen. Die Augen waren geöffnet, leer und starr sahen sie den herbeistürzenden Leuten entgegen. Neben dem rechten Ohr bildete sich im Kies eine Blutlache.

Erst jetzt, aus dieser Höhe, konnte Pudrycy feststellen, daß er in der Kurve mit dem Notarztwagen zusammengestoßen war. Die drei herbeieilenden Männer trugen weiße Kittel. In dem dicken Glatzkopf, der neben dem Körper niederkniete, erkannte Pudrycy Doktor Samosiejka. Gestern hatten sie noch miteinander getrunken, nicht viel, jeder nur ein Glas Salizylalkohol, mit Limonade verdünnt. Das war gleich nach der Sprechstunde gewesen, nach dem Dienst, als Doktor Samosiejka sich als Privatperson fühlen durfte. Und ganz privat hatte er Pudrycy auch den Rat gegeben, vor dem Schlafengehen eben solch ein Gläschen zu sich zu nehmen: Spiritus und Aspirin, gesunder Schlaf, kein schwerer Kopf am Tag darauf.

Der Arzt machte sich an dem Körper zu schaffen und suchte den Puls. Offenbar tat sich da nichts mehr, denn er knöpfte dem Liegenden die Jacke auf und begann mit verschränkten Händen rhythmisch aufs Brustbein zu drükken. Pudrycy spürte keinen Druck, er fühlte überhaupt nichts. Er hörte auch nicht, was der Doktor zu dem Pfleger sagte, denn er befand sich in völliger Stille. Der Pfleger rannte zum Auto, holte die Bereitschaftstasche, nahm eine Spritze heraus, füllte sie aus einer Ampulle mit durchsichtiger Flüssigkeit. Als er sie dem Doktor reichte, wurde es Pudrycy erneut schwarz vor Augen, aber diesmal war es die Dunkelheit eines geschlossenen Raumes, den Pudrycy gemächlich durchschwebte, obgleich es ihm schwergefallen wäre, seine Richtung und die Grenze des Raumes genau zu bestimmen. Über ihm wurde es zunehmend hell, immer intensiver und greller, wie weißglühendes Gold. Es blendete aber nicht, und je näher Pudrycy der Quelle dieses Glanzes kam, um so mehr erfaßte ihn ein Wohlgefühl und eine Seligkeit, wie er sie nie zuvor erlebt hatte. Mit aller Kraft suchte er sich in dieses goldene Leuchten zu stürzen, sich in seiner wonnevollen Wärme aufzulösen, aber er konnte sein Schweben nicht beschleunigen. Endlich ließ er den Tunnel hinter sich, und vor ihm lag ein strahlender Raum, euphorisch pulsierend, freudespendend, daß es einem den Atem verschlug. Pudrycy fühlte sich glücklich. In der Helle bewegten sich Menschen, er erkannte seine lächelnde Mutter, den Großvater mit der unvermeidlichen Tabakspfeife, Hanna, die einen flachshaarigen Buben herzte. Sollte er hier gewachsen sein? Hanna war bei der Niederkunft gestorben, das Kind einen Tag später, ein angeborener Herzfehler . . .

Wer stand denn noch dort? Ja, der Vorsitzende Góralczyk, vergnügt, strahlend, ohne das Loch im Schädel, das Pudrycy so erschreckt hatte, als er nach dem Schuß ins Zimmer seines Chefs gestürzt war. Der Kopf auf dem Schreibtisch, die spärlichen grauen Haare, das schwarze Loch mit den zerfetzten Rändern. Auf der Politur der Tischplatte Blut und rosafarbene Klümpchen . . .

Sie winkten ihm zu, als stünde er an einem anderen Ufer, und dabei war er doch da, kam immer näher und würde gleich bei ihnen sein. Das Glücksgefühl durchdrang ihn immer tiefer und schmolz alles hinweg. Andere kamen herbei. Pudrycy erkannte sie alle, der pulsierende Schein hob bekannte Gesichtszüge hervor, herzliches Lächeln.

Und doch war es ein anderes Ufer. Die Stimme des Lichts: »Halt an, Pudrycy, deine Zeit ist noch nicht gekommen, du mußt umkehren. Wir werden hier auf dich warten.«

Das Erwachen. Durchdringender körperlicher Schmerz, das blutüberströmte Gesicht von Doktor Samosiejka und das eigene Flüstern, kaum hörbar: »Warum . . .?«

Pudrycy W. erinnerte sich all dessen wie jedesmal beim Aufwachen, noch vom Schlaf benommen, gereizt durch das Schrillen des eben erst verstummten Weckers. Die Auferstehung harrte seiner, allmorgendlich um sechs Uhr zehn.

Da hieß es, sich zusammenzureißen, da war – eins, zwei, drei! – Energie gefragt: die Bettdecke zurück, raus auf die Bettkante, die steifen Arme in die Höhe, Kopf drehen, den Oberkörper massieren, mit einem kräftigen Gähnen den Rest Müdigkeit vertreiben. Aber bis dahin blieben vier Minuten, er konnte noch liegenbleiben und an die Decke starren, die von Rissen geädert und von einem Fleck gezeichnet war, Erinnerung an eine umgekippte Badewanne bei den Mietern über ihm. Der Fleck war grau wie das herbstnasse Wetter. Der Wind trieb Wolken über den See. In der Werkstatt auf dem Hof ratterte ein Kompressor.

Was war damals gewesen? Traum oder Fieberwahn? Ein Traum kam nicht in Frage, er hatte ja nicht geschlafen, sein Herz hatte stillgestanden und war erst nach einigen Minuten dank des Eingreifens von Doktor Samosiejka wieder in Gang gekommen. Auch der Fieberwahn entfiel – Pudrycy hatte dem Arzt jedes Detail der Rettungsaktion geschildert, und alles stimmte bis aufs I-Tüpfelchen. Die erste Ampulle hatte der Pfleger in der Aufregung zerbrochen, erst aus der zweiten dann die Spritze gefüllt. Pudrycys linker Schuh lag unter der Kiefer, neben dem zerschmetterten Motorrad. Von dem Auto war die Frontscheibe in Trümmer gegangen. Der Doktor hatte, als er zu dem Verunglückten rannte, seine karierte Mütze verloren. Als er ihm die Jacke öffnete, klemmte der Reißverschluß.

»Genau, genau«, murmelte Samosiejka, »und dann? Und dann?«

»Das weiß ich nicht«, sagte Pudrycy, »da war ich woanders.«

»Wo denn?«

»Na, da so, irgendwo . . .«

Pudrycy W. bekannte sich zu einer Weltanschauung, die sich mit dem besagten Erlebnis in keiner Weise vereinbaren ließ, während Doktor Samosiejka, obgleich er einer ganz entgegengesetzten Weltsicht anhing, als nüchterner Realist galt. Übrigens wäre Pudrycy die Geschichte von dem Tunnel und dem Licht nicht einmal von Pfarrer Celestyn abgekauft worden: Für den Absolventen einer theologischen Fakultät war sie viel zu naiv. Wozu sollte man sich zum Gespött machen? Schon Pudrycys ausführliche Schilderung der Rettungsaktion hatte Doktor Samosiejkas ironischen Verdacht geweckt: »Wer hat dir denn das alles erzählt? Der Kraftfahrer oder der Pfleger? Mich legst du nicht mit solchen Wundern rein, mein Lieber, ich habe jetzt dreißig Jahre mit der Reparatur von Menschen zu tun . . .« Pudrycy kicherte und schnitt Samosiejka ein Gesicht, dann tranken sie ihren Salizylcocktail ohne weitere Störung der Weltordnung.

Noch zwei Minuten. Vorbei ist vorbei, wichtig war nur, daß Pudrycy seit dem Unfall ein anderer geworden war. Erstens hatte er keine Angst mehr vor dem Sterben. Nicht daß er es eilig damit gehabt hätte, das Leben war schön, man konnte immer gespannt sein, was der nächste Tag bringen würde, aber er hatte eben keine übertriebenen Illusionen mehr, da war eher eine verträgliche Melancholie mit bescheidenen Freuden – ein Stück Rindslende, eine außerplanmäßige Kohlenlieferung für die Genossenschaft, ein Abend bei einem Gläschen mit Jonasz, ein bißchen Spaß bei einem Auftritt Sokolisk, eine gelungene Nacht mit Anielka, ein Lob von der Zentrale, ein Bad im lauen Wasser des Sees, der scharfe Geschmack einer Zigarette nach dem Kampf um einen Hecht, der sich hilflos auf dem Boden des Kahns wand. Macht verursacht ein angenehmes Prickeln, Glück aber gibt sie nicht. War sie vielleicht zu spät und von der falschen Seite gekommen? Das war das zweite: Pudrycy lag nicht mehr so sehr daran. Woran? An gar nichts. Und das dritte war die allmorgendliche Auferstehung.

Vor dem Unfall war er aufgewacht wie ein Zeisig: putzmunter, nüchtern, voller Schwung, hundert Dinge, hundert Pläne. Aus dem Bett hatte er sich katapultiert, Kniebeugen, Liegestütze, Kopfstände. Acht Stunden gesunden Schlafs. Selbst nach einem Liter pro Mann. Kater? Was war das? Nach dem Unfall aber schlief er nur mühsam ein, als dränge er in eine klebrige Masse, eine Wand aus Kautschuk, die nicht nachgab und ihn zurückwarf – bumm, war der Schlaf verflogen. Also die Lampe an, ein Kreuzworträtsel. Nichts. Ein Gewimmel von Gedanken, Gesprächsfetzen, eine aufdringliche Melodie. Also ein Schlafmittel. Und das Schrillen des Weckers, das sich ins Gehirn bohrte, ein taubes Gefühl in den Gliedern, der Kopf am Kissen klebend, Ohnmacht der Muskeln, Unordnung im Schädel. Schlafen war so schlimm wie das Aufstehen. Kleister vor den Augen, Sand unter den Lidern, ein bitterer Geschmack im Mund. Abgestandener Tabakrauch, verstaubtes Kristall in der Vitrine, fette Nymphen auf einer Waldwiese hinter einer Glasscheibe, gesprenkelt von Fliegendreck. Das erst war der Tod. Apathisch, wund, ranzig in jeder Faser, Zersetzung unter der Schädeldecke. Man brauchte Kraft und Willen, um sich davon zu lösen, sich herauszuwinden und alles abzuschütteln. Die Kraft aber war gering . . .

Nur noch eine halbe Minute. Dreißig Sekunden. Punkt sieben mußte Pudrycy das Lager öffnen, die für heute vorbereiteten Kassenscheine auf dem Schreibtisch verteilen, das Datum ins Hauptbuch schreiben. Auf dem Korridor warteten schon die Kunden: auf Kraftfutter, Kalk, Salpeter, Hartfaserplatten, Zement, Dachpappe, auf Zuteilungen, auf Zuweisungen, Einweisungen und Überweisungen. Heute mußte es laufen wie ein Uhrwerk. Vielleicht kam die Kontrolle. Wenn nicht heute, so morgen. Spätestens übermorgen. Drei Tage war die Frist. Ein plötzlicher Überfall, eine unverhoffte Kontrolle, der Besuch einer Kommission. Sie zögerten jetzt nicht mehr, es waren strenge Zeiten. Sie würden den Zucker finden, zwei Kilo, versteckt hinter den Aktenordnern. Und er würde ihnen . . .

Los jetzt!

Ächzend schlug er die Bettdecke zurück, setzte die behaarten Beine auf den Vorleger und gähnte laut. Mit einem kräftigen Gähnen läßt sich die Auferstehung am besten an.

Der Nebel wallte über dem Sumpf, krachend brachen Erlenzweige, und ganz in der Nähe wurde ein tiefes Röhren laut. Jonasz hatte keinen Zweifel mehr, legte das Gewehr an und zielte in den Dunst.

Sollte er nur kommen, sollte er wenigstens das Gehörn zeigen! Die Stimme hätte ausreichen können, aber Jonasz brauchte Gewißheit, und die ist für einen Zweifler erst hundertprozentig, wenn er mit eigenen Augen gesehen hat. Luzifer war an den Hörnern und an den Hufen zu erkennen. Wo aber war davon ein Abdruck? Wo ragte etwas hervor? Und vielleicht gab es auch den Sumpf und die Nebelschwaden gar nicht?

Der Schurke foppte ihn. Er brüllte lockend, zerbrach einen Ast, planschte im Schlamm, brachte den Nebel ins Wogen – und verschwand. Mit teuflischem Instinkt spürte er den Alten auf. Er roch die Kugeln, die in den beiden Läufen steckten. Jonasz hatte sie aus dem Zinn eines siebenarmigen Leuchters gegossen, den er aus den Trümmern der Synagoge gegraben hatte. Nach Gehör schießen? Das war gewagt. Der Morast würde den Kadaver verschlucken, Jonasz nie erfahren, ob er die Bestie getötet hatte. Ein zufälliges Tier wollte er nicht treffen, ein solcher Irrtum war immer möglich. Einen zufälligen Treffer hätte er sich nicht verziehen, denn damit hätte er das Recht verloren, mit Luzifer abzurechnen.

Von fern hallte noch einmal lachend das tiefe Brüllen. Das Vieh war weg, wie vom Moor verschluckt, und sandte, dem

Alten zum tausendstenmal entkommen, einen höhnischen Abschiedsgruß. Jonasz entlud die Waffe und barg die beiden Spezialkugeln in der Tasche. Der Nebel lichtete sich, es roch stark nach Moder, durch die Kiefern schimmerte blau der Spiegel des Sees. Den Alten biß es feuchtkalt in die Knochen, er sehnte sich nach seinem Bett. Langsam machte er sich auf den Heimweg. In der Schneise, die zur Landstraße führte, dachte er schon nicht mehr an das Ungeheuer aus den Sümpfen, denn über den Bäumen ging eine orangerote Scheibe auf und fegte das bläuliche Grau hinweg, mit diesem auch die Nachtgedanken von Jonasz, seinen finsteren Zorn und Rachedurst. Er wurde wieder der fröhliche Greis mit den hundert Wunderlichkeiten, der Kräutersammler und Alchimist, der Kenner der Sterne und der Frauen. Parhón nannte ihn den Ewigen Juden, und der Kommandant stellte ihm das Zeugnis aus: »O Jonasz, du bist mir eine Nummer. Ich kenne genau die Typen, denen wie der Elster die Augen blitzen, sobald sie eine Flasche sehen!«

Das mit der Flasche stimmte. Am Rand der kleinen Stadt, in einer Hütte, die zweihundert Jahre oder mehr zählte, geschwärzt und zerklüftet wie das Gesicht ihres Bewohners und gegen alle Vorschrift mit Stroh gedeckt, in dieser altersgebeugten, in den Boden gesunkenen Kate, der der Sand bis an die Fenster reichte, braute der Alte seine astrologischen Tränke: einen scharfen Orion, eine benebelnde Andromeda, Venus süß und herb, einen Mars aus Kräutern und einen Jupiter aus Stauden. Wer davon trank, sah vor den Augen Sterne und in der Stube purzelbaumschlagende Heinzelmännchen. Jonasz überlegte, was vor dem Schlaf am besten wäre. Als er über die Schwelle trat, war seine Wahl getroffen: ein Gläschen Saturnlikör für einen Schlaf, der tief, aber nicht zu lang sein durfte, höchstens bis Mittag, denn nachher waren in der Fleischerei keine Abfälle für die Katzen mehr zu kriegen. Kein Schnipsel würde mehr übrig sein, die Leute plünderten alles leer, und der Lagerverwalter Pudrycy in seiner Güte ließ es zu.

Dennoch kam er nicht zu seinem Schluck. In der Stube, auf der Ofenbank, sah er Anielka. Sie hatte auf ihn gewartet und war eingeschlafen, weder wach geworden durch das Knarren der Tür noch durch den Sonnenschein, der grell von Osten durch das Fenster hereinfiel und über die Wandregale tanzte, wo Jonasz alte siebenarmige Leuchter, Kelche mit dem Davidsstern, verschossene Gebetsmäntel, Talmud und Tora in Leder mit bauchigen Rücken aufbewahrte – alles, was von der verbrannten Synagoge erhalten geblieben war. Anielkas honigfarbenes Haar floß am Ofen herunter, als sei es zum Trocknen aufgehängt. Unter der Bank dösten zwei rotbraune Katzen.

»Gelobt sei Jesus Christus, meine Schöne«, sagte Jonasz halblaut. »Du solltest deine Hitze nicht vergeuden und lieber mir die alten Knochen wärmen.«

Anielka hob die Lider, sah sich verwundert und ratlos um. Sie schien von sehr weit her zu kommen. Als sie Jonasz erkannte, lächelte sie. »Bei diesem Sokolik kommst du bis zum frühen Morgen nicht zum Schlafen«, sagte sie. »Jetzt habe ich ein bißchen nachgeholt.«

Die Bluse aus rosa Georgette war prall gefüllt, die Brüste, durch keinen Büstenhalter behindert, quollen über den Ausschnitt.

Jonasz schielte hin und leckte sich die Lippen, dann setzte er sich in einen abgewetzten Plüschsessel, streckte die Beine aus und streifte ächzend die schmutzigen Stiefel ab. »Was hast du geträumt?« fragte er.

»Immer dasselbe.« Ein verschämtes Lächeln zog sich über Anielkas rosiges Gesicht und zeichnete Grübchen in Wangen und Kinn. »Kinder, ein Haus voller Bälger . . .

Was das für ein Geschrei war! So eine Fröhlichkeit, wissen Sie . . .«

»Ich weiß.« Jonasz bleckte die auseinanderstehenden, gesunden, vom Tabak gebräunten Zähne. »Kinder mußt du kriegen. Wer so ein Becken hat!«

»Junge kriegen kann jede Hündin, aber Kinder brauchen Väter. Deswegen bin ich auch gekommen, Jonasz . . . Ich habe Chinin geschluckt, aber es hat nicht geholfen.«

Jonasz zog die Jacke aus, dann das Hemd und die bis über die Knie durchnäßten Hosen. Ungeniert betrachtete Anielka seinen sehnigen, muskulösen Körper, der braun und ohne eine Spur von Fett war. In kurzen Unterhosen stand er da, reckte sich und gähnte.

»Das ist ungerecht, Anielka. Da werden alle möglichen Krüppel, Schrumpfköpfe und Vogelscheuchen geboren, und du würdest nichts als Prachtkinder in die Wiege legen. Es ist Sünde, Gottes Gaben zu vergeuden.«

»Väter werden gebraucht.«

»Ich habe dir gesagt, daß ich der Vater sein kann. Ich gebe meinen Namen jedem, das du zur Welt bringst. Und wenn es in Krasnogaj bald ein Dutzend Hoffs gibt!«

»Sie leben nicht mehr lange«, meinte Anielka. »Sie sind alt.«

Jonasz trat zu ihr und kniff sie mit seinen von Hornhaut überwachsenen Fingern sacht in die Wange. »Ich bin nicht alt, sondern vor langer Zeit geboren. Das ist ein Unterschied, mein Kind. Alt sind die anderen, Celestyn ein Greis, Parhoń ein Knacker, und Pudrycy hat sogar den eigenen Tod überlebt. Ich aber fange überhaupt erst an! Für mich geht das Leben erst richtig los!«

»Bis Sie Luzifer geschossen haben?«

Jonasz hörte jäh auf zu lachen, wie von einem kalten Windhauch getroffen. Er schlurfte in den Flur, hob die Kellerklappe hoch und stieg, mit einer Lampe leuchtend, die Leiter hinab. Mit einem Paar verstaubter Flaschen kam er in die Stube zurück. Ein Senfglas füllte er mit rubinroter, ein anderes mit grüner Flüssigkeit. Das letztere schob er über den Tisch vor Anielka hin.

»Trink das aus. Es müßte dir helfen.«

Folgsam, mit kleinen Schlucken, leerte Anielka das Glas und schnappte nach Luft. »Ist das stark! Mir wird ganz schwindlig.«

»Ich werde Luzifer schießen.« Jonasz schlürfte bedächtig seinen Trank von durchsichtigem Rubin und hielt die Augen auf den schwarzen Eichentisch geheftet. »Eines Tages kriegt er zwei Kugeln zwischen die Hörner. Dann fügen sich alle vergangenen Tage zu dem Weg zusammen, der ans Ziel geführt hat, und jede Minute des Lebens wird ihre Berechtigung haben.«

»Die anderen lachen über Sie.«

Jonasz füllte die Gläser noch einmal, schob Anielka das Grün hinüber und trank sein Rubinrot. »Ihre Minuten fügen sich nicht zu einem Ganzen», sagte er. »Ihr Tun besteht aus lauter einzelnen Verrichtungen: Sie saufen, sie bumsen, sie tüfteln herum, alles nur für den nächsten Tag. Sie verstehen die Sterne nicht. Warum gibt es zum Beispiel die Milchstraße? Hast du mal versucht, das zu begreifen?«

»Weil es die nun mal gibt.« Anielka ertränkte ein hilfloses Lächeln in gierigen Schlucken aus ihrem Senfglas. Der dickflüssige grüne Likör roch nach Thymian.

»Ein Muster ist uns damit gegeben, damit wir uns sehen können wie in einem Spiegel. Wilder Schwung, Wirbel, der gegenseitige Einfluß von Schwerefeldern, Zyklen von Tod und Geburt, und in alledem Ordnung. Mitten darin wir. Warum gelangen wir bei uns zu keiner Ordnung? Die Natur wird sich eines Tages erbosen über die Schlafmützen und die Schädlinge.«

»Und was passiert dann?« fragte Anielka schläfrig.

Jonasz machte eine halbe Wendung und zeigte auf das Regal, wo drei dicke Bücher standen, alle in verschossenes Pergament gebunden: Talmud, Koran und Bibel. »Dort sind die Fragen, und dort ist die Antwort. Überall die eine. Die Prophezeiungen der Weisen sind nicht zum Lachen, aber es muß etwas getan werden.«

»Sie tun aber nichts.«

Jonasz stemmte sich vom Tisch hoch. Eine Gänsehaut am Oberkörper, ging er zu seiner Schlafstatt und kroch unters Federbett. »Mir ist kalt«, sagte er. »Ich habe wenig geschlafen letzte Nacht.«

»Und ich überhaupt nicht. Sokolik, dieser Bock . . .«

»Komm her. Zu zweit wird man leichter warm.«

»Wollen Sie wirklich so sehr?«

»Jawohl.«

Aus den zusammengekniffenen Lidern beobachtete er, wie Anielka die Bluse aufknöpfte, Rock und Schlüpfer auszog und die ausgetretenen Schuhe mit den flachen Absätzen von den Füßen streifte. Er rückte beiseite, um ihr Platz zu machen. Als sie neben ihm lag, schob er die Hand zwischen ihre heißen Schenkel, Wellen von Wärme strömten von Körper zu Körper und machten schläfrig. Vor dem Einschlafen kam Jonasz noch auf den Gedanken, daß die Legende von Vampiren sicherlich von alten Männern erfunden worden ist.

Pünktlich um sieben Uhr betrat Pudrycy W. das Lager. Fünf nach sieben empfing er den ersten Kunden. Es war Hubert Molko, der am meisten vom Pech verfolgte Landwirt der Gemeinde, Schmied, Maurer, Holzfäller, Zimmermann und Klempner, berühmt für unvollendete oder verfallende Wirtschaftsgebäude und für Zäune, die nichts einzäunten. Ein Mann mit drei Leidenschaften: die Aufnahme von Darlehen, der Genuß von Brennspiritus und das Wildern. Es hieß von ihm, er brauche sich mit der Ernte nie zu beeilen, weil man auf seinem Feld nicht von einer Ähre zur anderen sehen könne, und seine Kuh tröpfle, wenn sie nicht gerade Flurschäden anrichte, so viel Milch in den Melkeimer, als hätte ein Kätzchen hineingepinkelt. Man erzählte auch, nach dem Genuß eines Literchens Sprit greife er zur Forke und gehe im Wald auf die Suche nach Zigeunern, mit denen vor dreißig Jahren seine Frau durchgebrannt war. Warum aber bezeichnete er als Zigeuner die Uniformträger des Kommandanten?

Pudrycy bot Hubert einen Stuhl an, aber der Riese verzichtete, lehnte sich mit dem Kreuz an die Türfüllung und senkte die Stimme zu einem dröhnenden Raunen: »Die toben durch die Dörfer, Herr Vorsitzender . . .«

Pudrycy hatte es gar nicht gern, wenn er in Erinnerung an damals als Vorsitzender tituliert wurde, aber er konnte den Kunden diese alte Gewohnheit nicht austreiben.

»Wer tobt?« fragte er.

»Die.«

»Sollen sie doch. Was geht das uns an.«

»Ich sag es nur aus Freundschaft. Gestern waren sie in Biatopole. Mit Polizei.«

»Naja, dann waren sie eben dort!« sagte Pudrycy gleichgültig.

»Ist Eternit gekommen?«

»Ist schon verteilt. Die Liste hat der Chef.«

Darauf stemmte Hubert Molko die Pranken auf die Schreibtischplatte und begann Pudrycy zu erläutern, wie dringend er das Eternit brauche, um das Dach Sokoliks zu decken, dem als Künstler die in einem Dokument der Regierung verzeichneten Privilegien zustanden und dem es durchs Dach troff wie durch ein Sieb, so daß davon das Bett naß wurde, in dem der Gast schlief.

»Was für ein Gast?« fragte Pudrycy interessiert.

»Wieder derselbe«, dröhnte Molko vertraulich. »Wie damals. Der Herr Orno.«

»Ist der schon raus?«

»Fast alle sind wieder raus . . .« Hubert schnaubte und stützte das Kinn auf die Faust. »Der Stunk wird bald wieder von vorn anfangen. Und mir will die Gemeinde das Darlehen nicht stunden. So was nennt sich Gerechtigkeit.«

Pudrycy erinnerte sich an eine Wiese am Seeufer, einen Eimer Faßbier, den Jonasz herbeigeschleppt hatte, und ein Couplet, das Sokolik zur Gitarre sang:

Hammer und Sichel, Preußensoldat,
Da machen wir schließlich nur nackig noch Staat,
Er schnappt die Ware, dankt mit Schund,
Daher unser Dollarschwund . . .

. . . und Lech Maciej Orno, der asketische Brillenträger mit der Mao-Jacke, zugeknöpft bis an den Hals, keinen Pfifferling hätte man für diesen Schwächling, diesen Muffel und Duckmäuser gegeben, erst nach dem dritten Seidel machte er das Maul auf, aber dann ging es gleich richtig los: »Totalitarismus«, »Diktatur«, »Feinde der Nation«, »Fremdherrschaft«, »Volksaufstand«, »Auf zum letzten Gefecht«. Jonasz schlürfte sein Bier und nickte, aber dann fragte er, was denn statt dessen sein sollte, und da ging es weiter: »Volksmacht«, »Freiheit, Gleichheit, Gerechtigkeit«, »wahre Demokratie«, »souveräne Unabhängigkeit«, »Abschaffung von Militär und Polizei«.

Jonasz trank sein Bier aus und fragte: »Und die Juden?« – »Sind Sie Jude?« – »Nein.« – »Was soll das dann?« – »Nichts, ich frage nur.« – »Juden gibt es bei uns nicht mehr, das Problem besteht nicht.« Jonasz füllte sein Glas randvoll mit frischem Bier und sagte: »Das Problem besteht. Wenn keine Alttestamentarischen mehr da sind, werden wir alle zu Juden, denn irgendeiner muß unbedingt gekreuzigt werden, am besten schlägt man das eigene Volk mit Hufnägeln ans Kreuz, finden Euer Gnaden nicht auch?« – »Entschuldigen Sie, aber Sie reden dummes Zeug.« – »Es ist attraktiv, Märtyrer zu sein, es ist jetzt sehr modern, Euer Gnaden sollten das richtig einschätzen: Früher verbrannte man Hexen, heute nehmen die Leute einen Bezinkanister und verbrennen sich selber, vorerst nur einzelne Exemplare in verschiedenen Winkeln der Erde, aber wenn es gleich ein ganzes Volk täte – das wäre ein Feuerwerk!« – »Ich verstehe Sie nicht«, knurrte abweisend Lech Orno, »das ist doch völlig absurd.« – »Absurd, Euer Gnaden, ist die Auslösung eines Erdbebens zu dem Zweck, ein Beil in einen Knüppel zu verwandeln«, sagte Jonasz, nahm einen Schluck und fuhr fort: »Mit einem Beil kann man wenigstens noch etwas zurechthauen, mit einem Knüppel kann man höchstens jemanden verbleuen. Prügel aber müssen ausgeteilt werden. Wenn Sie uns schon in Opfer und Henker aufgeteilt haben, bitte ich höflichst um die Kriterien: Wer wen? Die Guten die Bösen? Die Bösen die Guten? Die Sommersprossigen die Buckligen?« – »Erlauben Sie . . .« – »Erlauben Sie, erlauben Sie!« unterbrach ihn Jonasz in plötzlichem Zorn, »wer ist hier der Jude, Sie oder ich? Die Rettung in der Diaspora heißt Treue zu den Grundsätzen!« – »Von welcher Diaspora reden Sie denn?« fragte hilflos Lech Maciej Orno. – »Von der unseren, in der alle Menschen sich befinden«, sagte Jonasz sanft und zwinkerte Pudrycy zu, als nähme er ihn zum Bundesgenossen, »verstreut ziehen wir unseres Wegs, tun einander Schaden an, fahren uns an die Kehlen und treten uns in die Schienbeine, das Ziel aber liegt gleich nebenan, in Reichweite. Was, Euer Gnaden, haben wir von den Juden? Wo ist das Gefühl der Schicksalsgemeinschaft? Wie soll man Erlösung suchen, die weit vor uns liegt, hinter dem siebenten Fluß der Würde, wenn Sie zur Zerstörung anstiften, um dann dasselbe wieder aufzubauen?« Orno öffnete den obersten Jackenknopf, obgleich vom See ein kühler Wind wehte. »Sie verstehen nicht das Wesen des berechtigten Protest«, sagte er zu Jonasz. »Das Wesen des berechtigten Protests besteht darin«, sagte Jonasz und legte durch ein Lächeln seine gelben Zähne frei, »daß man sich nicht mit sich selber abfindet, mit der eigenen Kleinlichkeit und Schwäche, Gehässigkeit und Raffgier. Halten zu Gnaden, aber aus uns werden Juden sowenig wie ein Saxophon aus dem Arsch einer Kuh . . .« – »Hören Sie da nicht weiter hin«, mischte sich Sokolik ein und legte Lech Maciej fürsorglich die Hand auf die Schulter, »er kann sagen, was er will, es endet bei ihm immer bei Ärschen und Saxophonen.« Orno aber gab nicht nach, rückte an Jonasz heran und sah ihm streng in die Augen: »Mit welchem Recht behaupten Sie, ich stifte zur Zerstörung an, um dann dasselbe aufzubauen?« – »Weil es so in den Sternen steht«, sagte Jonasz, schlürfte seinen Bierkrug leer, musterte traurig den leeren Eimer und fuhr fort: »Die Welt ist kein Gaul, bei ihr hilft nicht die Knute, und eine Veränderung erfordert Reife – Ihre, meine und die des ganzen verhurten Rests. Wir sind noch nicht reif zum Fallen.« – »Haben Sie das aus den Sternen gelesen?« – »Aus den Sternen, halten zu Gnaden.« – »Mit einem Astrologen will ich mich nicht anlegen«, sagte Lech Maciej und lächelte ironisch, »wie man hört, machen Sie sogar Jagd auf den Beelzebub . . .« – »Vom Beelzebub läßt du die Pfoten! Entschuldigung, es war nicht so gemeint . . .«

Pudrycy brauchte nur einen Augenblick, um sich diese Szene ins Gedächtnis zu rufen, und gleichzeitig erinnerte er sich, wie Jonasz ihm damals durch seinen Mut imponiert hatte: Es war die blanke Verwegenheit, mit Orno zu streiten, der damals an der Spitze der Massenbewegung stand und mit der Regierung nicht nur von gleich zu gleich, sondern als einer verhandelte, der noch gleicher war als gleich! Außerdem war sich Pudrycy damals, also vor dem Unfall, durchaus nicht in allem mit Jonasz einig. Der berechtigte Protest in der bäuerlichen Handelsgenossenschaft hatte konkrete Ursachen, und der stellvertretende Vorsitzende Pudrycy W. stellte sich auf einer Vollversammlung in ehrlicher Überzeugung hinter die Forderungen der Belegschaft, zur Verblüffung des Vorsitzenden Góralczyk, der seinem Stellvertreter hinterher, unter vier Augen, den Vorwurf machte, er biedere sich bei den Massen an, um daraus dienstlichen Vorteil zu ziehen. Hatte er damit nicht ein bißchen recht? Ein ganz kleines bißchen? Die Forderungen der Belegschaft betrafen die Offenlegung von Schiebungen in der Wurstwarenabteilung, Schwindel bei der Kohlezuteilung, die Wahrheit über die Baustoffversorgung in der Gemeinde, die Menschenrechte, die Freiheit, die Abschaffung der Zensur und die Neuordnung der Beziehungen zu den Nachbarn. »Es soll also keine Zensur mehr geben?« wurde Pudrycy vom Vorsitzenden gefragt. »Für Faschisten beispielsweise auch nicht? So eine Freiheit willst du, solche Menschenrechte? Und bei der Kohlezuteilung gab es Schwindel?« – »Die Schiebereien im Wurstwarenbereich haben aber stattgefunden!« hatte Pudrycy energisch erwidert. »Genau wie bei der Zuteilung von Zement . . .«, hatte Góralczyk vielsagend geantwortet und Pudrycy in die Augen geblickt. Und dann, einen Monat darauf, das Loch in seinem Kopf, die rosa Klümpchen auf der Schreibtischplatte.

»Gerechtigkeit wirst du im Jenseits finden«, sagte Pudrycy W. zu Hubert Molko.

»Sie müssen es wissen, Sie waren ja schon tot«, erwiderte Hubert Molko und grinste.

Pudrycy wimmelte ihn ab. Mit den folgenden Kunden

ging es schneller, nach dem simplen Prinzip: Haben wir – haben wir nicht. Als er mit dem letzten fertig war, sah er vor der Genossenschaft einen schwarzen Wagen stoppen. Pudrycy holte unwillkürlich tief Luft, nahm auf seinem Stuhl Haltung an, strich den Stapel der Formulare glatt und linste aus dem Fenster. Dem Wolga entstieg der Direktor der Wurstwarenbetriebe – er drückte dem Fahrer ein Päckchen in die Hand (Lende oder Kaldaunen?) und betrat mit energischen Schritten das Haus.

Das Telefon schrillte.

»Der Vorsitzende wünscht Sie zu sprechen«, plärrte die Sekretärin.

Pudrycy musterte sein Kontor, leerte den Aschenbecher in den Mülleimer und richtete die Aktenordner im Regal aus. Dann schloß er das Lager mit einem langen Sicherheitsschlüssel ab und stieg ins Obergeschoß.

Der Vorsitzende empfing ihn stehend. Das bedeutete, daß die Sache nicht nur wichtig, sondern auch vertraulich war. Pudrycy hatte acht Monate Zeit gehabt, den Chef in- und auswendig kennenzulernen. Kowalskis komplizierten Charakter zu durchschauen, das scheinbar Störrische, die zur Schau getragene Unabhängigkeit, aus deren Ritzen dennoch jene menschlichen Züge hervorschienen, die sich aus Schwächen ergeben: für Wacholderschnaps mit Orangensaft (nur nach der Arbeit, am liebsten freitags vor freien Sonnabenden), für die lautstark von den Untergebenen geäußerte Sympathie und Anerkennung der Sachkenntnis des Chefs und seines anständigen Charakters, für die intuitive Erfassung der Absichten des Vorsitzenden ohne Fragen nach Anweisungen und schließlich für diskrete Blondinen, die keinen Ärger machten. Was die Blondinen anbetraf, so konnte Pudrycy es reinen Gewissens einrichten, daß in seiner Junggesellenbude bei Wacholderschnaps und Orangensaft eine zufällige Begegnung des Vorsitzenden mit Anielka stattfand und er selbst sich nach einem Stündchen gemeinsamer Plauderei in aller Stille auf einen längeren Spaziergang begab. Auch das Demonstrieren der Wertschätzung war kein Problem: Man brauchte nur hier und da, wenn es darauf ankam, jemandem den Anstoß zu geben. Schwieriger war, die Absichten zu erraten, denn manchmal sagte der Chef, was er dachte, manchmal aber, was er nicht dachte, und es konnte passieren, daß er weder dies noch das sagte oder umgekehrt. Stolperer waren da unvermeidlich, aber Pudrycy hatte gelernt, sofort wieder Tritt zu fassen und sogar eine kecke Melodie anzustimmen, als habe er durch kräftiges Aufstampfen den Takt angeben wollen. Kowalski schätzte ihn dafür. Er war Lehrer von Beruf, genau wie der Sekretär und der Gemeindevorsteher (in Krasnogaj sprach man hinter vorgehaltener Hand von einer Pädagogenmafia), er besaß einen erzieherischen Ehrgeiz und gab seinen Mitarbeitern im stillen Zensuren für Betragen.

Die ersten Fragen des Vorsitzenden betrafen allgemeine Dinge: die Aufkaufergebnisse vom Vortag, den Absatz von Kraftfutter, die Havarie im Sägewerk. Da er nur beiläufig auf die Antworten zu hören schien, ließ der Lagerverwalter die Sache mit dem Sägewerk diskret unter den Tisch fallen. Kowalski beobachtete die wehende Gardine.

»Bednarczyk hat angerufen«, sagte er plötzlich. »Sie wissen, der aus der Zentrale.«

Pudrycy schloß sich der Beobachtung der Gardine an, in der ein vom See herüberwehendes Morgenlüftchen tändelte.

»Mit Schinken sieht es schlecht aus«, teilte Pudrycy dieser Gardine mit.

»Darum geht es nicht. Zinkblech.«

»Haben wir nicht.«

»Und selbst wenn wir welches hätten!« fuhr der Vorsitzende auf. »Als brauchten wir selber keins! Morgen kommt eine Lieferung, jämmerliche zweihundert Tafeln für die ganze Gemeinde, die Zuteilung für ein Vierteljahr!«

»Und wieviel braucht Bednarczyk?«

»Zweihundert Tafeln. Ich habe ihm gesagt, daß die Zeiten vorbei sind. Er will Sie anrufen, ich will nichts mehr davon hören.«

»Ich verstehe.«

»Was verstehen Sie?«

»Ich habe einen Berg von Anträgen. Alles muß nach Recht und Gesetz und Gerechtigkeit vor sich gehen. Wir werden doch für Bednarczyk nicht den Kopf hinhalten, wenn es vor die Aufsichtsbehörde kommt.«

Der Vorsitzende nickte und setzte sich erleichtert an seinen Schreibtisch. Pudrycy verließ das Zimmer, er wollte eigentlich das seine aufsuchen, bedachte sich aber, trat aus dem Haus in das grelle Sonnenlicht und blieb, die Grüße der Passanten erwidernd, eine Weile stehen. Das Licht im Tunnel war wohl stärker gewesen, hatte aber nicht geblendet. Warum hatte man ihn geheißen, weiterzuleben? Wahrscheinlich hat jeder Mensch ein nur ihm zugewiesenes Bruchstück des allgemeinen Programms zu erfüllen und darf erst danach in der Lustvollen Helle baden, die nicht blendet. Von Zeit zu Zeit unterliegt das Programm einer generellen Veränderung. Dann gibt es Weltkriege, Massenmorde, Katastrophen: Die vorher Programmierten werden abgeschafft, am Leben bleiben nur die, deren Rolle sich den neuen Aufgaben anpassen läßt. Bednarczyk hatte großen Einfluß auf die Zentrale, aber der Kommandant, der ganz frisch in der Aufsichtsbehörde saß, wartete nur auf eine Gelegenheit zum Zupacken. »Ich bin für Ordnung und hasse die Anarchie«, hatte er kürzlich zu Pudrycy gesagt, »aber die Rebellion hat auch ihr Plus: Sie erinnert die Staatsmacht daran, wo sie ihren Platz hat. Wenn ich den Genossen Gemeindevorsteher besoffen am Steuer erwische, darf ich ihn heutzutage ins Loch stecken wie einen Dorsch in die Büchse, und erst das ist wirklich Ordnung. Also paß auf, Pudrycy!« Worauf der Verwarnte lächelnd erwiderte, er habe in seiner Wertschätzung für den Kommandanten nie nachgelassen, und hinge es von ihm, Pudrycy, ab, so stände der Kommandant längst nicht mehr nur im Range eines Sergeanten, sondern wäre Oberleutnant oder gar Hauptmann, denn das stehe ihm recht und billig zu für seine unbestechliche Schlichtheit im Denken und seine polizeiliche Jungfräulichkeit. Was denn das nun wieder sei, fragte der Kommandant, denn diese Erwiderung war gar nicht nach seinem Geschmack. Ja nun, Kommandant, sagte Pudrycy, das heißt, daß du nie die Pfote ausgestreckt hast, wenn sich jemand von einer Schandtat loskaufen wollte, du hast höchstens mal einem Befehl von oben nachgegeben. Befehlen, Pudrycy, gibt man nicht nach, Befehle führt man aus! Entschuldigung, Kommandant, da hast du völlig recht: Wenn jeder Sergeant auf eigene Faust philosophieren würde, hätten wir in den Gemeinden keine Ordnung, sondern das reine Bordell. Darum geht es, Pudrycy, und im Rahmen der Bekämpfung des Bordells möchte ich wissen, was Sie gestern mit Anielka gemacht haben . . . Nur kein heuchlerisches Feixen. Was haben Sie gestern im Hause Sokoliks mit Anielka gemacht? Wir haben Apfelwein getrunken, einen Krätzer, wie er im Buche steht, Sokolik müßte ein Patent für die Herstellung von Essig bekommen. Nicht danach frage ich, Pudrycy; du weißt genau, wonach ich frage. Spiel hier nicht den Ahnungslosen, bei Sokolik werden unentwegt Ränke gegen die Staatsmacht geschmiedet. Da hatte er zweifellos recht. Pudrycy erinnerte sich an Sokoliks neuestes Couplet.

Wir versohlen nicht nur in Raten
Die Internisten aus den Internaten –
Dem Bruder eine Watsche,
Dem Henker die Karbatsche!

Dazu eine flotte Gitarrenbegleitung, ein vielsagendes Zwinkern, ein verschwörerisches Lächeln, nun erklär dich doch mal, Pudrycy, da kommst du zu mir, aber den anderen dienst du, wer auf zwei Stühlen sitzen will, wird sich zuletzt den Arsch zerreißen . . . Schade, daß Jonasz nicht dabeigewesen war, der hätte eine passende Antwort gefunden, Pudrycy hatte nur gebrummelt, er verstehe zwar, sei aber anderer Meinung, die Zeiten seien anders, die Karten neu gemischt, und aus der Geschichte wisse man ja, wie solche Tollheiten ausgehen: Hunger, Gestank und Armut, die Walstatt der Naiven, und die Welt wirst du nicht verbessern, denn dafür bist du zu klein. »Wozu denn die Welt verändern?« fragte Anielka. »Wenn sich die Menschen nur lieben! Ich bin für die Liebe!« Daraufhin griff Sokolik unter den Strohsack und gab ihnen Flugblätter zu lesen. Pudrycy fühlte sich schon vom ersten Satz an abgestoßen, denn das Gift, das darin steckte, hätte ausgereicht, der Schuljugend des ganzen Gemeindeverbands den Garaus zu machen. Und jäh packte ihn eine heftige Sehnsucht: Dort drüben war es so wunderbar, so hell und licht gewesen! Er versprach Sokolik, sich nach Sperrholzplatten umzusehen, einen Schein für Kalk werde er ihm morgen ausschreiben, er solle doch früh mal im Lager vorbeikommen.

»Hat er dir den Wein eingefüllt, um dich dumm zu machen?« – »Nein«, antwortete Pudrycy dem Kommandanten, »er braucht Kalk und Sperrholzplatten.« – »Hast du sie ihm gegeben?« – »Sperrholz ist nicht da, und Kalk kann jeder kaufen.« – »Solche wie Sokolik würde ich zu öffentlichen Arbeiten treiben, zum Straßenbau!« – »Und wohin sollen diese Straßen führen?« – »Was heißt hier, wohin?. . .«

Pudrycy machte sich auf den Weg, immer noch belustigt von der Erinnerung an das dumme Gesicht des Kommandanten, bald aber ernüchtert von dem Sonnenglast, den nicht einmal der von den Lastwagen aufgewirbelte Staub zu dämpfen vermochte. Der Herbst war heiß und trocken.

Vor der Aufkaufstelle standen zwei Fuhrwerke, jedes hatte ein paar Säcke Getreide geladen. Verkaufst du Getreide, bekommst du Steinkohle. Aber was braucht es denn die Steinkohle, wenn im Wald die Windbrüche nicht aufgeräumt sind! Da drückst du dem Förster was in die Hand, und der Winter ist vergessen. Was anderes ist das bei Gummistiefeln, einer Batterie für den Traktor, einem Ledermantel oder einem Satz Reifen. Mit dem Aufkauf geht es kläglich, aber das ist das Problem des Vorsitzenden, des Vorstehers und des Sekretärs. Der Lagerverwalter Pudrycy W. braucht sich darüber keine Sorgen zu machen, denn eine glückliche Fügung hatte ihn aus der Leitung ausgeschlossen! Die Vorhaben des Schicksals sind unerforschlich: Der Mensch zittert, sucht Auswege, sträubt sich wie ein Esel, aber das schelmische Glück will ihn gar nicht einbuchten, sondern schmiert ihm Butter aufs Brot. Man kann es weder hintergehen noch davon abbringen. Wem ein Butterbrot beschieden ist, der kann sich ein Ordensband aus dem Kopf schlagen. Was konnte der Vorsitzende gemeint haben, als er Pudrycy über den Anruf Bednarczyks informierte? »Wimmel ihn ab, aber ohne mich.« Oder: »Geh ihm um den Bart, versprich es ihm, mach ihn konfus, es ist besser, ihm nicht aufzufallen.« Oder: »Stell die Sache so hin, daß wir gerne möchten, aber nicht können.« Schließlich: »Ich will davon nichts wissen.« Und das wirst du auch nicht, dachte Pudrycy voller Genugtuung, dein Wissen endet im Sekretariat, und dafür hast du in der Zentrale und vor der Parteileitung zu beichten. Góralczyk wußte zuviel und schoß sich in den Kopf. Um richtig leben zu können, muß man für einen Moment gestorben sein. Dann spielt man seine Rolle selbst in einem wie auch immer improvisierten Stück, aber in Einklang mit der allgemeinen Dramaturgie und mit eigenem Charakter. Die Tage werden einander ohnehin ähneln. Am Ende aber, seist du nun dumm oder weise, erwartet dich der Tunnel, der in die Lustvolle Helle führt, in eine wunderbare Weite ohne alle Dimensionen, zu den Toten, die dir lieb waren und eine neue Existenz gefunden haben.

Er bog in den Park ein. Das war eine Gruppe von Kastanien und Kiefern, ein grüner Streifen zwischen Kirche und See, durchschnitten von einem Weg mit Bänken. Die frisch geweißte Kirche gleißte in der Sonne. Pudrycy wollte rechts daran vorbeigehen, um auf kürzestem Wege Anielkas Laden zu erreichen.

»Gelobt sei Jesus Christus«, hörte er hinter sich sagen und blieb stehen – Pfarrer Celestyn, rosig und strahlend, mit dem Hut fächelnd, kam auf ihn zugetippelt.

In Krasnogaj hieß es, das hunderste Lebensjahr habe er gleich nach dem Weltkrieg vollendet, entweder dem ersten oder dem zweiten, er sei Teilnehmer zweier nationaler Aufstände und Kaplan in den Legionen Pitsudskis gewesen. Nach Vollendung der Hundert altert der Mensch nicht mehr, sondern vertrocknet nur allmählich. Pfarrer Celestyn war jedoch die lebende Widerlegung dieses Lehrsatzes: Er hatte rote Backen und einen üppigen Haarschopf, war beweglich wie ein Silberfischchen und erfüllt von einer heiteren Vitalität.

»In Ewigkeit, amen«, antwortete Pudrycy.

Pfarrer Celestyn nahm ihn beim Ellenbogen und führte ihn zu einer Bank. »Es ist heiß, Pudrycy. An einen solchen

September kann nicht mal ich mich erinnern, es sei denn, an den im Jahre achtzehnhundertvierundsiebzig, aber damals waren die Nächte kühl, und es gab zuweilen Regen. Diesmal ist seit einem Monat kein Tropfen mehr gefallen.«

»Kein einziger«, stimmte der Lagerverwalter zu.

»Du bist lange nicht bei mir gewesen.«

»Seit der Auferstehung.«

»Du lästerst, mein Sohn! Allein unser Herr Jesus Christus ist von den Toten auferstanden. Seit deinem Unfall hast du dich nicht mehr in der Kirche sehen lassen. Das ist nicht wohlgetan.«

Pudrycy konnte dem Pfarrer Celestyn nicht erklären, warum er seit damals nicht mehr zur Kirche gekommen war. Er hätte ihm bekennen müssen, daß er nach dem auf der Chaussee Erlebten nun Gewißheit besaß – zur Kirche jedoch geht man der Hoffnung wegen. Wer schon einmal tot gewesen ist, muß keinen Trost mehr suchen.

»Rohre hat es immer noch nicht gegeben«, sagte er. »Vielleicht im nächsten Quartal.«

»Und doch hat es Rohre gegeben«, sagte Pfarrer Celestyn. »Innen verzinkt, wie ich sie fürs Pfarrhaus brauche. Du meidest das Gotteshaus, mein Sohn, denn du hast ein schlechtes Gewissen.«

»Diese Rohre sind auf Anweisung des Vorstehers ans Volksgut gegangen. Nach der Arbeit steht den Leuten eine Dusche zu.«

»Vieles steht den Leuten zu . . .«, sagte Pfarrer Celestyn nachdenklich. »Das könnt ihr mit Duschen nicht bewältigen . . .« Er saß eine Weile stumm, dann sah er Pudrycy schräg von der Seite an und sagte: »Schon ein Jahr bitte ich darum.«

»Es ist meine Pflicht, die Anweisungen des Gemeindevorstehers auszuführen. Warum reden Hochwürden nicht mal mit ihm? Er hätte Grund, sich zu revanchieren.«

Pudrycy dachte an jenen regnerischen Tag im Jahr zuvor, als die Einwohner Krasnogajs von Plakaten zu einer sonntäglichen Demonstration und Kundgebung aufgerufen worden waren, um die Forderung nach dem Rücktritt der Gemeindeverwaltung, der Öffnung der Lebensmittellager, der Entfernung des Denkmals vorm Gemeindeamt und der Freilassung vierer am Vortage vom Kommandanten verhafteten Männer zu erheben: »Alle Macht in Volkes Hand!«

Zur Messe an diesem Sonntagvormittag hatte Pfarrer Celestyn den Gläubigen daraufhin zunächst in großem Bogen das Bild der Volksmacht entworfen, indem er alle in der Kirche anwesenden Gemeindevorsteher aufzählte, dann aber anschaulich erläutert, wohin es führt, wenn Denkmäler umgestürzt, Lebensmittellager aufgebrochen und Burschen aus dem Knast befreit werden, die vor der Kneipe mit Messern erst aufeinander und dann gar noch auf die eingreifenden Polizisten losgegangen waren. »Die Welt, meine Lieben, verbessert ihr nicht durch Gewalt, haltet zuvor Einkehr in euch selbst, und wenn ihr dort eine von Dummheit, Haß und Wut verzerrte Fratze seht, so treibt sie aus! Die Würde ist maßvoll, die Weisheit gelassen, die Redlichkeit besonnen. Wer aber hinausgeht auf den Platz, um zu randalieren, kommt mir nicht mehr über die Schwelle des Gotteshauses, verstanden!« Und »Gott, der Du Polen . . .«, den frommen patriotischen Gesang hatte es gegeben, aber keine Kundgebung, sehr zum Ärger Sokoliks, der mit seinem schnaufenden Kleinwagen nicht nur Lech Maciej vorgefahren hatte, sondern auch zwei junge Burschen, beide in T-Shirts mit dem weiß-roten Schriftzug.

»Mit solch einem Volk ist nichts zu machen«, hatte Sokolik einen Tag später zu Pudrycy gesagt. »Der Feigling scheucht den Dummkopf, alle warten nur ab, bis ihnen die

Werftarbeiter und die Bergleute ein besseres Leben auf dem Tablett servieren!« – »Pfarrer Celestyn ist da anderer Meinung«, antwortete Pudrycy, der am Sonntag in der Kirche gewesen war. »Der ist doch noch nicht mal von vorgestern!« schnaubte Sokolik. »Seine Erziehung hat er genossen, als Polen geteilt war, und was einer in der Jugend eingebleut kriegt, danach stinkt er bis auf seine alten Tage. Dieser verkalkte Trottel!« Und er hielt einen Vortrag über die Religion als Opium für das Volk, und Pudrycy erinnerte sich, daß er diesen Vortrag aus gleichem Munde schon vor einem Vierteljahrhundert gehört hatte, als Sokolik ein Kreisparteiaktivist und Landjugendfunktionär gewesen war.

»Dich bitte ich um die Rohre«, sagte Pfarrer Celestyn. »Nicht nach Dankbarkeit geht mein Streben, denn für den Gemeindevorsteher habe ich nichts getan, sondern nur für das Wohl der Gläubigen. Die Rohre aber werde ich gut bezahlen.«

Vielversprechend sah er Pudrycy an, der aber nur seufzte und hilflos die Arme ausbreitete.

»Die Rohre sind streng bewirtschaftet, Hochwürden. Sie müssen mit dem Vorsteher sprechen, einen Antrag stellen.«

»Ich bin ein Sünder, daß ich so endlos weiterlebe.« Pfarrer Celestyn seufzte, sein pausbäckiges Gesicht wurde traurig. »Ich verstehe zuviel. Im Jahre 1886 reiste ich mit der Eisenbahn von Petersburg nach Paris, und auf jeder Station standen Kellner mit Croissants und mit Kaviar aus Astrachan. Im Jahre 1922 auf der Strecke von Lemberg nach Madagaskar war es schon viel schlechter: einmal Biskuits mit Magermilch, ein andermal flechsiges Pferdeschnitzel, meistens aber schwarzer Tee ohne Zucker.«

»Was haben Sie in Madagaskar gemacht?« fragte Pudrycy.

»Ich war Missionar. Wir wollten den Alttestamentarischen zuvorkommen, und das war ein Fehler. Man hätte zulassen sollen, daß sie sich dort ansiedelten. Jetzt haben wir das Problem. Aber nicht dieses ist das gefährlichste. Es gibt keine Rohre, weil Gestelle für interkontinentale Raketen gebaut werden. Ich würde auf die Wasserleitung im Pfarrhaus verzichten, wenn diese Raketen benutzt würden, den holländischen Butterüberschuß nach Kambodscha zu schicken. So ist es aber nicht, und ich möchte das nicht erleben.«

»Was, Pater?«

»Zwei Uhren schlagen, ihre Pendel entfernen sich noch voneinander, werden aber den kritischen Punkt erreichen und wieder aufeinander zustreben. Der Zusammenprall ist unvermeidlich. Die himmlischen Dienstboten putzen bereits den Saal des Jüngsten Gerichts. Laß uns beten, mein Sohn.«

Pudrycy badete sich in der Sonne, die den rheumatischen Knochen Kraft gab und das Reißen in den Operationsnarben milderte. Nicht zum erstenmal überkam ihn die Lust, Pfarrer Celestyn von dem Vorfall mit der Helle zu erzählen, aber er bezwang sich. Das Erleben nach dem Tode paßte nicht zur Doktrin, Celestyn mußte es als gotteslästerlichen Dünkel empfinden: Was bist du denn für ein Auserwählter, Pudrycy, welche Mission hast du zu erfüllen, daß man dich zurückgeschickt hat? Deine Frau ist im Kindbett gestorben, Kinder hast du nicht großzuziehen, enge Freunde besitzt du nicht, du bist der durchschnittlichste Lagerverwalter der Bäuerlichen Handelsgenossenschaft, hast über nichts zu verfügen, sondern nur den Willen deiner Vorgesetzten auszuführen. Du trinkst Schnaps, gehst zu Anielka, kaufst gestohlene Hechte, suchst dich bei der Obrigkeit anzubiedern. Wo ist denn in dir die Heiligkeit, der Wunsch, den Menschen zu dienen, der Opferwille?

Pudrycy hätte dem Pfarrer beipflichten, zugleich aber protestieren müssen: Hatte er auch nichts Heiliges an sich, so war die Sache doch vorgefallen, und unerforschlich waren die Ratschlüsse der Lustvollen Helle.

»Ich werde an die Rohre denken«, sagte er. »Melden Sie beim Genossenschaftsvorsitzenden Ihren Bedarf an. Mit dem Gemeindevorsteher werde ich selber klarzukommen versuchen.«

Pfarrer Celestyn nickte mit seinem weißen Köpfchen. Auch ihn hatte die Wärme der Sonne durchdrungen, immer träger fächelte er mit dem Hut. »Danke dir, mein Sohn«, sagte er schläfrig. »Ich habe so lange gelebt und so viel nachgedacht und kann immer noch nicht verstehen, weshalb der Mensch sich der eigenen Güte schämt, als sei sie die abscheulichste aller Sünden. Ich weiß doch, daß du diese Rohre, die innen verzinkt sind, für mich sogar unter der Erde hervorzaubern wirst.«

Er will mich ködern, der Schlaukopf, dachte Pudrycy erheitert und erhob sich träge von der Bank. Es gibt keine Güte in den Menschen, nur naive Gerissenheit, die heimliche Kalkulation, das eigene Schäfchen ins trockene zu bringen, aber da sie dumm sind, gelingt es ihnen selten, und deshalb machen sie aus Verzweiflung hin und wieder eine Rebellion oder knien in den Kirchen.

»Wir werden uns was ausdenken«, versprach er. Gemächlich ging er, rechts an der Kirche vorbei, den Kiesweg entlang, der zu einer Siedlung kleiner, ebenerdiger Häuser führte. Sie waren nußfarben gestrichen, und in einem von ihnen, einem Eckhaus, dessen Ziegeldach ganz geschwärzt war, befand sich die Drogerie Anielkas.

Sie war geöffnet, Anielka saß häkelnd hinter dem Ladentisch. In den Regalen türmten sich Pyramiden von roten Seifendosen aus Plaste und Schachteln mit Bohnerwachs. Es roch nach Petroleum. Pudrycy lächelte Anielka zu, und sie antwortete mit ihrem schläfrigen, kindlich schmachtenden Lächeln. Sogar die Kittelschürze aus blauem Satin stand ihr gut zu Gesicht: dunkle Augen, groß wie Mokkatäßchen, beschattet von langen, dichten, nach oben gebogenen Wimpern, der leicht geöffnete Mund mit den vollen Lippen, wie geschaffen zum Küssen. Es wäre Zeit, daß sie heiratet, dachte Pudrycy, aber sie ist zu gut für die Bauern, da wird sich schwerlich ein Freier finden. Und wenn nun ich sie heirate? Vielleicht hatte die Stimme der Helle das im Sinn, als sie mir die Umkehr befahl? Ich hätte jeden Mittag meine Hausmannskost, faltenlos gebügelte Hemden, einen auf Hochglanz polierten Fußboden und etwas Warmes im Bett. Dieses Warme aber ist sehr bedenkenswert, selbst um den Preis, den Spötteleien der Schwäger ausgesetzt zu sein.

»Würdest du mich heiraten?« fragte er.

»Wie kommst du denn darauf?« fragte sie träge, ohne mit der Häkelei aufzuhören. »Gestern sind Waschmittel gekommen, ich habe dir ein Paket ›Ixi‹ zurückgelegt . . .«

»Zu zweit ist zu zweit.«

»Ich habe es Zygfryd geschworen, das weißt du.«

»Du bist dumm, Anielka«, sagte Pudrycy sanft. »Liebe zu schwören, heißt soviel wie zu versprechen, daß die Sonne nicht untergeht. Zygfryd muß jetzt vier Jahre von der Armee entlassen sein und hat sich nicht mehr sehen lassen. Nicht mal geschrieben hat er dir.«

»Was geht dich das an?«

»Sicher wohnt er irgendwo in Olsztyn oder Koszalin, hat Frau und Kind und denkt nicht mehr an dich. Und selbst wenn er weder Frau noch Kind hätte und wiederkäme und erführe von Sokolik, Jonasz, Parhoń, Doktor Samosiejka, dem Vorsitzenden Kowalski . . .«

»Was zählst du mir denn hier auf . . .«

». . . von mir will ich gar nicht reden – so würde er sich auf die Beine machen wie ein aufgescheuchter Hase.«

»Du kennst Zygfryd nicht. Nimmst du das ›Ixi‹?«

»Ich brauche keins, Frau Leś wäscht mein Buntes mit der eigenen Zuteilung. Mach den Laden zu, wir gehen auf einen Moment zu dir.«

»Jetzt am hellichten Tag?« fragte, durchaus nicht erstaunt, Anielka. »So sehr juckt es dich?«

»Nichts juckt, ich habe Geschäftliches.«

Anielka steckte die Nadel in das Wollknäuel, kam hinter dem Ladentisch hervor und hängte ein Schild an die Tür: »Bin auf der Bank.« Der Schlüssel knirschte. Sie traten hinter einen Verschlag und gingen über einen kleinen dunklen Flur in die Wohnung. Hier war alles Plüsch: Vor dem Fenster kirschrot mit Fransen, auf der Schlafcouch orange und geblümt, auf dem Tisch blau mit Spitze gesäumt, an der Wand dunkelgrün mit einer Landschaft, Rehe an der Tränke, im Hintergrund ein greller Dschungel mit Papageien. Anielka bot Pudrycy einen Platz auf der Liege an und ging in die Küche, um Tee zu machen. Wasser rauschte aus dem Hahn, fauchend entzündete sich die Gasflamme, Tassen aus Steingut klirrten gegeneinander. Durch den geöffneten Türspalt war Anielkas runder Hintern zu sehen, fest umspannt von der blauen Schürze. Pudrycy spürte im Mund plötzlich eine vertraute Trockenheit, aber er verscheuchte die Begierde wie eine aufdringliche Fliege. Als Anielka den Tee brachte, hatte er auf dem Tisch einen Bogen karierten Papiers ausgebreitet und legte den Kugelschreiber zurecht.

Warum wird einem von dem einen Hintern der Mund trocken, von einem anderen, mag er noch viel runder sein, aber nicht? Ein Geheimnis der Natur. Marynia vom Friseursalon war hübscher als Anielka, sie hatte einen Busen wie eine italienische Filmdiva, ihre Hüften schwangen beim Gehen wie ein Schiff bei Wellengang – doch kein Mann atmete bei dem Anblick schneller. Jonasz meinte, Anielka verlocke durch ihre Kindlichkeit, die so etwas sei wie naive

Heiligkeit: Darauf seien die Männer scharf. In jedem von ihnen schnaube ein Teufel.

»Was soll das?« fragte Anielka und zeigte auf das Papier.

»Das soll ein Antrag werden«, erklärte Pudrycy. »Du beantragst bei mir die Zuteilung von vierzig Tafeln verzinktes Blech für die Reparatur des Daches.«

»Ich brauche das Dach nicht zu reparieren.«

Pudrycy zog die Teetasse zu sich heran. Nichts löscht den Durst an einem heißen Tag so gut wie frisch gebrühter Tee! Höchstens Bier, aber darauf konnte man bei Anielka nicht bauen, Alkohol brachte man mit.

Er nahm einen Schluck und verbrannte sich den Gaumen. »Du brauchst nichts zu reparieren«, sagte er und kaute sorgfältig ein Stück Zimtgebäck, »aber ein anderer muß es.«

»Und der kann nicht schreiben?«

»Es gießt ihm auf den Kopf, die Kinder werden klitschnaß. Das ganze Dach muß umgedeckt werden, zugeteilt wird aber nur für Reparaturen, höchstens vierzig Tafeln. Dem Mann muß geholfen werden.«

»Ja, wenn das so ist . . .«

Anielka hockte sich auf den Stuhlrand, nahm den Kugelschreiber und schrieb in die linke obere Ecke sorgsam ihren Vor- und Zunamen. Den Antrag selbst bekam sie von Pudrycy diktiert. Er stand über sie gebeugt, sagte ihr Wort für Wort vor und schielte unwillkürlich in den Ausschnitt der Schürze, sein Blick glitt immer tiefer, stöberte genüßlich und ausgiebig, als wollte er der Hand den Weg bahnen, die ruhig auf Anielkas Schulter lag, erst sachte tiefer rutschte, dann jäh in den Ausschnitt fuhr und sich in gierigem Zugriff um eine der strammen, molligen Rundungen legte.

»Laß das«, stöhnte Anielka. »Ich bin müde.«

Sie hatte gerade unterschrieben. Pudrycy umfaßte sie mit

dem freien Arm und zog sie auf die plüschbedeckte Liege. Sie sträubte sich nicht, als er ihr den Dienstkittel aufzuknöpfen begann, unter dem sie nur den Büstenhalter und türkisfarbene, schwarzgesäumte Schlüpfer trug.

»Sei lieb«, bat er heiser.

Anielka lächelte in nachgiebiger Verträglichkeit, spreizte die Schenkel und hob leicht das Becken. Ihr Gedächtnis funktionierte wie immer einwandfrei: nie irrte sie sich in den Gelüsten ihrer Freunde, jeder wurde bedient, wie er es gern hatte.

Jonasz hantierte in einem Gelaß voller Kolben, Retorten, Meßzylinder, Gläser und Tüten. Ein Brenner erhitzte fauchend ein kugelförmiges gläsernes Gefäß mit einer zinnoberroten, brodelnden Flüssigkeit, aus der Blasen und Dampfwölkchen aufstiegen. Es roch nach Minze. Jonasz zerkrümelte in den Fingern ein paar Stücke Feuerschwamm, eine elektrische Mühle jaulte auf, der pulverisierte Pilz wanderte in den Kolben. Die zinnoberrote Flüssigkeit wurde trübe und überzog sich mit Schaum.

Durch die Stäbe eines Käfigs betrachtete Jonasz eine Ratte mit kleinen roten Augen. Ihrem Fell war das Haar ausgegangen, sie hatte sichtlich Mühe, die Barthaare zu bewegen. Direkt vor ihrer Schnauze lag, unberührt, ein Stück Käse. Die Ratte sah nicht nur schwerkrank aus, sie war es auch. Die Sektion einer krepierten Artgenossin, von Jonasz gemeinsam mit Doktor Samosiejka vorgenommen, hatte eine wilde Wucherung der Leber, eine typische Geschwulst ergeben. »Unzweifelhaft Krebs«, hatte Doktor Samosiejka gesagt, »man sieht es mit bloßem Auge. Die andere hat die gleichen Symptome.« – »Genau«, stimmte Jonasz zu. »Und mit Ihren Kräutern wollen Sie sie kurieren?« fragte der Doktor. »Was ich will, weiß ich nicht«, meinte Jonasz, »aber irgend etwas muß man im

Leben tun, wenn man nicht vor Langeweile verrecken will.«

Er drehte den Brenner ab. Die Flüssigkeit in dem kugelförmigen Gefäß gewann allmählich ihre zinnoberrote Klarheit zurück. Jonasz füllte sie in eine Spritze, die statt der Nadel einen dünnen Gummischlauch hatte. Er streifte einen ledernen Handschuh über, nahm die Ratte aus dem Käfig und steckte ihr, ohne auf ihr klägliches Quieken zu achten, den Schlauch in die Speiseröhre. Jonasz legte das Tier auf ein Lager aus Lumpen. Reglos, krampfhaft keuchend blieb es liegen.

Als jemand den Anbau betrat, wandte sich Jonasz ohne Eile um. Das Rechteck der Tür war ausgefüllt von der vierschrötigen Silhouette Parhońs, der in eine Hose aus grauem Drillich und in ein Unterhemd gezwängt war.

»Schon wieder?« fragte Jonasz.

»Es ist wie verhext«, sagte Parhoń. »Die Lust am Leben kann einem vergehen.«

Jonasz schloß den Käfig, zog den Lederhandschuh aus, tauchte die Hände in einen Bottich und wusch sie ausgiebig mit einer grauen Seife. Dann spülte er in diesem Wasser die Spritze und den Schlauch.

»Wenn sie bis morgen nicht krepiert, kann sie übermorgen krepieren«, sagte er und wies auf die schnaufende Ratte. »Oder in einer Woche. Das wäre schon allerhand, von einem Monat ganz zu schweigen. Warum gehst du nicht zum Zahnarzt?«

Parhoń stöhnte. Allein bei dem Gedanken wurde ihm schlecht, als habe er Seife geschluckt.

»Er kommt erst am Donnerstag«, antwortete er. »Ich habe kein Vertrauen. Er will bestimmt gleich ziehen, der Rabensohn.«

»Ist er Jude?«

»Seine Schwägerin . . .« Parhoń begann zu husten und

griff sich an die Wange. »Hilf mir, Alter, ich halte das nicht aus . . .«

Seine blutunterlaufenen Augen füllten sich mit Tränen, er ging rückwärts auf den Hof und schaukelte, die Beine gespreizt, seinen eiförmigen Kopf hin und her. Die zwei rotbraunen Katzen sprangen vom Dach des Nebengelasses, legten sich neben den Brunnen und betrachteten schläfrig den stöhnenden Menschen.

Mit einer Bewegung der Schulter bat Jonasz Parhoń ins Haus und wies ihm einen Schemel am Fenster. Er kramte in einem Schränkchen, fand eine Flasche aus dunklem Glas und goß daraus einen Blechlöffel voll.

»Der Schmerz vergeht sofort, aber im Kopf wird sich's drehen. Der Zahn muß raus.«

»Er ist tot!«

»Und tut weh? Dann fault die Wurzel.«

Parhoń schluckte die Mixtur und verzog das Gesicht. Die Daumen an die Schläfen gepreßt, schaukelte er auf seinem Schemel hin und her. Jonasz ging in die Küche, wickelte Innereien aus einer Zeitung, warf das graue Knäuel auf einen Zinnteller und trug ihn zu den Katzen auf den Hof.

»Uuuff! Es wird schon besser«, tönte aus dem offenen Fenster. »Alles verfault ringsherum. Die Hundesöhne!«

»Warum bist du nicht auf Arbeit?« fragte Jonasz und sah zu, wie die Katzen mit ihrem Fraß fertig wurden.

»Ich habe freigenommen, der Knoblauch muß gejätet werden. Heute kommen wieder die Schuldner zur Bank, soll sich Kajmak mit ihnen herumschlagen. Von dem Geheul platzen einem die Ohren. Erst sind sie scharf auf Darlehen, aber zurückzahlen . . .«

»Fremdes nimmst du, das Eigene zahlst du zurück«, bemerkte Jonasz. Die Katzen fauchten wütend über einem Stück Milz.

»Das ist semitische Philosophie«, kam es aus dem Fenster. »Einst war das Volk rein wie eine Träne Christi, aber die Prüfung durch Satan hat es nicht bestanden. Alles kam von den Pächtern, auf Borg. Das ist kein slawisches Wort.«

»Nein, ein deutsches.«

»Was soll da deutsch sein? Frage nur Pfarrer Celestyn. Es gab hier einen Pächter namens Jankiel. Erst füllte er auf Borg den Bauern Branntwein ein, dann zog er ihnen das Fell über die Ohren. Der Bauer mußte stehlen gehen, um die Schulden zu bezahlen. Borges! Direkt aus dem Hebräischen . . .«

Jonasz brach in schallendes Gelächter aus, lachend ging er in die Stube, hieb Parhoń ins Genick und stellte eine kleine Karaffe auf den Tisch, dazu zwei Gläser. »Zum Henker damit, mein Parhoń!«

Parhoń hatte unter dem herzlichen Schlag das Gesicht verzogen und sah nun mißbilligend die Gläser an, die Jonasz mit einer rosaroten, perlenden Flüssigkeit gefüllt hatte.

»Gleich vom frühen Morgen an?« fragte er. »Du wirst dich mit deiner Sauferei ins Grab bringen.«

»Gräber sind für die Menschen da«, sagte Jonasz fröhlich. »Lieber betrunken sterben als zu Lebzeiten verfaulen. Schlucke, mein lieber Parhoń, zum Henker mit den Dummen!«

»Was für Dumme?« brummte Parhoń mißtrauisch und griff nach dem Glas.

»Auf deine Gesundheit, mein Parhoń! Daß du uns nicht gänzlich verfaulst! Wenn du dir den Zahn nicht ziehen läßt, wird dein Blut sauer, und du entschwebst zu deinen Ahnen, bevor ein Monat vorüber ist.«

Parhoń fuhr zusammen, leerte das Glas auf einen Zug und wischte mit dem Handrücken über seine schmalen Lippen. Vor Jonasz grauste ihm ein bißchen. Als Buchhalter in der Genossenschaftsbank ließ er finstere Mächte zwar nicht gelten, aber Jonasz war Jonasz: Chruściel, dieser ewige Stänker, hatte ihm vor der Bierbude einen Tritt gegeben – nun hinkte er auf dem rechten Fuß. Sogar Doktor Samosiejka war machtlos gewesen und hatte Chruściel ins Bezirkskrankenhaus überwiesen. Ein halbes Jahr hatten sie ihn dort behalten, und es war umsonst gewesen.

Der Rosé hatte es in sich. Nach dem Löffel mit der Mixtur tat der Zahn nicht mehr weh, aber nach dem Wein wurde Parhoń vom Frohsinn gepackt.

»Was geht's mich an«, sagte er zu Jonasz und entblößte lächelnd die faulenden Zahnstummel. »Für dieses Volk den Schädel hinhalten? Soll es doch vor die Hunde gehen! Bei den verdammten Petroleumhändlern!«

»Meinst du damit die Emirate?« erkundigte sich Jonasz.

»Dem Direktor ist hinterbracht worden, daß ich mir zweitausend Złoty aus der Kasse geliehen habe. Das war kurz vor dem Ersten, verstehst du? Wenn der Knoblauch gedeiht, werde ich die Tausender zum Heizen nehmen.«

»Das ist patriotisch. Du verringerst die Inflation im Lande, von der Einsparung an Kohle gar nicht zu reden.«

»Wer hat heutzutage noch was für Patrioten übrig?« Mit einem Zug legte Parhoń sein zweites Glas trocken. »Ich bin kein Rassist, das kannst du mir glauben. Ich verkaufe ihnen den ganzen Knoblauch, das ist eine Delikatesse im Nahen Osten, sollen sie sie haben. Keine einzige Zehe aber auf den einheimischen Markt! Die Nation muß sich von Grund auf reinigen – wer es ohne Knoblauch nicht aushält, soll abhauen. Als nächstes kommt die Zwiebel dran. Diätflokken sind schon aus den Geschäften verschwunden, hier macht sich jemand Gedanken, ich stehe nicht allein! Wie es heißt, werden in der Hauptstadt in den Hotels der ersten Kategorie keine Zimmer mehr an Semiten vergeben.«

»Und der Erzbischof von Paris?« fragte Jonasz halblaut.

Der Erzbischof von Paris war Parhońs großer Kummer. Seine Stimmung war sofort verflogen, er schenkte sich selber nach und trank sehr langsam.

»Es gibt keine Rettung«, seufzte er. »Die Slawen gehen einander an die Kehle. Hier ein Erzbischof, dort ein General, wieder woanders ein Bettler vor der Kirche . . . Sie stacheln, hetzen und schüren. Sie sind überall. Nur der Untergrund könnte den Inflationsüberhang beseitigen.«

»Wie denn, mein Parhoń?«

»Statt sich von den Semiten an die Leine legen zu lassen, könnten sie sich mit den Banken befassen. Eine Serie von Brandstiftungen, und alles wäre erledigt. Schluß mit dem Geldüberschuß, man brauchte hinterher nur noch die Münzanstalten zu überwachen.«

Jonasz legte einen seiner mächtigen Arme um Parhoǹ, mit der Hand des freien Arms fuhr er ihm in die spärlichen Haare, zerzauste und zerwühlte sie. Dabei lachte er in heiserem Baß und raunte Parhoń etwas ins Ohr, was dieser auf keine Weise verstehen, zu keinem sinnvollen Ganzen fügen konnte. Er befreite sich aus der Umarmung und stand von seinem Schemel auf.

»Mit Gott, Alter . . .«, murmelte er und reckte die schmerzenden Knochen. »So einen Verrückten gibt es in Krasnogaj nicht noch einmal. Aus dir wird nicht einmal der Teufel schlau.«

Er hinkte zur Tür und scheuchte die Katzen auf, die sich auf der Schwelle niedergelassen hatten. Jonasz sandte ihm ein Kichern hinterher, das erst verstummte, als das Gartentor knarrend zufiel. Jonasz griff nach der Flasche und schüttelte sie. Er hörte es gluckern, setzte den Hals an den Mund und trank alles aus. Die Welt draußen wurde purpurrot, dann dunkelblau und schließlich gelb wie eine Zitronenschale. Diese Farbe füllte sich mit einem pulsierenden Schein wie vor einem Gewitter. Jonasz wußte, was das bedeutete. Er erhob sich von der Bank, reckte den mächtigen Körper und sah sich rasch in der Stube um. Die Flinte hing im Flur. Sie hätte ohnehin nichts genützt. Er packte die dicke schwarze Eisenstange vom Fensterladen und hielt sie wie ein Paddel mit ausgestreckten Armen. Schon hörte er in der Nähe das Klingeln von Orden und Ehrenzeichen, er krallte die Finger um das Eisen und bleckte die Zähne: So mutig bist du? Dann zeig dich mir doch in den Sümpfen! Na los, komm, schau mal her . . .

Die schwarze Stange zitterte in den weit von sich gestreckten Fäusten und begann sich langsam zu biegen. Jonasz traten die Augen aus den Höhlen, am Hals schwollen die Adern, in den Schläfen hämmerte das Blut: Langsam bewegten sich die Enden der Stange aufeinander zu, aneinander vorbei, wieder voneinander weg. Das Eisen bildete eine Schleife. Jonasz hob sie triumphierend hoch, hielt sie eine Weile über dem Kopf und schleuderte sie in eine Ecke. »Hast du gesehen, Hinkefuß? Ich habe Kraft genug, haha! Genug bis zum Ende der Welt!«

Das Gelb verschwand, der Schimmer erlosch, der Himmel draußen strahlte in gewöhnlicher Bläue. Jonasz stieß die heiße Luft aus den Lungen, ließ sich auf einen Schemel sinken und musterte seine Hände. An einigen Stellen war die Haut aufgerissen, aus den Wunden sickerte Blut. Er bewegte die tauben Finger. Es knackte in den Gelenken.

II

Pudrycy ging an dem verglasten Gebäude der Kaufhalle vorbei und betrachtete die Schaufenster, die reichlich mit Kunstblumen und Strohhüten dekoriert waren, er grüßte die Leiterin, die ihm von drinnen her zuwinkte, und blieb stehen, um Hubert Molko zuzusehen, der in den verrosteten Innereien seines Traktors stocherte. Das Fahrzeug hatte ein gutes Vierteljahrhundert auf dem Buckel, besaß weder Motorhaube noch Scheinwerfer, die Reifen waren kahl wie die Kopfhaut von Doktor Samosiejka, das Fahrerhaus hing schief, weil die Kiste einmal umgekippt war. Aber sie fuhr. Falls sie ansprang. Das wollte sie auch jetzt nicht, aller Stocherei im Motor und allen saftigen Flüchen zum Trotz, die Hubert Molko zur Freude der versammelten Dorfkinder in das Getriebe sandte.

»Laß doch den Schrott mal ausruhen«, sagte Pudrycy. »Laß ihn abkühlen.«

Hubert wandte sich um und wischte seine fettverschmierten Pranken an der Hose ab. »Ich wollte Zigaretten kaufen, es sind gerade ein paar Kartons ›Sport‹ geliefert worden. Ich habe ihn weiterlaufen lassen, aber er ist verreckt.«

»Zuwenig Gas.«

»Nein, nein. Fusseln im Diesel. Da verstopft alles.«

Auf einem Polizeikrad schoß der Korporal Słowacki heran, nahm die Hand vom Gas und legte sie, Pudrycy grüßend, an die Mütze. Hubert würdigte er keines Blickes. Kaum war die Hand wieder am Gas, bog er scharf um die Kaufhalle. Molko ballte die Fäuste und knurrte.

»Immer noch?« fragte Pudrycy.

»Einmal hatte ich ihn schon«, fauchte Hubert. »Ich kam vom Acker, da hat er mir aufgelauert. Dort geht es einen Hang runter, unten ist Sumpf. Ich springe hinunter, er hinter mir her. Es ist finster, keine Menschenseele . . .

Erstens kein Licht, zweitens keine Motorhaube, und drittens bläst du mir ins Röhrchen. Komm nur her, sage ich darauf, ich blase dir was. Weit und breit kein Mensch . . .«

»Und er kam?«

»Er hat es gerochen. Er hat eine Nase, der Hund. Einen Zettel über zweitausend hat er ausgeschrieben und ans Lenkrad gesteckt. Dann hat er mir noch den Motor ausgemacht, bis in die Frühe habe ich mich rumgequält. Aber ich erwische ihn noch!«

»Paß nur auf, Molko!«

Hubert verzog die Visage zu einem dämlichen Grinsen. »Wieso denn? Ich habe doch einen Freifahrtschein. Mir ist der Schädel geöffnet worden, das ist schriftlich festgehalten.«

Korporal Słowacki war sehr diensteifrig, und die Tatsache, daß es keine Ersatzteile gab, hatte für ihn nichts mit der Durchsetzung der Vorschriften zu tun: Abgefahrene Reifen bedeuteten Schleudergefahr, diese wiederum einen Unfall oder das Risiko eines solchen und damit eine Verkehrsgefährdung. Gleiches galt für das Führen eines Fahrzeugs ohne Licht und – noch dazu – unter Strom, was einen verlocken könnte, zwischen zwei Motorrädern hindurchzufahren, die in Wirklichkeit das Scheinwerferpaar eines Autos waren. Hubert Molko war ein schlechter Landwirt, aber ohne Trecker wäre er gar keiner gewesen. Ohne Fusel übrigens auch nicht. Der Korporal Słowacki hatte sich also in Hubert verbissen und ließ nicht einmal während der Rebellion locker, also in der Zeit des berechtigten Protests, als ein Polizist nicht allein auf Streife gehen durfte, weil ihm als Hüter der Ordnung besondere Gefahren drohten. Auf Hubert aber machte er im Alleingang Jagd, indem er ihn in der Dunkelheit an den unerwartetsten Stellen abpaßte. Molko zahlte dafür mit einer Kuh, einem Paar Ziegen und einem Schwarzweißfernseher

– alles wurde vom Gerichtsvollzieher gepfändet. Bevor es soweit gekommen war, hatte Pudrycy ihm den Rat gegeben, zwei Schweine zu schlachten und in die Stadt zu einem Mann zu bringen, der ihm dafür nicht nur Reifen und Scheinwerfer, sondern als Zugabe eine Batterie und ausländische Tabletten überlassen hätte, die den Schnapsgeruch überdeckten. Davon wollte Molko nun schon gar nichts wissen, denn wenn man schon säuft, dann soll es auch zu riechen sein! Statt dessen gewann er Übung in blitzartiger Flucht: Er ließ den Traktor stehen und haute ab. Am nächsten Tag gab er auf dem Revier eine Diebstahlanzeige auf und sprach, sobald das Fahrzeug gefunden war, der heißgeliebten Polizei seinen Dank aus. Seine Augen blitzten dabei, und Korporal Słowacki verlangte vom Kommandanten den Ankauf eines Fotoapparats, durch den sich per Blitzlicht der türmende Hubert wenigstens auf dem Film festhalten ließe, aber dafür waren keine Mittel vorhanden, und überdies waren vorübergehend keine Geräte mit polizeigerechten Blitzlichtlampen auf dem Markt.

Pudrycy nickte Hubert zu, und sie ließen sich unter dem Schutzdach der Bushaltestelle nieder. Der Lagerverwalter zog eine Packung jugoslawischer Zigaretten hervor. Sie rauchten.

»Die sind aber schwach«, stellte Molko fest.

»Brauchst du eigentlich viel Eternit?«

»Hundertzwanzig Platten, Herr Vorsitzender.«

In Huberts Gesicht kam Leben, in seine Augen Glanz. Er schob das mit angegrauten Bartstoppeln überwachsene Kinn vor und sah Pudrycy an.

»Es kommt eventuell eine zusätzliche Lieferung«, sagte dieser. »Sie geht nicht über die Liste.«

»Ich habe Schulden bei der Gemeinde, der Termin läuft ab. Zur Deckung gibt Sokolik zehn Tausender, so viel bin ich gerade schuldig . . .«

»Es kommt auch noch ein bißchen Wellblech«, fiel ihm Pudrycy ins Wort.

»O Mann! Sokolik springt an die Decke!«

»Nein, fürs ganze Dach reicht es nicht. Jemand braucht vierzig Tafeln. Du unterschreibst den Antrag, und ich denke an das Eternit.«

Pudrycy entnahm der Aktentasche ein Antragsformular, schrieb flüssig einige Sätze darauf und reichte es Hubert zur Unterschrift. Damit aber ließ Molko sich Zeit. Er nahm von Pudrycy den Kugelschreiber entgegen, drehte ihn zwischen den Fingern und schnalzte mit der Zunge. »Ein ausländischer?«

»Los, unterschreibe, ich habe keine Zeit.«

»Solche gibt es bei uns nicht . . . Ich hätte noch eine Rehkeule abzutreten. Ich würde sie gegen Spiritus tauschen.«

»Wo soll ich den denn hernehmen?«

»Nalepa hat vergällten Spiritus. Er braucht eine Rechnung über zwanzigtausend Ziegelsteine, weil er den Bankkredit mit Rechnungen belegen muß.«

»Fingierte Rechnungen stelle ich nicht aus«, sagte Pudrycy trocken. »Das müßtest du eigentlich wissen.«

»Ich weiß es«, versicherte Molko. »Es geht um diejenigen, die keine Ziegel genommen habe. Es braucht ja nicht jeder welche. Herr Vorsitzender, Sie könnten die Namen sagen, und Nalepa würde mit den Leuten alles klarmachen.«

»Hör auf mit diesem blöden Vorsitzenden«, sagte Pudrycy leise und sah besorgt auf seinen ausländischen Kugelschreiber, der sich in Huberts Pranke sehr zerbrechlich ausnahm. »Komm morgen bei mir vorbei, die Namen sind kein Geheimnis.«

»Bei der nächsten Gelegenheit bringe ich das Reh.«

»Unterschreib jetzt den Antrag.«

Hubert befeuchtete mit Speichel die Spitze des Kugelschreibers und krakelte seinen Namen auf das Blatt. Erleichtert nahm Pudrycy sein Schreibgerät zurück.

»Und sag mal«, erkundigte sich Molko und hielt das Antragsformular fest, »der hier dieses Blech nimmt, der hat wohl nicht zufällig Vierzöller übrig?«

Pudrycy begann den Handel mit Hubert langsam zu bedauern. Energisch nahm er den Antrag an sich, faltete ihn vierfach zusammen und steckte ihn in seine Mappe. »Laß dir im Eisenwarenlager zwei Kilo geben. Sag Tomaszek, daß du von mir kommst.«

»Ich könnte aber vier Kilo brauchen . . .«

»Du kriegst zwei«, schnitt ihm Pudrycy das Wort ab und verließ das Wartehäuschen, vor dem soeben ein überfüllter Bus hielt. »Dein Motor wird inzwischen kalt sein, jetzt springt er sicher an.«

Es ging auf ein Uhr, das Ende der Sprechstunde in der Poliklinik. Doktor Samosiejka pflegte sich um diese Zeit auf ein Viertelstündchen in seinem Zimmer einzuschließen und einige Gläschen Salizylalkohol zu schlucken, um sich für die Hausbesuche zu stärken. Er trank allein, scheute aber auch Gesellschaft nicht – nur mußte sie dann aus Jonasz oder Pudrycy bestehen. Die kannten das Klopfzeichen, das die Tür öffnete: Zweimal kurz, einmal lang.

Die Poliklinik befand sich am Seeufer in einem Einfamilienhaus. Der frühere Eigentümer war ein sogenannter Privilegierter gewesen und in die Wüste geschickt worden. Die Poliklinik war auf Wunsch der Massen dort eingezogen – gegen den verzweifelten Protest von Doktor Samosiejka: Kamine statt der Öfen, Wasser aus dem Ziehbrunnen! Der Privilegierte war fürs Rustikale gewesen. Zuvor hatte sich die Poliklinik in einem alten Gebäude befunden, aber dort hatte man Zentralheizung und fließendes Wasser. Die Massen bestehen jedoch auf ihrem Recht, vor allem dann, wenn man sie läßt, und in Krasnogaj konnte man nicht schlechter sein als anderswo. Der Privilegierte kam vor Gericht. Er konnte zwar nachweisen, daß er das Haus am See aus den Mitteln einer ihm rechtmäßig zufallenden Erbschaft von einem in Venezuela verstorbenen Onkel gebaut und zuvor auch die Erbschaftssteuer an den Staat abgeführt hatte, er legte auch für jeden Ziegelstein eine ordnungsgemäß abgestempelte Rechnung vor, aber konnte man deswegen die Poliklinik einfach auf die Straße setzen? In dem alten Gebäude saß inzwischen der Kindergarten. Man legte also einen Mietzins fest, zahlbar an den abservierten Privilegierten, der im Gegenzug die Auflage erhielt, für anfallende Reparaturen aufzukommen und das Grundstück in Ordnung zu halten. Eine Ungerechtigkeit? Sokolik war da anderer Meinung: Der Privilegierte hatte seine Privilegien genossen, sich mit Kaviar und Trüffeln gemästet und gar noch einen mit venezolanischen Devisen gespickten Onkel haben müssen – jetzt hatte es sich ausprivilegiert! Historische Gerechtigkeit ist kein Justizparagraph. Historische Gerechtigkeit wird gemessen am Grad der Erregung der arbeitenden Massen im Verhältnis zum berechtigten Zorn! Wäre es nach Sokolik gegangen, so hätte der Privilegierte noch den Fußboden scheuern und Wasser tragen, bei Nacht aber, an den Brunnen gekettet, das Anwesen hüten müssen!

Der Privilegierte hieß Szostak und stammte aus Krasnogaj, während des Krieges war er bei den Partisanen gewesen, Jonasz und Pfarrer Celestyn erinnerten sich seiner sehr gut. Dann hatte er studiert, eine Technische Hochschule absolviert und etwas gebaut, über das sogar die Zeitungen schrieben: »Um so schlimmer!« ereiferte sich Sokolik. »Man weiß ja, über wen die Zeitungen bei uns geschrieben haben!« – »Über dich zum Beispiel«, sagte Jonasz, »sogar Interviews hast du gegeben, als du den Orden bekamst, weil du so ein vorbildlicher Jugendfreund warst.« – »Wie lange ist das her, Alter! Den Orden habe ich längst weggeschmissen, den Sokolik von damals gibt es nicht mehr, den einfältigen Kerl, der den Bauern was vom Kulakentum vorgeschwätzt hat. Sokolik hat alles durchschaut, der von damals ist für immer begraben, es ist schändlich, daran zu erinnern!« – »O ja«, stimmte Jonasz zu, »es ist schändlich, die eigene Schnauze zu verleugnen, denn nur einmal ist sie die Menschen gegeben, er kann sie mit einem Schnurr- oder Kinnbärtchen verzieren, aber Bedeutung haben nur die Falten, die Furchen, die sich um die Schnauze graben, wenn du dich krümmst vor Schmerz und Qual. Der Mensch ist ein Ganzes, Sokolik, alle drei Zeiten zusammen, und sogar noch mehr, auch die Eltern und Großeltern.« – »Eine kollektive Verantwortung«, schrie Sokolik, »akzeptieren wir nicht!« – »Vater und Mutter willst du verleugnen?« – »Jawohl, wenn sie es verdient haben!« – »Und dich selbst, der du früher warst?« – »Auch!« – »Das ist wider die Natur, mein lieber Sokolik: Wenn sie den von damals aufgehängt hätten, könntest du jetzt nicht hier sitzen . . .« – »Szostak ist ein anständiger Mensch«, erklärte Pfarrer Celestyn. »Er ist immer zur Kirche gekommen, wenn auch heimlich, weil es damals einem Direktor und Parteimitglied nicht anstand, aber er hat gebeichtet und das Abendmahl genommen, ich habe nie Klagen über ihn gehört, er war ein gottgefälliger Direktor, wie es sich gehört für einen katholischen Kommunisten.« – »Was soll denn das sein?« fuhr Parhoń auf. »Katholischer Kommunist! Feuer aus Wasser?« – »Paß mal auf, Perhoń«, sagte Jonasz, »Wasser kann brennen, falls du was von Chemie verstehst, denn in ihm sind Wasserstoff und Sauerstoff, wie in jedem von uns kleinen Leuten, die wir uns hin und her werfen und uns winden.« – »Ich werfe und winde mich nicht«, erklärte Parhoń, »ich weiß, wer sich den Regenbogen ausgedacht hat, um uns die Köpfe zu verwirren! Es gibt nur zwei Farben: Schwarz und Weiß! Der Teufel ist schwarz, das Weiß aber ist die Farbe der Engel. Habe ich recht, Pater?« Pfarrer Celestyn seufzte und bekreuzigte sich, Parhoń aber ließ sich weiter aus über die Schwärze von Kaftanen und das Weiß von Kommunionskleidchen. Pudrycy hielt sich aus dem Disput heraus und dachte an den Vorsitzenden Góralczyk (auch der war jeden Sonntag zur Messe gegangen!), den er, Pudrycy, beredet hatte, die Forderungen der Belegschaft zurückzuweisen, obgleich doch er, Pudrycy, diese Forderungen als Mitglied des Belegschaftskomitees selber verfaßt hatte: »Wir haben das Recht zu fordern, und du hast die Pflicht abzulehnen, denn du bist der Vertreter des Staates, also eines umfassenden Ganzen, und dazu hat die Staatsmacht dich berufen.« Auch die Forderung nach Absetzung des Vorsitzenden hatte er, Pudrycy, verfaßt, allerdings unter dem Druck der Belegschaft. Und trotz der Warnung des Kommandanten, nicht dem ungesunden Element nachzugeben. Er tat es guten Glaubens, er hatte vor der Belegschaft ja alles offengelegt! Die Unwahrheit? Nein, die reine Wahrheit, denn wäre es Verleumdung gewesen, hätte sich der Vorsitzende Góralczyk doch nicht mit der Doppelflinte in den Kopf geschossen, nachdem er zuvor den rechten Schuh ausgezogen hatte, um mit dem großen Zeh den Abzug betätigen zu können. Wer trug hier die Schuld? Die böse Welt, die menschliche Not, die finsteren Kräfte, die das Herz bedrücken und den Geist verstören. Die Kräfte der Finsternis sind hier, nicht anderswo. Der Mensch ist ihnen ausgeliefert, angewiesen auf trügerische Gefühle, auf die Impotenz der Absichten und die Einheit der Gegensätze. Er hatte Gutes tun wollen und Böses angerichtet. »Wer andern eine Grube gräbt, fällt selbst hinein«, pflegte der Krämer Kuperholz zu sagen, bei dem Pudrycy als Kind

Pfefferminzbonbons gekauft hatte. Auch er hatte an die Gerechtigkeit geglaubt, denn einen Glauben muß der Mensch ja haben. Regina, seine Tochter, hatte jene schreckliche Liebesgeschichte mit Jonasz gehabt, von der man in Krasnogaj bis auf den heutigen Tag nur zu flüstern wagte.

Pudrycy betrat die Poliklinik über die holzgeschnitzte Veranda – der Privilegierte Szostak hatte eigenhändig ein Blumenornament in Kiefer gearbeitet – und klopfte auf die ausgemachte Weise an die Tür des Arztzimmers. Doktor Samosiejka öffnete sofort. Den Alkohol hatte er in einem Infusionsgefäß, das am Gestell des Tropfes befestigt war. Man brauchte nur eine Klemme zu lösen, und aus dem Gummischlauch rann die Flüssigkeit in die Gläser. Das geschah eben jetzt, Pudrycy setzte sich auf das mit einem weißen Laken bedeckte Sofa und nahm vom Doktor den Meßzylinder entgegen, der das Schnapsglas ersetzte. Sie stießen an und tranken. Als Zukost nahmen sie Herzdragees, die nach Salizylalkohol besonders wohltun. »Was gibt es Neues bei den oberen Zehntausend?« fragte Doktor Samosiejka.

»Mir steht eine unerwartete Inspektion ins Haus«, sagte Pudrycy. »Ich hoffe nur, daß sie noch heute kommt.«

»Diese Hoffnung dürfte ihre Ursache haben.« Der Arzt zielte mit der Mündung des Schlauchs in die geleerten Meßzylinder. »Sokolik oder Parhoń?«

»Ich brauche nicht zu befürchten, daß mich einer verpfeift.«

»Wohl dem, der Freunde in der Zentrale hat und zugleich das Wohlwollen des Kommandanten genießt«, stellte der Doktor fest. »Eins greift ins andere und verzahnt sich in diesem Jammertal. Was meine Person angeht, so hätte ich Sie gewarnt, ohne Namen zu nennen. Die Redlichkeit verpflichtet mich beiden Seiten.«

»Ich wäre Ihnen gegenüber weiter gegangen«, sagte Pudrycy. »Man muß wissen, vor wem man sich in acht zu nehmen hat. In meinem Falle spielt allerdings die Dankbarkeit mit. Sie haben mir das Leben gerettet.«

»Alter Quatsch.« Der Arzt schlug Pudrycy auf die Schulter. »Meine Frau hat für morgen abend Besuch eingeladen, da wäre ein Stück Jagdwurst ganz nützlich. Was wir auf Marken kriegen, haben wir leider schon verbraucht.«

»Wenn ich an Ihrer Stelle wäre, würde ich Schwester Zielińska in die Außenstelle Zalewa versetzen lassen«, sagte Pudrycy. Er musterte ausgiebig die emaille- und nickelglänzende Ausstattung des ärztlichen Empfangszimmers, ehe er hinzusetzte: »Sie ist eine sehr gute Kraft.«

»Sie ist hervorragend«, gab der Doktor mit Vorsicht zu, die erkennen ließ, wie sehr er auf der Hut war.

»Jedermann hat das Recht, eine Abneigung gegen Spiritus zu haben und die Art und Weise zu verurteilen, in der Krankschreibungen vorgenommen werden.«

Doktor Samosiejka ächzte und schlürfte nachdenklich seinen Meßzylinder leer. Ein Sonnenstrahl zeichnete ihm merkwürdige Kringel auf die spiegelnde Glatze. »Was wollen Sie denn machen, wenn zum Beispiel dieser Cybulski ankommt und herumheult, sein Sohn sei bei der Armee, nun käme er schon mal auf Urlaub, aber nur für drei Tage! Hätten Sie ihm das abgeschlagen?«

»Wir sind doch Menschen, Herr Doktor. Reichen Ihnen drei Kilo?«

»Ich habe es ihm abgeschlagen!« sagte der Arzt voller Nachdruck. »Ein Krampf der Nervenenden läßt sich nicht nachweisen. Da kommt einer an wie krummgeschlossen und erklärt, er könne sich nicht aufrichten. Was dann? Mydocalm, Vitamin-B-Spritzen, drei Tage liegen auf harter flacher Unterlage. Der Medpunkt in Zalewa erfordert die Hand einer sachkundigen Krankenschwester, dieses

Mädchen hat gerade die Schule hinter sich und kommt kaum mit dem Klistier zurecht. Hier im Zentrum hat sie Kolleginnen, von denen sie was lernen kann.«

»Dieser Besuch morgen«, setzte Pudrycy an, stockte und murmelte: »Mag er vielleicht Rehbraten?«

»Und wie!« kam es hechelnd aus dem Mund des Doktors.

»Eine halbe Keule hätte ich da.« Pudrycy leerte den Meßzylinder und stellte ihn zum Zeichen, daß es genug war, weit von sich. »Mich plagt das Rätsel des Daseins, Doktor. Wozu quälen wir uns hier herum? Man könnte doch direkt dorthin, gleich nach der Geburt.«

»Pfarrer Celestyn hat zu diesem Punkt eine gänzlich andere Ansicht«, sagte Doktor Samosiejka und überflog die Liste der Hausbesuche. »Die Erlösung hat man sich zu verdienen.«

»Das ist Theorie, auf die Praxis hingebogen.«

»Kann sein. Wenn nun aber dort drüben gar nichts ist?«

»Doch!« erklärte Pudrycy voller Überzeugung.

»Sie wissen es am besten«, sagte der Arzt und lächelte. »Ich bin beim Sterben vieler zutiefst gläubiger Menschen zugegen gewesen, und keiner hatte Lust hinüberzugehen. Der Mensch hängt zuletzt an seinen Plagen. Was bin ich Ihnen für die Rehkeule schuldig?«

Pudrycy seufzte. Seine Plagen gehörten bereits der Vergangenheit an, sie waren in Schichten abgelegt wie Alben in einem Schubfach: die Ungewißheit, ob Genosse Mielniczuk die rechte Wertschätzung findet, das Warten auf den Entschluß der Zentrale, widersprüchliche Nachrichten, Hannas Abreise zu einer Unterredung mit dem Genossen Mielniczuk, ihre sonderbarerweise um einen Tag verzögerte Rückkehr, die ausweichenden Blicke, in der Tasche eine Serviette mit dem Aufdruck »Novotel« – und Pudrycys Beförderung. Beförderung wofür? Für wessen Hingabe

– die seine, in langen Dienstjahren, oder die ihre, auf Nuttenart im Hotelbett? Nun hör endlich auf, Pudrycy, es war nicht im Bett und nicht im Hotel, es war, wenn du es genau wissen willst, auf seinem Schreibtisch in seinem Dienstzimmer! Und laß mich nun bloß in Ruhe, du hättest mich ja nicht hinzuschicken brauchen! Dann das Album Nummer zwei, mit Hannas Tod im Kindbett, der Tod war – was wäre das sonst für ein Leben mit Pudrycy geworden – erfleht gewesen für das Kind, das auf einem Schreibtisch, zwischen Akten, Telefonen und Stempeln gezeugt worden war. So oft hatten sie es miteinander vergebens versucht, und hier, ruck, zuck, hatte eine Dienstreise in die Zentrale, eine Unterredung mit Mielniczuk genügt – bestimmt von hinten und auf die schnelle, pfui Teufel! Album Nummer drei zeigt das Lesen aus dem Kaffeesatz – wer gewinnt und wer verliert, der Haß auf den Genossen Mielniczuk, die Verachtung seiner selbst, gelindert durch das Mitleid, der Mensch kann sich seine Lebenszeit ja nicht aussuchen, steife Nacken brechen wie Äste im Frost, aber jetzt, jetzt war seine Zeit gekommen! Oder hatte der Vorsitzende dem Stellvertreter des Woiwoden nicht etwa eine ganze Ladung Eternit zugeschanzt? Und hatte er sie nicht niedriger berechnet, erstklassige Ware, im Preis herabgesetzt? Er konnte es dem Gemeindevorsteher verweigern und einen schriftlichen Antrag verlangen. Pudrycy hatte zu jenem Zeitpunkt genug von krummen Sachen, er ließ sich mit vollem Risiko auf die Leute ein, wählte bewußt unter ihren Motiven und Beweggründen diejenigen aus, die einen neuen Weg verhießen. Jonasz stieß ihm lachend die Faust in die Rippen, er war so zynisch, nicht an Pudrycys Wandlung zu glauben, und Pudrycy litt darunter, denn er war Jonasz nie so nahegekommen wie in den Tagen der Rebellion. Vielleicht hätte er ihn, was die öffentliche Meinung betraf, sogar überflügeln können, da er sich ja engagierte, aktiv war und an der Spitze stand. Wie hatte Jonasz herausfinden können, daß er sich Rückendeckung beim Kommandanten verschafft hatte? War jenes Gespräch im Wald aus den Sternen zu lesen? Aus den Sternen sollte sich ja vieles lesen lassen, aber doch keine Unterhaltung unter vier Augen, in der Einöde, ohne Zeugen! Aber wie sonst? Mit Hilfe seines altmodischen Fernrohres? »Im Horoskop steht dir das geschrieben!« rief Jonasz unter dröhnendem Gelächter und drückte Pudrycy fast die Rippen ein. »Dort steht alles, Augenblick für Augenblick!«

Natürlich reiner Blödsinn. Der Mensch hat seinen freien Willen und trifft seine Wahl. Die Sterne sind nur der Zeit voraus und registrieren die Vergangenheit des Menschen, die für diesen die Gegenwart ist. Er hatte sich dem Kommandanten erklären müssen. Das war kein Verrat, sondern nur der Beweis, daß er nicht den Kopf verloren hatte. Ganz im Gegenteil: Wer den Gang der Ereignisse kontrollieren, wer bremsen und rechtzeitig warnen will, muß sich mittendrin befinden. Der Kommandant wird dafür noch Dankeschön sagen. Er sollte es eigentlich jetzt schon tun. »Ja, Scheiße«, hatte er im Wald darauf zur Antwort erhalten. »Mach du mir keinen blauen Dunst vor, du willst auf zwei Stühlen auf einmal sitzen!« Er mußte einen Beweis liefern. Ein Versteck illegaler Schriften war ausgehoben, aber niemand erwischt worden. Die Flugblätter taugten nichts, sie riefen zur Sabotage auf. Pudrycy ließ Gewalt nicht gelten, er handelte im Einklang mit seinem Gewissen. Er wollte, daß es besser werde, aber ohne Gewalt. Warum wollten das weder die einen noch die anderen akzeptieren? Wirkliche Qual bereitete ihm, daß er keine Wahl treffen konnte und daß er wußte, wie sehr dies alles in Verachtung stand. Man mußte schon mal ein bißchen gestorben sein, um zu begreifen, wie scheinbar im Grunde diese Wahl, wie bedeutungslos sie gegen die Lustvolle Helle war. Du hast recht, Jonasz: Was immer wir auch tun, es erfüllt sich, was in deinen Sternen geschrieben steht. Irgendwo läuft – zehn, neun, acht . . . vielleicht schon der Countdown, und wir beißen uns um ein Stück Lende, um eine Lieferung Kraftfutter, um die Abservierung des Genossen X und die Lüftung des Geheimnisses der Krebszellen.

Pudrycy sah aus dem Fenster. Sein Blick blieb auf der Garage haften, einem nach der Art einer Schutzhütte zwischen den Bäumen errichteten Bau. Das Tor stand offen, schlammverkrustet, von einer arbeitsreichen Nacht verschnaufend, stand darin mit hochgeklappter Motorhaube der Rettungswagen.

»Die Garage hätte eine Reparatur nötig«, sagte Pudrycy. »Das Blech verrostet. An die zwanzig Tafeln müßten ausgewechselt werden.«

»Ich denke gar nicht an eine Reparatur. Wo sehen Sie eigentlich diesen Rost?«

»Nehmen wir an, Sie würden welchen sehen. Sie beantragen bei uns zwanzig Tafeln verzinktes Blech. Das Gesundheitszentrum wird bevorzugt beliefert.«

»Nehmen wir an, ich habe diesen Antrag gestellt«, sagte Doktor Samosiejka.

»Dann müssen Sie nur noch quittieren.«

Der Arzt nickte, schrieb rasch einige Sätze auf das Blatt, das Pudrycy ihm vorgelegt hatte, und stempelte es ab.

»Gegen Jonasz ist wieder eine Beschwerde eingegangen«, sagte er und gab das Papier zurück. »Er hat dem Leiter des Sägewerks seine Kräuter verweigert und ihm geraten, er solle ins Krankenhaus gehen.«

»Was soll dann die Beschwerde?«

»Es ist eine Anzeige wegen unbefugter Heilbehandlung. Mich hat der Mann auch angezeigt, ich wolle ihm nicht helfen, weil seine Tochter ein anständiges Mädchen sei und sich gegen von mir beabsichtigte Unzüchtigkeiten gewehrt habe.«

»Seine Tochter ist häßlich wie die Eiterbeule an einem Arsch«, sagte Pudrycy.

»Aber jung«, erwiderte der Doktor. »Der Leiter des Sägewerks muß operiert werden. Die Operation wird nicht viel helfen, es kommt zu Metastasen. Ich habe hundert ähnliche Fälle gesehen. Die Medizin kämpft jedoch bis zuletzt um das Leben des Kranken.«

»Der Mann weiß Bescheid.«

»Jeder weiß, daß er sterben muß. Es ist nur die Frage, wann. Mich erstaunt der Glaube, den manche Leute in die Kraft einer Anzeige setzen. Als vergrößerten sich, indem man andere verpfeift, die eigenen Chancen. Gegen den Sägewerksleiter ist auch eine Anzeige eingegangen: Für ein Schmiergeld nimmt er einen außer der Reihe dran. Das ist ein geschlossener Kreislauf, nicht wahr?«

»Diese Anzeigen können sich gegenseitig aufheben«, meinte Pudrycy. »Der Gemeindevorsteher trinkt jeden Morgen ein heilendes Gebräu von Jonasz.«

»Und mit mir spielt er Schach.«

»Und er weiß, daß der Fall des Sägewerksleiters hoffnungslos ist. Deshalb wirft er die Anzeige gegen ihn in den Papierkorb.«

»Genau wie die beiden anderen auch«, sagte der Doktor. »Sie haben völlig recht. Die Abfassung einer Anzeige verbessert jedoch das allgemeine Wohlbefinden, denn der Verfasser streitet ja für die allgemeine Gerechtigkeit, er käme gar nicht auf die Idee, daß es um seine Privatsache gehen könnte.«

Pudrycy wollte widersprechen, unterließ es aber. Sollte die Inspektion ruhig kommen und alles überprüfen. Sie würde eine fast ideale Ordnung vorfinden, und hinterher hätten sie alle ihre Ruhe – der Vorsitzende und seine

Stellvertreter, die Direktoren und Leiter und nicht zuletzt er, Pudrycy W., der Lagerverwalter. Liegt das nicht im allgemeinen Interesse? Und nicht minder im Interesse der Kontrolleure: Sie erfüllen redlich ihre Pflicht und können ihren Vorgesetzten reinen Gewissens mitteilen, daß der Bäuerlichen Handelsgenossenschaft in Krasnogaj keinerlei Vergehen nachzuweisen sind.

»Sagen Sie, Herr Doktor, fühlen nicht auch Sie sich vom Rätsel des Daseins geplagt?« fragte Pudrycy.

»Nein«, gab der Arzt zurück, »nur vom Sodbrennen. Ich dürfte weder trinken noch rauchen, einem Magengeschwür ist das nicht zuträglich, aber ich habe einen schwachen Charakter. Da ich ihm keine Stärke zu geben vermag, pflege ich den Stolz auf seine Schwäche. Sie macht mich nämlich gegen den Radikalismus immun. Die Radikalen sind die Urheber allen Unglücks. Die einen lassen die Realitäten außer acht, folglich müssen die anderen die Glückseligkeit mit Gewalt durchsetzen, und so haben wir, was wir haben. Mein Magengeschwür stammt noch aus Zeiten, da ich mir von der Schwäche meines Charakters keine Rechenschaft abgelegt habe.«

»Sie waren damals Woiwodschaftsarzt?«

»Ich hatte eine Gleichung zu lösen: Fehlbestand an Krankenhausbetten plus Mangel an Medikamenten plus niedrige Entlohnung des medizinischen Personals plus Haushaltkürzungen plus Bedarf an Instrumenten und Apparaten gleich allgemeines Gesundheitswesen plus Privilegien für die Privilegierten plus gesellschaftliche Anerkennung plus Achtung der Vorgesetzten. Bei dieser Rechnung habe ich sechzehn herausbekommen.«

»Wieso sechzehn?« fragte Pudrycy.

»Eigentlich sollte es die Zahl Vierundzwanzig sein«, sagte Doktor Samosiejka, »aber irgendwo in der Gleichung steckte ein Fehler. Ehe ich begriff, worum es ging, hatte ich schon ein Magengeschwür. Ich legte mein Amt nieder, ließ mich von meiner ehrgeizigen Frau scheiden und kehrte nach Krasnogaj zurück. Es war jedoch schon zu spät. Ein Magengeschwür, einmal ausgekrochen, wuchert wie Unkraut. Andererseits fördert es die Potenz – Sie werden das in keinem der bisherigen medizinischen Ratgeber finden, denn die Relation zwischen dem Geschwürbefall des Magens und dem Zuwachs an sexueller Potenz ist erst eine Entdeckung von mir! Fragen Sie nur mal Anielka, was der Doktor vermag!«

Das Telefon schrillte, Samosiejka schielte nach der Uhr und nahm den Hörer ab. »Ja«, sagte er, »ja, die Spritze ist verabreicht, er kommt gleich wieder ins Büro.« Er legte auf und teilte Pudrycy mit, daß in der Bäuerlichen Handelsgenossenschaft soeben gänzlich unerwartet eine Inspektion eingetroffen sei.

Jonasz öffnete weit die Tür des Anbaus. Im Sonnenschein, der ins Innere drang, sah er den Käfig mit der kranken Ratte: Der Käse war weg, das Tier lief mit gesträubten Barthaaren umher, als suche es etwas.

»Wahrscheinlich willst du fressen«, stellte Jonasz fest, nahm Käse aus einer Blechbüchse, schnitt ein ziemliches Stück ab und warf es in den Käfig. Die Ratte verschlang es voller Gier, schleckte die milchgefüllte alte Sardinendose leer und richtete die roten Pupillen auf den alten Mann.

»Freu dich nicht zu früh«, sagte Jonasz. »Noch bist du nicht gesund. Dein Kumpel war noch eine Woche toll in Form und ist dann doch krepiert. Das Kraut allein tut es nicht.«

Was sonst?

»Die Vorsehung«, erklärte der Alte und bereitete in einem grünen Emailletopf eine Kräutermischung. »Das Schicksal ist vorgezeichnet in der Desoxyribonukleinsäure, zum Teil vererbt, denn schließlich kann nicht jeder ein völlig einmaliges Schicksal haben. Vererbt, aber nur zum Teil. Trotzdem würde ich jede Wette eingehen, daß deine Ahnen fuhrenweise an solcher Schweinerei krepiert sind . . .«

An irgendwas muß man ja krepieren.

»Warum dann nicht an Altersschwäche? Na siehst du. Der Erbcode muß eine Korrektur bekommen. Am besten durch Impfstoff bei Säuglingen. Oder daß Kinder nach einer Zeittafel gezeugt werden, damit der Stand der Sterne die Langlebigkeit des Neugeborenen begünstigt. Es gibt solche Momente, die für die Geburt günstig sind.«

Alter, du spinnst. Du willst die Natur durcheinanderbringen, den Schöpfer verbessern. Er hat alles durchdacht.

»Ja, im Ganzen. Dadurch hat er sich die Einzelheiten ersparen können . . . Wo habe ich denn nur die Datteln hingetan? Sie waren doch hier, in der alten Hirsetüte . . «

Du kehrst den Gang der Dinge um: Die Sterne diktieren nicht die Vorsehung, sondern machen nur Mitteilung davon. Es gibt keine klugen Bücher – klug sind die Verfasser. Dein sternengesteuerter Gebärkalender ist ein Stück für den Müll.

Jonasz hielt inne im Mischen seiner Kräuter, hockte sich auf eine Truhe und musterte die Ratte, die sich in einen Winkel des Käfigs zum Schlafen zusammenkuschelte.

»Darin steckt etwas Logisches«, brummte Jonasz. »Aber nicht die Logik regiert die Welt . . .«

Was dann?

»Das ist es ja, mein Lieber, was wir nie erfahren werden. Das Gehirn ist uns dabei im Wege. Da hältst du eine unbestreitbare Wahrheit in der Pfote, und jemand schüttelt darüber nur voller Nachsicht und Mitgefühl den Kopf.

Peng – und eine neue Wahrheit ist da! Die alte fliegt auf den Müll, du nimmst die neue in die Pfote, und alle sind wieder richtig, Einstein, hurra! Bis zum nächsten Mal . . .«

Aber Heinzelmännchen gibt es wie eh und je.

Jonasz fielen die Ausführungen eines Wissenschaftlers von den Philippinen ein, der Gewebeproben von einem Voudou genommen und sie im Labor einer Reihe von Analysen unterzogen hatte. Er bekam dabei negativ geladenes Natriumsulfat heraus, dessen Farbe rötlich-violett war. Der ausländische Sender, der darüber berichtete, ging auf geheimnisvolle Weise in Flammen auf. Der gelehrte Filipino verscholl im Bermuda-Dreieck – zuvor hatte sich das Gerücht verbreitet, er sei Agent eines fremden Geheimdienstes und an einem Anschlag auf den Führer einer Großmacht beteiligt gewesen, überdies habe er, obgleich er ein entsprechendes Diplom besaß, nie in Harvard studiert. Diese Meldung lief über einen ganz anderen Sender, aber auch dieser brannte aus. Jonasz hörte gern Radio, verhielt sich aber reserviert gegenüber dem jeweiligen Informationsgehalt: der hing von der Welle ab, auf der er empfangen wurde. Viel interessanter war ihm jenes Rauschen, Pfeifen, Fauchen, Knattern und Prasseln, das man als Störung bezeichnet: Der Kosmos gibt Signale. Wie aber sind sie zu entschlüsseln? Es muß ja einen Schlüssel geben. Im Rauschen des Universums ist vielleicht die eine grundlegende Wahrheit chiffriert, die Formel, nach der sich das Ganze ordnen läßt. An Jonasz war das bestimmt nicht adressiert, er belauschte mit Hilfe seines altersschwachen »Tesla« einen Dialog, den andere führten. Was war daran unanständig? Jeder hört jeden ab, so gut er kann. Lerne die anderen kennen – und damit dich selbst. Jonasz jedoch war durch seine Absicht gerechtfertigt: Sich selber kannte er schon mehr oder weniger, die Leute ringsum ebenso, vor Überraschungen war er gefeit. Er hielt Ausschau nach dem ABSENDER, der die Fäden zog. War es ein Witzbold? Ein gedankenloser Sadist? Ein barmherziger Manipulierer, der sich Mühe gibt, dem Guten zuzusteuern? War das letztere der Fall, so würde Jonasz in den Sümpfen schließlich doch noch auf Storch treffen und Gerechtigkeit üben.

Die Gartenpforte knarrte, das Gras auf dem Hof raschelte unter leichten Schritten. Jonasz trat aus dem Anbau.

»Hier bin ich«, sagte er zu der Frau, die unterm Kopftuch hervor ratlos Umschau hielt. »Was führt Euch her, Genowefa?«

»Ich habe Hering erwischt, drei Stück könnte ich Euch ablassen, Nachbar . . .«

»Hering? Hier bei uns?«

»Ich war auf der Woiwodschaft, kam grade dazu. Der Export hat sie nicht abgenommen.« Die Frau wickelte ein Päckchen auf: Heringe in Plastebeuteln mit ausländischer Aufschrift. »Am Stand im Krankenhaus habe ich sie gekauft.«

»Wie geht es der Kleinen?« fragte Jonasz und spürte, wie ihm beim Anblick des Herings das Wasser im Mund zusammenlief: ein Gläschen – ein Häppchen, ein Gläschen – ein Häppchen . . . Zu Hering schmeckt am besten der ganz herbe Ebereschenschnaps, aber es geht auch alles, was mit Brennessel, Wacholder oder Heidelbeeren aufgesetzt ist, auch Selbstgebrannter aus Zuckerrüben tut es, aber dreifach gebrannt muß er sein. Vom letzten Abstich war noch eine Flasche da.

»Sie hat eine Blutübertragung bekommen«, sagte Genowefa und drückte Jonasz drei abgepackte Heringe in die Hand. »Sehr schwach ist sie. Ich habe eine ganz heiße Bitte an Sie, Herr Nachbar, ich brauche zwanzig Dollar. Ich zahle jeden Preis.«

»Ich habe keine Dollars.«

»Wieso denn nicht? Jeder weiß doch, daß Ihr welche geschickt kriegt!«

»Ja, aber die gehören nicht mir.«

Genowefa bog den Kopf zur Seite, flehend öffneten sich ihre blutleeren, gesprungenen Lippen. Müde blickten ihre von einer Bindehautentzündung geränderten Augen.

»Ich muß dem Kind ein Vitaminkonzentrat kaufen. Die Ärzte haben dazu geraten. Es ist aber nur für Dollars zu kriegen . . .«

Jonasz massierte sich mit der Faust das Kinn. Er sah die in Schwarz und Grün gedruckten Banknoten nicht für sein Eigentum an. Von Zeit zu Zeit kamen sie aus Nazareth, in Luftpostumschlägen mit exotischen Briefmarken, innen ein doppelt gefaltetes leeres Blatt, damit der Geldschein gegen das Licht nicht zu sehen war. Eine Rückadresse war nicht angegeben, aber Jonasz kannte den Absender. Dieser würde vielleicht einmal nach Krasnogaj kommen, um sich hier umzusehen: nach dem geschwärzten morschen Haus, in dem sich einst ein kleiner Kramladen befunden hatte, nach der unkrautüberwucherten Trümmerstätte der Synagoge, nach den schiefen, geborstenen, in die Erde gesunkenen Grabsteinen mit dem Sechsstern. Bestimmt würde er dann bei Jonasz vorbeikommen, und dieser würde ihm sagen, was er von den schwarz und grün gedruckten Geldscheinen hielt, und sie zurückgeben, als habe er sie nur zur Verwahrung erhalten. Alle. Fast alle.

»Warte mal«, knurrte er und ging ins Haus.

Er nahm ein Bild von der Wand, das Straßenmusikanten zeigte, vier Männer mit Peies und Jarmulken, auf Geigen und Kontrabässen fiedelnd. Mit dem Messer lokkerte Jonasz einen Ziegelstein, nahm ihn heraus und zog aus dem Loch ein in Folie gewickeltes Bündel. Er löste den Gummi, zählte vier Scheine ab, steckte den Rest wieder an seinen Platz, legte den Ziegel vor und hängte das Bild auf.

Er ging auf den Hof und gab das Geld der Frau. Sie griff nach seiner Hand, als wollte sie sie küssen. Er riß sie weg.

»Zu wieviel rechnen Sie um, Nachbar?« hörte er fragen.

Er schob die Frau sachte aufs Gartentor zu. Sie wich ihm aus und stammelte etwas, ihre Bindehäute röteten sich noch stärker. Endlich hatte er sie hinaus. Er kehrte ins Haus zurück, um die Heringe zurechtzumachen: Er häutete und wusch sie, schnitt sie in Stücke und warf sie in ein Glas. Dann streute er kleingeschnittene Zwiebel darüber und übergoß alles mit Rapsöl. Weit weg von hier, zwischen dem Mittelländischen, dem Toten und dem Roten Meer, gibt es einen Hain, in dem Bäume der Gerechten gepflanzt werden. Vor Jahren hatte Jonasz eine Einladung erhalten, hinzukommen und einen Baum zu pflanzen. Awrum hatte das eingefädelt, der jüngste Kuperholz, derselbe, der die Dollars schickte. Eine Narretei. Ließ sich durch Bäumepflanzen die Rechnung begleichen? Nein, nein, die Vergeltung wurde hier geübt, hier in den Sümpfen. Und das Böse wird verschwinden, in der Tiefe versinken, dorthin fließen, wo es herkam: zur Hölle. Dort ist sein Platz. Sollten die Bösen einander um die Wette Böses antun, sie brauchten sich dann nicht zu geben, als wollten sie das Gute, und säuberten voller Weitsicht nur einen Augiasstall, denn einer müsse das ja machen, und ihnen persönlich tue es weh, sie schämten sich sogar vor den Menschen, die das nicht verstünden. So begreifen Sie doch, Herr Hoff, Sie stammen aus Kurland, wir haben es anhand alter Urkunden überprüft. Sie haben kein moralisches Recht, eine Jüdin zu verstecken, ein Samenkorn zu beschützen, das parasitäres Unkraut treibt, sich ausbreitet und alles vergiftet. Sie sind Angehöriger eines Herrenvolks und dürfen sich nicht der historischen Mission, der Großen Vorsehung unserer Rasse entziehen – da heißt es, Zähne zusammenbeißen und männlich den Schmerz unterdrücken im Namen einer guten Sache! Das Böse auf Erden hat keine Daseinsberechtigung, nur Wahnwitzige berufen sich auf eine solche, alle anderen aber schreien nach dem Guten. Folglich schlüpft das Böse in die Kleider des Guten. Das Böse glaubt das Gute zu sein. Zum Nutzen der Allgemeinheit werden Apparate gebaut, die tödliche Strahlen aussenden können. Laserwaffen werden sie genannt, und im Radio ist gemeldet worden, sie könnten auf riesige Entfernung alles in Asche verwandeln. Man kann damit den Erdball verbrennen, thermonukleare Bomben sind dagegen der reine Witz. Natürlich, niemand will den Erdball in Brand setzen, jedermann ist gut, und die Strahlen des Todes sollen nur die Bösen abschrecken. In den alten Zeiten, als es in Krasnogaj noch einen Rabbiner gab, war der alte Kuperholz zu ihm gegangen, um zu fragen, ob es Krieg geben werde.

»Du machst«, so sprach der Rabbiner, »mittags deinen Laden zu und gehst nach Hause. Du trittst in den Flur und riechst gebratene Zwiebel. Oh, wie sie duftet! Du gehst weiter, und in deine Nase steigt der Geruch von gehackten Eiern mit Zwiebel, von gebratener Leber, von Huhn in fetter Brühe, von Honigfladen . . . Du trittst ins Zimmer, und der Tisch ist weiß gedeckt, alles ist da, Bestecks, Teller und Schüsseln. Was meinst du, Kuperholz, wird es Mittagessen geben?«

Jonasz wußte nicht genau, ob das 1938 oder zu Beginn des darauffolgenden Jahres gewesen war, Regina hatte ihm das Gleichnis des Rabbiners erzählt, nachts, nachdem sie heimlich gekommen war und sie sich selbstvergessen geliebt hatten, als sie nebeneinander lagen und auf dem schweißnassen Laken ruhten. Regina hatte gelacht, und

Jonasz, nachdenklich geworden, streichelte ihr langes kupferfarbenes Haar. Der Führer des Reiches hatte angekündigt, er werde mit dem Volk Abrahams abrechnen. Mit diesem Volk war noch niemand fertig geworden, obwohl man es ungehindert abgeschlachtet und vertrieben hatte. Hatte dieses sonderbare Volk die Jahrtausende möglicherweise überlebt, weil es keinen bewaffneten Widerstand leistete? Es hat Völker gegeben, die gekämpft haben, sie wurden mit Stumpf und Stiel ausgerottet, und nur in alten Büchern ist eine Spur von ihnen zu finden. Das Volk Abrahams aber zahlt seinen Blutzoll und besteht fort, strebt unter Mühsal seiner Bestimmung zu. Der einzelne gilt nichts, eine Öllampe, ein siebenarmiger Leuchter genügen, um den Glauben und die Sitte zu wahren, die nach jeder Katastrophe aus der Asche auferstehen. Für Jonasz war das anders: Ihm ging über alles die kupferblonde Regina, sie war ihm wichtiger als Himmel und Erde, als alle Planeten und Sterne. Sollte er mit ihr fliehen? Aber wohin? Welcher Ort wäre sicher für sie, wenn die Zeit des Mittagsmahls kommt? Amerika, Australien, ja, aber Jonasz war ein Dorfschmied, seine Ersparnisse hätten für zwei Fahrkarten nach Krakau gereicht, nach Warschau aber schon nicht mehr. Die Schmiede war gepachtet, und zu borgen gab es bei niemandem etwas.

Heimlich hob er im Wald eine Grube aus, trug die Erde in Säcken fort, um keine Spuren zu hinterlassen. Nicht einmal Regina sagte er etwas. Als der Krieg ausbrach, war die Höhle schon tief und geräumig wie ein Zimmer, gut getarnt, durch Schalungen verstärkt. Jonasz legte einen Vorrat an, Zwieback, Mehl, Öl. Regina hatte die Schule besucht und viele Bücher gelesen, und sie glaubte an die deutsche Kultur. Manche Gedichte Goethes kannte sie auswendig.

Dich sah ich, und die milde Freude
Floß von dem süßen Blick auf mich;
Ganz war mein Herz an deiner Seite
Und jeder Atemzug für dich.

In den ersten Tagen nach dem Einmarsch in Krasnogaj benahmen sich die Deutschen ganz anständig: Hauptmann Storch ließ Kommißbrot an alle verteilen, ohne Ansehen der Nationalität. Als die Gendarmerie Reginas jüngeren Bruder Awrum verhaftet hatte, setzte sich Jonasz für ihn bei dem Hauptmann ein, dessen Motorrad er nach einem Unfall repariert hatte. Durch Vermittlung von Jonasz nahm Storch von der Familie Kuperholz drei Goldmünzen mit dem Bild des Doppeladlers an und ließ den jungen Burschen frei, riet ihm jedoch freundschaftlich, schnellstens aus Krasnogaj zu verschwinden. Awrum gehorchte und kam mit dem Leben davon: Er ging nachts über den Bug hinüber auf die russische Seite, aus einem Lager ging er zur Anders-Armee und mit dieser nach Palästina. Später bekam er in Italien sogar einen Orden für die Erstürmung jenes Klosterberges, der mit dem aus einem Soldatenlied bekannten roten Mohn bewachsen ist.

Den Hauptmann Storch fesselte die Person des Schmiedes deutscher Herkunft, der in den Sternen lesen konnte. Er wollte wissen, wie schnell Deutschland die Welt erobern werde. Jonasz gab ausweichende Antworten, redete sich mit unzureichenden Kenntnissen und dem Mangel an astronomischen Instrumenten heraus. Daraufhin bekam er vom Hauptmann Storch ein Zeissglas geschenkt. Jonasz wußte aber auch ohne dies, daß Deutschland die Welt nicht erobern werde, doch wurde ihm davon nicht leichter, denn die Sterne kündigten schreckliche Jahre an, viel menschliches Leid, Feuersbrunst und Blutvergießen. Genauso wie heute. Ob sie stets die Wahrheit sagten? Könnte ein plötzliches Besinnen die unheilvolle Verkündigung zunichte machen?

Bis zum Abend werden die Heringe durchgezogen sein und ausgezeichnet zum Selbstgebrannten passen. Jonasz stellte das Glas aufs Fensterbrett, damit die Sonnenwärme den Prozeß beschleunigte. Das sollte eine Schwelgerei werden! Es wäre eine gute Idee, Pudrycy dazu einzuladen, Pudrycy ist immer sehr lustig, wenn er einen getrunken hat, und setzt man ihn mit Parhoń, Sokolik und Doktor Samosiejka an einen Tisch und steckt auch noch Anielka dazwischen, so kann man Tränen lachen! Nur der Hering reicht nicht für alle. Aber es ist ja noch Räucherspeck da, für zwei Liter Selbstgebrannten hat Jonasz von Hubert eine ganze Seite bekommen und sie in einer eisernen Tonne über Wacholder- und Erlenholz geräuchert – sie zergeht einem auf der Zunge. Noch lustiger wäre es, Pfarrer Celestyn hinzuzubitten. Das Heil des Vaterlands und das Heil der Seele, eine dialektische Einheit von Gegensätzen, und er würde unterm Tisch Anielka unter den Rock greifen, die Wärme des Weibes spüren, diese einzige Süße, in der der Mann Zuflucht sucht vor der Hoffnungslosigkeit . . .

»Heringe?«

»Heringe«, bestätigte Jonasz.

Der Kommandant durchmaß die Rasenfläche, trat vors Fenster, nahm das Glas in die Hand und hielt es prüfend ins Licht.

»Zuviel Zwiebeln«, sagte er.

»Zuwenig Hering.«

»Das ist auch wieder wahr«, pflichtete der Kommandant bei, stellte das Gefäß aufs Fensterbrett und zog die verschossene Uniformjacke zurecht, die unter den Achseln Schweißflecke zeigte. »In einer leeren Wanne sitzt sogar der Pfarrer trocken.«

»In einer leeren Wanne kann dich auch ein Mädchen locken«, sagte Jonasz und kniff ein Auge zu.

»Du mußt immer das letzte Wort haben.« Der Kommandant zog finster die ergrauenden Brauen zusammen, die sich wie zwei Zahnbürsten sträubten. »Ich frage dich nach dem Pfarrer.«

Jonasz stützte die Ellenbogen aufs Fensterbrett und hielt das Gesicht in die wärmenden Sonnenstrahlen. Unter den gesenken Lidern hervor, über die Schulter des Kommandanten hinweg, beobachtete er eine Spatzenschar, die sich auf dem schiefen Zaun niedergelassen hatte. Die beiden Katzen duckten sich sprungbereit ins Gras, sie waren jung und unerfahren und wußten noch nicht, daß ein Spatz ihnen himmelhoch überlegen und nur scheinbar eine leichte Beute ist. Wenn sie erst gescheiter sein werden, werden sie lernen, die Spatzen zu verachten.

»Er ist gesund, Gott sei's gedankt«, sagte Jonasz und gähnte. »Er wird uns beide überleben.«

»Er ist gar nicht so alt, wie er sich aufspielt.« Der Kommandant öffnete Jacke und Hemd und kratzte sich die zottige Brust, dann hielt er es nicht länger aus und gähnte ebenfalls. »Wir wissen, wie alt er wirklich ist. Und was er gestern bei Sokolik gemacht hat, wissen wir auch . . .«

»Mhm«, machte Jonasz.

»Nachher ist er zu dir gekommen.«

»Er wollte Kräutertee für die Leber.«

»Pflänzchen vom Früchtchen, was?« Der Kommandant bleckte die auseinanderstehenden Zähne. »Du warst nämlich auf Sokoliks Grundstück. Oh ja, du bist dort gewesen . . .«

»Oh ja, ich bin dort gewesen.«

»Es zieht euch zu Lech Maciej wie die Wespe ins Kompott. Und was ist es, was er an sich hat? Die Konterrevolution, Jonasz.«

»Dann haben wir also eine Revolution?« fragte neugierig der Alte.

»Meinst du?«

»Ich meine nichts, ich sehe nur ins Innere«, sagte Jonasz und gähnte wieder. »Umschau zu halten, habe ich nicht die Augen und auch nicht die Lust. Hast du dich schon mal mit dir selbst unterhalten, Kommandant?«

»Für mich ist alles gesagt«, erklärte der Gefragte. »Ich habe mein Blut nicht für die Volksmacht vergossen, um mit der Rederei von vorn anzufangen.«

»Aber frühmorgens, nach dem Aufwachen, kommen einem doch verschiedene Zweifel . . .«

»Nach dem Aufwachen mache ich Gymnastik. Wir wissen sehr gut, was Herr Lech Maciej Orno ausheckt, nicht umsonst kommt er hierher und sammelt Leute um sich. Muß er das gerade bei uns machen?«

»Schämst du dich nicht, Kommandant?« Jonasz schnalzte mit der Zunge und schüttelte vorwurfsvoll den Kopf. »Das Land ist ein Ganzes, und um das Ganze muß man sich kümmern. Du aber hast ja nur den eigenen Acker im Kopf.«

»Soll jeder für das Seine sorgen, dann strahlt dem Land ein heller Morgen!« erwiderte der Kommandant. »Ich will hier keine Konterrevolution. Wirst du sagen, was ihr geredet habt? Wir wissen es sowieso.«

»Einen Quark weißt du. Die Rede war von dem Loch in der Lunge, das sich Orno im Konzentrationslager geholt hat. Er speit Blut.«

»Im Lager, sagst du . . .«

»Bei den Nazis.«

»In welchem denn sonst? Mache du mir hier keine Anspielungen.«

Die Spatzen schwirrten vom Zaun und flogen davon, zur Verzweiflung der Katzen, die wütend miauten. Der Wind strich durch das Schilf im See, kräuselte dessen Spiegel und blähte das Segel eines einsamen Bootes. An warmen Herbsttagen springt zuweilen solch eine kurze Brise auf, bevor die Natur vom Sonnenschein wieder in ihre Schläfrigkeit versenkt wird.

»Der Mann wird es nicht mehr lange machen«, sagte Jonasz. »In den Sternen steht es ihm geschrieben. Offene Tbc, er bringt kaum noch die Beine fort.«

»Aber bei der Politik ist er der erste.«

»Er schafft es irgendwie nicht, die Volksmacht zu lieben, aber was ist er schon für ein Gegner? Im Kopf wirbelt es, im Brustkorb pfeift es. Die Volksmacht aber ist stark.«

»Das möchte sein!«

»Und naiv. Sie hat sich die Gegner selbst zuzuschreiben, sie hat sie selber ernannt, diese belanglosen Leuchten aufgewertet und hochgespielt. Das Glück, Sergeant, läßt sich nur mit Strenge und Gewalt verbreiten. Es kommt zwar nichts dabei heraus, aber der Versuch muß gemacht werden.«

»Rede hier keine Ketzereien«, entrüstete sich träge der Kommandeur.

»Soll ich dir die Tragödie der Welt auseinandersetzen?« fragte Jonasz. »Warum muß sich die Materie, die sich Menschheit nennt, unvermeidlich in Energie verwandeln? Alles, was seinen Anfang . . .«

»Du taugst als Philosoph soviel wie ein Schinken vom Huhn!« fiel ihm der Kommandant ins Wort. »Wir wissen, daß Orno Ränke schmiedet und Sokolik ihm hilft.«

»Sokolik würde vielleicht helfen, wenn Orno Ränke schmieden würde«, sagte Jonasz. »Orno weiß aber, daß er weg vom Fenster ist. Nach der Flut kommt die Ebbe, vom Meer bleibt trockener Sand. Wenn ein Fisch nicht mit den Wellen fortkommt, muß er an der Luft krepieren.«

»Warum bist du gestern dort gewesen?«

»Ich habe ihm einen Aufguß gebracht, damit er ohne Schmerzen sterben kann«, sagte der Alte und blickte zu dem fahler werdenden Himmel auf. »Er bekommt nachts keine Luft mehr. Schon vor einem Jahr hätte er sterben müssen, aber das Fieber hat ihn auf den Beinen gehalten. Jetzt ist es gefallen, und so geht es langsam mit ihm zu Ende. Pfarrer Celestyn hat ihn zur Beichte zu überreden versucht, aber davon will er nichts hören.«

»Nicht einmal an Gott wollen diese Kerle glauben«, meinte der Kommandant. »Unsereinen hindert daran die Überzeugung, diese Leute aber der Haß.«

»Was ist das für ein Unterschied?«

»Wenn es Gott gäbe, würde er mir den Unglauben verzeihen. Er schätzt es, wenn Ordnung herrscht.«

»Das schätzt er gewiß«, stimmte Jonasz zu. »Er soll allwissend sein, und den Menschen schuf er nach seinem Bilde. Auch du willst alles wissen.«

Der Kommandant fühlte, daß er im Begriff stand, dem Teufel Jonasz in die Falle zu gehen. Schnell knöpfte er, um seine amtliche Würde wiederzugewinnen, die Jacke zu, räusperte sich und runzelte drohend die Stirn. »Du erlaubst dir zuviel«, knurrte er. »Wir wissen von dir mancherlei. Sieh dich vor, Alter.«

»Jawohl, Kommandant.«

»Es kann sein, daß wir sogar wissen, wo du Schnaps brennst.«

»Das weißt du nicht«, meinte Jonasz. »Wenn du es wüßtest und nichts unternähmst, würde ich allen Respekt vor dir verlieren.«

»Du verstehst nichts vom Geist der Polizei«, sagte der Kommandant. »Wir greifen, wenn es um etwas geht, erst im geeigneten Moment ein. Auch wir haben unsere Philosophie.« Vielsagend blickte er Jonasz an, dann marschierte er hüftenschwenkend ab. Er hatte weibliche Hüften, auf denen prall die Uniform saß. Helcia, seine Frau, war von männlichem Körperbau – ein weiterer Beweis, daß die Natur für Proportionen sorgt, indem sie Gegensätze ausgleicht.

Die Inspektion bestand aus drei energischen Männern und einer molligen kleinen Frau in Jeans. Sie alle lehnten es kategorisch ab, Kaffee zu trinken, schon gar nicht mit Zucker. Als Pudrycy ins Zimmer des Vorsitzenden trat, sah ihn dieser an wie ein Schiffbrüchiger das Land, atmete vernehmlich auf und setzte die Inspektion in Kenntnis, daß dies der Lagerverwalter W. sei, der alles zeigen werde, denn er, Kowalski, sei hier neu und noch nicht restlos mit allen Angelegenheiten vertraut. Pudrycy spielte eine kurze Szene der Verwirrung: Seine Augen huschten hin und her, das Kinn bebte, die Zähne bissen in die Unterlippe. Er senkte den Kopf und versicherte, er stehe zur Verfügung.

Der Hauptkontrolleur maß ihn mit einem kalten Blick, das gleiche taten der mittlere und der junge. Die Frau in den Jeans sah gleichgültig drein wie eine Themis ohne Waage.

»Wo treiben Sie sich während der Arbeitszeit herum?« fragte der Hauptkontrolleur.

Pudrycy ließ den Kopf noch tiefer sinken. »Ich habe mir eine Spritze geben lassen. Eine ärztliche Freistellung habe ich abgelehnt, wir haben so viel Arbeit . . .«

Der Blick des anderen wurde nicht milder. »Wir kennen diese Tricks mit den Krankschreibungen. Wissen Sie, wie oft dieser faule Zauber bei uns vorkommt?«

Der Vorsitzende Kowalski hielt es für angemessen, sich vor seinen Lagerverwalter zu stellen: Schließlich lag jetzt alles in dessen Hand. »Kollege W. hatte einen Unfall«, sagte er. »Er lag auf der Reanimation.«

Durch die Themis ging ein Ruck. Sie schüttelte ihre

butterblumenfarbene Dauerwelle und sah Pudrycy neugierig an. »Hatten Sie während des Todes irgendwelche Eindrücke?« fragte sie. »Die Wiederbelebten sprechen von einem Tunnel. Nach Ansicht der Wissenschaftler ist das der Wunsch, in den Mutterschoß zurückzukehren.«

»Kann sein«, gab Pudrycy freundlich zu, »ich jedoch hatte keinerlei Eindrücke. Es tut mir leid. Darf ich Sie jetzt in mein Büro bitten?«

Die Inspektion teilte sich. Der Leiter und die Frau folgten Pudrycy, die beiden anderen gingen in die Buchhaltung. Pudrycy führte seine Kontrolleure ins Kontor, zog die Aktenordner aus den Regalen und legte sie auf den Schreibtisch, einen neben den anderen. Aus dem Sekretariat holte er einen Sessel, damit die Themis es sich bequem machen konnte. Dennoch blieb ihr nur ein wackliger Stuhl, denn den Sessel nahm unverzüglich der Leiter ein, der auch sogleich fragte: »Wie machen wir das nun? Geben Sie selber alles zu oder sollen wir suchen?«

»Besser das letztere«, sagte Pudrycy.

»In Skiroławki hat der Lagerverwalter alles gleich zugegeben, wir haben das im Bericht vermerkt. Es ist ein mildernder Umstand. Noch haben Sie die Chance, Kollege B.«

»W.« stellte Pudrycy richtig. »Ich weiß nicht, was man Ihnen zugetragen hat . . .«

»Wir stützen uns nicht auf Zuträgereien!« unterbrach ihn schroff der Leiter. »Irgend etwas gibt es immer zu gestehen, aber wenn nicht, dann eben nicht!«

Pudrycy sah sich eine Weile an, wie das Paar Anträge und Verteilerlisten studierte und sie mit den Abnahmequittungen und Bankauszügen verglich.

»Ich will nicht stören«, sagte er. »Man erwartet mich beim Aufkauf.«

»Sie können gehen.«

»Im Nebenzimmer sitzt mein Stellvertreter. Er wird Auskunft geben, wenn es nötig ist.«

»Wir kommen zurecht«, versicherte die Themis. »Hatten Sie wirklich keine Eindrücke nach dem Tod?«

»Nein, ich bedaure sehr.«

Pudrycy verließ das Kontor, stieg die Treppe hinauf und schlüpfte, da er sich unbeobachtet sah, ins Zimmer des Vorsitzenden.

Kowalski stand am Fenster und sog nervös an einer jugoslawischen Zigarette. Rasch wandte er sich um. »Nun?«

»Vorläufig nichts.«

»Vorläufig, sagen Sie? Ich möchte wissen, wieso sie ausgerechnet zu uns gekommen sind. Ich habe da meine Ansicht . . .«

»Ein ganz normaler Fall, Herr Vorsitzender.«

»Srokacz hat sich gemerkt, daß ich ihn im Parteiaktiv nicht unterstützt habe. So einem reicht das schon, wenn sich einer nur der Stimme enthält. Rogalski ist sein Cousin, ein Anruf, verstehen Sie, dann eine Bemerkung zum Sekretär, dieser braucht gar nichts anzuordnen, sondern es nur nebenbei dem Direktor zu sagen. Der schreibt einen Vermerk an Pstrokoń, und wir sind eingeweicht.«

»Ich glaube es nicht.«

»Ich eigentlich auch nicht«, gestand Kowalski ein. »Ich bin nicht lange genug hier, um mich auszukennen. Bisher habe ich in der Kultur gearbeitet.«

»Ich glaube nicht, daß wir etwas zu befürchten haben«, meinte Pudrycy.

»Wir? Sie sprechen in der Mehrzahl?« fuhr der Vorsitzende mißtrauisch auf.

»Ich«, korrigierte sich Pudrycy. »Alles ist vollkommen in Ordnung.«

Die Miene des Vorsitzenden heiterte sich auf, er drückte

die erst halb angerauchte Zigarette aus und klopfte Pudrycy auf die Schulter. »Auf Sie kann man sich verlassen, Kollege W. Hätte ich im Büchergroßhandel einen Lagerverwalter wie Sie gehabt, wäre mir nicht ein einziger Kalender weggekommen.«

Kalender nämlich hätten Kowalski beinahe das Genick gebrochen, als er den Großhandel der Woiwodschaft leitete: In den Akten standen sie, in den Regalen lagen sie – aber sie waren vom Vorjahr. Wer kauft einen Kalender vom vorigen Jahr? Wo waren die diesjährigen hingeraten? Aus der Zwangslage erlöste ihn erst ein Protokoll mit der Feststellung, daß der Staatsfeiertag falsch ausgedruckt war. Die Kalender gingen geschlossen in die Papiermühle, die Jahreszahl spielte keine Rolle mehr: Niemand fragte nach einem Jahr, in dem der 22. Juli auf den 16. Februar fiel. Der Schriftsetzer, der alles auf sich nahm, wurde disziplinarisch entlassen, in eine andere Stadt versetzt und Leiter einer kleinen Druckerei.

Pudrycy dankte für die Anerkennung. Noch ein Jahr zuvor hätte der Vorsitzende Kowalski mit seinen kläglichen Ängsten seine Verachtung geweckt. Góralczyk, ja, das war ein harter Bursche gewesen, um keinen Preis hätte er vor einem Untergebenen Unruhe erkennen lassen. Ihn hatten ganz andere Kontrolleure heimgesucht, er hatte sie von oben herab erledigt, denn er verstand es, das Leben politisch zu nehmen. Hätte Pudrycy nur gewollt, so wäre Kowalski längst nicht mehr hier. Wie konnte ein Fremder unter Leuten zusammenleben, die alle zusammenhielten? Aber sollte er nur dableiben. Seit Pudrycy allen Ehrgeiz hatte fahrenlassen, war an die Stelle der Verachtung das Mitgefühl getreten. Wovon träumte der Vorsitzende? Eine Stufe zu steigen. Der arme Kerl wußte nicht, wie süß dann seine Lage zwischen Hammer und Amboß sein würde, wie er sich vormachte, er brauche nur Stellvertreter des

Woiwoden zu werden, und die Welt sähe für ihn ganz anders aus. Pudrycy hatte einmal mit einem Vizewoiwoden getrunken und wußte daher, wovon dieser vor dem Einschlafen träumte. Mit einem Woiwoden hatte ihn das Schicksal noch nicht vor eine gemeinsame Flasche gesetzt, aber er konnte sich das Bündel der Sehnsüchte ausmalen, die immer, so hoch sie auch reichen mochten, in eine Lage zwischen Hammer und Amboß führten. Wer auferstanden ist, begreift das. Nicht umsonst faszinierte Jeshua, der Sohn Marias, durch seine Demut, er verdammte die Ehrgeizigen und tat Wunder. Zu welchem Wunder ist ein Woiwode imstande? Kann er Schinken vermehren, Autoreifen entstehen lassen und die Ungläubigen überzeugen, daß die Welt zum Besseren strebt? Früher hatte es Pudrycy nicht verstanden, wenn Jonasz Hoff nachzuweisen suchte, daß Entwicklung und Fortschritt zwei verschiedene Dinge waren: Der Fortschritt, also das Streben zum Besseren, ist ein Trugbild, das der Menschheit vorgegaukelt wird, damit sie auf ihre Führer hört. Fortschritt müßte gesteuert werden – aus der Kenntnis der Entwicklungsgesetze heraus. Wer aber kennt die Gesetze der Entwicklung? Wo bleiben sie aus, die Krisen, Katastrophen und Enttäuschungen? Urplötzlich geht alles in die Binsen, Imperien gehen unter, Mächte verfallen, Armeen treten gegeneinander an.

Jonasz sagt, das käme alles daher, daß man die Gesetze der Entwicklung nicht kennt, und es ist auch schwierig, sie zu erkennen, denn sie sind unlogisch und gegen alle Vernunft. So viele schöne Theorien sind auf dem Müll gelandet, andere sind an ihre Stelle getreten, und auf sie wartet gleichfalls der Müll. Die Welt folgt einem Allgemeinen Plan, der sich zwar auszugsweise aus den Sternen lesen läßt, aber nicht die kleinste Rücksicht auf die Interessen nimmt, die die Zivilisation auf einem zwergenkleinen Planeten namens Erde wahrzunehmen gedenkt. Der

Schöpfer dieses Plans wird sicher seine Ziele haben, aber nicht jedem x-beliebigen davon Mitteilung machen. Erklären denn wir den Ameisen, deren Bau wir zerstören, daß wir an dieser Stelle ein Haus errichten wollen? Für die Ameisen ist es die Katastrophe, der Weltuntergang, für die obdachlosen Menschen ein Anfang.

»Ich glaube weder an das eine noch an das andere«, sagte Pudrycy, »aber wenn auch – was hätte ich davon? Das Leben geht weiter, man muß etwas tun, auf etwas hoffen.«

»Bravo!« hatte sich der Alte gefreut. »Tun und hoffen wir! Das Philosophieren, mein kleiner Pudrycy, hat einen Sinn nur bis zu einer gewissen Grenze, dann führt es in die Irre. Darum kehrtgemacht und an die Arbeit! Schreite voran und tritt nicht zurück, schreite zum Fortschritt, und zum Eintritt schreite auf den Abritt!« Und er brüllte vor Lachen und hieb Pudrycy auf die Schultern und amüsierte sich über ihn wie eine Nutte über ein Jüngferlein.

Erst nach dem Tod hatte Pudrycy begriffen, daß an diesem Geschwätz etwas war: Mochte es besser oder schlechter gehen, am Ende erwartete einen der Tunnel mit dem Wonnevollen Licht, mit dem vielleicht erst alles beginnt.

»Haben Sie sie allein gelassen?« fragte Kowalski.

»Sollen sie doch stöbern. Wir haben nichts zu verbergen. Notfalls ist mein Stellvertreter zur Hand.«

»Ich arbeite hier erst seit kurzem«, sagte der Vorsitzende.

Trottel, dachte Pudrycy. Du wirst keine Karriere machen, du gibst dir zu viele Blößen. Ein guter Spieler zeigt keine Angst, er ist immer selbstsicher, vor den Untergebenen schon ganz und gar. An Góralczyk reichst du lange nicht heran.

»Das ist selbstverständlich«, erwiderte er. »Die werden sich hier nicht lange aufhalten, um sechs ist Feierabend.

Eine gründliche Kontrolle würde einen Monat dauern, und sie müssen die ganze Woidwodschaft abklappern, damit sie den Bericht für die Konferenz zusammenkriegen. Das ist jetzt so Mode.« Er lächelte Kowalski mit jener Dosis Vertraulichkeit zu, die zur Beruhigung ausreichte, aber nicht die Schwelle der dienstlichen Obliegenheit überschritt – das nämlich hätte auf Kungelei hindeuten können.

Der Vorsitzende revanchierte sich mit einem ähnlichen Lächeln.

Pudrycy verließ das Dienstzimmer auf gleichem Wege, wie er gekommen war, unter Umgehung des Sekretariats, durch die Tür, die direkt auf den Flur führte. Sie war nur zu besonderen Anlässen geöffnet: Der Vorsitzende mußte den Besucher erwartet haben. Ein Beweis, daß sie einander schon verstanden.

III

Der Dunkelheit vertrauen nur naive Leute. Freilich, im Finstern ist die Sicht erschwert, aber dafür werden die anderen Sinne geschärft, Wachsamkeit und Argwohn geschürt. Nachts schlafen die Menschen. Die Nacht in Krasnogaj beginnt mit der Dämmerung, wenn die Männer sich gähnend vor den Fernseher setzen und ihre Frauen den Tisch für sie decken, Dickmilch und dampfende Kartoffeln servieren, zuweilen auch Bier statt der Milch. Manchmal gibt es zu den Kartoffeln eine Grützwurst oder einige Scheiben Sülze. Die Gassen veröden, nur vor der Gastwirtschaft ist noch ein bißchen Betrieb. Korporal Słowacki ist in dem trübseligen Städtchen auf Streife: meistens mit dem Motorrad, mitunter zu Fuß in Begleitung des Wachtmeisters Mołojec. Auf der Wache hat der Zugführer Karaś Telefondienst. Die Staatsmacht hält Wacht, rund um die Uhr.

Tagsüber ist es sicherer. Schritte auf dem Pflaster wekken keine Neugier, locken niemanden ans Fenster. Der Korporal streift mit dem Motorrad über die Landstraßen der Umgehung, kreist um den See und hält nach Leuten Ausschau, die an unerlaubten Stellen zelten oder ohne Schwimmzeugnis baden. Der Kommandant schreibt in seinem Dienstzimmer Berichte, und Karaś sucht Partner zum Plaudern, um Informationen zu sammeln.

Jonasz brennt seinen Schnaps nur am Tage. Ein dünner Rauchfaden über dem Wald fällt niemandem auf, meist verweht er, bevor er über die Baumkronen steigt. Hilfreich ist dabei der Wind. Am Nachmittag gab es ein kleines Lüftchen und Jonasz machte sich auf in den Wald. Ein Weidenkorb bedeutete den Nachbarn, daß es in die Pilze ging. Bei dieser Trockenheit? Jeder andere wäre für verrückt erklärt worden, aber nicht Jonasz: Er kannte Stellen im sumpfigen Dickicht, wo sich immer ein paar Grünlinge oder sogar Steinpilze finden ließen. Er vergaß nie, sie auf dem Rückweg mitzunehmen.

Für alle Fälle sah er sich um, ob ihm jemand folgte. Die Felder lagen verlassen. Er tauchte in den Kiefernwald, das Unterholz schien vor ihm auseinanderzutreten, um ihm einen schmalen Pfad zu bieten. Es roch nach Sumpf, faulenden Nadeln und Harz. Die dichtverzweigten Bäume verdeckten den Himmel. Unter den Stiefelsohlen wurde es zunehmend weich, dann begann es feucht und fett zu schmatzen: Das Moor war erreicht.

Die Bäume standen hier spärlicher, zwischen den struppigen Büscheln von Schneidegras glänzten pechschwarze Tümpel. Ein Unkundiger wäre nach zehn Schritten versunken. Jonasz konnte das Moor mit geschlossenen Augen überqueren, Tausende Male war er diesen Weg gegangen, er brauchte nicht auf ihn zu achten. Ein einziges Mal hatte er von ihm abweichen, in den Sumpf gehen wollen. Vierzig Jahre war das her. Von den dünnen Baumstämmen, die den Steg gebildet hatten, war keine Spur mehr übrig. Auch von denen nicht, die Jonasz damals begleitet hatten. Mit Ausnahme von Storch.

. . . Er ging zwischen zwei Soldaten in dunkelgrünen Uniformen: Als er in die grundlose Tiefe springen wollte, packten ihn beide gleichzeitig bei den Armen. »Auch das habe ich vorausgesehen«, sagte Hauptmann Storch voller Freundlichkeit, »der Tod ist dir noch nicht beschieden, Schmied. Solltest du deinen Sternen nicht trauen?« Bei der Ausbildung hatten sie Katzen die Augen ausstechen müssen, Storch hatte dabei kein Vergnügen empfunden. Jetzt sei es ihm, wie er sagte, geradezu unangenehm, denn er habe sich in Hoff getäuscht, baue jedoch darauf, daß sich in dem Schmied am Ende doch das Blut der germanischen Vorfahren melde – wenn alles überstanden sei. Das Leben sei eine einzige Abfolge von Übungen des Charakters. Die Rasse diktiere die Anforderungen. Wäre Hoff kein Deutscher von reinstem Blut, so hätte er, der Hauptmann, wahrscheinlich nur abgewinkt: Hol's der Teufel, früher oder später passiert es doch! Aber einen Deutschen kann ein Deutscher nicht ungerettet lassen. Der Schnitt mit dem Skalpell tut weh, befreit den Schmied jedoch von dem psychischen Geschwür, eröffnet ihm eine neue Welt, in der endlich völkischer Stolz und völkische Würde den gebührenden Platz einnehmen. »Würden Sie es mir erlassen, wenn ich kein Deutscher wäre?« fragte Hoff. »Du hast goldene Hände und kannst in den Sternen lesen«, versetzte Storch, »ich habe eine besondere Schwäche für dich. Selbst wenn wir nicht beide aus Kurland stammten, würde ich mich wahrscheinlich unwissend stellen, denn ich schätze sehr die Fahrtüchtigkeit meines Motorrads.« Genau in diesem Moment hatte Jonasz eine Offenbarung: Storch überzog sich am ganzen Körper mit Fell, Gehörn krönt den Schädel, der Mund verzog sich zur Schnauze, rot funkelten die Augen. Von einem simplen Bock unterschied ihn nur zweierlei: die Hauer, die sich über den Nüstern nach oben krümmten, und das Mal auf der Stirn, ein umgedrehtes Kreuz, das noch von der Höllenglut dampfte. Leichengeruch, ein zitronengelber Lichtschein. Es dauerte nur einen Augenblick, Storch nahm sogleich wieder die Gestalt des Hauptmanns an, aber Jonasz wußte Bescheid.

Beide hatten ein langes Leben vor sich. Einmal mußten sie sich treffen, eher würde die Welt nicht untergehen . . .

Das Moor lag hinter ihm, Jonasz tauchte wieder in Dickicht, erklomm einen Hügel und stieg in eine kleine Schlucht hinab. Vor einem umgebrochenen Baum blieb er stehen. Der gewaltige Stamm war morsch und mit glitschigen Moospolstern bewachsen. Der Alte umfaßte ihn, hob ihn hoch und warf ihn beiseite. Er keuchte nach dieser

Anstrengung: der Stamm wog mindestens vier Zentner. Früher war Jonasz mit ihm umgegangen wie mit einem Hackklotz, aber im Laufe der Jahre wurde ihm das Holz immer schwerer.

Er schob Reisig beiseite und stieß eine morsche Tür auf. Beim Eintreten mußte er sich bücken. In der Höhle roch es nach Säure und Gärung. Jonasz tastete nach der Petroleumlampe und zündete sie an. In dem flackernden Licht sah er die hölzerne Pritsche, auf der Regina Kuperholz geschlafen, den Hocker, auf dem sie gesessen, das eiserne Öfchen, an dem sie sich im Winter gewärmt hatte. Daneben, von einem Schaffell bedeckt, reifte die Maische. Jonasz hielt die Lampe darüber und blickte in die Aluminiumkanne: Der Schaum war gesunken, neue Bläschen stiegen nicht mehr auf. Genau richtig. Behutsam, um nicht den heftigen Bodensatz aufzuwirbeln, goß Jonasz die Flüssigkeit in eine Milchkanne und setzte den dichtschließenden Deckel darauf, in den nur eine Öffnung für den Stopfen mit der Destillierschlange gebohrt war. Dann machte der Alte Feuer in dem kleinen Ofen. Direkt daneben befand sich ein Wasserhahn – Jonasz hatte einen nahen Bach angezapft, als er den Unterschlupf für Regina baute. Die Leitung funktionierte noch immer, sie kühlte jetzt die Destillierschlange.

Er schraubte den Stopfen in den Deckel und setzte das Gefäß aufs Feuer. Der Rauch des Ofens entwich durch verzweigte Rohre – von weitem sah es so aus, als wallten Dunstschwaden über das Moor.

Nun blieb eine halbe Stunde, ehe der Stoff den Siedepunkt erreichte. Ein Haufen Zeit. Jonasz stellte einen Glaskolben unter die Mündung der kupfernen Schlange, setzte sich auf den Hocker, zog einen ledernen Tabaksbeutel aus der Tasche und drehte aus einheimischem »Virginia« und einem Zeitungsrand eine Zigarette. Der Tabak war stark und von süßlichem Aroma, eine Spezialtrocknung mit einem Zusatz von wilden Äpfeln und Julihonig. Jonasz nahm einen tiefen Zug und blies den Rauch vor sich hin.

In den Kringeln, über der Pritsche, erschien das bleiche Gesicht Reginas mit den großen dunkelgrünen Augen. Das zerzauste kupferfarbene Haar fiel lose über das kleine plüschbezogene Kissen. »Was gibt es Neues, Jonasz?« – »Nichts. Die Deinen warten auf ihre Papiere, England will Militärfahrzeuge liefern, um sie freizukaufen. Awrum kümmert sich darum, daß ihr auf die Liste der Freigekauften kommt.« – »Was soll dieser Schwindel, Jonasz? Keiner verkauft uns, keiner kauft uns, die Mission ist wichtiger als die Lastwagen. Was sollen sie damit, wenn sie uns erlauben, neu zu erstehen? Auf Erden ist kein Raum für uns und für Hitler. Er weiß das, er muß uns alle vernichten: Was nicht mehr da ist, wird nicht mehr angemahnt. Verfolgungen und Pogrome haben nichts ausgerichtet, wir haben fortbestanden, also muß das Problem radikal gelöst werden. Die Welt unterwerfen, und Schluß. Hitler hat keinen anderen Ausweg.« – »Hitler ist erledigt«, erwiderte Jonasz und nahm einen Zug aus seiner Zigarette, »er war schon erledigt, als er seinen Kreuzzug begann, die Natur duldet keinen Fanatismus, denn er stört sie in ihrem Gleichgewicht.« – »Die Natur kann zur Hölle fahren«, hörte er zur Antwort, »ich will nicht allein übrigbleiben.« – »Das wirst du auch nicht!« versicherte Jonasz und gab sich Mühe, nicht an die Familie Kuperholz zu denken, denn Regina konnte seine Gedanken lesen, und die Familie Kuperholz war längst in einem dicken schwarzen Rauch über Auschwitz zum Himmel gestiegen, mit Ausnahme von Regina und Awrum, ihrem jüngeren Bruder, dem Jonasz zur Flucht verholfen hatte. Den Sternen zufolge würde der Krieg zweitausend Tage dauern. Erst die Hälfte war davon vorüber. Der nächste Krieg würde viel kürzer sein, aber das war kein Trost, denn die Sterne sagten darüber seltsam Verworrenes aus und verhießen Unvorstellbares gleich der Offenbarung, die der Evangelist Johannes nach Eröffnung des siebenten Siegels erfahren hatte. »Du wirst nicht allein sein«, sagte er noch einmal voller Nachdruck, der aus den Sternen gelesenen Prophezeiung zum Trotz, alledem zum Trotz, was später geschehen sollte und was er nicht verhindern konnte. »Die Euren haben sich gut versteckt, und Hitler kommt unter die Räder. Wir werden eine große Hochzeit feiern!« – »Nein, nein, Jonasz, daraus wird nichts. Ich liebe dich, aber in deinen Adern fließt deutsches Blut. Mein Volk wird mir das nie gestatten.« – »So ist das also?« fragte Jonasz. »Also auch ihr?« – »Unser Ziel ist es, auszuharren in Lauterkeit, und deshalb ist es besser, wenn ich sterbe. Ich bin schon gestorben. Käme der Tod als Strafe, so würde ich gestraft für meine sündige Liebe zu dir, denn du bist keiner vom Volke Israel. Aber der Tod ist keine Strafe; wenn er es wäre, könnte es Verzeihung und Begnadigung geben. Ich bin nach den Ratschlüssen der Vorsehung gestorben, die Vorsehung aber ist unpersönlich, gleichgültig gegen den Einspruch des Betroffenen, sie ist ein höheres Naturgesetz, das kollektive Rechtsprechung übt. Jahve weiß, was er tut. Er braucht sich nicht zu rechtfertigen. Er hat zu viel zu tun, um sich mit einem einzelnen Exemplar befassen zu können.«

Jonasz legte einige trockene Scheite nach und tippte an das Gefäß: Es war heiß, die Flüssigkeit würde bald sieden. Das Feuer im Ofen prasselte fröhlich, als freute es sich ebenfalls, ein Glas vom ersten Anstich zu erhalten. Jonasz bließ grauen Rauch zu der Pritsche hin. »O nein!« sagte er zu Regina. »Zur Demut beredest du mich nicht. Mag dein Gott das Ganze in Bewegung halten, ich habe eine persönliche Rechnung zu begleichen. Auf jeden von uns kommt ein gehörnter Teufel. Deshalb treiben sich so viele herum, weil der einfache Mensch die ganze Arbeit dem Hergott überläßt, allenfalls betet er hin und wieder, und der Fall ist erledigt. Erlaube mir wenigstens das, Regina, daß ich mit dem Hinkefuß für uns beide abrechne. Du wirst sehen, wie gut dir das tut. Wenn alles vorbei ist, melde ich mich bei dir in voller Lebensgröße und wir feiern eine große, himmlische Hochzeit, mit Sondergenehmigung des Allerhöchsten Chefs, und die Erzengel machen dazu Blasmusik!«

In dem Gefäß begann es zu gluckern. Jonasz ließ aus dem Hahn Wasser über die Destillierschlange laufen und verfolgte, wie die ersten Tropfen Spiritus in den Glaskolben rannen. Es roch bitter. Der Spiritus war grau und trübe. Das machte nichts, bis zum Abend setzte sich das, die Schwebestoffe würden von Kräutern aufgesogen sein, durch Backpflaumen käme Aroma hinein. Das würde eine Sauferei werden! Auch Pfarrer Celestyn mußte eingeladen werden, er trank nicht viel, aß ein Scheibchen Zwiebel und schwieg, aber im richtigen Moment, wenn der Streit zur Schlägerei zu werden drohte, ging nichts über Pfarrer Celestyn: Mit einem treffenden Wort bringt er alle zum Lachen, mit seiner Ironie nimmt er der Leidenschaft den Dampf, die Phantasterei packt er bei den Ohren und setzt sie auf die Erde. Was bist du, Menschlein, gegen die Ewigkeit? Sieh dich vor, daß der Hochmut dich nicht platzen läßt wie einen aufgeblasenen Schlauch! Tadle nicht, was andere glücklich macht – nicht jedermann will Sauerampfersuppe mit Schnittlauch essen, wenn er gerade vor Quittenkonfitüre sitzt oder seine Unterhosen wäscht.

Jonasz hielt ein Blechtöpfchen unter die Mündung des Schlangenrohrs und wartete ab, bis sich ein Schluck gesammelt hatte.

»Aaaaah!«

Einen Tropfen hatte er übriggelassen, mit einem Streichholz zündete er ihn an: Die Flüssigkeit verging in einer sanften blauen Flamme.

»Sei nicht böse, Regina. Der Mensch lebt nicht vom Zorn allein, nicht nur von einer Idee, so edel sie auch sein mag, nicht allein von der Vergangenheit, in der noch eine Rechnung offen ist. Auch zwischen Anielkas Schenkeln ist Wärme, wenn einem davon auch nicht schwindlig wird, wenn man in kein Paradies entschwebt oder einen nicht seine Ohnmacht schmerzt. Es ist schön, beim Feuerwasser zu sitzen und einen Heringshappen zu essen, Sokolik zu hänseln und Pudrycy zu bedauern, weil er nicht über seinen Schatten springen kann. Und wenn die Ratte von dem Elixier gesund wird? Hast du eine Ahnung, Regina! Von der Ratte zum Menschen ist es gar nicht so weit, wie es der Ratte scheint. Sie sind beinahe gleich, anders sind eigentlich nur die Bärte.«

Er legte nicht mehr nach, das Holz hatte sich in orangenfarbene Glut verwandelt, aus dem Röhrchen kam ein gleichmäßiger Strahl, der Glaskolben war beinahe voll. Acht Kilo Zuckerrüben, zwei Kilo Zucker, ein Klümpchen Hefe, eine Handvoll Kräuter und abgekochtes Wasser – das hatte fünf Liter Blitzschlag und Donnergroll gegeben. Was aber hätte der Kommandant geboten, um mit Jonasz die Stelle zu tauschen? Gar nichts. Jeder ist an die seine gebunden. Zwei Arten gibt es, innerhalb jeder Art gibt es, wenn man auf die Qualität sieht, kaum Unterschiede. Du suchst zu greifen, dich sucht man zu greifen, und zusammen sucht ihr zu greifen, was nicht zu greifen ist. Hauptsache, man verträgt nicht viel. Dann läßt sich nach dem dritten Glas der Mond mit Händen greifen.

Der Kiosk bekam Zigaretten geliefert. Der Fahrer des Lieferwagens nahm die grauen Kartons aus dem Laderaum, schlurfte mit ihnen zur Tür und stapelte sie auf die

Schwelle. Die Verkäuferin setzte verschlafen ihre Häkchen auf die Lieferscheine. »Alles?«

»Alles.«

»Ich hatte aber auch Waschpulver bestellt!«

»Ist nicht mitgekommen.«

Vor dem Kiosk formierte sich eine Schlange. Parhoń konnte von seinem Balkon aus alles sehen: Vornan waren zwei junge Burschen mit Schildmützen, dann kam eine Oma mit Einkaufsnetz, hinter dieser der schwerhörige Tischler Prońko, schließlich eine Gruppe von Männern, denen im Lebensmittelladen nebenan das Bier vor der Nase alle geworden war. Jetzt standen sie in der Reihe und sonnten sich.

»Was ist denn gekommen?« fragte der Tischler.

»Nur auf Marken«, gab die Verkäuferin Auskunft und hantierte mit den Kartons.

»Und auf Marken auch?«

Der Verkäuferin fiel ein, daß der Tischler fast taub war, sie nickte sehr ausladend. Der Tischler klaubte aus seiner Brusttasche eine zerknautschte Karte, hielt sie ans Licht und stöhnte.

»Zigaretten sind nicht mehr drauf«, sagte er. »Ich würde sie für die Grützemarken nehmen.«

»Für Grütze kriegt man höchstens Mehl«, erklärte die Oma mit dem Einkaufsnetz den Leuten in der Schlange. »Ich biete Zigaretten gegen Alkohol.«

»Und ich meine Schwiegermutter gegen Schmierfett«, sagte schläfrig einer der Männer. »Wenn nicht bald Regen kommt, ist es mit den Kartoffeln restlos aus.«

»In Amerika machen sie den Regen selber«, merkte ein anderer an. »Mein Bruder hat es mir geschrieben. Sie schießen aus Spezialkanonen, und davon entstehen Wolken.«

Parhoń verzog das Gesicht und griff sich an den schmerzenden Kiefer. Die Tinktur von Jonasz ließ in ihrer Wirkung nach, der Schmerz meldete sich zurück, lauernd hinter einem dumpfen Ziehen, einem Hämmern unter der Schädeldecke. Da hatte man auf ein Nickerchen im Balkonsessel gehofft, aber wie sollte der Schlaf kommen, wenn das Gequassel von Schlangestehern ihn vertrieb? Wovon sollte man noch träumen, wonach sollte man sich sehnen, wenn man sich in Gemeinschaft einer schwatzenden Meute befand, die nichts im Kopf hatte als Alkohol statt Butter und Regen aus amerikanischen Kanonen! Die nationale Substanz – zerfressen von der Pest des Irdischen, gierig auf Waschpulver und Fettrationen. Abgestumpft und träge. Waren das dieselben, deren Ahnen dafür gesorgt hatten, daß die Daten der großen Schlachten gegen Tataren und Ordensritter in die Blätter der Geschichte gebrannt wurden? Die von den Trompeten bei Somosierra in den Kampf gerufen wurden? Es tat weh. Wahrscheinlich mußte er doch zum Zahnarzt gehen und den Stummel ziehen lassen. Manchmal gab es eine örtliche Betäubung, daß der Zahn herausging wie eine Zwiebel aus dem Beet. Bei ihm, Parhoń, natürlich nicht, ihm bleibt kein Schmerz erspart, keine Erniedrigung und Demütigung.

Beim bloßen Gedanken an die Zange kam er ins Keuchen. Ein massives, vernickeltes Ungetüm wie zur Entfernung eines Hufnagels – da mußte man es mit der Angst bekommen. Und der Geruch von Kampfer und Salizyl. Man mußte den Mund aufmachen und das erbarmungslose Metall einlassen, es freiwillig aufnehmen, einen brutalen Eingriff zulassen. Ein fester Griff, eine Drehung, ein Ruck. Womöglich gar noch Meißeln – das spitze Stochern im lebendigen Knochen, Hammerschläge direkt ins Gehirn. Warum scheidet der Organismus die Fäulnis nicht von selber aus? In Kartuzy sollte es einen Quacksalber geben, der den Zahn mit den Fingern herausnahm, ohne daß der Patient etwas spürte.

»Möchtest du Kompott?«

Unwillig musterte Parhoń seine Frau, die in der Balkontür erschienen war, im Unterrock, der sich um Fettpolster spannte. In dem Glaskrug, den sie ihm zeigte, schwappte eine trübe Flüssigkeit mit Apfelstückchen. Sie hätte auf dem Knoblauchfeld bleiben und Unkraut jäten sollen, aber nein, sie mußte nach Hause, angeblich um den leidenden Mann zu pflegen, in Wahrheit aber um zu faulenzen, zu bummeln und vor dem Frisiertisch zu sitzen. Die Backen betätscheln, damit die Krem in die großporige Haut einzieht, mit der Bürste in den strähnigen Haaren herumfahren. Ekelhaft. Wenn der Knoblauch gedieh, konnte das Leben der Parhońs ein ganz neues Aussehen gewinnen: kein bescheidenes Angestelltengehalt mehr, sondern richtiges Geld. Man könnte der Tochter helfen, für das Eßzimmer Möbel zu kaufen, vielleicht gar ein Auto, den guterhaltenen Fiat, den der Elektriker verkauft, weil er bei der Auslosung der Autosparbücher einen Polonez gewonnen hat. Parhoń hat niemals Geld gehabt. Andere verdienen zusätzlich, legen etwas auf die hohe Kante, machen kleine Geschäfte oder drehen linke Dinger. Er nicht. Die nackten Bezüge, seit Jahren unverändert, der mehr als bescheidene Quartalszuschlag, höchstens einmal im Jahr eine Prämie als Anerkennung. Andere steigen auf und machen Karriere. »Keinen Schritt lasse ich Sie von meiner Seite«, pflegte der Bankdirektor zu sagen, »Sie sind Stütze und Pfeiler der Firma: Was soll ich mit einem Computer, wenn Sie jeden Schuldenrückstand mit Datum und Zahlungstermin im Kopf haben!« Das war er nun: ein Computer mit Planstelle. Ein Computer macht keine Schiebung, er trifft keine selbständigen Entscheidungen, fällt der Obrigkeit nicht durch Scharfsinn auf. Und ein lebendiger

Computer ist für die Firma viel wertvoller, da er weniger als der elektronische kostet, nicht kaputtgeht und man ihn jederzeit zusammenstauchen kann.

Der halbe Hektar am Waldrand hatte den Parhońs jahrelang das Gemüse für den Winter geliefert und hätte es auch weiterhin getan, wäre da nicht ein flüchtiger Bekannter vom Bezirksaufkauf gewesen. Gibt es Leute auf dieser Welt, die nicht an sich selber denken? Pfeif auf die Kartoffeln, bau Knoblauch an. Wenn er gedeiht, ist dir ein Exportvertrag sicher – zehn Prozent für mich, so ist es üblich. Woher sollte Parhoń wissen, was im Busineß üblich ist? Der Knoblauch aber muß kräftig sein, er braucht Pflege, dem kleinsten Unkraut muß man hinterhersein. O ja, verflucht, und wie sie hinterherwaren!

»Ich will kein Kompott!« blaffte Parhoń. »Du aufgedunsene Kuh! Schon von dem Wort Knete glitzern dir die Augen, aber Unkraut jäten . . .«

Frau Parhoń setzte den Krug an den Mund und trank. Ihr Trinken demonstrierte Groll und Verachtung. »Ich habe einen Trottel geheiratet, und das habe ich nun davon«, sagte sie, als auf dem Boden des Kruges nur noch Apfelstückchen waren. »Ich werde zu Hanka ziehen, und du bleibst hier allein wie ein Hund. Ich hätte das schon lange tun sollen.«

Parhoń dachte über das Schicksal nach, das gemein gegen die Anständigen und großzügig gegen die Schweinehunde ist. Der das so eingerichtet hatte, mußte ein beträchtlicher Schurke sein. Mosaische Gerechtigkeit, das Waisendasein der Unbeschnittenen, die von einer mafiosen Vorbestimmung zum Dahinvegetieren verurteilt sind: Sogar die eigene Ehefrau mußte sich als Schwein erweisen.

»Dann tu es«, sagte er. »Ihr seid eine der anderen wert. Die Mutter eine Schlampe und das Töchterchen mit einem unehelichen Kind.«

Er drehte seiner Frau den Rücken zu. Jäh kehrte der Zahnschmerz zurück, wie durch einen Nebel erschien unten vor dem Haus Pudrycy, der winkte und etwas rief. Parhoń stöhnte, er könne nicht hinunterkommen, der Lagerverwalter solle sich heraufbemühen, wenn er ein Anliegen habe. Was konnte Pudrycy von ihm wollen? Waren vielleicht Schuhe gekommen? Parhoń hatte nämlich nach einer Lieferung gefragt, er brauchte Winterschuhe, die alten waren völlig ausgetreten. Ihm lag an warmen, die innen mit Kunstpelz gefüttert waren: Er fror an den Füßen, mit den Jahren wuchs seine Anfälligkeit gegen Erkältungen, und der Bankdirektor sah Krankschreibungen gar nicht gern.

Er drückte Pudrycy die Hand und bot ihm einen Korbstuhl an.

»Ich habe Schmerzen«, sagte er. »Wahrscheinlich eine Knochenhautentzündung.«

»Alles, was geschieht, hat eine Ursache«, erwiderte Pudrycy und blickte schräg in das verschwollene Buchhaltergesicht. »Wir haben in der Genossenschaft eine unerwartete Inspektion.«

»Was hat denn das mit meinem Zahn zu tun?«

Der Lagerverwalter streichelte die Narben auf seiner Stirn. »Alles hängt irgendwie zusammen. Dieser Ansicht ist jedenfalls der Vorsitzende Kowalski, und er ist mit deinem Direktor befreundet.«

Parhoń verspürte eine leichte Unruhe. Wenn das so war, mußte es einen Grund geben. Pudrycy hatte sicher etwas im Sinn, als er die Freundschaft des Vorsitzenden mit dem Direktor in einen Zusammenhang mit der Knochenhautentzündung und der plötzlichen Kontrolle in der Handelsgenossenschaft stellte.

»Ich war schon zwei Tage nicht mehr auf Arbeit«, erklärte Parhoń für alle Fälle.

»Na und?«

»Wenn einem der Zahn wehtut, denkt man an gar nichts mehr.«

»Ob da einer denkt oder nicht – die Kontrolle hat uns nicht der Herrgott geschickt.«

»Wer denn?«

»Das ist es eben. Jemand hat sich an die Beschwerde über die Feuerwehr erinnert und dem Vorsitzenden davon erzählt.«

»Haben die Feuerwehrleute etwa nicht im Dienst getrunken?«

»Zuvor gab es eine Beschwerde über den Vorsteher der Post . . .«

»Ich pflege meine Beschwerden zu unterschreiben!« rief Parhoń mit Macht. »So bin ich nun einmal, du kennst mich ja! Das Volk ist übermütig geworden, losgelassen wie die Geißel Judas – da muß doch jemand auf die Moral sehen, auf Unrecht hinweisen, Ordnung verlangen!«

Pudrycy brannte sich ohne Eile eine jugoslawische Zigarette an, rekelte sich im Sessel und schlug die Beine übereinander. »Welche Unordnung hast du denn bei uns entdeckt?« fragte er. »Zahnschmerzen können auch eine Strafe für üble Nachrede sein. Der Vorsitzende Kowalski hält nichts von Metaphysik, aber er glaubt an die Gerechtigkeit, genau wie dein Direktor. Ein schmerzender Zahn macht uns aber nicht quitt.«

»Was meinst du damit, Pudrycy?«

»Die Anzeige«, sagte der Lagerverwalter. »Du hast uns bei unserer Zentrale verpfiffen. Eine ungerechtfertigte Anzeige kehrt sich gegen ihren Absender.«

»Ich?!«

»Jawohl! Hast du im Lebensmittelladen und im Sägewerk Rache angedroht? Hast du mich im letzten Monat einzuschüchtern versucht, weil ich angeblich eine Fälschung der Wurstrezepturen zulasse? Die Wacholderwurst hat dir nicht geschmeckt.« Parhoń ächzte, neigte sich zu Pudrycy und begann mit gedämpfter Stimme auf ihn einzureden: Die Moral der Nation ist am Boden, der Verfall hat eingesetzt in den Jahren der Okkupation, als Schiebung und Sabotage eine Waffe im Kampf waren. Verstärkt haben das die Jahre danach, als die Losungen nicht zur Wirklichkeit paßten, und vertieft hat es nachher die Vision eines satten Bauches auf Kosten von Dummköpfen. Die Rebellion war die Konsequenz der geistigen Verarmung und der Degradation, die der Stab der Verschwörer bis in alle Einzelheiten programmiert hatte. Genau wie die Niederlage der Rebellion. Sogar den Kampf gegen die Okkupanten hatte der Stab geplant, indem er zu Recht darauf baute, daß eine Nation, die sich von einer naiven Ritterlichkeit leiten ließ, nicht mit Gettos und Verbrennungsöfen einverstanden sein würde. Dann schlichen sich die Freimaurer in die Regierung ein und konnten ungehindert wühlen und stänkern, zersetzen und kosmopolitisch triumphieren, weil der Slawe dem Slawen immer mehr zum Wolf wurde. Der Aufweichungsprozeß war in vollem Gange. Es gab nur wenige, die nicht hereinfielen auf die präparierten Lebensläufe, die Namen aus dem polnischen Wappenkatalog und die heuchlerisch blauen Augen, aus denen der Zynismus grinste. Die Stirn bieten, protestieren, entlarven – das war die Pflicht jedes Patrioten! Jawohl, und in der Gemeinde fing es an! Betrug beim Abwiegen, Trunksucht, linke Geschäfte, Warenschwund und Verkauf unterm Ladentisch – das war das Werk jener Leute. Er, Parhoń, werde hart bleiben, er werde weder weich werden noch nachgeben, auch nicht in der kleinsten Sache.

»Aber gegen die Handelsgenossenschaft habe ich nichts geschrieben.«

»Du lügst.«

»Nein! Patriotisches Ehrenwort!«

Pudrycy drückte seine Zigarette auf dem Balkongeländer aus und schnippte den Stummel in den Raum. »Ich würde dir das ja sogar abnehmen«, sagte er. »Aber wie lassen sich andere davon überzeugen? Der Ruf zählt mehr als der Mensch, und du stehst in Krasnogaj im Ruf eines Querulanten.«

»Sollen sie eine Expertise machen.«

»Du spinnst. Expertisen macht man von Anzeigen, die nichts erbracht haben. Jetzt aber, da die unangemeldete Inspektion unterwegs ist, wird die Anzeige zum vertraulichen Dokument, und die Kontrolleure müssen etwas finden. Der Vorsitzende Kowalski wird dir das nie verzeihen.«

»Was soll ich denn machen?« fragte Parhoń voller Besorgnis. Dieser Kowalski war nämlich nicht nur befreundet mit dem Direktor der Bankfiliale, sondern besaß auch in der Woidwodschaft Einfluß genug, den Knoblauchexport zu hintertreiben – und dann ade, ihr Eßzimmermöbel, ade, du bordeauxroter Fiat in betriebs- und verkehrssicherem Fastneuzustand . . .

»Du kannst nichts machen. Würde der Vorsitzende dir ins Gesicht sagen, daß du ein Denunziant bist, könntest du dich rechtfertigen und einen Eid ablegen. Wir aber, wir wissen, wie notwendig unangemeldete Besuche und unerwartete Kontrollen sind. Wenn du vor Kowalski auch nur den kleinsten Seufzer herausläßt, daß du es nicht warst, wirst du ihn nur noch sicherer machen.«

»Hilf mir, Pudrycy.«

»Mir hilft auch keiner. Solange unsere Vaterstadt Krasnogaj kein Einzugsort für Engel ist, muß man sein Leben fristen. Jeder hat so seine Probleme.«

»Meinen Prinzipien werde ich nicht untreu!« grollte Parhoń, aber nicht so nachdrücklich, daß es Pudrycy die Sprache verschlagen und ihn aus dem Haus getrieben hätte. »Gute

Nachbarschaft lasse ich selbstverständlich gelten. Falls sie nicht die Grundsätze verletzt.«

»Ausgeschlossen«, versicherte der Lagerverwalter. »Würdest du jemandem notfalls zwanzig Tafeln Zinkblech abtreten?«

»Ich habe kein Blech.«

»Nehmen wir an, du hast es. Wer ein Grundstück hat, kann alles brauchen. Nun regnet es aber grade bei jemandem durch. Würdest du es ihm abtreten?«

»Klar, aber wo soll ich das Blech hernehmen?«

»Mach dir darüber keine Sorgen. Einer muß dem andern unter die Arme greifen, du schreibst eine Bestellung über zwanzig Tafeln, damit du deine Laube decken kannst. Wir machen das klar, ich rede mit dem Vorsitzenden, und du trittst deine Zuteilung ab.«

»An wen?«

»Ich werde Kowalski zu überzeugen suchen, daß die Anzeige nicht von dir stammt.«

»Kann der Bedürftige den Antrag denn nicht selber stellen?«

»Wenn der Vorsitzende so fragselig wäre wie du, würde ich ihn schwer herumkriegen können. Mehr Vertrauen, lieber Parhoń!«

Der Buchhalter nahm von Pudrycy das Formular entgegen und ließ sich den Antrag diktieren. Darunter setzte er seine berühmte Unterschrift: Schönschrift, voller Schleifen und Schnörkel, derer sich nicht einmal der Woiwode hätte zu schämen brauchen.

»Ich habe das Leben satt«, sagte Parhoń und gab Pudrycy das Papier zurück. »Überall Dreck. Der Hundesohn hat Hanka einen Balg gemacht und zahlt keine Alimente. Meine Alte sitzt faul herum, den Knoblauch frißt das Unkraut, ich kriege keine Gehaltserhöhung und muß mir einen Zahn ziehen lassen.«

»Es gibt Leute«, sagte Pudrycy und steckte den Antrag ein, »die sind schlimmer dran.«

»Und solche, die besser dran sind. Das Vaterland geht unter, Pudrycy, siehst du das nicht? Für Silberlinge wird das Vaterland verkauft, für ein Linsengericht! Das Volk aber wartet auf Manna!«

»Manna!« sagte der Lagerverwalter, »Grütze!« Er stand auf. »Gibt es auf Marken, gestern war Lieferung.«

»Dann ist alles ausverkauft.«

»Alles nicht. Wir haben ein paar Säcke zurückgestellt, damit wir ständig das Angebot halten. Am Nachmittag kommen sie in den Verkauf.«

Als der Lagerverwalter gegangen war, rief Parhoń seine Frau. Sie solle aufhören, ihre fette Visage zu massieren, ein Kleid überziehen und sich nach Grütze anstellen. Schließlich könne er mit seinen Zahnschmerzen nichts Festes kauen, höchstens einen Teller Grütze, in Milch eingeweicht, und da solle sie mal gleich noch Milch mitbringen.

Der mittlere und der junge Kontrolleur studierten in der Fleischerei die Rezepturen und verglichen sie mit den Rechnungen der Rohstoffe, die in die Verarbeitung gegangen waren.

»Und der türkische Pfeffer?« fragte der Junge. »Ich sehe keine Rechnung für Pfeffer.«

»Wir nehmen Ersatz«, erklärte der Leiter der Fleischerei. »Hier ist die Quittung über 12 Kilogramm Liebstöckel.«

»Liebstöckel, soviel ich weiß . . .«, setzte der junge Kontrolleur an und bekam einen roten Kopf.

Der Leiter der Fleischerei erklärte ihm gelassen, daß Liebstöckel im Geschmack an Pfeffer erinnere, sein Einfluß auf die Geburtenraten jedoch überschätzt werde, vor allem im Vergleich mit den Stromabschaltungen, durch die im Januar fast jeden Abend das Licht ausgehe und folglich der September in Krasnogaj der geburtenreichste Monat sei. Nachdem er dies gesagt hatte, bewirtete er die Kontrolleure mit einem Ring Wacholderwurst, damit sie sich von der Qualität seiner Produkte überzeugen konnten. Genau in diesem Augenblick trat Pudrycy ein, was die Kontrolleure ein wenig in Verlegenheit setzte, zumal ihnen der Leiter zum Runterspülen auch von Jonasz' Selbstgebranntem eingeschenkt hatte. Der Lagerverwalter nahm der Situation jedoch die Peinlichkeit, indem auch er um ein Gläschen bat.

»Eine Verkostung, meine Herren, macht die Desinfektion der Mundhöhle erforderlich. Kein schlechtes Erzeugnis . . . Vielleicht zu wäßrig.«

»Der Schnaps?« fragte der mittlere Kontrolleur.

»Die Wurst.«

Der Leiter der Fleischerei sah Pudrycy finster an.

»Sie ist noch nicht durchgeräuchert«, sagte er. »Morgen wird sie richtig sein.«

»Natürlich«, gab Pudrycy zu. »Die durchgeräucherte geht direkt in die Geschäfte und müßte eigentlich dort verkostet werden. Leider ist alles schon ausverkauft.«

»Gibt es eine Vereinbarung über Liebstöckel statt Pfeffer?« fragte der junge Kontrolleur.

Der Fleischer kramte in den Akten, fand ein Schriftstück und gab es dem Kontrolleur: Es war darin die Rede von einem einheimischen Gewürz, das von der staatlichen Kräuterverarbeitung geliefert werden sollte.

»Ich würde ein Stück für meine Verlobte mitnehmen«, sagte der junge Kontrolleur und wies auf die Wacholderwurst. »Vielleicht bringt sie das auf Trab, hähä . . .«

»Mit der Wurst zu einem Mädchen?« fragte entrüstet der Fleischer. »Sie wird das sogar im Finstern merken.«

Der junge Mann versteinerte. Pudrycy rettete erneut die

Situation: Zu seiner Zeit habe man der Verlobten Rosen mitgebracht, heute aber reiche auch eine Wurst nicht aus, ein Mädchenherz zu erweichen. Daher solle der Fleischer nicht geizig sein und jedem der Gäste eine Flasche des besten Selbstgebrannten der Woiwodschaft abfüllen. Davon schmölzen die Mädchen hin wie Schnee in der Sonne.

»Ich vermute, daß Sie nicht ohne Grund zu uns gekommen sind«, sagte Pudrycy, nachdem die Kontrolleure ihre Flaschen und Würste in der Tasche verstaut hatten. »Unangekündigte Inspektionen haben ihren Sinn, denn sie lehren die Leute, an jedem Tag und zu jeder Stunde auf Ordnung zu sehen, nicht nur zum Vorzeigen. Dennoch bin ich überzeugt, daß auch das Unverhoffte gewissen Regeln folgt. Gibt es da einen Plan? Oder wird ausgelost?«

»Weder noch«, sagte der mittlere Kontrolleur. »Der Mechanismus unserer Inspektionen ist Dienstgeheimnis. Hingegen haben Sie recht, wenn Sie darin einen tieferen Sinn erblicken. Alles muß anders sein als früher. Früher ging einer unverhofften Inspektion ein telefonischer Tip unter Freunden voraus, ein diskreter Hinweis, es sei denn, man habe jemandem ans Fell gewollt. Heute kontrollieren wir ohne Vorwarnung, im Einklang mit dem Geist der Zeit.«

»Wollen wir es nicht sagen?« schlug der junge Konrolleur vor. Der Schnaps hatte seine Wangen gerötet, die Augen glänzten, und die weißen Nasenflügel zitterten nervös, als nähme er einen vertrauten Geruch wahr.

»Na, na . . .«

»Was ist denn schon dabei? Die Leute sind in Ordnung, sie müssen gewarnt werden . . .«

»Hm . . .«

»Ihr müßt hier einen haben, der euch anschwärzt«, sagte der Junge halblaut zu Pudrycy. »Paßt mal aufeinander auf.«

Pudrycy tauschte mit dem Fleischer einen vielsagenden Blick. »Das Anschwärzen liegt in der menschlichen Natur«, sagte er. »Wir haben auch gar nichts dagegen, wenn dadurch wirkliches Unrecht ans Licht kommt. Was anderes ist eine Anzeige aus uneigennützigem Neid, wie er in unseren Landen so verbreitet ist.«

»Neid ist immer eigennützig«, widersprach der Mittlere. »Mein Schwiegervater, ein Klavierstimmer, hat eine anonyme Beschwerde an die Zeitung geschrieben. Der Außenminister müsse insgeheim ein Freund unserer Feinde sein, sonst würde er die diplomatischen Beziehungen mit ihnen abbrechen. Mein Schwiegervater würde das sofort tun und die Botschaftsgebäude als psychiatrische Anstalten nutzen, weil wir davon zu wenig hätten.«

»Und ist der Brief abgedruckt worden?« fragte der Fleischer.

»Sie scherzen«, sagte der mittlere Kontrolleur. »Mein Schwiegervater meint, er wäre ein großartiger Außenminister. Hier würde er eine Saite straffen, dort eine lockern, und die ganze Welt würde nach unserer Partitur spielen. Er ist ein sehr guter Klavierstimmer. Habt ihr hier Klaviere?«

»Da läßt sich was machen«, versprach Pudrycy. »Pfarrer Celestyn hat eins, das bestimmt eine Behandlung nötig hat. Auch Gondek, der Champignonzüchter, hat ein Klavier. Bitte geben Sie mir die Adresse Ihres Schwiegervaters.«

Der mittlere Kontrolleur reichte Pudrycy eine Visitenkarte mit Anschrift und Telefonnummer, der Lagerverwalter verwahrte sie in der Brieftasche. Die Kontrolleure und der Fleischer gingen in die Produktionshalle, um zu prüfen, ob die Technologie der Wurst- und Sülzherstellung im Rahmen der Richtlinien lag. Auf dem Heimweg ging Jonasz zum Pfarrhaus, denn er hatte Pfarrer Celestyn versprochen, einmal nach dem Trabant zu sehen, dessen Motor seit einiger Zeit stotterte. Der Pfarrer stand mitten auf dem Hof und sprach mit seinem Urgroßneffen Konstanty, dem Sekretär des Gemeindekomitees der Partei.

»Gott ist mein Zeuge, daß ich nicht kann, lieber Konstanty«, hörte Jonasz die klingende Stimme Celestyns. »Auch ich habe Instruktionen von meiner Instanz. Sollte es erst gemeinsame Vereinbarungen geben . . .«

»Alles könnt ihr«, fiel ihm der Sekretär ins Wort, der ebenso klein und rotbäckig war wie der Geistliche. »Was schadet es euch, von der Kanzel zu donnern, daß sie eintreten sollen?«

»Dem Menschen ist der freie Wille gegeben«, wehrte Celestyn ab. »Man hätte die anderen eben nicht auflösen sollen . . .«

»Kommt Ihr mir hier nicht mit Politik! Ich bitte um Hilfe als Verwandter. Sechzig brauchen wir für den Anfang.«

»Und die Kruzifixe in der Schule?«

Der Sekretär trat wütend von einem Bein aufs andere, schüttelte seine falbe Mähne, die lockig war wie bei einem Mädchen, und erklärte Pfarrer Celestyn, er sei nicht gekommen, um über Prinzipien zu debattieren.

»Hängen etwa im Vatikan Bilder von Marx? Nein, und wir verlangen das auch gar nicht, obwohl wir es könnten, da der Papst ein Bürger unseres sozialistischen Staates ist.«

Pfarrer Celestyn kratzte sich verlegen am Kopf, zog aus der Soutane ein Tuch hervor, wischte sich die Schweißtropfen von der Stirn und sprach: »Als im Januar 1863 Traugutt in Krasnogaj Station machte, um die Bauern zur allgemeinen Erhebung zu überreden, suchte ich ihn zu überzeugen, daß das alles nichts helfen würde. Und wer hat recht behalten?«

»Euer Leben währt zu lange«, knurrte Konstanty. »Der Revolutionär Traugutt ist ewig lebendig geblieben, und das Recht ist auf unserer Seite.«

Pfarrer Celestyn erwiderte seufzend, ein zu lange währendes Leben verwirre einem den Rechtsbegriff, der zerfließe wie ein Lichtschein auf dem Wasser, so daß man von überallher nur noch ein wenig davon sehe. Das aber sei die Quelle der menschlichen Ratlosigkeit, der Verlorenheit im Gestrüpp der Argumente, des Beschreitens von Irrwegen, also brauche man einen Kompaß, der einem jederzeit die Richtung weist, und er, der Diener Gottes, habe einen solchen Kompaß in seinem Glauben, an den Allmächtigen und in den zehn auf steinernen Tafeln aufgezeichneten Geboten, diesen Geboten, die übrigens auch Konstanty predige, wenngleich unter anderen Zeichen und mit anderen Worten.

»Unser Ziel ist das gleiche, mein lieber Konstanty«, fuhr der Pfarrer fort, »nur sind wir schon einen Schritt weiter, über den Horizont der Materie hinaus. Wir ziehen das Relative in Betracht. Die Kirche ist im Altertum entstanden, sie hat den Feudalismus überdauert und sowohl im Kapitalismus als auch im Sozialismus ihren Platz gefunden. Sie wird ihn auch in der nächsten Gesellschaftsordnung haben, wenn sich dein Sozialismus überlebt hat. Wir müssen also für das Ganze Sorge tragen und dürfen nicht übermäßig in die Details des Augenblicks eingreifen.«

»Da habt Ihr's gut«, sagte der Sekretär. »Ich aber habe die Gegenwart am Hals. Ihr braucht euch nicht mit Aufkauf und Versorgung und mit der Arbeitsproduktivität des Landwirts herumzuschlagen.«

»Ich bekümmere mich um seine Seele.«

»Ich etwa nicht? Aber wenn der Sozialismus sich überleben soll, muß man ihn erst mal aufbauen. Die Volksmacht wird das allein nicht schaffen, selbst wenn sie aus der Haut fährt. Sie muß die Menschen hinter sich haben.«

»So ist es«, stimmte Pfarrer Celestyn zu.

»Werdet Ihr zu ihnen sprechen?«

»Sieh dir mal an, womit ich fahre.« Der Pfarrer wies auf

den zerschundenen Trabant. Die Motorhaube war hochgeklappt und gab den Blick auf das Innere frei: Alles, was dort rosten konnte, war verrostet. »Da will ein Mensch vor dem Tode die Beichte ablegen, er ruft nach dem Seelsorger, dieser macht sich auf und hat auf halbem Weg eine Panne. Steht im Namen der Letzten Ölung einem Seelsorger nicht die Anweisung auf ein Auto zu?«

»Ich werde mit dem Vorsteher reden«, versprach Konstanty halblaut und schielte zu Jonasz herüber, ob der nicht zuhörte. »Mindestens sechzig Leute brauche ich, je zur Hälfte von der Handelsgenossenschaft und vom Staatsgut . . .«

Sie tuschelten noch eine Weile, dann verließ Konstanty den Hof. Jonasz wurde von ihm mit einem lässigen Nicken bedacht, aber sogleich von Pfarrer Celestyn beim Unterarm genommen und zu dem Trabant geführt. Auf einem Stück Segeltuch lagen etliche Werkzeuge und einige ausgebaute Teile.

»Das Auseinandernehmen war einfach«, sagte der Pfarrer. »Ich habe alles abgeschmiert und gereinigt. Beim Zusammenbrauen ist das übriggeblieben. Nicht einmal ein Gebet hat geholfen.«

»Der halbe Anlasser, die Zündspule, der Kondensator«, zählte Jonasz auf. »Das Gebet konnte nicht helfen, Hochwürden.«

»Ich sehe in meinem Alter nicht mehr so gut, Jonasz. Ich fahre höchstens zwanzig, und auch dann wird mir schwindlig von dem Tempo.«

»Wäre eine leichte Kutsche mit einem Pferdchen nicht besser?«

»Gewiß«, gab Pfarrer Celestyn zu, »aber man muß mit der Zeit gehen. Die Kirche muß mit dem Modernen Schritt halten und ihm sogar ein Stückchen voraus sein. Deshalb bin ich auch bei der Kurie vorstellig geworden, um eine

Lautsprecheranlage neuen Typs für unser Gotteshaus zu bekommen. Wir dürfen hinter der weltlichen Macht nicht zurückbleiben.«

Er trippelte um Jonasz herum, der sich mit dem Werkzeug über den Motor gebeugt hatte, und begann den Mechanismus der menschlichen Psyche zu erklären, der sich auf die Bewunderung von Macht und Stärke gründe: Eine Predigt in einer Kirche aus Chrom und Glas, aus gigantischen Stereogeräten schallend, mache auf die Gläubigen viel größeren Eindruck als das Geschwätz in mittelalterlichem Gewand. Warum? Weil die mittelalterliche Aufmachung sich auf Zeiten berufe, die dem heutigen Menschen fremd seien. Dieser brauche einen Gott für die Gegenwart und für das ungewisse Morgen.

Jonasz baute die Zündspule an der Stelle, an die sie gehörte.

»Gott in Anzug und Krawatte?« fragte er.

»Jedenfalls nicht in Chlamys und Sandalen«, sagte Pfarrer Celestyn. »Das Oberkleid der Antike wäre heute nicht glaubwürdig. Die Teufel im gestutzten Frack sind ebenso überholt wie die Engel im Nachthemd. Dein Schutzengel kann mit gleichem oder sogar größerem Erfolg in Jeans auftreten. Hauptsache, er warnt und behütet dich.«

»Mich interessiert der Teufel«, murmelte Jonasz und zog die Schrauben des Anlassers fest.

»Du hast immer das Deine im Kopf«, sagte Pfarrer Celestyn.

»Immer, Hochwürden. Um das Gute braucht man sich nicht zu sorgen, es erscheint nach der Vertreibung des Bösen von selbst. Das Böse muß ausgetilgt werden. In den Sümpfen und Morästen . . .«

»Das Böse ist in uns, Jonasz.«

»Wie die Malaria«, stimmte Jonasz zu. »Wer mit der Malaria fertig werden will, muß die Mücken ausrotten.«

»Die Sümpfe trockenlegen.«

Jonasz kam unter der Motorhaube hervor, wischte mit einem Lappen die verschmierten Pranken ab und musterte den Pfarrer mit plötzlich erwachtem Interesse. »Das ist eine Idee«, meinte er. »Wenn man die Sümpfe trockenlegt, kann er sich nicht mehr verstecken. Aber wie fängt man das an?«

»Ich wäre gegen diese Trockenlegung«, sagte Pfarrer Celestyn, blickte unter die Haube und legte den Zeigefinger auf ein rätselhaftes Kabel, das von irgendwo herkam und irgendwo hinführte. »Die Welt, Jonasz, ist eine räumliche Komposition, bei der jede Einzelheit bedacht worden ist, und ohne die Kenntnis des gesamten Planes darf man nichts daran ändern. Welcher Sterbliche aber kennt den ganzen Plan? Trotzdem ändern die Leute dauernd etwas, jammern und schreien, daß es nicht sein darf, und ändern wieder herum, bis alles eines Tages im Arsch ist – Herr, vergib mir!«

»Das Böse ist in den Sümpfen«, sagte Jonasz und stocherte in dem Motor. »In Nebel und Dunst . . .«

»Wo keine Versuchung ist, wird es auch keine Erlösung geben. Wem hättest du zu widerstehen, wenn es das Böse nicht gäbe? Woran könntest du deinen Charakter üben? Wie würdest du sonst arbeiten, um dir das Jüngste Gericht geneigt zu machen?«

»Irgendwie scheint mir, daß Sie da nicht ganz mit der Doktrin in Einklang stehen.«

»Das macht die Hitze.«

Jonasz betätigte den Anlasser, der Motor sprang an, stotterte und ging aus. »Der Vergaser ist undicht. Die Dichtung muß gewechselt werden.«

»Wenn es denn sein muß!« willigte der Pfarrer Celestyn ein, setzte aber sogleich hinzu: »Ich muß eine kranke Frau in Zielenniki besuchen, Jonasz. Gib dir Mühe, denn das ist eine sehr wichtige Kranke. All die Jahre war sie eine kämpferische Atheistin, hatte verschiedene Funktionen inne und saß sogar im Woiwodschaftsrat. Nun aber benötigt sie den Priester. Ich kann nicht zulassen, daß sie stirbt, ohne in den Schoß der Kirche zurückgekehrt zu sein.«

»So wichtig ist das?« fragte Jonasz und machte sich am Vergaser zu schaffen.

»Sehr wichtig.«

»Und wenn Sie nun zu wählen hätten zwischen einer solchen gottlosen Person und einer vorbildlichen Katholikin?«

»So würde ich die Gottlose wählen. Der vorbildlichen Katholikin geschieht dort ohnehin kein Unrecht.«

»Da kannst du mal sehen, was Gerechtigkeit ist«, seufzte Jonasz. »Die eigenen Leute kommen immer zuletzt.«

Er fragte, ob der Pfarrer nicht einen alten Schlauch habe. Celestyn verschwand im Schuppen und erschien wieder mit einem Fahrradschlauch. Jonasz paßte die defekte Dichtung an, die er aus dem Vergaser geklaubt hatte, und schnitt eine neue zurecht. Pfarrer Celestyn war ins Haus gegangen und kam mit einem Krug dunklen Biers zurück: »Nimm mal eine Erfrischung, direkt aus dem Kühlschrank. Wenn die eigenen Leute dies nicht aus Berechnung, sondern aus tieferer Überzeugung sind, bedürfen sie des Lohnes nicht.«

»Jeder bedarf des Lohnes«, sagte Jonasz und leerte den Krug in einem Zug.

»Ich nicht.«

»Ich kann mir schon Ihr Gesicht vorstellen, wenn Ihnen in jener anderen Welt die Tür zum Himmelreich vor der Nase zugeschlagen wird!«

»Warum sollte das geschehen?«

»Nehmen wir an, es ist alles voll – bis auf eine Reserve für bekehrte Sünder. Konstanty wird mit Ehren eingelassen, Sie, Hochwürden, müssen in den Wartesaal.«

»Du lästerst, Jonasz! Dort herrscht eine andere Ordnung als auf Erden.«

»Wer kann das wissen? Der Herrgott hat den Menschen nach seinem Bild geschaffen. Es ist durchaus möglich, daß wir von der Gerechtigkeit eine kaufmännische Anschauung haben, wenn wir Prämien für gutes Benehmen erwarten. Wenn es aber umgekehrt wäre?«

»Warum denn umgekehrt?« fragte Pfarrer Celestyn.

Jonasz steckte den zottigen Kopf in den Motorraum und begann alles wieder einzubauen, anzuschließen, festzuschrauben und einzustellen. Von Zeit zu Zeit streckte er die Hand hinter sich und verlangte einen Schraubenzieher, einen Maulschlüssel, den Hammer, die Kombizange, den Franzosen, einen Steckschlüssel, einen Dorn. Pfarrer Celestyn suchte, unbeholfen wie eine Schwesternschülerin bei ihrem ersten Einsatz im OP-Saal, die Werkzeuge heraus und legte sie in die wartenden Finger. Bei alledem erläuterte Jonasz dem Geistlichen seine Ansicht über Kriterien und Werte, die nach einem abgegriffenen Schema zusammengestellt werden: Dem Herrgott oder der Mutter Natur wird eine versimplifizierte, den menschlichen Erwartungen angepaßte Denk- und Handlungsweise zugesprochen. Wo ist denn der Beweis, daß Güte in der Valuta himmlischer Genüsse bezahlt wird? Bei einem Quentchen Phantasie dürfe man vermuten, daß die Prämie für Redlichkeit ewiges Leiden sei, denn dieses mache edler und tiefsinniger, und ebendarum gehe es ja, wenn man Vollkommenheit zu erreichen trachte. Daß das Leiden weh tut? Schauen wir uns doch mal die Günstlinge des Schicksals an, all diese kleinen Fürsten, Würdenträger, Millionenerben und Lottomillionäre, die im Überfluß schwimmen und nur damit beschäftigt sind, es sich wohl sein zu lassen und immer neue Launen und Gelüste zu erfinden. Es ist eine Herde von Trotteln, von Rindviechern auf einer fruchtbaren Weide

– sie fressen und fressen, geben aber keine Milch. Was sind sie wert gegen einen Märtyrer, der sich im Namen seines Glaubens die Fingernägel ausreißen läßt? Tapferkeit im Erleiden von Qualen gebiert eine Würde, wie sie der Zärtling auch mit all seinen Silberlingen nicht erwerben kann. Das ist von einem Mönch begriffen worden, der sein Leben lang Rassenhaß gesät hatte, ein Eiferer der eigenen Religion gegen die Religionen der anderen gewesen war, obwohl die Vielfalt der Religionen doch nichts anderes ist als die Verschiedenartigkeit der Sprachen, und so ist es gleichgültig, ob wir den Schöpfer nun Gott, Jahve oder Allah nennen. Jener Mönch hatte im entscheidenden Moment sein ganzes Leben überschaut und für das Leben eines anderen Menschen hingegeben – eine großartige Transaktion, die ihm die Heiligsprechung eingebracht hat.

»Wenn die Menschen die Qual lieben würden, gäbe es das Paradies auf Erden.«

»Spotte nicht, du Sünder!« sagte Pfarrer Celestyn und reichte Jonasz einen Schlüssel. »Selber treibst du Unzucht und lästerst, säufst Branntwein und begehst Schandtaten, selber lebst du wie ein hedonistischer Sybarit und willst die anderen zur Qual bekehren?«

»Niemand kennt die Wahrheit über den anderen«, kam es unter der Haube des Trabant hervor. »Was in mir ist, ist mein.«

»Aber es ist auch etwas Gemeinsames«, erwiderte der Pfarrer. »Seit ich lebe, war der Kampf gemeinsam, wenn nur einer effektvoll schrie und die Fahne schwenkte, obgleich es nicht die geringste Aussicht auf einen Sieg gab. Höchstens durch ein Wunder, wie das an der Weichsel, das ich mit eigenen Augen gesehen habe.«

Der Glaube an Wunder sei also gemeinsam, sagte er zu Jonaszs Rücken, der über den Motor gebeugt war. Gemeinsam sei auch, daß man sich in den Pausen zwischen den Schlachten herumzanke und einander an die Kehle fahre, gemeinsam die Überzeugung von der nationalen Außerordentlichkeit und Auserwähltheit, wie sie von den verrückten Romantikern geschürt wurde. Einen davon habe er selber als Zwanzigjähriger kennengelernt, im Frühjahr 1844 in Paris, und er habe sogar dessen Vorlesungen im Collège de France gehört, antikirchliche Ketzereien und Propaganda des Mystizismus. Das romantische Wesen nämlich, das keinen Halt in der Realität, in der unerbittlichen historischen Geografie finde, müsse zur Mystik führen, die uns ebenfalls gemeinsam sei, angefacht von den Versen des verzückten Dichters. Gemeinsam seien Machtträume, denen man kollektiv nachhänge inmitten des Durcheinanders, in der Verachtung für Völker, die bekannt sind für Bienenfleiß und Organisationstalent. Gemeinsam sei die Begabung, die großartigsten Vorhaben ins Absurde zu kehren, das sorglose Draufgängertum, die Schlaumeierei, die Gewohnheit, anderen in die Töpfe zu gucken, die Überempfindlichkeit auf dem Punkt der Ehre und das Bestreben, alle Schuld auf andere abzuwälzen. Gemeinsam und unbegreiflich zugleich sei auch die Verbundenheit mit einer Welt der Fiktionen, die man mit wütender Leidenschaft entlarve, um sie gleich darauf in gemeinsamer Anstrengung wiederaufzubauen.

»Hat nicht auch unsere Kirche das ihre getan, um diese Spezialität der polnischen Küche zusammenzubrauen?« fragte es aus den Innereien des Motors. »Ermuntert ihr eure Schäfchen nicht zu Gebet und Armut? Ermahnt ihr sie nicht, die irdischen Güter im Namen der ewigen Glückseligkeit zu verachten? Die Protestanten reden weniger von jener anderen und mehr von dieser Welt, sie loben die Arbeit und leben wie die Maden im Speck . . . Den Franzosen bitte.«

Pfarrer Celestyn suchte auf dem Segeltuch den verlangten Schlüssel und drückte ihn Jonasz in die Hand. Er trippelte um das Auto, wischte den Staub von den Scheiben und Ölflecke von der grauen Plastekarosserie. Eine Seifendose, ein Leckerbissen für die Ratten, ein zerschundener Kasten, der schon längst den Dorfkindern als Spielzeug hätte dienen sollen. Es hatte eine Zeit gegeben, da Pfarrer Celestyn eine Karriere offenstand, nach einer Unterredung mit dem Bischof, dessen Schwester er vor den Begierden der Donkosaken gerettet hatte. Als Jungen hatte er sie verkleidet, ihr einen Schnurrbart angeklebt und sie in der Kirche versteckt. Der Bischof wollte sich erkenntlich zeigen und bot ihm eine Stelle in der Kurie an, er sah auch die Möglichkeit, an der theologischen Fakultät den Doktor zu machen, was den Zugang zu kirchlichen Würden, zur Welt des Purpurs und des Goldes eröffnete, was nach Rom roch, falls der Delinquent sich hervortat durch Weite des Horizonts, Elastizität des Verstands und die Gabe, in Zusammenhängen zu denken. Weshalb hatte Pfarrer Celestyn die Missionstätigkeit unter den Wilden und danach die heimatliche Pfarre gewählt? Ganz einfach: Die einen schafft der Herr fürs Bischofsgewand, die anderen für den Trabant. So hält die Natur ihr Gleichgewicht. Der Schöpfer ist nicht zu übertreffen. Celestyns Vater hatte die Sense zum Spieß geschmiedet, unter Kościuszko bei Racławice gekämpft, mit Blei im Gedärm war er nach Krasnogaj zurückgekehrt, um zu sterben. Jeden Frühling und jeden Herbst, dreißig Jahre lang, litt er Höllenqualen, bis er schließlich den Geist aufgab. Zuvor hatte er noch einen Knaben gezeugt, den er für den geistlichen Stand bestimmte, weil in dieser Gegend nur die Priester lange lebten, wenn auch nicht alle. Der Junge jedenfalls sollte lange leben und das einfache Volk den christlichen Glauben lehren, die Liebe zum Vaterland und zur Tradition, deren Träger er als Sohn eines Bauern und Sensenkriegers selber sein würde. Er sollte sich nicht erhöhen und nicht vergessen, wo er herstammte, sollte abgearbeitete Hände ehren und, wenn es not tat, Sanftmut mit Strenge zu vereinen suchen. Bis heute lag auf Pfarrer Celestyns Schreibtisch gleich einer Reliquie das unförmige Stück Blei, das sich vor dem Tod des Vaters aus dessen Leib geschält hatte. Du wirst die Welt durchmessen, mein Sohn, und in die Heimat zurückkehren, um hier die elementaren Wahrheiten zu lehren. Liebe die hilflose Weisheit und geize bei Dummköpfen nicht mit Prügel. Tue alles, um die dumme Ungebärdigkeit in den Dienst der besonnenen Klugheit zu spannen.

»Ich bin kein Philosoph«, sagte Pfarrer Celestyn wieder zu Jonasz' Rücken. »Was ich auf den Schulen gelernt habe, ist mir außer dem Katechismus und dem Einmaleins glücklich abhanden gekommen. Ich sage den Menschen, was ich von ihnen halte. Würde sich Krasnogaj von einer hohen Mauer ohne Tor umgeben lassen . . .«

»Das ist eine Idee!« Jonasz tauchte unter der Haube hervor. »Vielleicht sollten wir es probieren? Das Maurerhandwerk verstehe ich, die Ziegel würden wir von der alten Mühle und der Synagogenruine nehmen. Zement gibt es grade reichlich in der Handelsgenossenschaft, und Sand haben wir übergenug.«

»Und das Fernsehen?«

»Das verbieten wir. Der Kommandant wird darüber wachen.«

»Glaubst du, wir könnten den Kommandanten bekehren?«

»Lassen Sie nur erst mal die Mauer stehen!«

Beide lachten lauf auf, Pfarrer Celestyn setzte sich ans Steuer, drehte einige Male den Zündschlüssel und ließ den Motor an. Jonasz regelte mit dem Schraubenzieher die Umdrehungen.

»Ein Kerzenwechsel wäre ganz nützlich«, rief er dem Pfarrer zu, der daraufhin den Motor abstellte und aus dem Auto krabbelte.

»Vielleicht kriege ich welche in der Woiwodschaft«, sagte er. »Solange die Mauer nicht steht, kann ich ja noch einkaufen fahren. Auch die Kirchenkerzen gehen mir langsam aus. Ich danke dir, Jonasz, in meinem Namen und im Namen aller meiner Pfarrkinder für deine Hilfe. Was bin ich schuldig?«

»Ist schon gut.« Jonasz bleckte die Zähne. »Ich lade Sie für heute abend zu mir ein. Es werden einige Leute da sein.«

»Was ist denn der Anlaß?« erkundigte sich Pfarrer Celestyn.

»Es gibt keinen. Abgesehen von der vierzigsten Wiederkehr eines Tages, an dem eine verrückte Jüdin, die sich mit einem Goj germanischen Stammes eingelassen hatte, ins Jenseits hinübertrat.«

»Der Jahrestag des Märtyrertods von Regina Kuperholz?« fragte leise der Pfarrer.

»Das Martyrium des Todes ist ein Kinderspiel im Vergleich zu den Freuden des Lebens«, sagte Jonasz und ließ immer noch sein Gebiß sehen. »Aber auch das kann man überstehen, vor allem in guter Gesellschaft, bei einem Gläschen und bei Hering mit Zwiebel.«

»Hättest du sie damals mit Awrum fortgeschickt . . .«

»Sie wollte nicht«, schnitt Jonasz dem Pfarrer das Wort ab. »Außer dem Hering gibt es noch Räucherspeck.«

»Ich will mich bemühen«, versprach Pfarrer Celestyn. »Ich denke nicht, daß ich mich lange in Zielenniki aufzuhalten brauche.«

»Die Beichte einer Gottlosen kann lange dauern.«

»Da irrst du, mein Jonasz, ich habe in dieser Hinsicht meine Erfahrung. Ein ehrlicher Gottloser redet wenig vor dem Tode. Er macht die Sache ab und gibt in Frieden seinen Geist auf.«

»Da möchte ich wissen, wie es umgekehrt ist. Es lohnt sich, mal den Sekretär zu fragen.«

»Es lohnt sich nicht«, sagte Pfarrer Celestyn. »Konstanty hat es ohnehin schwer, er kann kein Versprechen mit auf den letzten Weg geben. Das Parteibuch nimmt man nicht mit ins Grab. Sie müssen tapfer sein, wenn sie sterben. Und du? Wann kommst du endlich zur Beichte?«

Jonasz zog die borstigen Brauen zusammen und schüttelte den Kopf, dann aber lachte er auf. Für ihn käme die Beichte zu spät, sagte er, seine Sünden seien zu zahlreich, daß er sich auch ihres hundertsten Teils nicht erinnere, und es kämen immer neue hinzu. Er sei an sie gewöhnt, stehe mit ihnen sozusagen auf vertrautem Fuß, sie wiegten ihn in den Schlaf, wie der Lerchengesang ihn weckte. Pfarrer Celestyn müßte sein Amt mißbrauchen, wenn er einem solchen Menschen Absolution erteilte. Darum bemühe er, Jonasz, sich ohnehin selber, wenn ihm in den Sümpfen endlich das Glück hold sein würde. Dann werde er ohne alles Zureden vor dem Altar erscheinen, niederknien und Dank sagen. Auch beichten werde er dann gern. Einmal habe er wirklich gesündigt, der Rest seien Belanglosigkeiten, mit denen man dem Allmächtigen höchstens auf die Nerven ging. Jene eine Sünde aber werde er dann getilgt haben. Mit Storch war es aus. Herr Gott. Die zwei aus der Menora gegossenen Kugeln hatten ihn durchbohrt, er war zugrunde gegangen und für alle Zeiten von der Tiefe verschlungen worden. Es gab nicht mehr das Böse, das sich für das Gute hielt, es vielleicht sogar war, wenn man die Relativität der Kriterien, deren krüppelhafte Willkürlichkeit bei der Gattung Mensch in Betracht zieht. Von da an werden wir unseren Regungen trauen dürfen, und du, Herr Gott, mische dich nicht ein, so wenig, wie du dich den Bäumen entgegenstellst, die weder gut noch böse sind . . .

»Genug!« unterbrach ihn Pfarrer Celestyn. »Ich will deine Ketzereien nicht hören. Als ich Kind war, lebten noch Leute, deren Eltern sich erinnerten, wie man solche wie dich auf dem Scheiterhaufen verbrannt hat.«

Jonasz senkte das Haupt. Pfarrer Celestyn schlug über ihm dreimal das Kreuz und trabte ins Pfarrhaus, um die Utensilien zu holen, die er brauchte, um der bekehrten Sünderin aus Zielenniki den Weg ins Jenseits zu bereiten. Während dieser Vorbereitungen dachte er über sein langes Leben nach, das kein Versehen der Vorsehung sein konnte, sondern, indem es ihn zum Auserwählten unter seinen Nächsten machte, etwas bedeuten mußte. Er hatte dennoch nicht das Gefühl der Langlebigkeit: Der Novemberaufstand vermischte sich mit dem Januaraufstand, der erste Weltkrieg mit dem zweiten, den Beinschuß konnte er bei Kiew, aber auch bei Kolberg bekommen haben, und der Pfarrhausbrand schien erst gestern gewesen zu sein, obwohl er auch zur Zeit der Herrschaft des Hauptmanns Storch ausgebrochen sein könnte, der immer Klavierspielen kam und die glimmenden Zigarettenstummel wahllos umherwarf, wenn er sich an Wagner berauschte. In dem Gedächtnisgestrüpp des Pfarrers Celestyn teilte sich das Vergangene in Zonen des Guten und des Bösen. Die guten Zonen waren die Zeit von Diktatoren, wenn das Volk begeistert den NAMEN skandierte, das BILDNIS anbetete und die wenig zahlreichen Spottvögel in die Hände der Polizei lieferte. Dazwischen lagen immer wieder die bösen Zonen: Perioden des Wirrwarrs und Tumults, der Wortgefechte und Vetos – und der Sehnsüchte nach dem gestürzten BILDNIS. Die bildnislosen Zeiten waren von Schlagwörtern auf -heit und -keit begleitet: Unabhängigkeit, Gleichheit, Gerechtigkeit, Selbständigkeit, Freiheit. Sie wurden von Leuten verkündet, die sich tobend und strampelnd in den Haaren lagen, in einem konfusen Durcheinander, dem erst ein neuer Diktator ein Ende setzte, der seine Herrschaft mit Verhaftungen und Hinrichtungen einleitete, um dann huldreich zu regieren bis zum nächsten Bergrutsch. Daneben gab es Mißernten, Inflationen, Stagnationen und Epidemien, und alles zusammen hatte sich im Gedächtnis des Pfarrers Celestyn angehäuft, es bildete etwas wie einen abgeklapperten Leierkasten, der im Grunde zwar immer das gleiche Stück spielt, eine sinnvolle Melodie aber nicht erkennen läßt. Hatte man nun anderthalb Jahrhunderte nur gelebt, um als Augenzeuge den Unsinn des irdischen Daseins bekräftigen zu können? Als Pfarrer Celestyn in seinen Trabant stieg, dachte er, daß der Unsinn auch seinen Sinn und vielleicht auch eine höhere Logik habe, eine so hohe, daß der menschliche Verstand ihr nicht nahekommt, mag er auch zweihundert Jahre über sie nachdenken. Die Menschen in Krasnogaj jedoch wurden im Durchschnitt sechzig. Das reichte gerade, sich über eine volle Schüssel zu freuen und über eine leere zu grämen, einen zu trinken, sich Bewegung zu machen, die Beichte abzulegen, jemandem ein Opfer zu bringen oder eine kleine Schweinerei zu basteln – alles das aber in der Erwartung des Messias. Und er, Pfarrer Celestyn, war dazu da, vor der Reise ins Unbekannte Mut einzuflößen. Das Leben nämlich fürchtete in Krasnogaj niemand, es war eintönig, eher mittelmäßig und nur selten unheimlich. Den Tod aber fürchtete jeder.

Schnaufend und Wolken aus dem Auspuff blasend, fuhr der Trabant des Pfarrers Celestyn durch die Gassen, holperte über Katzenköpfe und walzte Pferdeäpfel platt, die fett in der Sonne glänzten. Zwischen den vier Geschäften waren kleine Gruppen auf Beutezug, tauschten träge Informationen über Warenlieferungen und Bemerkungen über die Dürre, einen künftigen Krieg und die Havarie im Sägewerk aus. Pfarrer Celestyn erwiderte das grüßende

Kopfnicken und wurde sich zum wer weiß wievielten Male bewußt, daß ein Teil dieser Wanderer auf dem Feld und der Rest am Arbeitsplatz sein müßte, er begann sich in Gedanken eine Predigt über Nichtstuer und Müßiggänger, über patentierte Faulpelze zurechtzulegen, für die die Hölle noch zuwenig sei, aber er gab es sogleich wieder auf, weil er merkte, daß er sich wiederholte.

Der schwerhörige Tischler Prońko wärmte sich vor seiner Werkstatt in der Sonne. Der Trabant stoppte, der Priester steckte den Kopf aus dem Fenster. »Was ist mit meinem Betstuhl?« schrie er.

»Hä? Was?« fragte der Tischler.

Er war durchaus nicht so taub, wie er sich stellte, wenn es ihm gelegen kam. Pfarrer Celestyn drohte ihm mit der winzigen Faust. »Er sollte fertig sein! Am Donnerstag!«

»Er wird ja, Väterchen, er wird . . .«

»Heute! Sofort! Am Mittwoch!«

»Am Donnerstag wird er«, versprach schläfrig der Tischler. »Nicht an diesem, aber nächste Woche. Jetzt mache ich einen Ladentisch fürs Lebensmittelgeschäft. Der alte ist kaputtgegangen, als sie Wein ohne Marken verkauft haben. Die Menschen waren wie die Teufel . . . Der Vorsteher selber hat mir den Auftrag gegeben . . . Ganz dringend.«

»Das sehe ich, wie dringend!« raunzte Pfarrer Celestyn und hielt inne, denn seine greise Kehle taugte nicht mehr für lautes Schreien unter freiem Himmel und in aufgewirbeltem Staub. Noch einmal drohte er dem Schwerhörigen mit der Faust, dann setzte er den Trabant in Bewegung. Ihm war eingefallen, daß er sich beeilen mußte, um zu der Gottlosen von Zielenniki zu kommen.

IV

Pudrycy W. trat in sein Büro, wo der Hauptkontrolleur und dessen Assistentin so emsig zwischen ausgebreiteten Papieren umherruderten, Akten verglichen und mit dem Taschenrechner Zahlenkolonnen überprüften, daß sie den Ankömmling nicht einmal bemerkten.

»Hier!« girrte die Assistentin und schwenkte ein blaues Anweisungsformular.

»Wo?«

»Da!«

Der grauhaarige Kopf neigte sich zu lockigem Blond, und beide beugten sich über ein Papier. Im Fenster des Rechners phosphoreszierten Ziffern.

»Wieder nichts«, knurrte der Alte. »Zwölftausenddreihundertacht Komma vierzig. Wie auf der Anweisung.«

»Und der Name?«

»Stimmt auch überein.«

Pudrycy tat einen Schritt nach vorn und räusperte sich. »Ich störe doch hoffentlich nicht?«

Der Hauptkontrolleur blickte von den Papieren auf und musterte etwas abwesend den Lagerverwalter.

»Interessant«, sagte er. »Geradezu verdächtig.«

»Sie möchte ich nicht zum Mann haben«, meinte die Blonde. »Mit einem solchen Pedanten muß man doch vor Langeweile versauern.«

Pudrycy lächelte reumütig und erklärte, er sei Witwer, müsse aber zugeben, daß seine Frau sich in der Tat über seine penible Art beklagt habe. Was solle er aber dagegen tun, daß er Unordnung nicht leiden könne? Das sei ihm nun einmal so angeboren, und schon in der Schule . . .

Der Hauptkontrolleur ließ ihn nicht ausreden. »Trotzdem fehlen zwei Kopierstifte und eine Schachtel Büroklammern!«

»Vier Kopierstifte«, stellte der Lagerverwalter richtig, zog eine Quittung aus der Tasche und legte sie dem Alten vor. »Heute früh habe ich sie an die Sekretärin des Vorsitzenden ausgegeben. Büromaterial trage ich immer erst bei Dienstschluß in die Ausgangsliste ein.«

Der andere hielt die Quittung gegen das Licht, prüfte sie und gab sie mit saurer Miene zurück.

»Wäre ich nicht von der Unmöglichkeit überzeugt, so würde ich wetten, daß man Sie von der Inspektion in Kenntnis gesetzt hat, Kollege B.«

Diesmal sagte Pudrycy nicht korrigierend, daß er W. heiße, sondern breitete nur die Arme aus und fragte, ob die Gäste einen Tee möchten. Ja, gern. Nun, dann werde die Sekretärin gleich welchen bringen, er aber wolle nicht stören und später noch einmal vorbeikommen.

Er verließ das Büro. Das Trappeln von Absätzen holte ihn ein, am Ende des Flurs hielt ihn die blonde Prüferin am Ärmel fest. »Man erzählt sich hier, daß Sie eine ganze Stunde tot gewesen sind . . .«

»Das ist Übertreibung.«

»Vielleicht war es auch kürzer, aber tot sind Sie gewesen. Ich verstehe ja, daß das eine sehr intime Angelegenheit ist . . .«

»Wieso denn?« staunte Pudrycy. »Sterben muß doch jeder.«

»Aber Auferstehungen sind selten. Sie müssen vorher etwas Außerordentliches vollbracht, sich sehr verdient gemacht haben.« Die Blondine zeigte ihm eine Quittung. »Eine Anweisung ohne Kopie, ich habe sie vor meinem Chef versteckt . . . Sagen Sie es mir?«

Pudrycy besah sich das Formular und fluchte im stillen. Wie hatte er die kleine Gefälligkeit für den Molkereidirektor vergessen können! Alles andere hatte er beiseite gebracht, aber das hätte der große Reinfall werden können. An diesem Fädchen wäre der Hauptkontrolleur, der es faustdick hinter den Ohren haben mußte, unvermeidlich zum Knäuel gelangt. Gelobt sei die Auferstehung!

»Ich habe ein Kind vor dem Ertrinken gerettet«, sagte Pudrycy.

»Mein Schwager hat eine Frau aus einem brennenden Haus geholt und ist trotzdem an Krebs gestorben.«

Der Lagerverwalter steckte unauffällig die Quittung ein und suchte in Gedanken nach einer Tat, der er die Rückkehr ins Leben verdankt haben könnte. Er suchte fieberhaft, aber ihm fiel nichts ein, was man als Ursache einer so außergewöhnlichen Gnade ansehen konnte. Als kleiner Junge hatte er ein Geldstück gefunden, für das er sich im Laden des alten Kuperholz einen ganzen Sack Bonbons hätte kaufen können, aber er hatte es seiner Mutter gegeben. Später erbarmte er sich der Tugend Henias, die schon ohne Schlüpfer, in ihn verliebt, aber auch sehr verängstigt war, denn danach hätte sie keiner mehr zur Frau genommen. An die Naziokkupanten verkaufte er Brennspiritus mit Johannisbeersaft und versiegelte die Flaschen so geschickt, daß selbst der Hersteller der Originalabfüllung darauf hereingefallen wäre. Nach dem Krieg nannte er der Miliz das Versteck eines Mannes, der mit seiner Truppe zum Schrecken der hiesigen Behörden und der von der Bodenreform bedachten Bauern geworden war. In einem Anfall von Freigebigkeit schenkte er Sokolik das Fahrrad, das er ihm zuvor beim Siebzehnundvier abgewonnen hatte (übrigens gehörte es der Oberförsterei und war ein Dienstfahrrad). An der Aufteilung eines Waggons Buchweizengrütze, der fälschlicherweise und ohne Papiere in die Genossenschaft geraten war, beteiligte er sich nicht. Zu seiner Frau war er gut gewesen, so sehr gut zwar auch wieder nicht, aber besser als andere, die in der Trunkenheit ihre Frauen prügelten, ihren Lohn nicht abgaben und Nutten ins Haus schleppten . . .

»Die Auferstehung braucht ja keine Auszeichnung zu sein«, sagte Pudrycy zu der Inspektorin. »Wenn es nun eine Strafe ist?«

Indem er es sagte, wurde er sich bewußt, daß es wohl in der Tat so war. Zur Strafe! Hatte er Hanna nicht im stillen den Tod im Kindbett gewünscht? War er nicht verantwortlich für den Selbstmord des Vorsitzenden Goralczyk gewesen? Hatte er nicht in seinem vorherigen Leben neiderfüllten Träumen nachgehangen, Intrigen angezettelt und schmutzige Gedanken mit schönen Worten verschleiert? Hatte er nicht schon zu Hannas Lebzeiten Ehebruch mit Anielka begangen, hatte er nicht gemeinsam mit dem Chef der Fleischerei Preßkopf gestohlen?

»Das glaube ich nicht«, sagte die Blondine. »Eigentlich ist das Leben doch prima, wenn es auch Sorgen mit sich bringt.«

Sie strahlte Pudrycy an, den plötzlich die Lust packte, ihr den runden, von engen Jeans umspannten Hintern zu tätscheln, den Inhalt der halb durchsichtigen Nylonbluse näher in Augenschein zu nehmen und überhaupt ans Werk zu gehen. Er bezwang jedoch seine Begierde, denn dafür war weder die Zeit noch der Ort.

»Es gibt noch eine Möglichkeit«, sagte er leise. »Eine Mission . . .«

»Was für eine Mission?«

»Die zu erfüllen ist. Vielleicht bin ich dafür auserkoren.«

»Sie?«

»Warum denn nicht? Die Vorsehung ist unerforschlich. Vielleicht durfte ich auferstehen, um die Welt vor dem Untergang zu retten. Die Vorsehung darf wählen, wen sie will, sogar einen Lagerverwalter.«

Die Veilchenaugen der Blonden leuchteten begeistert auf. »Was schert mich die Welt, retten Sie Polen! Zack, und die Krise ist vorbei! Dollars statt Złoty, Kalbfleisch ohne Marken, allgemeine Souveränität, gegenseitige Versöhnung, Gesang und Tanz auf den Straßen! Wissen Sie nicht, wie man das machen könnte?«

Pudrycys ganzes Inneres straffte sich, er spürte ein Kribbeln zwischen den Schulterblättern und hatte eine Vision: Eine unübersehbare Menschenmenge auf einem riesigen freien Feld, mitten darin ein nelkenüberhäufter Altar in den weiß-roten Farben, darauf er, die Arme erhoben, in einem Gewand aus weißem Streichgarn, eine Dornenkrone um die Schläfen. »Menschen! Ist es nicht genug? Ich gebiete euch: Wir beginnen von vorn! Von jetzt an alles wirklich! Fern aber sei euch aller Neid und Haß, alle Faulheit und Schacherei! Ich, Pudrycy, auferstanden durch den Willen der Vorsehung, ordne unwiderruflich an . . .«

Ja eben, was soll ich anordnen? Jonasz wüßte es vielleicht, aber er ist kein Auserwählter, und niemand hört auf ihn. Zunächst mal die Tilgung des nachtragenden Gedächtnisses, der alten Wunden, die nicht immer wieder aufgerissen werden sollen, des gegenseitigen Grolls. Hauptstadt des Vaterlands wird Krasnogaj. Die Herrschaft führe ich. Und weiter?

»Die Zeit ist noch nicht reif«, sagte er zu der Blondine. »Wenn es soweit ist, werde ich es wissen.«

Die Veilchen verloren ihren Glanz.

»Oder auch nicht. Es werden ja noch viele andere reanimiert. Ich dachte, Sie wüßten was.«

Pudrycy fühlte einen Stachel. Hätte er ihr von der Lustvollen Helle erzählt, so hätte sie ihm nicht vorgehalten, er wisse nichts. Ihre tomatenroten Lippen hätten sich geöffnet, die Veilchen wären aus den Höhlen getreten, und sie hätte geschnauft wie Anielka gegen Ende des Liebesakts. Pudrycys Todeserlebnis war jedoch ein Geheimnis, das man nicht auf den Markt tragen durfte: Auferstandene haben sich seriös zu geben – zu schweigen und sich bereitzuhalten.

»Wären Sie nicht dienstlich hier, würde ich Sie zu mir zum Abendessen einladen«, sagte er. »Ich habe bulgarischen Weinbrand und harte Würstchen.«

»Ich habe noch nie mit einem Wiederbelebten geschlafen«, antwortete sie. »Aber ich bin dienstlich hier und muß mit dem Chef zurückfahren, damit kein Verdacht entsteht. Ich werde mal wiederkommen.«

Der Lagerverwalter empfand ein wenig Mißmut, zugleich aber auch Erleichterung. Die Blondine hätte ja über Nacht bleiben müssen, der nächste Bus ging erst am Morgen, und Pudrycy war es nicht mehr gewohnt, neben einer Frau aufzuwachen. Ein krankes Erwachen duldet keine Zeugen, es wäre peinlich gewesen, neben einer Frau wach zu werden, wenn die Gelenke steif sind, die Muskeln schmerzen, der Schädel brummt und man überhaupt grenzenlosen Ekel gegen alle Welt empfindet.

»Ich werde warten«, versprach Pudrycy eingedenk dessen, daß immer noch die Inspektion im Gange war und das Wohlwollen der Blondine von Nutzen sein konnte. »Vielleicht fällt mir bis dahin sogar noch etwas ein aus dem Jenseits.«

Sie trat dicht an ihn heran. »Es gab eine Anzeige gegen euch«, wisperte sie ihm ins Ohr. »Unterschrieben mit ›P‹ . . .«

Pudrycy dankte für diese Auskunft, drückte der Blondine einen langen Kuß aufs mollige Händchen und verließ das Gebäude. Er ging zur Gastwirtschaft, um einen Happen zu sich zu nehmen. Für die Angestellten der Handelsgenossenschaft gab es dort Essen zu ermäßigten Preisen, für die Leitung sogar spezialvergünstigt: Schweinebraten unter einem Schlag Sauerkraut, Rindersteak unter einem Berg Grütze oder Schinken in Eierkuchen gebacken.

Pudrycy, der sich, obwohl er nicht mehr stellvertretender Vorsitzender war, immer noch zur Leitung zählte, machte davon gern Gebrauch.

Die Gaststätte war frisch renoviert. Auf den milchweißen Wänden tummelten sich ganze Scharen von Hähnchen und Hühnchen, die in ihrem sorglos bunten Gefieder nicht ahnten, daß im Dickicht des Farnkrauts ein gelb und grün gestreifter Tiger lauerte, auf den wiederum die Flinte eines Jägers gerichtet war, der ein Hütchen mit Pfauenfeder trug. Das Wandgemälde stammte von der Hand des Gaststättenleiters, der sich als Künstler ein Zubrot verdiente und immer neue Anträge auf Aufnahme in den Verband der Maler und Bildhauer stellte, wo er auf Rechtsschutz und höhere Honorare hoffte. Das Weiß der Servietten auf den Metalltischen war um einige Töne dunkler als das der Wände und abwechslungsreicher durch die Flecken verschiedener Soßen.

Lech Maciej saß Sokolik gegenüber und verzehrte ein Stück Rinderbraten. Er schnitt es in winzige Würfel, die er mit Kartoffelbrei bestrich und mit einem Schnipsel Gewürzgurke garnierte, worauf er das Ganze zum Mund führte. Er kaute sorgfältig und konzentriert. Sokolik war, sein Bier schlürfend, dieser konzentrierten Sorgfalt voller Ehrfurcht hingegeben – sie ließ auf einen abgehärteten Charakter schließen, der mit den Schlägen des Schicksals vertraut war und ihnen zu widerstehen wußte. Siehe, da war eine Sehne im Fleisch: Dem Messer entgangen, barg sie sich in dem Würfelchen und ließ sich nicht zerbeißen. Lech Maciej Orno aber schied sie, mit der Zunge und den Kiefern arbeitend, von der zerkauten Masse, schob sie nach vorn zwischen die Lippen, nahm sie auf einen Zinken der Gabel und lege sie, ohne ihr Bedeutung beizumessen, auf den Tellerrand, neben andere Sehnen. Und Sokolik?

Sokolik hätte sie einfach auf den Fußboden gespuckt. Jaja, Kultur, Sokolik, Kultur lernst du nicht aus Büchern und Zeitungen, nicht einmal aus den vervielfältigten Blättchen, die man von Lech Maciej leihen kann. Kultur hat man im Blut, oder man guckt sie anderen ab, falls man ein scharfer Beobachter ist.

»Überall Betrug«, meinte Sokolik. »Man bestellt Braten und kriegt eine flechsige Schweinerei. Das gute Fleisch geht raus.«

»Es geht nicht von allein«, sagte Lech Maciej Orno. »Wenn es irgendwo hingeht, muß einer dasein, der es hinschickt, Rindfleisch importieren wir übrigens.«

»Das glauben Sie?« fragte Sokolik erstaunt.

»Ich erkenne es am Geschmack als argentinisches Rindfleisch. Im Gegensatz zum holländischen oder mongolischen riecht es leicht nach Meer.«

»Vom Fischmehl.«

»Die billigen Sorten. Argentinien exportiert auch nach Amerika sein berühmtes Rindfleisch aus speziellen Farmen, wo das Vieh auf Diät und unter ärztlicher Kontrolle gehalten wird, ohne Hormonbeigaben, die auf Kosten der Qualität eine starke Zunahme der Fleischmasse bewirken. Das amerikanische Steak zergeht einem auf der Zunge. Es wird zwei bis sechs Minuten auf Holzkohle gegrillt und je nach Zubereitungszeit auf drei Arten serviert: *rare, medium* und *well done.* Dazu kalifornische Pellkartoffeln, Knoblauchbutter, getoastetes Weißbrot und eine Schüssel Salat, übergossen mit einer französischen Sauce und bestreut mit Roquefort. Ich persönlich bevorzuge das Stück *rare,* also innen blutig und außen nur beiderseits leicht angebraten.«

»Ob es das jemals bei uns geben wird?« fragte Sokolik melancholisch.

»Gar nichts wird es bei uns geben«, bekam er zur Antwort. »Wir können nur dulden und uns wegen dieses Duldens selber bemitleiden. Ein frustriertes Volk, das jede seiner Chancen vergeudet, ist eines Steaks, *rare* gebraten, nicht würdig. Mögen ihm wenigstens nie die Kartoffeln ausgehen.«

»Früher waren Sie kein Pessimist.«

»Ich war immer einer«, sagte Lech Maciej Orno und kostete von seinem Birnenkompott. »Nur für eine kurze Zeit habe ich mich von der Hoffnung hinreißen lassen. Hier hat sie mich verlassen, wissen Sie das? Als euer altertümlicher Pfarrer den Gläubigen verbot, an der Kundgebung teilzunehmen.«

»Verkalkung.«

»Erfahrung. Seit zweihundert Jahren endete jede unserer Erhebungen mit einer Niederlage, bei denen nicht höhere Gewalten, sondern wir selber Hand anlegen. Am häufigsten wird ›Verrat!‹ geschrien. Die Völker Europas behandeln uns mit einer ironischen Sympathie, wie ein Kind, das mit Pfeil und Bogen nach dem Mond schießt und greint, weil es nicht treffen kann. Ehrlich gesagt, sie haben uns schon satt.«

»Der Pfarrer ist mit dem Parteisekretär verwandt«, sagte Sokolik.

»Sie wittern also ein Komplott?«

»Jawohl«, bekräftigte Sokolik.

»Das wäre zu simpel. Kein Komplott, sondern ein Bündnis. Die Kirche hat weitreichende Ziele und verbündet sich in der Stunde der Bedrohung stets mit der legalen Macht. Dem ist zu verdanken, daß es uns gibt. Rebellische Völker, die nicht rechtzeitig gebremst werden, verschwinden von der Weltkarte.«

Ein Verräter! schoß es Sokolik durch den Kopf. Ein Intelligenzler und Provokateur, ein Geheimer! Einer, vor denen die Flugblätter warnen! Erst hetzen und schüren sie, dann weichen sie auf, entwaffnen, säen Ohnmacht und Lähmung . . . Na, na, das geht zu weit. Lech Maciej Orno, ein Veteran der Bewegung, deren Stolz und Zierde, konnte kein Provokateur sein. Aber was dann? Warum ließ er so die Flügel hängen? Vielleicht waren es die Krankheit, die Zersetzung der Lunge, Todesahnungen . . .

»Früher haben Sie das nicht gewußt?«

»Doch.«

»Wozu dann das alles?«

Lech Maciej Orno leerte seine Kompottschale und kaute das letzte Birnenstück, nachdem er es zuvor auf die Gabel gespießt hatte – kleine Löffel gab es in dieser Gaststätte nicht, denn sie ließen sich zu leicht einstecken.

»Chłopicki wollte 1831 auch nicht. Er war sich der Niederlage gewiß und stellte sich dennoch an die Spitze.«

»Aber ihr habt aufgerufen!«

»Wir geben eine Verschnaufpause, und dann rufen wir wieder auf«, sagte Lech Maciej Orno gedankenverloren. »So steht es im Drehbuch. Die Geschichte, Herr Sokolik, darf nicht auf der Stelle stehen, mit gemeinsamer Anstrengung muß ihr Rad gedreht werden, damit nicht der Eindruck entsteht, daß wir uns im Kreis drehen.«

»Und wir haben euch geglaubt . . .«, flüsterte Sokolik.

»Und das war richtig so.«

»Aber wer hat denn nun recht? Konstanty, der Parteisekretär? Jonasz? Pfarrer Celestyn? Der Kommandant – oder Sie?«

Lech Maciej Orno zog ein grün-weißes Tuch aus der Tasche, wischte sich den Mund ab und stocherte, hinter dem Tuch verborgen, mit einem abgebrochenen Streichholz in den Zähnen.

»Das hängt von der Lage ab«, sagte er dann. »Im Moment gilt es, Maß zu halten, ohne dabei die Identität einzubüßen, für die noch einmal Verwendung sein wird.«

Sokolik wollte sagen, daß er nicht recht verstand, kam aber nicht dazu, weil Jonasz die Gaststätte betreten und Umschau gehalten hatte und nun auf ihren Tisch zugesteuert kam. Er fragte, ob man gestatte, und Lech Maciej bejahte mit einem höflichen Nicken. Jonasz ließ sich auf das Stühlchen fallen, dessen Metall unter der Walfischfülle des Alten aufjaulte, und bestellte eine vierfache Portion Birnenkompott. Sokolik sah ihn scharf an, dann sprach aus ihm der Forstbeamte: »Dich werde ich schon noch erwischen! Wer hat vorgestern nacht den Wald unsicher gemacht? Aus den Sümpfen habe ich bei Morgengrauen zwei Schüsse gehört. Aus deiner Flinte. Ich kenne ihre Stimme wie das Vaterunser!«

Jonasz trank sein Kompott aus einem Literglas und fächelte mit einer Zeitung: »Ist das eine Hitze! Wir kriegen einen strengen Winter, falls wir ihn erleben.«

»Kannst du nicht in Szackis Abschnitt wildern? Muß es grade bei mir sein?«

»Du bist ein sonderbarer Mensch, Sokolik«, sagte Jonasz und entblößte beim Lächeln das mächtige Gebiß. »Du verfaßt Spottgesänge auf die Staatsmacht, dienst ihr aber wie ein Kettenhund . . .«

». . . des Imperialismus«, ergänzte Orno unwillkürlich und lächelte gleich darauf voller Selbstironie.

»Ich diene nicht dem Staat, sondern der Nation!« widersprach Sokolik. »Der Wald gehört uns!«

Lech Maciej Orno faltete sein grün-weißes Tuch zusammen und auseinander und dachte dabei trübsinnig über diesen unbedingten Reflex nach, dessen Ursache tief in seinem Unterbewußtsein stecken mußte, erworben in Zeiten, als Orno, mit Pusteln im Gesicht und am Hosenbund eine schwere Pistole, den Tag des Ruhms angekündigt hatte, da die roten Banner in den Straßen von Paris, London und New York wehen würden im Zeichen der

Weltrevolution. Wer hatte wen verraten? Der Genosse Lech seine heilige Sache – oder die heilige Sache ihren fanatischen Prediger? Die Frömmigkeit war schuld, dachte Lech Maciej Orno, jenes priesterliche Gebaren in einer Welt, die ein Abtritt ist: Du kannst ihn weißen, verzieren, mit Losungen tapezieren und mit Blumen schmücken – ganz gleich, er wird zur Verrichtung natürlicher Bedürfnisse dienen. Der Mensch muß diesen Bedürfnissen freien Lauf lassen. Wenn sie ihn ankommen, pfeift er auf Ideen, läßt ihre Verkünder sitzen und rennt los, um sein Geschäftchen zu machen, sich vollzufressen oder seine Alte zu besteigen. So ist das auf beiden Seiten, auch auf der, wo Lech Maciej Orno heute steht. Lohnt es, sich für Gesindel aufzureiben, das nach dem Himmel nur schielt, sich dem Freßnapf, der Bequemlichkeit, dem Abtritt aber hingibt?

»Der Wald ist unser«, stimmte Jonasz zu. »Ich habe mir also nur meinen Anteil ausgesucht.«

»In Hasen, was?«

»In Fasanen, mein Wohltäter. Mir liefen gerade zwei vor die Flinte.«

»Und die Schonzeit!« fauchte Sokolik. »Wenn ich das dem Kommandanten melde!«

»Du dienst dem Staat, und ich verdamme dich dafür nicht«, sagte Jonasz und trank den Krug mit dem Birnenkompott leer. »Das steckt seit Urzeiten in uns, das Melden, Anzeigen, Aufpassen. Je ordentlicher der Mensch von Natur aus ist, um so stärker steckt es in ihm.«

»In Ihnen auch?« erkundigte sich Lech Maciej Orno interessiert.

»Ich bin ein Gauner. Ich habe mir diese Fasanen ausgedacht und sie aufgegessen, und nur der Herrgott könnte beweisen, daß es sie je gegeben hat. Für Betrüger gibt es niemals Schonzeit. Dank einem einzigen Gauner kann sich ein ganzer Haufen Leute bei den Behörden einkratzen.

Man zeigt an, daß ich wildere, Schnaps brenne, Zaubereien treibe und die Kranken mit Kräuteraufgüssen vergifte. Meine Sache wiederum ist es, mich nicht erwischen zu lassen. Auf diese Weise wirken wir gemeinsam und einträchtig für die öffentliche Ordnung, die jedwede Art des Wirkens benötigt, damit man merkt, daß es sie gibt.«

»Sie sind ein Zyniker«, sagte Lech Maciej und bestellte bei der Kellnerin einen Tee. »Wegen Leuten wie Ihnen werden wir niemals emporsteigen. Zumal es bei uns keine Trennung in Kriecherei und Gaunerei gibt, sondern beides vermischt ist.«

Mit dem Letzteren war Jonasz einverstanden, mit dem Ersteren nicht: Weder war er ein Zyniker, noch konnte das Emporsteigen das Ziel sein – auch die Vögel steigen empor, und was folgt daraus? Die Menschen muß man lieben mit all ihren Untugenden, Fehlern und Schwächen, zu denen wir auch jenen speziellen Dualismus zählen, bei dem die Vorliebe für waghalsige Freiheiten mit dem Wunsch streitet, festen Boden unter den Füßen zu haben, die Brust vorzustrecken und mit dem Hintern warm zu sitzen.

»Sie haben die Welt mit einem Abtritt verglichen. Sehen Sie sie lieber als Kinderstube an: Wir krabbeln erst auf allen vieren, und so scheint es, als schüfen wir himmelhohe Verwicklungen, brächten voller Hingabe Erlösung oder leisteten dramatisch Verzicht.«

»Wir krabbeln auf allen vieren?« Lech Maciej verzog höhnisch das Gesicht. »Ein schönes Krabbeln. Allein Raketen haben wir genug, um das Sonnensystem in Stücke zu schlagen. Wir sind eine Zivilisation, die vom Alter verkalkt ist und auf die das Grab wartet.«

»Als hätten Sie es in den Sternen gelesen, mein Gnädigster«, sagte Jonasz. »Der verkalkte Säugling reckt sich nach einer Streichholzschachtel. Gebe Gott, daß er sie nicht erreicht.«

»Ich glaube nicht an Gott«, sagte Lech Maciej. »Ich werde bald sterben, das wissen Sie so gut wie ich . . .« Wie zur Bekräftigung packte ihn der Husten, rasch zückte er sein Taschentuch und spie Blut hinein. »Auf der anderen Seite erwartet uns nichts . . .«

»Sind Sie da so sicher?« ertönte eine Stimme, und Pudrycy setzte sich zu ihnen an den Tisch. Die Kellnerin brachte ihm, ohne eine Bestellung abgewartet zu haben, einen riesigen Eierkuchen mit Kartoffeln und Spargelbohnen.

»Auf der Speisekarte stehen keine Eierkuchen«, sagte mit matter Stimme Lech Maciej Orno.

Pudrycy erklärte ihm, daß er seit seinem Unfall Diät halten müsse und die Köchin ihm gegen ein kleines Entgelt einige einfache Gerichte zubereite, die Doktor Samosiejka empfohlen habe. Er verstand so zu essen, daß niemand die Fleischfüllung bemerkte: Er nahm den Eierkuchen in den Mund, schluckte ihn rasch hinunter und kaute mit geschlossenem Mund den Schinken.

»Pudrycy könnte da Bescheid wissen«, sagte Sokolik zu Lech Maciej. »Er war schon mal tot.«

»Unsinn«, erwiderte achselzuckend Lech Maciej. »Wer tot war, lebt nicht mehr. Im Falle von Herrn W. ist es zu einem zeitweiligen Herzstillstand gekommen.«

Pudrycy unterdrückte seinen Ärger und sagte, die Ärzte seien da anderer Ansicht gewesen: Der klinische Tod sei der wahrhaftige Tod und nicht nur Bewußtlosigkeit oder dergleichen. Hätte er damals also etwas erlebt, wäre das der Beweis, daß das Leben nicht im Grab zu Ende sei.

»Haben Sie denn etwas erlebt?« fragte Lech Maciej Orno.

»Das habe ich nicht behauptet . . .«

»Selbst wenn es so wäre, würde ich alles für Phantasterei halten.«

»Wenn ich nun gesehen hätte, was mit mir geschah?«

»Dann haben Sie es eben gesehen.«

»Aber ich war ja tot.«

»Der Tod ist relativ«, sagte Lech Maciej und nahm einen Schluck von dem strohfarbenen Tee. »Ich stehe selber an der Schwelle. Ich versichere Ihnen, daß es lediglich eine politische Geste wäre, wenn ich um einen Priester bäte.«

Pudrycy blickte verloren ins Weite und nahm die anderen nicht mehr wahr, auch nicht die drei Traktoristen am Nachbartisch, die ihrem Bier unter der Jacke hervor Schnaps zusetzten, die beiden kichernden dicken Mädchen, die nach den Burschen schielten, die in blauen Anzügen streckten und an der Theke Zigaretten kauften, den Gemeindevorsteher und seinen Sekretär, die hastig ihren Spezialgulasch verzehrten, und auch ein Ehepaar mit Kind nicht, offenbar Durchreisende, die sich mit der Kellnerin wegen eines Gerichts stritten, das zwar auf der Karte stand, aber nicht in der Küche war.

»Jeder ist sein eigener Priester«, sagte Pudrycy plötzlich, ohne daß sein Blick sich belebte. »Man muß da irgendwie hindurch.«

»Einer tritt ab, andere bleiben«, meinte Jonasz.

Sokolik bestellte sich noch ein Bier. Vor der Rebellion hatte er im Bauernklub seine Couplets gesungen, bei bunten Abenden und bei Festveranstaltungen den künstlerischen Teil bestritten und seinen Spott über Bürokratie, Trunksucht und Käuflichkeit ausgegossen. Tausend Złoty und eine Anerkennungsurkunde hatte er pro Auftritt bekommen und nicht einmal geahnt, daß ihn das alles einmal nicht mehr befriedigen könnte. Einmal war er sogar im Fernsehen. Als ihm auf Antrag des Parteisekretärs Konstanty eine silberne Staatsmedaille für gesellschaftliche Tätigkeit verliehen wurde, war das für ihn eine Stunde aufrichtigsten Glücks. Was für eine Schande, wie billig hatte er sich doch kaufen lassen! Der Förster aus Osinki hingegen, der im Sommer Zimmer an Warschauer Künstler vermietet, hatte im Jahre 1976 einen kollektiven Protestbrief an den Sejm unterschrieben – erst gab es Ärger, und er wäre fast aus seinem Amt gefeuert worden, aber nachher, als er seine Unterschrift zurückgezogen hatte, bekam er eine hohe Funktion in der Oberförsterei und ein Auto. Man hatte sich wirklich Mühe mit ihm gegeben: Aus der Woiwodschaftshauptstadt mußte mehrmals ein Mann nach Osinki kommen, um den Förster zu überzeugen, daß er einer schlechten Sache diene und Diversionssendern in die Hand arbeite, denen nicht Polen, sondern Unruhestifterei und Sabotage am Herzen liege.

War zu Sokolik jemand von der Woiwodschaft gekommen, um ihn von etwas zu überzeugen? Auch er hatte ja seine Zweifel, Ängste und Sorgen gehabt, vor allem gegen Ende des verflossenen Jahrzehnts, als die Forstarbeiter immer wütender murrten, ihnen bezahle man die Arbeit mit wertlosem Papier, von dem sie nur Wodka, aber nichts zu beißen bekämen, während die Herren Jäger, die im Peugeot vorfuhren, noch einen Ring Krakauer Harte in ihrem Bigos fänden. Wer das Maul zu weit aufreißt, fliegt – das war die Anweisung, die Sokolik vom Oberförster bekommen hatte, und er sollte doch mal die Namen der Rädelsführer aufschreiben. Er tat es. Er mußte. Dienstliche Verpflichtung. Später, in der Zeit des berechtigten Protests, als Sokolik in seinen Couplets alles in Reime brachte, was sich in den Jahren angesammelt hatte, und er damit zum Festival der Aufsässigen fahren sollte, hielt man ihm jene Liste vor, aber er fuhr trotzdem. Der Beifall des Publikums verlieh ihm Flügel, gab ihm Kraft und ließ ihn lodern wie einen Brand:

Jetzt haben wir sie und machen Dampf,
Sie kämpfen ihren letzten Kampf!
Der Riegel vor dem Käfig fällt,
Vorwärts, Brüder! Auf euch blickt die Welt!

Die Welt blickte zu, das stimmte, aber tatenlos, eines Tages fiel wirklich der Riegel, nur anders, als Sokolik sich das gedacht hatte, und die Welt rührte, wenn man von dem Geschrei über den Äther und in der Presse absah, keinen Finger. Die Welt hatte Dinge am Hals, die globaler waren als eine Provinzrebellion, von der man vorher wußte, daß sie schiefging. Sokolik hatte sich eine Woche versteckt gehalten und mit einer gewissen Enttäuschung zur Kenntnis genommen, daß niemand nach ihm suchte. Er war ein viel zu kleiner Fisch. Nicht einmal seine Arbeit verlor er. Hielt man ihm etwa jene Liste zugute? Der Oberförster drohte nur mit der Faust und riet ihm, schlau zu werden und sich des Waldes anzunehmen. Couplets aber über die Wirtschaftsreform zu schreiben, ohne die Dreck, Mief und Elend unser harren würden. Hatte Sokolik Böses gewollt? Stand den ermatteten Menschen nicht ein Leben in Wohlstand und Gerechtigkeit zu? Aber ja doch, hatte Pfarrer Celestyn bekräftigt, unsere Welt habe eine Generalüberholung nötig, sie brauche neue Fundamente, genau wie das Pfarrhaus, wo der Schwamm alles zerfressen und zermürbt hatte, aber sollte er, so fragte der Pfarrer, diese Reparatur damit beginnen, die Maurergehilfen zu einer Schlägerei anzustacheln? Bei der Kurie müsse er den Anfang machen, denn dort werde über solche Baumaßnahmen entschieden.

»Gar nichts läßt sich machen«, sagte Sokolik. »Das Volk ist nun mal so. Mit einem anderen kannst du Pferde stehlen, aber nicht mit unserem.«

»Na freilich!« Jonaszs braunes Gesicht verzog sich zu

einem Lächeln. »Wenn schon zusammen, dann gleich stehlen. Fällt dir keine andere Redensart ein?«

»So sagt man eben.«

»Und anders geht es nicht?«

»Doch«, sagte Pudrycy, der eben mit seinem schinkengefüllten Eierkuchen fertig wurde. »Frösche kitzeln. So drückt es der Kommandant aus.«

Lech Maciej Orno zuckte die Achseln. »Pferde stehlen oder Frösche kitzeln, was macht das für einen Unterschied?«

»Die einen ziehen das Diebeshandwerk vor, die anderen harmlosen Blödsinn«, erwiderte Jonasz und kratzte sich die zottige grauhaarige Brust, die in dem Dreieck des bis zum Nabel aufgeknöpften Hemdes zu sehen war. »Man hat immerhin die Wahl, mein gnädigster Herr.«

Pudrycy stand auf und gab Sokolik einen Wink. Beide gingen zum Fenster und setzten sich aufs Fensterbrett. Aus der Küchentür stank es nach angefaultem Kohl. Sokolik nieste und wischte sich mit dem Ärmel die Nase. Diese Nase hatte die Form einer Gurke und die Farbe einer Tomate. Sokolik unterhielt damit das Publikum, er konnte sie beim Coupletgesang vielsagend bewegen und so eine zusätzliche humoristische Wirkung hervorrufen.

»Der Kommandant macht sich Sorgen um dich«, sagte Pudrycy leise und verfolgte verstohlenen Blicks, wie Sokoliks Nase sich kräuselte und zum Stillstand kam. »Du weckst Interesse.«

Sokolik spannte sich und gab seinem Gesicht einen Ausdruck verächtlicher Ironie. »Ich fühle mich sehr geehrt, du kannst dem Kommandanten einen schönen Gruß bestellen. Du erweckst wohl nichts?«

»Nein, nicht mehr.«

»Das muß dir aber peinlich sein.«

»Der Pudrycy von damals ist tot, das weiß man. Man weiß auch, daß du Herrn Lech Maciej zu Gast hast . . .«

»Ist das nicht erlaubt?«

»Fast alles ist erlaubt«, sagte Pudrycy milde, »aber einer trägt die Verantwortung dafür, ein sympathischer Mensch übrigens, den ich schon lange kenne. Er war mal Kaderleiter in unserer Zentrale. Er würde bei dir keine Durchsuchung machen, wenn er sicher wäre, daß er nichts findet.«

»Laß ihn suchen«, knurrte Sokolik.

»Suchet, so werdet ihr finden, haha!«

Pudrycy rückte an Sokolik heran und begann ihm die Mechanismen der Machtausübung in schwierigen Zeiten zu erläutern, wenn die Leute noch ungebärdig sind, an Waren wenig, an Geld aber viel da ist, viel auch an dem Gefühl, daß alles nur zeitweilig sei, viel irriges Hoffen. Warten auf ein Wunder. Welcher Wundertäter aber würde sich den Kopf heiß machen wollen wegen einer neurotischen Bande, die keine anderen Zustände anerkennt als Euphorie und Apathie, Wunschdenken und Ohnmacht? Er, Pudrycy, habe den berechtigten Protest eifrig unterstützt und – Sokolik werde sich ja wohl erinnern – eigenhändig die Forderungen verfaßt, heute aber fühle er mit der Staatsmacht, die sich unter der Last beuge. Die Staatsmacht müsse sich einen nüchternen Blick bewahren. Retten, antreiben, auf Touren bringen. Und – Sokolik möge achtgeben! – von Zeit zu Zeit auf diejenigen weisen, die der mühsamen Reparatur schaden, stänkern und zu neuem Krawall aufrufen. Weshalb? Weil die Aufdeckung der Negation und die Bloßstellung der Negierer der Beweis für die Richtigkeit dessen ist, was die Staatsmacht unternimmt. Die Entlarvung und Kräfte, die die Reparatur behindern, erklärt deren langsamen Fortgang, der Staatsmacht aber verleiht sie Autorität. Herrschte auf dem Markt ein Gleichgewicht zwischen Ware und Geld, so hätten die Menschen ein Motiv, mit Feuereifer an die Arbeit zu gehen, und die Staatsmacht könnte hier und da durch die Finger sehen.

Vorerst aber gehe das nicht. Deshalb müsse der Kaderleiter aus der Woiwodschaftszentrale nachforschen, aufdekken und brandmarken. Wenn er erführe, daß Sokolik in seinem Haus Lech Maciej Orno beherberge, hätte er ein Recht zu der Annahme, daß dies kein harmloser Urlaubsaufenthalt sei.

»Das ist es aber doch«, sagte Sokolik, offenbar etwas unruhig. »Herr Orno ist schwerkrank und hat alles satt.«

»So redet jeder Konspirant . . .«

»Es stimmt aber! Er geht spazieren, atmet Waldluft und wärmt sich in der Sonne. Er liest nicht und schreibt nicht. Manchmal spielt er Mundharmonika.«

»Er bekommt Besuch.«

»Von einer Frau. Das wird ihm wohl erlaubt sein.«

»Einem verheirateten Mann kann viel erlaubt sein. Warum hat er dann nur so gegen die Verderbnis gewettert und zur moralischen Erneuerung aufgerufen?«

Sokolik wackelte mit seiner Gurkennase und neigte sich zu Pudrycy. »Er konspiriert nicht mehr, ich schwöre es dir. Genausowenig wie ich. Laßt uns in Ruhe.«

»Darum bittest du mich?« Pudrycy rieb sich das Kinn und schüttelte den Kopf. »Ich könnte aber mal mit meinem alten Kaderleiter reden, er ist wirklich ein anständiger Kerl. Ich werde ihm beizubringen versuchen, daß bei dir nichts zu finden ist.«

»Danke, Pudrycy.«

»Ich kenne ihn von einem Lehrgang in der Hohen Tatra.«

»Habe ich denn was gesagt?«

»Das ist zwölf Jahre her, wir haben einen Eimer Schnaps gesoffen.«

»Der Wodka bringt näher.«

»Nur keine Anspielungen, Sokolik. Ich werde ihm einfach sagen, daß der Mann todkrank ist und daß sich in bezug auf jene Dinge nichts abspielt. Unterschreibe das hier!«

Sokolik glotzte auf den Antragsbogen, der mit Pudrycys gleichmäßiger Perlschrift bedeckt war.

»Was ist denn das?«

Pudrycy erklärte Sokolik, es handle sich um eine kleine Gefälligkeit in Form von zwanzig Tafeln verzinkten Blechs, Sokolik unterschrieb und erinnerte Pudrycy daran, daß er auf Eternit wartete. Als sie zum Tisch zurückkamen, erzählte Jonasz gerade von einer Mißgeburt, die vor über hundert Jahren in dem nahe gelegenen Dorf Osinki zur Welt gekommen war: Sie wog kaum mehr als Luft, hatte ein Vogelgesicht und gefiederte Arme, war sonst aber ein ganz normales Kind, das allerdings undeutlich sprach. Es lief den Vögeln nach, wurde von diesen jedoch gemieden. Von den Menschen übrigens ebenfalls. Die Taugenichtse im Dorf bewarfen es mit Steinen, die Mädchen kicherten, wenn es sie ansah. Pfarrer Celestyn konnte sich an den Sonderling erinnern, er hatte sich einmal mit ihm unterhalten. Der Junge fragte ihn, ob die Engel im Himmel auch von den Straßenjungen verprügelt werden und warum der Herrgott die Menschen den Krähen, Schwalben und Falken vorziehe. Oder tue er das gar nicht, und das Gotteshaus der Vögel sei die blaue Kuppel, zu der der Mensch niemals aufsteigen könne, weil er es nicht verdiene? Könnten Vögel nicht deswegen fliegen, weil der Herrgott sie liebe? Er, Józek, werde eines Tages davonfliegen . . . Und das tat er auch, als er einmal von der knüttelbewaffneten Dorfjugend umringt worden war. Am nächsten Tag warfen die Wellen des Sees den gefiederten kleinen Körper ans Ufer, übersät mit tiefen Wunden, wie von Gabeln oder Vogelschnäbeln.

»Na, und weiter?« fragte Lech Maciej.

»Weiter nichts«, sagte Jonasz.

»Dürftig. Jede Gegend hat ihre Legende.«

»Das ist keine Legende. Pfarrer Celestyn kann es bezeugen. Ein Mädchen hat sich den Spaß gemacht, den Sonderling zu verführen. Sie hat ein Kind bekommen, dessen Nachkommen heute noch in Osinki wohnen.«

»Sie haben Flügel?«

»Nein, aber Vogelgesichter. Und das Fliegen reizt sie. Komische Typen. Die Leute halten nichts von ihnen.«

»Sehr spaßig.«

»Es ist normal. Die Natur sucht zu vertilgen, was anders ist. Wer seine Ruhe haben will, muß so sein wie alle.«

»Du bist es nicht«, mischte sich Pudrycy in das Gespräch. »Es ist erstaunlich, daß dir noch kein Gefieder gewachsen ist.«

Jonasz kicherte, mußte plötzlich husten und hieb Pudrycy mit seiner Pranke auf den Oberschenkel. »Mit meinem Wanst soll ich fliegen? Aus welcher Pulle könnte ich dort oben einen Zug nehmen? Höchstens so ein Engelchen würde ich mal befühlen, hehe . . .«

Darauf lud er alle am Tisch für den Abend zu sich ein. Hering mit Zwiebel werde es geben, Räucherspeck ebenfalls und dazu einen Schnaps, von dem einem die Augen aus den Höhlen treten . . .

Auf Empfehlung des Doktors Samosiejka sollte Pudrycy sich nach dem Mittagessen eine halbe Stunde hinlegen und ein Schläfchen machen, das der Verdauung förderlich war und den Organismus kräftigte. Der Vorsitzende Kowalski hatte sein schriftliches Einverständnis gegeben. So ging Pudrycy also von der Kneipe aus nach Hause, zog den befransten Plüschvorhang vors Fenster, legte die Kleidung ab und warf sich aufs Bett. Sein Körper nahm die Kühle des Lakens, seine Nase den Duft von Lavendel auf. Ein sanftes Dämmerlicht lag auf dem Zimmer – auf der

Anrichte mit dem Kristall, dem Bild der Gottesmutter von Częstochowa, das über einem Kunstgewerbeteppich an der Wand ging, dem Tisch mit der weißen Spitzendecke, die noch Hanna gehäkelt hatte, der chinesischen Vase mit einem künstlichen Tulpenstrauß. Normalerweise schlief Pudrycy W. auf der Stelle ein und wachte nach dreißig Minuten so putzmunter auf, als hätte er ein Bad genommen. Heute jedoch konnte er nicht einschlafen: Die Anweisung des Molkereidirektors entfachte seine Sorge und zwang ihn, in Gedanken sämtliche Aktenordner und alle Papiere durchzugehen, die in ebendiesen Ordnern nichts zu suchen hatten. War das schon Verkalkung? Früher, vor dem Unfall, wäre ihm so etwas nie passiert. Er schloß die Augen und sah den Hauptkontrolleur, der aus einem Aktenstapel eine Rechnung auf den Namen des Nutriazüchters hervorzerrte, sie triumphierend schwenkte und der Blondine vorwies: »Jetzt haben wir sie! Keine amtliche Bestätigung, kein Stempel, nicht dreimal unterschrieben, keine Kopie!« Dafür aber die Unterschrift des Vorsitzenden Kowalski. Der wird sich nicht damit rechtfertigen können, daß er Vertrauen zu dem Lagerverwalter habe und unterschreibe, ohne sich in den Inhalt zu vertiefen, denn er sei erst seit kurzem in Krasnogaj. Damit würde er sich nur lächerlich machen. Pudrycy hatte Kowalski schon gezähmt und in ein Netz von Abhängigkeiten verstrickt, er hatte keine Lust, mit dem nächsten Vorsitzenden von vorn anzufangen – unter Bekannten zu schnüffeln, die Persönlichkeit zu sondieren, kleine Stiche anzubringen, um die empfindlichen Stellen zu finden, die ein jeder hat. Es wäre schade gewesen, Kowalski zu verlieren.

Alles Quatsch. Die getürkte Rechnung für den Nutriazüchter konnte gar nicht in den Akten liegen. Pudrycy hatte einen viel zu geübten Instinkt und ausreichende

Erfahrung. Der Hauptkontrolleur würde nichts finden. Die Spannung wich, und Pudrycy gab sich der Erinnerung hin: an den Flug über die Chaussee, die jähe Dunkelheit eines geschlossenen Raums, das Emporschweben zum Licht, das Glücksgefühl, das in ihm schwoll wie ein Fluß im Frühling und das pochte wie ein Herz nach schnellem Lauf und alles von ihm wusch wie eine warme Dusche. Er war frei von allem, sich selber ausgenommen, so frei, wie man sein kann, wenn man sich gelöst hat von Begierden, Schwächen und Bedürfnissen, vom Diktat des Anstands und der Furcht, von Pflichttreue und Ehrgeiz, von göttlichen und menschlichen Geboten, seien sie freiwillig übernommen oder aufgezwungen. Er war frei wie die Zeit außerhalb des Raums. Im Gefühl dieser übermenschlichen, unmöglichen Freiheit drang Pudrycy in den endlosen, lichtdurchfluteten Raum und nahm ohne Verwunderung die Anwesenheit nahestehender Menschen zur Kenntnis, aber auch solcher, die ihm eigentlich gram sein müßten und es, von Wärme erfüllt, dennoch nicht waren. Was für Sünden, Pudrycy, welche Schuld? Die Vergangenheit ist vorbei. Es gibt nur noch die Liebe. Wenn du etwas bereust, so vergiß einfach, was du getan hast.

Góralczyk mit dem Loch im Kopf. Mizera, dem er ein kurzfristiges Darlehen nicht zurückgezahlt hatte. Der alte Kuperholz und seine Tochter: die beiden auch? Er hatte nichts tun können. Oder doch? Hätten sämtliche Einwohner von Krasnogaj die Armbinde mit dem Davidstern angelegt, wie es die Belgier nach dem Vorbild ihres Monarchen getan hatten, so wäre es den Deutschen nicht so von der Hand gegangen.

Wenn du etwas bereust, so vergiß es einfach. Das höchste Privileg: Freisein von Erinnerung.

Er schaffte es nicht, war noch nicht reif dafür. »Halt an, Pudrycy, deine Zeit ist noch nicht gekommen, du mußt umkehren.« Er kehrte zurück, aber als ein anderer. Es fiel ihm nicht mehr ein, sich um Posten zu bemühen, um den Vorsitz in der Genossenschaft, um die Mitgliedschaft in Rat oder Leitung. Wenn wieder eine Rebellion ausbräche, würde Pudrycy W. seinen überfälligen Urlaub nehmen und zu seinem Cousin aufs Dorf fahren, um bei den Kühen zu helfen und in ländlicher Abgeschiedenheit das Ende des Chaos abzuwarten. Der Ausgang der Rebellion wäre nicht viel anders, nur andere Namen der Gescheiterten, einige neue Schlagwörter, die berechtigt wären und die man auch aufgreifen würde, allerdings in einer Atmosphäre der Ruhe und Besinnung. Ein neuer Gemeindevorsteher, ein neuer Sekretär; bestimmt auch ein neuer Genossenschaftsvorsitzender – aber kein neuer Lagerverwalter. Lagerverwalter bleiben, sofern sie sich nicht erwischen lassen, für alle Ewigkeit. Zehn Vorsitzende hatte Pudrycy in zwanzig Jahren erlebt, und Gott hatte ihn davor bewahrt, selber Vorsitzender zu werden. Besser war es, einmal für kurze Zeit tot zu sein, um nach der Auferstehung die Vergänglichkeit des Flitters und die Unbequemlichkeit hoher Stühle zu erkennen, von denen man ebenso jäh wie schmerzhaft herunterfallen kann. Wie viele Vorsitzende gehen auf die Spitze der Nadel, die Pudrycy W. im Jackettaufschlag trägt? Im Arbeitszimmer des Vorsitzenden bläht die Macht ihre Brust, im Büro des Lagerverwalters aber zeigt sie ihre Krallen: Hier ist sie sie selbst, hier gibt sie, und hier nimmt sie wieder.

Wer einmal gibt und wiedernimmt, der ist zur Höllenpein bestimmt. Lachhaft! Die Hölle gibt es nicht, nur Lustvolle Helle für jeden, der das Seine auf dem Konto hat. Wie er es dort hingebracht hat, ist Nebensache. Aber kein Wort davon, um in den Menschen nicht das Gerechtigkeitsgefühl zu ersticken, ihnen nicht die Lust zu guten Taten zu nehmen und sie auf den Geschmack von Sünde, Brunst und Unzucht kommen zu lassen . . .

Pudrycy fühlte bereits die Süße des nahenden Schlummers, als das Telefon läutete.

»Kollege W.?«

»Am Apparat.«

»Hier ist Bednarczyk von der Zentrale. Ich weiß nicht, ob Ihr Vorsitzender schon mit Ihnen gesprochen hat . . .«

»Ein schwieriger Fall«, sagte Pudrycy in den Hörer und legte sich bequem auf den Rücken.

»Kowalski hat es mir versprochen . . .«

»Dann soll er einen Auftrag geben.«

»Hat er das nicht gemacht?«

»Durfte er es denn?«

»Ich verstehe. Lieber Kollege W., bitte machen Sie sich die Mühe für mich, ich weiß, daß alles von Ihnen abhängt . . .«

»Leider nicht alles«, sagte Pudrycy voller Wehmut. »Sonst würde unsere Buchhalterin nach Skiroławki versetzt. . . «

Ungeduldig wartete er auf die Antwort. Diese Buchhalterin war der Alptraum und der Fluch der Genossenschaft. Das Wohlwollen eines Buchhalters kann Vorschriften in weiche Knetmasse, Paragraphen in warme Würstchen mit Meerrettich verwandeln, seine Heimtücke aber macht alles zum grausigen Spuk. Was konnte Pudrycy denn dafür, daß die Buchhalterin Malawko niemals von einem Mann auch nur angefaßt worden war, nicht einmal als heranwachsendes Mädchen, mit ihrem grauvioletten, mit gelblichen Schwären übersäten Gesicht? Einen Busen hatte der Herr ihr nicht wachsen lassen, dafür aber Beine wie Bauklötzer. Selbst für so eine hätte sich wohl am Ende ein Bewerber gefunden, wenn sie nicht prüde gewesen und schließlich zur alten Jungfer mit unverbrüchlichen Grundsätzen geworden wäre. Hinzu kamen ein dunkler Schnurrbart und jene bissige Häme, vor der die Männer ausreißen wie vor dem

Tripper. Für ihre Vereinsamung und ihr leeres Bett rächte sich die Buchhalterin Malawko an der Menschheit mit Hilfe der Gesetze, Verordnungen und Bestimmungen, die sie den Leuten wie Knüppel zwischen die Beine warf. Einige Male hatte sie das auch mit Pudrycy gemacht und fast einen Sturz herbeigeführt. »So, das verdrießt Sie? Dann beschweren Sie sich bei den Vorschriften!« Du oder ich, hatte er sich daraufhin geschworen. Bei der ersten besten Gelegenheit!

»Es handelt sich um die Buchhalterin Malawko?« fragte es endlich aus dem Hörer.

»Jawohl.«

»Die Schwester des Gemeindevorstehers in Barty?«

»Mein Neffe ist Direktor in Warschau«, sagte Pudrycy. »Auf den Vorsteher aus Barty können Sie pfeifen. Die Zeiten der Vetternwirtschaft sind vorbei.«

»Das stimmt«, pflichtete ihm die Stimme im Hörer bei. »Nach Skiroławki, sagten Sie? Dort wird ein Buchhalter gesucht . . .«

»Eben, eben, Herr Direktor.«

»Und ihr?«

»Wir haben einen Nachfolger.«

Im Hörer prasselte es, als wären sie nicht allein in der Leitung. Na und? Geheimnisse hatten sie nicht. Ein schweres Leben für die Geheimnisjäger – Geheimnisse gab es in den Telefonen immer weniger, wie auch überhaupt. Die Welt wird öffentlicher. Krasnogaj ist kein Watergate.

»Besorgen Sie dieses bißchen Zinkblech?«

»Auf Rechnung.«

»Selbstverständlich, wo denken Sie hin. Und die Handelsgenossenschaft in Skiroławki bedarf einer neuen Stütze. Ich danke Ihnen für Ihre Initiative.«

»Sie können sich auf mich verlassen, Herr Direktor«, sagte Pudrycy und legte den Hörer auf.

Die dreißig Minuten waren um, aus dem Mittagsschlaf wurde heute nichts. Dafür wird es ein großes Aufatmen geben: beim Vorsitzenden Kowalski, beim Vorstand, in Fleischerei, Aufkaufsstelle und Sägewerk, schließlich bei Pudrycy selbst. Der stellvertretende Buchhalter Wojtasik, ein scharfsinniger, tüchtiger Mann, dem längst eine Beförderung zustand, würde vor allem den Vorteil der Firma im Auge haben. Eine Vorschrift war für ihn kein gen Himmel ragendes Heiligtum, vor dem die Firma zu knien und sich an die Brust zu schlagen hatte, sondern eine Art Hindernis, das ein Pferd im Sprung nimmt, ohne es mit den Hufen zu berühren. Ein Mann der Reform, die in den Zeitungen propagiert wurde: ohne altmodische Gewohnheiten, ohne die Furcht, die Welt könnte einstürzen.

Pudrycy kleidete sich eilig an, schluckte zwei rosarote Tabletten und lief die Treppe hinab. Auch ohne das Schläfchen fühlte er sich pudelwohl. Es war leichter gegangen, als er geglaubt hatte. Bednarczyk hätte Ausflüchte machen, zwielichtige Versprechen geben, auf Zeit spielen und sich auf das Direktorenkollegium berufen können, bei dem er einen Antrag stellen, das er zu überzeugen versuchen würde. Ihn mußte unglaublich an dem Blech gelegen sein. Also mußte er hingehalten, ein bißchen erpreßt werden: erst der Versetzungsbescheid von der Zentrale – dann das Zinkblech, zweihundert Tafeln. Anders lief nichts.

Mit diesem Gedanken trat Pudrycy W. ins Sekretariat des Vorsitzenden, wo er die Auskunft erhielt, der mittlere und der junge Inspektor kontrollierten soeben das Sägewerk, der Hauptkontrolleur und die Blondine jedoch studierten immer noch die Dokumentation in seinem Büro.

»Haben sie Tee gekriegt?«

»Jeder mit zwei Aufgußbeuteln und Törtchen dazu.«

»Ruf mal in der Kneipe an. Sie sollen zwei Mittagessen Spezial rüberschicken.«

Kowalski hatte einen Besucher, den Gemeindevorsteher, der seinen Kaffee mit Zucker nicht mal angerührt hatte, weil er so verärgert über die schlechten Aufkaufergebnisse bei Getreide war. Sie lagen niedriger als zum gleichen Zeitpunkt des Vorjahres, obwohl in eben jenem Vorjahr die Ernte schlechter gewesen war. Der Vorsitzende erklärte dem Vorsteher, das sei eben so.

»Dann tu doch was!« verlangte der Vorsitzende.

»Das würde ich gern«, sagte der Vorsitzende. »Zuerst würde ich den Preis für Kraftfutter heruntersetzen. Dann würde ich die Geschäfte mit Waren füllen die beim Landwirt gefragt sind. Und ich würde ihm die schriftliche Garantie geben, daß der Wert des Geldes nicht sinkt.«

»So schlau bin ich selber. Trotzdem dürfen wir nicht schlechter als die Nachbargemeinden sein, und zur Zeit stehen wir fast an letzter Stelle. Die Agitatoren müssen ran.«

»Mit welchen Argumenten?«

»Ich will ein reines Gewissen haben, wenn ich im Bericht schreibe, daß wir alles versucht haben.«

»Am besten wäre Pfarrer Celestyn«, sagte grinsend der Vorsitzende und wandte sich zur Tür, in der gerade der Lagerverwalter erschienen war. »Wo treiben Sie sich denn herum? Ich suche Sie schon seit einer Stunde!«

Pudrycy hätte Kowalski erinnern können, daß er dessen Erlaubnis für einen Mittagsschlaf gemäß Doktor Samosiejkas Rezept besaß, unterließ es aber.

»Ich war unterwegs«, erklärte er. »Zur Unterstützung des Kontrollorgans.«

Wir haben ein Problem«, brummte der Vorsitzende. »Wir überlegen gerade, wie der Aufkauf erhöht werden kann. Wir wollen doch nicht schlechter als die Nachbarn sein.«

Da könnt ihr lange überlegen, dachte Pudrycy leicht

erheitert. Beides Städter, aus der Woiwodschaft, von Beruf Lehrer: Was wußten die von der Seele des Bauern? In die Ecke konnten sie ihn nicht stellen, ihm keine schlechte Zensur verpassen, die Eltern nicht in die Sprechstunde bestellen.

»Für eine leichte Verbesserung ließ sich ein Mittel finden«, sagte er.

»Was für eins?« fragten sie wie aus einem Munde, der Vorsteher und der Vorsitzende.

»Das Staatsgut baut Gewächshäuser . . .«

»Ja, na und?« drängte der Vorsteher.

»Dazu brauchen sie Glas, und wir können ihnen helfen – im Tausch gegen ein paar Schweine, die die Fleischerei in Überstunden verarbeitet und der Kantine der Gummiwerke in Tarciniec überläßt. Gegen Gummistiefel, die sie uns aus Überstundenproduktion überlassen. Der Betrieb, der die Autobatterien regeneriert, hat auch eine Kantine. Gegen Vorlage einer Aufkaufquittung könnten die Landwirte Gummistiefel und für ihre Trecker Batterien erwerben.«

»Das riecht nach Privatgeschäft«, sagte der Vorsteher und sah zum Fenster hinaus auf den See.

»Niemand verliert, jeder gewinnt«, entgegnete der Lagerverwalter und blickte ebenfalls aus dem Fenster. »Die Überstunden sind freiwillig, und die Reform zieht auch die Marktgesetze in Betracht.«

»Mich interessiert der Aufkauf«, sagte der Vorsteher.

»Die Versorgung der Bauern mit Gummistiefeln und Batterien ist eine wichtige Sache«, setzte Kowalski hinzu. »Die Einzelheiten behalten Sie für sich.«

»Versteht sich.«

Der Vorsteher erkundigte sich noch nach dem Verlauf der unverhofften Kontrolle, dann verabschiedete er sich vom Vorsitzenden und drückte dem Lagerverwalter kräftig die Hand. Neben dem schmächtigen Pudrycy nahm er sich aus wie ein Riese mit einem Strohwisch auf dem Kopf. Als er draußen war, wartete Kowalski einen Augenblick ab, dann trat er zu dem Lagerverwalter und begann ihn auszufragen, ob dieses Koppelgeschäft ihnen auch ganz bestimmt keinen Ärger bringen würde. »Ihm geht es um den Aufkauf, aber ich trage die Verantwortung.«

Pudrycy erklärte ihm, daß ein Koppelgeschäft in der Tat nicht ganz den Vorschriften entspreche, es aber alle so machten, um ihren Vorteil zu wahren. Insgesamt bliebe damit auch der Vorteil für die Allgemeinheit, also deren Wohl bewahrt, und darum gehe es ja generell, zumal wenn man in Erwägung zieht, daß es mit der Verteilung von Gummistiefeln und Batterien nicht zum gerechtesten bestellt sei, der Aufkauf von Getreide jedoch im Interesse des Staates liege.

»Wir handeln im Interesse des Staates«, wiederholte er. »Wir nehmen nichts für uns, und für die Einhaltung der Vorschriften sorgt Wojtasik in seiner Funktion als Hauptbuchhalter.«

»Was haben Sie da eben gesagt?«

»Direktor Bednarczyk läßt die Buchhalterin nach Skiroławki versetzen.«

Der Vorsitzende Kowalski setzte sich an seinen Schreibtisch und blätterte stumm in der Unterschriftenmappe. »Sie wird da nicht mitmachen«, stieß er endlich hervor.

»Sie muß.«

»Wer soll sie zwingen?«

»Das Haus, in dem sie wohnt, wird abgerissen. Für die vier Mietparteien stehen nur drei Ersatzwohnungen bereit. Eine fehlt. Der Abriß kann beschleunigt vorgenommen werden.«

»Das kann er«, stimmte Kowalski zu.

»In Skiroławki steht der Buchhalterin eine Wohnung zur Verfügung, ein Zimmer mit Küche.«

Der Vorsitzende rieb sich die Hände und lächelte breit. Sein plattes Gesicht glänzte wie eine Schmalzstulle. »Wir beantragen für sie eine höhere Gehaltsstufe!«

»Die Sache ist glatt eine Zusatzprämie wert.«

»Das machen wir! Und eine Ehrenurkunde für Verdienste um das Genossenschaftswesen! Aber Bednarczyk . . . wird der wirklich?«

»Der braucht das Blech«, sagte Pudrycy. »Wenn er es anders erledigen könnte, würde er sich nicht an uns wenden. In den großen Städten ist noch die Erneuerung im Gange, da guckt man den Leuten auf die Finger.«

»Der aufgewühlte Ozean beruhigt sich langsamer als das Wasser in einer Schüssel«, sagte nachdenklich der Vorsitzende Kowalski und schielte nach Pudrycy, ob der sich von der Metapher beeindruckt zeigte.

Pudrycy W. war aber schon fort, ihm war eingefallen, daß er etwas vergessen hatte.

Hubert Molko saß Anielka in deren Plüschzimmerchen gegenüber. Stumpfsinnig starrte er auf das Bild, auf dem die Rehe vor einem grellbunten Papageienurwald zur Tränke zogen, und schluchzte.

»Heul nicht«, sagte Anielka. »Es wird schon werden.«

»Gar nichts wird«, seufzte Hubert und wischte mit der Faust die Tränen über die eingefallenen, ölverschmierten Wangen.

»Was wird nicht?«

»Ich bin nämlich ein Lump. Ich saufe, weil ich traurig bin, und traurig bin ich, weil ich saufe und mir alles aus der Hand fällt, weil mir nichts gelingt. Ringsherum nur Pech. Wozu soll ich noch leben?«

»Leben muß man.«

»Wenn ich doch krepieren würde, Anielka!« Hubert schlug sich an die Brust, daß es dröhnte. Seine Augen waren gerötet von Schnaps und Tränen. »Das Vatererbe trägt nicht, die Kühe wollen nicht kalben, und Korporal Słowacki hat mir wieder eine Strafe verpaßt. Wie soll ich sie bezahlen? Und Sokolik? Ich habe die Schlingen nicht gelegt. . . «

»Doch, doch.«

»Na meinetwegen, aber warum schmiert der Herrgott dem einen Honig ums Maul und tritt dem anderen in den Arsch? So eine Gerechtigkeit kann mich . . .«

»Halt den Mund!« schnitt Anielka ihm das Wort ab. »Alles wollt ihr immer auf den Herrgott schieben. Was soll der arme Kerl denn machen, wenn sich jemand mit Brennspiritus besäuft und sich auf einem stinkenden Strohsack wälzt, statt das Feld zu bestellen, den Hausputz zu machen, die Kühe auf die Weide zu bringen und der Bäuerin wohlzutun?«

»Die Frau ist mir mit Zigeunern durchgegangen!« heulte Hubert.

»Wie lange ist das her, Mensch! Es war ja auch kein Wunder, so einem würde ich auch davonlaufen.«

»Zweitausend an Słowacki, dreitausend an Sokolik . . .«

»Ich habe nichts.«

»Du könntest es aus dem Geschäft borgen. Ich mäste ein Schwein noch ein bißchen heran, liefere es ab und gebe dir alles bis auf den letzten Groschen zurück . . .«

»Halt den Mund! Ich lasse mich nicht zu einem Verbrechen beschwatzen!«

Hubert Molko stützte die Ellenbogen auf die Tischdecke aus himmelblauem Plüsch und begann eifrig auf Anielka einzureden: Das Darlehen aus der Ladenkasse sei keineswegs ein Verbrechen, sondern diene einem guten Zweck, denn er werde dieses Geld ja nicht versaufen, sondern zur Begleichung der Strafen in die Staatskasse einzahlen. Da aber der Laden staatlich sei wie alles bei uns, was nicht privat ist, so fließe das Geld nur von einer Anzugtasche in die andere. Er aber, Hubert Molko, werde ein Schwein abliefern und dem Staat damit fünftausend Złoty bringen. Weise Anielka ihn jedoch ab, so mache der Staat Verlust.

»Wo soll ich es sonst hernehmen? Hilf mir, Schwiegertochter!«

»Was heißt denn hier Schwiegertochter?« fragte Anielka und stemmte die Hände in die Hüften.

»Kommt denn nicht Wojtek zu dir? Will er dich nicht heiraten?«

»Kommen kann er, ja.«

»Aber du heiratest ihn doch?«

»Bist du albern, Molko. Und mein Zygfryd?«

Hubert traten die Augen aus den Höhlen. Sie waren nicht mehr ganz so rot, er zwinkerte hilflos.

»Das wirst du uns nicht antun, Anielka . . .«

»Wenn ich einen heirate, muß er aus der Woiwodschaftshauptstadt sein. Ein eleganter älterer Herr mit Heizkörpern in der Wohnung.«

»Heizkörper können wir auch haben.«

»Unterm Strohdach? Auf der Tenne?«

Anielka lachte und zeigte ihre kräftigen weißen Zähne. In den rosigen Wangen bildeten sich Grübchen. Hubert mußte schlucken.

»Wieviel Heizkörper willst du?« fragte er. »Für ein paar Ferkel kriegen wir sie. Reichen dir zehn Rippen in der Kammer?«

»Zu Heizkörpern gehören unbedingt Zimmer«, sagte Anielka. »Weiß gestrichen, Gardinen an den Fenstern. Das Fenster über die halbe Wand. Im Bad warmes Wasser.« Sie kam ins Schwärmen, ihre Augen verschleierten sich. »Ein Klo aus Porzellan, Wasserspülung, ein Spiegelschrank, Fliesen.«

»Einen amerikanischen Film willst du«, sagte Hubert und verzog das Gesicht. »Gib so einem Weib einen Heizkörper, gleich schreit sie nach einem Scheißhaus aus Porzellan.«

Anielka kam nicht zu einer Entgegnung, draußen knarrten die Stufen unter einer schweren Last, es klopfte, und ohne eine Aufforderung abzuwarten, erschien Jonasz im Türrahmen, den er mit seinem mächtigen Körper ganz ausfüllte.

»Gelobt sei Jesus Christus.«

»In Ewigkeit amen«, antwortete Hubert Molko wie ein Automat. »Jonasz, dich schickt der Herrgott. Du sollst der Schiedsrichter über unsere Heizkörper sein. Muß ein Abort aus Porzellan dazugehören?«

»Es muß die Nacht auf den Tag folgen«, sagte Jonasz, »aber auch das nicht immer.«

»Na siehst du!« freute sich Hubert und sah Anielka triumphierend an, ehe er sich an Jonasz wandte: »Reichen zehn Rippen für eine Kammer?«

»Das kommt drauf an, wieviel Volk darin steckt. Wenn die Rippen vom Schwein sind und es dazu einen halben Liter gibt, muß du pro Kopf ein Kilo rechnen.«

»Entweder ißt der Mensch, oder er trinkt«, meinte Hubert Molko. »Ich verheirate meinen Sohn.«

»Mit mir!« lachte Anielka auf. »Kannst du dir das vorstellen, Jonasz?«

»Verheißen, Anielka, ist dir ein Krösus aus Düsseldorf«, sagte Jonasz und ließ sich auf dem Plüschsofa nieder. »So steht es in den Sternen, freilich so unscharf, daß es auch umgekehrt sein könnte.«

»Wie umgekehrt?« fragte Anielka.

»Ein Dussel aus Krosno.«

»Alles läuft für Wojtek«, stellte Hubert Molko fest. »Er hat auf einem Volksgut bei Krosno ein Jahr lang den Lagerverwalter gemacht. Was ist ein Bauernhof ohne Frau? Er wollte eigentlich eine jüngere, aber die sind fort, alle in die Stadt. Hier in den Katen sitzen nur noch lahme Enten.«

Jaja, auch sein Wojtek wollte in die Stadt, und das käme nur vom Fernsehen. Da werden Straßenbahnen und neue Häuser gepriesen, Wunder aus der Großstadt gezeigt, gegen die das Mistbreiten die reine Fronarbeit für Menschenvieh sei. Was das, so frage sein Wojtek, auf dem Dorf für ein Leben sei? Schon den jungen Leuten fallen die Zähne aus, nach der Arbeit bleibt einem nur, zur Flasche zu greifen und den Verstand zu benebeln, damit man nicht denken muß. Zum Heiraten ist niemand da, alles, was Beine hat, türmt in die Stadt, zu den Theatern mit Sex, den geheizten Leseklubs, den Schulen mit Wohnheimen, der Arbeit von acht bis sechzehn, fünf Tage in der Woche. Dreißig sei er jetzt, so sagte Wojtek, eins achtzig groß, in der Hose alles, was reingehört, zwölf Hektar Land – und? Bis ans Lebensende alleinstehend und Scheiße breiten? Das verfickte Fernsehen habe den jungen Leuten völlig den Kopf verdreht, schloß Hubert Molko.

»Ich könnte ohne Fernsehen nicht leben«, sagte Anielka. »Zum Mistbreiten soll er sich mal eine andere suchen.«

»Dann haut er mir in die Stadt ab!«

»Gott mit ihm, und Glück auf den Weg!«

»Und die Wirtschaft?« blökte Hubert. »Ein Kind habe ich nur, die Frau ist mit den Zigeunern durchgegangen. Wo ist die Gerechtigkeit?«

»Im Fernsehen«, sagte Jonasz und strählte mit den Fingern sein Zottelhaar. »Früher, als alles in der Zeitung beschrieben wurde, hat es keiner geglaubt, aber jetzt kann man es mit eigenen Augen sehen. Die Technik entwickelt sich ständig weiter. Es wird noch mal so weit kommen, daß du alles anfassen kannst, so wie ich es jetzt mit Anielka mache.«

Seine Pranke fuhr Anielka über den Schenkel, der das unter dem strammen Rock geradezu herausforderte. Anielka kicherte.

»An meiner Schwiegertochter grapschst du rum«, sagte Molko mit saurer Miene.

»Mein Grapschen ist harmlos«, versicherte Jonasz. »Laß deinen Sohn in die Stadt, brenn deine Klitsche ab und zieh in die Welt. Ehe du einmal um sie rum bist, macht die Asche alles fruchtbar, und dein Land trägt auch ohne dich.«

»Gott gebe es«, seufzte Hubert Molko. »Der Mensch arbeitet und arbeitet und hat nichts davon. Andere arbeiten gar nicht und haben alles.«

»Nur nichts mehr von Schwiegertocher, klar?« meldete sich Anielka.

Molko stand auf und zog die Mütze straff. »Wie herzlos du bist«, sagte er. »Auf den Knien wirst du noch gekrochen kommen, damit mein Wojtek dich nimmt. In den Zähnen wirst du diese fünf Tausender bringen, damit ich meine Strafe zahlen kann.«

»Ganze Zivilisationen gehen zugrunde«, sagte Jonasz, »und niemand weiß, warum. Anielka kommt auf einmal betteln, aber dein Wojtek will sie nicht mehr, weil er schon ein berühmter Professor ist, mit Orden und Hermelinumhang.«

»Das wird er nicht«, grunzte Molko und ging zur Tür. »Fürs Rechnen hat er nicht den Kopf. Er will ins Bäckerhandwerk.«

»Auch daraus wird nichts«, sagte Jonasz. »Niemand wird mehr Bäcker, denn die Welt geht unter. Es gab schon Signale aus dem Kosmos, vielleicht hast du davon gehört?«

Molko bekreuzigte sich und wollte ausspucken, aber der Plüschteppich bannte ihm den Speichel auf die Zunge. Er schluckte, räusperte sich, tippte sich an die Stirn und ging.

Anielka schwang sich Jonasz auf die Knie, schlang ihm die Arme um den Hals und lachte. »Jetzt hat er aber eine Flappe gezogen! Du bist eine Nummer, Jonasz!«

»So hat es der Kommandant auch gesagt.« Zärtlich strich er ihr über das Flachshaar. »Aber das mit der Welt war kein Witz, mein Kind. Sie hat es schrecklich weit gebracht, es ist fünf vor zwölf. Ein Wahnsinn. Die Gefühle sterben ab.«

Die Rundfunknachrichten vom Vortag, einem Tag wie jedem anderen, Welt- und Lokalnachrichten. Amsterdam: Die sechzehnjährige Marie Bessard hat ihre schlafenden Eltern mit Benzin übergossen und in Brand gesteckt, weil sie ihr kein Kinogeld gegeben haben. Teheran: An hundertvierzig persischen Intellektuellen, die gegen den religiösen Führer waren, ist das Todesurteil vollstreckt worden. Otwock: Die Mörder eines Taxifahrers haben gestanden, daß das Töten ihnen Spaß gemacht hat, insbesondere das Flehen des Opfers, ihm das Leben zu schenken: ». . . er war nicht totzukriegen, wie eine Katze. Eine Flasche über den Schädel, zwei Messerstiche, noch mal mit dem Schraubenschlüssel auf den Kopf, und er zerrte immer noch an uns und bat um Gnade; wir zogen ihn vom Sitz, ich habe ihm den Wagenheber auf die Schläfe gesetzt und das Auto hochgedreht, sein Gesicht sah auf einmal ganz komisch aus, er röchelte, und dann war es mit ihm vorbei.« San Francisco: Der Bankangestellte Bob Lee, vierundzwanzig, verschanzte sich auf einem Kirchturm und beschoß aus einem Maschinengewehr mehrere Stunden lang die umliegenden Straßen. Bukarest: Der Lehrer Ion Antonescu schlug seine fünfjährige Tochter zu Tode, weil sie seine Lieblingstasse zerbrochen hatte. Manila: Der

Taifun »Margot« hat auf den Philippinen mehre hundert Todesopfer gefordert. Boreczno: Eine Minderjährige ist von einer Bande vergewaltigt worden. Anschließend wurden ihr die Augen ausgestochen, damit sie die Täter nicht wiedererkennen konnte. Genf: Die Supermächte arbeiten an einer Waffe, die alle Vorstellungskraft übersteigt – durch ein Loch in der Ozonhülle, die die Erde vor der kosmischen Strahlung schützt, läßt sich in kurzer Frist alles Leben in dem betroffenen Gebiet töten. »Ich liebe niemanden, und mir ist alles egal«, hat ein junger Mann aus Tuchola ins Mikrofon gesagt, »jedem ist alles egal, also könnte man aufhören, so zu tun, als ginge es um etwas!«

»Um etwas geht es aber doch!« sagte Anielka.

Jonasz schob sie sanft von seinen Knien, stand auf und griff nach der Werkzeugtasche. Der Ausguß hinter dem Verschlag stand voll schmutzigen Wassers, das nicht abfließen wollte. Anielka stellte einen Eimer bereit, der Alte holte aus seiner Tasche eine Rohrzange und nahm sich den Traps unter dem Ausguß vor, Jonasz konnte eigentlich alles – klempnern und tischlern, einen Ofen umsetzen und eine Waschmaschine reparieren. Er verdiente sich damit etwas zur Rente hinzu, in die er gegangen war, als ein Pfannkuchen beim Konditor Łokietek einen Złoty gekostet hatte und Jonasz von seiner Monatszahlung eintausendzweihundert Stück kaufen konnte, eintausendachtzig Stück mehr als heute für das gleiche Geld.

»Von Zeit zu Zeit stauen sich im Menschen Sehnsüchte, Begierden und Phantasien«, sagte Jonasz und klopfte mit dem Hammer gegen das verrottete Gewinde. »Sie stauen sich, quellen und quellen. Je unmöglicher, desto begehrter. Bis es plötzlich kracht und blitzt!«

Und Jonasz erzählte Anielka eine Geschichte, die er von Pfarrer Celestyn gehört hatte und die von den vier Brüdern Sokolik handelte. Sie hatten sich geweigert, beim Zaren

Soldat zu werden, nein, sie wollten sich auch vor diesem Militär nicht verstecken und auch niemandem ein Schmiergeld zahlen, damit ihre Papiere verschwanden. Nein, sie wurden nicht Soldat, und basta! Einem fremden Gesetz gehorchten sie nicht, ihr Hof war ihnen von den Urvätern überkommen, es war ihr polnischer Grund und Boden, ihr polnisches Schicksal, geglückt und verrückt, ihre Freiheit in Zank und Streit! Sollte man nur kommen, um sie mit Gewalt zu holen – es würde ein Blutbad geben! Pfarrer Celestyn erinnerte sich, daß ganz Krasnogaj auf der Seite der Sokoliks stand, als sie erst die Gendarmen vertrieben hatten, dann einen Offizier zu Pferde und zuletzt auch den Fähnrich Ogurzow, der sich zu einer Unterredung hinbemüht hatte. Aus irgendeinem Grund, der als Schwäche ausgelegt wurde, vermied die zaristische Behörde jede Gewaltanwendung und schickte immer nur Aufforderungen und Mahnungen. Die Gebrüder Sokolik zogen um ihren Hof einen Palisadenzaun, stützten das eisenbeschlagene Tor mit stählernen Pfosten ab und häuften Schußwaffen und Pulver an. Über dem Hof wehte eine Fahne mit dem Adler der Piasten. Krasnogaj hielt den Atem an: Diese Tollköpfe kämpften allein im Namen aller, um alle und für alle, die bisher in stumpfsinniger Demut den Behörden gehorcht hatten und denen gar nicht in den Sinn gekommen war, daß es auch anders gehen könnte. Über die Palisade flogen geräucherte Speckseiten und Rehkeule, Kuchen und anderes Backwerk, Feldflaschen mit Bier und Branntwein: »Haltet euch tapfer, Sokoliks! Unsere Ehre verteidigt ihr, unseren Stolz und unseren unbefleckten Ruhm!«

Pfarrer Celestyn, der wußte, wie der Aufstand der Brüder enden würde, litt unter zwiespältigen Visionen: Er sah die Sokoliks von den Kugeln eines Erschießungskommandos durchlöchert, von Peitschen zerfetzt, in Ketten nach

Sibirien getrieben – und er sah ihren Namen, für die die Herzen ihrer Landsleute schlugen, sie zum Durchhalten, zu Widerstand und Hoffnung ermunternd. Nichts ist so kräftigend wie das Märtyrertum. Daß es aussichtslos ist? Märtyrertum darf keine Aussichten haben: Sage mir, wie du umgekommen bist, und ich sage dir, ob du in die Geschichte eingehen wirst. Pfarrer Celestyn hatte in seinen Predigten bereits das gesamte biblische Martyrium ausgeschöpft, er brauchte, um den Mut der Pfarrkinder zu stärken, dringend ein von Herzblut triefendes Beispiel aus dem Leben. Daher drang er nicht allzusehr darauf, die Sokoliks zu überzeugen, daß ihre Aktion Narretei war. Aber auch die Behörden waren nicht auf den Kopf gefallen. Die Propagandaexperten des Zaren legten sich schnell eine Gleichung zurecht, in der sie die Bestrafung der Aufrührer nicht ausklammerten, zugleich aber in Betracht zogen, wie schädlich es sei, Nationalhelden zu kreieren und eine neue Legende in Umlauf zu bringen. Das Ergebnis der Gleichung: Zum Gespött machen.

»Zum Gespött?« fragte Anielka.

»Genau!«

»Wie denn?«

»Zum Gespött läßt sich alles machen«, sagte Jonasz. »Es ist nur eine Frage des Einfallsreichtums.«

Eines Nachts, so Pfarrer Celestyn, sei eine zaristische Baukompanie in Krasnogaj eingerückt, habe über das ganze Sokolikscheche Anwesen eine Kuppel aus Maschendraht gezogen und eine Tafel angebracht mit der Aufschrift: »Rebellenfestung. Romantischer Stil. Freiluftmuseum.« Schon am nächsten Tag kamen die ersten Schulklassen und Hausfrauenvereine. Die Gebrüder Sokolik suchten die Ausflügler zu verscheuchen, indem sie drohende Schreie ausstießen und in die Luft schossen. Sie erhielten dafür Beifall, kleine Geldmünzen und Rufe:

»Zugabe, Zugabe!« Ein zaristischer Geheimpolizist saß, als dickes Bauernweib verkleidet, in einer Bude und verkaufte Eintrittskarten.

»Und wie ging das aus?« fragte Anielka.

»Der älteste Bruder schoß sich in den Kopf. Die drei anderen rissen bei Nacht aus, wurden aber gefaßt und vor die Wahl gestellt: Freiluftmuseum oder Strafkompanie. Sie wählten die letztere.«

»Der Schwächere bezieht immer die Prügel.«

»Hier muß man es haben.« Jonasz tippte sich an die Stirn. »Ein muskulöses Gehirn ist mehr wert als tausend muskulöse Fäuste.«

Anielka seufzte. Wehmütig sah sie zu, wie Jonasz mit dem verrosteten Trapsgewinde kämpfte. Der Ausguß war aus Gußeisen, noch aus der Vorkriegszeit, mit abgeplatzter Emaille und zum erstenmal verstopft. Jonasz suchte das Gewinde ohne Gewalt zu lösen, denn auch die Leitung war aus der Vorkriegszeit und hätte Schaden nehmen können.

»Was haben wir denn dem Herrgott angetan?« fragte Anielka leise. »Warum hat er gerade uns zum Leiden ausersehen und nicht die Heiden aus der Türkei?«

»Um die Türken lohnt es sich zu werben«, gab Jonasz zurück und zog die Rohrzange zu sich heran. »Für einen Bekehrten gibt es ein Dutzend Getreue.«

»Solche Getreuen sind wir, Jonasz?«

»Solche Unreifen. Wir sitzen in der Geschichte wie ein gegrätschtes Frauenzimmer. Ein Bein im nationalen Januaraufstand von 1863, das andere in der Magnatenverschwörung von Targowice, die Arme bis über die Ellenbogen in Landtagsgezänk, das Herz von der Ostsee zum Schwarzen Meer, der Magen zu Füßen der Zarin und dazu schielende Augen: das linke verächtlich nach Osten, das rechte süchtig nach Westen. Denn wir, Anielka, ziehen es vor zu lieben, ohne wiedergeliebt zu werden, und der

Vernunft hohnzusprechen. Wir stehen drüber! Wir stehen so sehr drüber, und es ist eine Schande, daß die Vorsehung, die uns keinen Honig ins Maul gießt und uns nicht mit Myrte schmückte, die anderen nicht anbetend auf die Knie wirft. Die Russen waren als erste im All? Die Amerikaner als erste auf dem Mond? Und unser Herr Twardowski?!«

»Herr Twardowski auf dem Hahn, hat einen Schuh und Stiefel an . . .«, sang Anielka und wiegte die blonden Locken.

»Ein Amerikaner hat die Glühbirne erfunden? Im Dunkeln wäre er darauf nicht gekommen, wenn nicht Łukasiewicz vorher eine Petroleumlampe erfunden hätte. Und Kopernikus aus Toruń ist es zu verdanken, daß sich die Erde um die Sonne dreht!«

»Verspotte uns nicht, Jonasz. Es gibt schlimmere Völker.«

»Es gibt weder schlimmere noch bessere. Alle sind Durchschnitt, es ist nur die Frage, in welcher Zeit sie leben. Am besten geht es denen, die in der Gegenwart leben, am schlechtesten den Gegrätschten, die aus eigenem Willen gekreuzigt sind und zornig wieder das Schicksal löcken.«

»Du denkst zuviel, Jonasz«, sagte Anielka sanft. »Guck mal, erst gab es überhaupt keine Waschmittel, jetzt kommt schon mal eine Lieferung. Es gibt Kohlen, der Strom wird nicht mehr abgeschaltet, das Fernsehen bringt heute einen französischen Film . . .«

»Es schläfert die Wachsamkeit ein . . .«, flüsterte Jonasz und starrte auf das eingerostete Gewinde unter dem Ausguß. »Man wartet auf den passenden Moment. Die Vernunft benebeln, einen Schleier vor die Augen legen und Gift verabreichen. Menschen auf Menschen hetzen wie tolle Hunde: Der ist Jude, jener ist Russe, dieser Katholik verkauft Christus an die Bolschewiken, dieser Pole ist kein Pole, die Ordensbrüder sind Alttestamentarische, bis zur Unkenntlichkeit verkleidet, und unter dem altpolnischen Rock tragen sie um den Hals Medaillons mit dem Konterfei des Freimaurers aus Berditschew, der seinen Donkosaken befahl, Christenkinder für die Matze zu schlachten . . .«

Anielka verstand nichts von diesem Gebrummel, es ging ohnehin unter im Rauschen des Wassers, das aus dem Gewinde quoll und in den Eimer plätscherte. Als er voll war, bekam Anielka einen Wink, ihn hinauszutragen. Jonasz blieb alleine zurück, drehte den Verschluß gänzlich los und nahm das Knie ab. In dem nach Sumpf stinkenden schwarzen Loch steckte ein haariges Knäuel, das den Abfluß verstopft hatte. Jonasz spürte etwas Festes, er zerrte die klebrigen Fusseln auseienander, und seinen Augen zeigte sich ein glänzendes Metallstück an einem bunten Band – ein Eisernes Kreuz.

Wie eine höhnische Herausforderung.

Hauptmann Storch machte das nicht zum erstenmal, er beherrschte die Kunst, das Eiserne Kreuz, das einst seine Nazibrust geziert hatte, zu vermehren und Jonasz die Auszeichnung an den unerwartetsten Orten unterzujubeln, als wollte er ihn an seine Verdienste erinnern. Acht Kreuze hatte Jonasz schon in einer Schublade, dieses hier war das neunte. »Bevor du in den Schoß des Germanentums zurückkehrst, hast du den dornigen Weg der Sühne zu beschreiten. Jetzt hast du ihn betreten.« So hatte Storch zu Jonasz gesprochen, als sie durch die Sümpfe zu Regina Kuperholz gingen. »Am Ende dieses Weges werden dich vielleicht soldatische Ehren erwarten. Siehst du dieses Kreuz? Der Führer selbst hat es mir angeheftet für meine rassische Treue. Skrupel stehen der Treue im Wege. Wenn du der Idee treu sein willst, muß du zuerst einen Kampf mit dir selber führen! Die Exekution der Zweifel: Je tiefer sie sind, um so erbarmungsloser rotte und brenne sie bedenkenlos aus. Nachdenken ist Schwäche. Dann die Exekution der Gefühle, die nicht der Sache dienen: Die Verarbeitung von Menschenmüll zu Asche darf nur technologische Reflexionen wecken. Über der Banalität der Rührseligkeit, der weinerlichen Sentimentalität und der kleinbürgerlichen Bedenklichkeit weht der Geist einer verbesserten Welt. Der Herrgott hat die germanische Rasse ausersehen, über die Welt zu herrschen. Das Herrschen ist ein schweres Brot, aber wir entziehen uns der Aufgabe nicht. Wir helfen dem Herrgott, daß Sein Wille geschehe. Ich aber helfe dir, Jonas Hoff. Es wird ein wenig schmerzen. Die Befreiung vom Aberglauben an das Gute oder Böse muß weh tun, wie die Entfernung eines Geschwürs. Denke an den Tag, da der Führer dir vergibt und das Eiserne Kreuz verleiht . . .«

Jonasz hörte das freundschaftliche Zureden Storchs und sah das vor jungenhafter Begeisterung strahlende Gesicht. Die Mission der Bekehrung. Ein seltener Fall. Die Aufgabe hätte darin bestehen sollen, zu vernichten, zu zerschmettern, einzuschüchtern, Gehorsam zu erzwingen. So leicht machte Hauptmann Storch es sich nicht: Er wollte die verirrte Seele umgarnen, nach Hause führen und ihr den Rückweg abschneiden. »Solange du nicht Blut geleckt hast, weißt du nicht, daß die Natur dich zum Raubtier geschaffen hat. Ich könnte diese Sache selbst erledigen, Schmied, ich kenne den Weg zu dem Erdbunker. Ich suche jedoch den Weg zu dir, und deshalb gehen wir gemeinsam, deshalb wird die Sache von deiner Hand erledigt. Du wirst eine Entdeckung machen: Das Töten eines Menschen erhebt dich zum Übermenschen, gibt dir Freiheit und vereint dich mit denen, die dir gleichen. Einst wirst du mir dankbar sein, daß ich dich mit Gewalt glücklich machte.«

Hauptman Storch, der gehörnte Hinkefuß, der geistige

Vater der Beglückung durch Gewalt, der Büßer im Moor, der sein Ende nur durch eine der heiligen, aus der Menora gegossenen Kugeln finden kann. Auf jede Gegend kommt ein solcher Hauptmann. Daher die Verwirrung in den Menschenköpfen, der ungezügelte Ehrgeiz und die Gewalt. Je umtriebiger der Hauptmann, desto extremer die Stimmungen, desto brennender der Haß, desto tiefer die Verachtung alles Maßvollen. Die Sterne waren – die Jagdzeit ist nicht unbegrenzt, es kann einmal zu spät sein. Eile tut not. Die Epidemie des Irrsinns tobt durch die ganze Welt, der Krankheitsherde werden immer mehr. Wird es Jonasz schaffen?

Er muß es schaffen.

Er steckte das Kreuz in die Tasche, schraubte den Traps wieder unter den Ausguß und prüfte, ob das Wasser abfloß. Als Anielka eintrat, sagte er ihr, daß er sie am Abend erwartete.

»Es gibt einen Schmaus. Ich lade viele Gäste ein, du mußt unbedingt kommen!«

V

Der Kommandant saß am Schreibtisch und ließ sich von Korporal Słowacki Bericht erstatten. Sein Gesicht glänzte von Schweiß, ungeduldig sah er immer wieder nach dem offenen Fenster, das die luftige Weite in eiserne Quadrate faßte, aber es gab nicht den leisesten Zug, der einem Kühle zugefächelt hätte. Bei solcher Glut werden die Menschen rammdösig und veranstalten allerlei Blödsinn, vor allem nach einem Schnäpschen, das in die erhitzten Hirne fährt wie eine Rakete in ein Butterfaß. Wodka gibt es, Bier nicht. Dabei müßte es genau umgekehrt sein. Der Fusel setzt bei Hitze Aggressionen frei, das Bier aber löscht nicht nur den Durst, es macht müde, wirkt harntreibend und besänftigend. Selbst der Kommandant würde jetzt ein kühles, schäumendes Bierchen trinken, aber da war leider die Krise. Die Arglist der Krise beruht darauf, daß die Brauerei fast im Bier ersäuft, aber im Einzelhandel nichts davon zu sehen ist: Bier im Überfluß, Flaschen im Übermaß, nur kein Blech für die Kronverschlüsse. Und Kapseln aus Plaste gehen nicht. Doch, aber laut Norm darf nur Blech verwendet werden. Und der Verkauf von Faßbier? Der ist veraltet und anachronistisch. Außerdem fehlte es an Fässern. Was davon da war, haben die Fischer zum Einsalzen der Heringe bekommen. Und wo sind die Heringe? Beim alten Kuperholz hatte es Heringe aus dem Faß gegeben, fette Kerle mit einem Rogen, daß sich dieser ganze Kaviar verstecken könnte.

Und Faßbier, kühles, schäumendes Faßbier – daran gab es nie einen Mangel, der Kommandant, damals noch in kurzen Hosen, hatte seinem Vater oft einen Krug voll ins Sägewerk gebracht und unterwegs mal einen Schluck genommen . . .

». . . Ruhe und Ordnung«, schloß Korporal Słowacki soeben seine Meldung ab.

»Danke«, sagte der Kommandant. »Und in Zielenniki?«

»Ich habe es nachgeprüft, es stimmt. Die Genossin Pszenna hat nach dem Priester geschickt. Celestyn ist schon dort.«

Der Kommandant schnaufte zornig und trocknete sich mit einem Tuch Stirn und Wange.

»In der Instruktion war von Zusammenarbeit die Rede, aber nicht von Bekehrungen«, knurrte er. Lag es am Übereifer? Die Genossin Pszenna wollte schon immer überall die Erste sein.

»Gestatten Sie, daß ich Meldung mache: Sie liegt im Sterben.«

»Im Sterben liegt jeder mal, Słowacki, aber man darf sich nicht wegwerfen. Den Herrgott kannst du nicht hochnehmen wie eine Schippe Sand. Wer zu Lebzeiten dem Atheismus angehangen hat, soll sich in der Todesstunde nicht zum Narren machen.«

Korporal Słowacki trat von einem Fuß auf den anderen. Auch ihm war heiß. Am liebsten hätte er sich aufs Motorrad geschwungen, um über schattige Wege zu brausen und nach Sündern zu fahnden, die gegen die Verkehrsordnung verstießen, keinen Angelschein besaßen oder ihr Zelt an unerlaubten Plätzen aufgeschlagen hatten.

»Es sind Schwindler, Bürger Kommandant«, sagte er. »Ich kenne sie genau, auf Versammlungen sind sie Marxisten, aber sie haben Angst, nachts allein über einen Friedhof zu gehen.«

Der Kommandant dachte daran, daß auch er sich als Kind nachts nicht auf den Friedhof getraut hatte, obwohl er schon damals nicht mehr an Gott glaubte: Der Vater saß für den Kommunismus im Zuchthaus, in der Wohnstube hing nicht das Kruzifix, sondern Friedrich Engels, und man sprach von Klassenkampf, kapitalistischer Ausbeutung und Weltrevolution. Vor dem Krieg machte es sich nicht bezahlt, es mit den Kommunisten zu halten, und so konnte man schwerlich jemandem Eigennutz vorhalten, wenn er nicht zur Kirche ging, sondern zum Streik aufrief. Auch nach dem Krieg lohnte es nicht, schon gar nicht in Krasnogaj, wo es kaum fünf Kommunisten, aber zehnmal soviel Anhänger des bürgerlichen Lagers gab. Anschließend aber wurde es ganz wunderlich: Im Kommunismus steckten die Kommunisten einen Kommunisten wegen seines Kommunismus in den Knast, und auch der Vater des Kommandanten war wieder darunter, der Kommandant aber war damals ein Jugendfunktionär und geriet nicht etwa in Zorn, sondern fiel in eine tiefe Niedergeschlagenheit, denn er schämte sich für seinen Alten, diesen Verräter und käuflichen Agenten des Imperialismus. Um sich zu rehabilitieren, trat er der Miliz bei. Hatte er an des Vaters Verrat geglaubt? Hatte er nicht umhingekonnt, daran zu glauben? Die Imperialisten hatten Korea überfallen, auf den Kartoffeläckern des Vaterlandes tobte sich der Käfer aus Colorado aus, und die Banden der Kulaken mordeten die Kinder der Revolution. Die bösen Mächte hatten sich gegen das neue Morgen verschworen. Es war wie im Märchen: Wer rückwärts blickt, kommt um. Folglich blickte der Kommandant nicht zurück, drängte vorwärts, sprach die Zauberformeln, die Beschwörungen der Bolschewiken nach und tat, was ihm geheißen wurde. Die Staatsmacht weiß, was sie befiehlt, denn sie ist die Macht des Volkes und befreit die Welt von allem Unrecht. Die Miliz ist ihr bewaffneter Arm, der für Ordnung sorgt. Die Ordnung ist eine fruchtbare Wiese, auf der die Ideale und die Ziele weiden. Der bewaffnete Arm hat dafür zu sorgen, daß diese Weide nicht verunreinigt wird von Strolchen, Stänkerern, Trunkenbolden, Faulenzern, Gaunern, lockeren Vögeln und Pharisäern. Der Kommandant hatte nicht den Ehrgeiz, befördert zu werden, über fremde Rücken aufwärtszuklimmen, und so erreichte er seinen Zenit mit der Übernahme des Polizeipostens in Krasnogaj. Die Gemeinde war genau das Richtige für ihn, die Flurgrenzen überschaubar. In der Kartei, die er seit Jahren führte, waren die Menschen nach Kategorien geordnet – nach der Moral, dem Hang zu verbotenen Dingen, dem Verhältnis zum Staat und dessen Freunden und Feinden, der Haltung gegenüber den örtlichen Behörden und zu Pfarrer Celestyn. Jetzt war der Fall der Genossin Pszenna akut, die in eine andere Rubrik eingeordnet werden mußte. Aber lohnte sich das überhaupt? Hatte es einen Sinn, die Statistik zu verderben, da man doch wußte, daß die Frau nicht mal das nächste Wochenende erleben würde? Doktor Smosiejka hatte keinen Zweifel gelassen: Leberkrebs. Nichts zu machen.

Trotzdem tun solche Bekehrungen weh. Schwach sind die Menschen, kleinmütig, ewig in Furcht, als gäbe es diese irdische Welt nicht als einzige und nicht allen Ernstes. Wem sollte man trauen? Höchstens sich selber, aber auch das nicht immer, denn es hatte ja Momente gegeben, da im Kopfe des Kommandanten Ungeheuer umgingen, Zweifel und Ketzereien sich knäuelten und ihm Alpträume kamen. Hat es denn sein müssen, daß der Vater auf der Gefängnispritsche starb? Hätte man das Protokoll der Jagd vernichten dürfen, auf der ein angetrunkener Jäger einen jungen Treiber angeschossen hatte? Hätte man die Ermittlungen im Sägewerk auf telefonischen Befehl hin einstellen, bei den Schwarzschlachtungen im Staatsgut ein Auge zudrükken, belastendes Material gegen den früheren Gemeindevorsteher zusammenstellen dürfen . . .

Der Kommandant schauerte zusammen und räusperte sich. »Am Friedhof brennt die Straßenbeleuchtung nicht«, sagte er. »Die Energieversorgung muß befragt werden.«

»Es soll Strom gespart werden.«

»Was nützt die Einsparung, wenn der Aberglaube Blüten treibt! Ist schon mal ein Kraftwerksdirektor für Bekehrungen verantwortlich gemacht worden?«

Korporal Słowacki salutierte. Auf einen Disput über Bekehrungen wollte er sich mit dem Kommandanten nicht einlassen, weil er sich selbst erst kürzlich heimlich und in aller Stille zum aktiven Glauben bekehrt hatte. Korporal Słowacki war auch vorher gläubig gewesen, aber nur aus Gewohnheit, ohne zu praktizieren, wie die meisten Leute in Krasnogaj: In der Not geht man zum Herrgott, ansonsten lebt man sein Leben. Eines Tages aber war der Korporal auf Streife gefahren, ohne jedes Vorgefühl, denn solches suchte ihn ohnehin nie heim, bis auf die Hoffnung, seinen Gegenspieler Hubert Molko dingfest zu machen, der nachmittags gesehen worden war, wie er mit vergälltem Spiritus aus der Drogerie kam. Weit würde er damit nicht kommen, solange hielt er es nicht aus, und ins Dorf würde er zurückkehren mit unbeleuchtetem Trecker und auf abgefahrenen Reifen. Korporal Słowacki schoß über die Asphaltstraße nach Barty und hielt nur einmal an, um die Ausweise zweier rucksacktragender Personen zu prüfen, daß diese nicht etwa unterwegs seien, um bei Sokolik ein konspiratives Treffen mit Herrn Orno abzuhalten, sie trugen Schnurrbärte, und derlei Personen hatten den zuständigen Gemeindebehörden kürzlich viel Ärger bereitet, als sei alles unrechte Denken, alle an den Welten rüttelnde Dreistigkeit und Schlaumeierei nur in einem Schnauzbärtchen begriffen, aber die beiden hier waren Landvermesser aus der Nachbargemeinde. Dann bog Korporal Słowacki in einen Kiesweg ein und von diesem in die Waldschneise, auf der Molko nach der »denaturierten Sauferei« mit seinem unverschämten Fahrzeug heimzukehren pflegte. Der Korporal glaubte von ferne schon das Rattern des Molkoschen Treckers zu hören, als ihm plötzlich die über jeden Zweifel erhabene Gewißheit beschlich, daß er nicht allein auf dem Motorrad saß. Wer saß ihm da im Rücken, fragte sich der Korporal verdutzt, welcher Satan . . . »Nicht der Satan«, sagte eine klangvolle Frauenstimme, »sondern die heilige Cäcilie, die keiner zu fürchten braucht, sofern er ein reines Gewissen hat.« Mit dem Gewissen hatte der Korporal nie Probleme gehabt. »So fahre denn weiter«, hörte er die Stimme sagen, »halte nicht an und blick dich nicht um, dein Gewissen ist nicht so rein, wie du denkst. Du betrügst deine Frau mit der roten Teresa, kaufst ihr Geschenke, die es nur unterm Ladentisch gibt, zuletzt Zitronen, die eigentlich nur für Kinder da sind – zu Hause hast du zwei abgegeben, bei Teresa aber vier. Auch von der Prämie hast du deiner Frau nichts erzählt, fünf Tausender hältst du in der Pistolentasche versteckt. Soll ich noch mehr sagen?« – »Was willst du?« keuchte der bedepperte Korporal und schlug die Zähne in die Oberlippe, bis sie blutete: Es war kein Traum. Im Rücken spürte er die duftige Wärme eines weiblichen Körpers, von dem ein Lichtschein ausging, der in die dämmrige Schneise des Hochwalds fiel, daß der Scheinwerfer des Motorrads überflüssig war. Zum Beweis, daß es sich wirklich um ein Wunder handelte, ließ die heilige Cäcilie den Korporal Słowacki mit seinem Motorrad in die Luft steigen, und so schwebten sie eine Viertelminute über der Schneise, bis sie wieder weich landeten und die Fahrt fortsetzten. »Du sündigst«, bekam der Korporal zu hören, »die Macht, die du über die Menschen hast, erfüllt dich mit Hochmut. Strafzettel teilst du aus, wie es dir in den Sinn kommt. Auf Hubert Molko hast du es abgesehen, aber wer kann wissen, ob er nicht ein Märtyrer ist . . .« – »Ein Nichtsnutz ist er!« bellte Słowacki. »Wem hältst du denn eigentlich die Stange? Von diesen Säufern, Schlitzohren und Strohköpfen ist das Vaterland doch erst in Atemnot geraten!« Er spürte etwas wie einen Stromstoß und hätte sich fast die Zunge abgebissen. »Hör bloß auf zu philosophieren, mein Wächterlein«, hörte er die süße Stimme der Heiligen. »Bete und hüte die Ordnung, halte dich an das Programm der Bekehrung, dem du unterworfen bist, und dein Vaterland strebt seiner Bestimmung zu auf unausweichlichem Kurs, noch auf- und abschaukelnd, doch nicht durch die Trunkenbolde und Gimpel, sondern die von oben erteilte Richtlinie, die den auserwählten Völkern gilt! Gib acht bei Hubert! Tritt ihm nicht zu nahe, denn du weckst, wenn du ihn für abgefahrene Reifen strafst, in ihm die Wut. Dazu aber, die Menschen in Versuchung zu führen, ist der Teufel da, nicht die Polizei. Er wird dich abmurksen, begreifst du das? Nun aber, nach der Warnung und Bekehrung, fahre fort, deine Pflichten zu erfüllen in Einklang mit den polizeilichen Dienstvorschriften und den Zehn Geboten . . .«

Słowacki schlug die Hacken zusammen. »Zu Befehl, Bürger Kommandant! Die Energieversorgung kontrollieren.«

»Und du selber?«

»Was ich selber?« fragte leise der Korporal Słowacki und vermied es, dem Kommandanten in die sanftmütigen, allwissenden Augen zu sehen.

»Erzähle mir bloß nicht, daß du aus dienstlichen Gründen in die Kirche rennst. Dienstlich geht Karaś. Dich zieht es in der letzten Zeit zum Herrgott wie das Turteltäubchen zum Bullen, so daß ich mich frage, ob dich Pfarrer Celestyn nicht mit einem Wundermittel beschwipst hat.«

»Melde gehorsamst, daß das nicht der Fall ist«, schnarrte der Korporal, der aber plötzlich im Rücken das duftige Wehen spürte und in seinem Innern die Frauenstimme hörte, die ihn streng warnte, den Glauben zu leugnen, dessen einziges Maß die Frömmigkeit sei, die wiederum gemessen werde an der Häufigkeit der Kirchenbesuche, weil die Zeit es gebiete, Weltanschauung zu demonstrieren. »Die Religion übe ich privat aus, es gibt da keinen Zusammenhang mit der Funktion.«

»Die Funktion des Funktionärs erlischt nicht einmal, wenn er mit einer Frau schläft«, sagte der Kommandant. »Vor allem, wenn es nicht die eigene, sondern eine andere ist, die in Dobrzyki wohnt und mit Zitronen versorgt wird.«

Und da sage einer, dieses Leben lohne sich! Die heilige Cäcilie weiß Bescheid, der Kommandant ebenfalls, vor beiden läßt sich nichts verbergen, und sie stellen Bedingungen, die einander widersprechen: Gehe – gehe nicht, glaube – glaube nicht. Könnten sie sich nicht einig werden und dem Korporal ihre Entscheidung mitteilen? Übrigens hatte ihn vor den finsteren Absichten Huberts keine geringere als ausgerechnet die heilige Cäcilie gewarnt: Dort an dem Abhang hätte es schiefgehen können. Das Bündnis mit der Heiligen war also nicht nur ein Geschäft für die Zukunft, eine Versicherung gegen das Unbekannte, sondern auch von handfestem Vorteil hier und heute. Wie hatte sie gesagt? »Fahre fort, deine Pflichten zu erfüllen in Einklang mit der polizeilichen Dienstvorschrift und den Zehn Geboten.« Was sind die meisten dieser Gebote aber anderes als die Quintessenz und Visitenkarte der Staatsmacht, deren Dienerin die Polizei ist? Die Staatsmacht zankt sich mit dem Klerus herum wie der Parteisekretär Konstanty mit dem Pfarrer Celestyn am Sterbebett der ehemaligen Genossin Pszenna – im übertragenen Sinne natürlich (was heißt, im übertragenen Sinne? Alles ist übertragener Sinn!). Als ob die beiden nicht geeint wären durch ihre Verwandtschaft als Urgroßonkel und Urgroßneffe, durch die hysterische Geschichte, den katholischen Kommunismus und den idealistischen Materialismus, die so typisch sind für die Einwohner von Krasnogaj und Umgebung in einem Umkreis von einigen hundert Kilometern! Was hatte Słowacki davon? Hauptsache, sein dienstliches Leben, die atavistische Jagd, ließ sich mit einem noch tiefer sitzenden, rudimentären Atavismus in Einklang bringen: In Deinen Schutz begebe ich mich . . . Warum wird über den Wachenden gewacht und der Verfolgende verfolgt? Korporal Słowacki hätte nicht einmal mit der heiligen Cäcilie Verrat am Polizeidienst verübt, aber in Augenschein hätte er sie gerne mal genommen: War sie jung und hübsch oder alt und häßlich? Warum erschien sie nur als eine Stimme in seinem Rücken?

Und ob sie es gewesen war, die dem Kommandanten die Sache mit den Zitronen zugesteckt hatte?

»Fahr nach Zielenniki und sieh dich ein bißchen um«, hörte er den Kommandanten sagen. »Geh in die Kneipe und trink ein Bier, wenn sie welches haben. Es wäre gut, wenn sie welches hätten, dann würden wir auf größeres Verständnis stoßen. Ich will wissen, was über die Pszenna geredet wird. Ein bißchen Spott, ein paar Witze könnten nicht schaden. Mach den Leuten schöne Augen.«

»Das kann Karaś besser . . .«, setzte der Koporal an, verstummte aber sogleich unter dem strengen Blick des Kommandanten.

»Machen Sie keine Faxen, Słowacki. Wir haben nicht genug Planstellen. Wenn Karaś Strafzettel ausstellt, können Sie ein bißchen mit den Leuten scherzen. Wegtreten!«

Er wartete ab, bis der Korporal die Hacken zusammengeschlagen und die Tür mit der Aufschrift »Hilf Strom sparen!« hinter sich geschlossen hatte, dann stemmte er sich vom Schreibtisch hoch, reckte seine ganze verschwitzte Vierschrötigkeit und trat an das vergitterte Fenster. Krasnogaj ächzte unter der Nachmittagshitze. Die Stiefmütterchen in dem Rondell, das um einen weiß-roten Mast angelegt war und in einem Halbkreis aus zinnoberroten Steinchen den Schriftzug »Bürgermiliz« trug, ließen welk und traurig die Köpfe hängen, ihre Farbe war unter einer Schicht grauen Staubes verschwunden, der über der Straße hing. Vom Kohlenlager her schleppten sich Fuhrwerke vorüber. Wie viele standen auf der Verteilerliste, wie viele nicht? Ohne Schnaps begreifst du's nicht, und mit Schnaps noch viel weniger. Good afternoon. Wenn wir erst begriffen haben, werden wir es beweisen! O ja, das wollte der Kommandant gerne tun, am liebsten unter einer kalten Dusche mit einem eisgekühlten Bier . . . Wer tat es auf die rechte, wer auf die linke Tour? In der Woiwodschaft wissen sie Bescheid. Auf die linke Tour nehmen – das ist schlecht. Auf der linken Seite stehen – das ist recht. Wer linke Dinger dreht, ist eine Kreatur, der rechte Mann aber – good afternoon! Der rechte Mann aber, der links steht, denn die Rechten sind die mit den linken Dingern, unsere Gegner, die Geschmack am Aufruhr finden: Sie möchten die Wirklichkeit durchlöchern wie eine Made den Apfel. Ist der Apfel süß, weil er madig ist? Im Gegenteil! Die Made geht an den Apfel, weil er süß ist. War er tatsächlich so süß gewesen? Freilich, sonst wäre die Made nicht rangegangen und hätte nicht all das bewirkt mit den allgemeinen Verteilungsschwächen, dem Kaufkraftüberhang, diesen Gewitterwolken, deren Ende nicht abzusehen war. Die Welt ist mißlungen, pflegte Jonasz zu sagen, aber der Kommandant gab nichts auf solches Gerde, denn es läßt keine Schlußfolgerung zu und eignet sich als unpolitische Äußerung auch nicht für einen Bericht. Wenn die Welt gelungen wäre, könnte Pfarrer Celestyn seinen Laden zumachen. Was ist denn die Welt? Jonasz weiß das vielleicht, aber der Kommandant würde sich damit nicht den Kopf heiß machen, der ihm von wichtigeren Dingen zu platzen droht. Was hatte dieser Lech Maciej Orno hier zu suchen? Warum aß er ausgerechnet hier und nicht woanders? Und wie machte er es, daß man nichts merkte? Jeder

Feind sinnt auf Böses, das lernt man bei der Polizei schon im Grundlehrgang. Es gibt keinen Feind ohne Ränke, Verschwörungen, Heimlichkeiten. Ein guter Feind schmiedet Pläne bis zuletzt, selbst wenn er sich die Lunge heraushustet: Er vervielfältigt, stiftet an, trifft sich mit anderen, empfängt Instruktionen, entsendet Abgesandte, gibt Interviews für agenturale Agenturen. Und fällt herein! Das ist einfach unvermeidlich, unsere Dienste sind viel zu fleißig, intelligente Leute zerbrechen sich dort den Kopf, nicht irgendwelche Amateure aus dem Apparat, sondern Fachleute mit Diplom. Auch Orno wird hereinfallen. Wenn ihn der Kommandant nicht einbuchtet, wird in Krasnogaj ein Playboy mit einem rassigen Auto erscheinen, ein Vagabund in Jeans und mit Gitarre oder eine Journalistin aus Andorra. Besser wäre jedoch, wenn es der Kommandant allein schaffte, denn wer einmal versagt hat, bei dem wird die Nase hinterher überall hineingesteckt.

Sechzehn Uhr zehn. Der Besucher verspätete sich. Draußen verkaufte die alte Połtuciowa Kohlköpfe, gleich vom Fuhrwerk und direkt von der Polizeistation. Wie zum Hohn! Sollte er Mołojec hinauschicken und sie Strafe zahlen lassen? Ach was, niemand drängelte sich nach dem Kohl, es wäre was anderes gewesen, wenn die Alte Branntwein flüssig gemacht hätte. Selbstgebrannten führte aber nicht die Połtuciowa, sondern die Tyburka. Das war eine gute Bekannte von Sokolik, und dieser war früher ein Kumpan des Besuchers gewesen, der sich jetzt verspätete. Der Kommandant, jäh vom Ärger gepackt, wollte schon zur Tür, als diese sich weit öffnete und auf der Schwelle Pudrycy erschien.

Der Kommandant ließ Pudrycy von einem Fuß auf den anderen treten, gestattete ihm eine Erklärung, eine Entschuldigung und sogar einen Scherz über das Gedächtnis, das nach dem Tode nicht mehr dasselbe sei wie vorher, er hörte sich alles an, massierte die zottige Brust im Dreieck der aufgeknöpften Uniformjacke und sah aus dem Fenster. Draußen zogen drei Männer ein Kabel. Sie zogen es, als ob sie wollten und nicht könnten. Braucht es vielleicht einen Donnerschlag, um das Volk durchzurütteln? Oder ein Massaker und danach gemeinsame Tränen? Der Kommandant, der abwartete, bis Pudrycy sich ausgestammelt hatte, verspürte eine leichte Abneigung gegen sich selbst, wie stets, wenn es sich um die Ausführung eines Auftrags handelte.

»Bist du fertig?« fragte er, als Pudrycy fertig war.

»Ich sage ja gerade . . .«

»Du hast es schon gesagt. Alles, nur nicht das.«

»Ich wäre doch pünktlich um vier Uhr dagewesen . . .«

Der Kommandant winkte ab. Mit gesenkter Stimme mahnte er Pudrycy, dieses Thema abzuschließeh, da sie sogleich zu einem anderen übergehen würde, das für das Klima in Krasnogaj Bedeutung trüge, weil eben dieses Klima nach wie vor die berechtigte Unruhe der zuständigen Stellen wecke. Gegenstand einer gesonderten Unruhe, ja, sogar der aufrichtigen Besorgnis dieser Stellen jedoch sei er, der Lagerverwalter Pudrycy W.

»Ich?«

»Jawohl«, bekräftigte der Kommandant in einem Ton freundschaftlichen Mitgefühls. »Dort hält man dich immer noch für einen der Seinen. Wer begeht keine Fehler? Selbst die Staatsmacht begeht sie, bekennt sich hinterher dazu und korrigiert sie, wofür sie den Respekt der Bürger verdient. Auch für dich ist es an der Zeit, dich zu bekennen, Pudrycy. Von dem ehrlichen Bekenntnis über die Reue zur Berichtigung ist es nicht weiter als von einem Ohr zum anderen.«

»Ich verstehe nicht«, sagte Pudrycy, mißvergnügt von

dem plötzlichen Frösteln zwischen den Schulterblättern. Es war ja nicht das erstemal, daß der Kommandant von ihm Reue forderte, er hatte Zeit gehabt, immun zu werden, und doch reagierte er auf den mitfühlenden Ton immer wieder mit diesem Frösteln. »Ihr wißt schließlich alles über mich . . .«

»Gewissermaßen«, stimmte der Kommandant zu und bot Pudrycy einen metallenen Armstuhl an, »aber nicht ganz. Warum hat du deine Frau Hanna zu Mielniczuk geschickt? Um für dich die Beförderung zu erwirken oder um die Affäre mit der Schafwolle zu vertuschen, die ihr für den Staat aufgekauft und mit privatem Gewinn an die Goralen bei Żywiec verscheuert habt, damit sie Volkskunst daraus machen?«

»Das wißt ihr auch?« staunte Pudrycy. »Es ist ein Dutzend Jahre her . . .«

»Das Gedächtnis der Polizei ist nicht flink, aber es weiß, was es weiß«, sagte der Kommandant und bot Pudrycy eine Zigarette einheimischer Produktion an, billig und beißend. »Wozu sammelt jemand Briefmarken? Damit sie da sind. Mit so einem Briefmarkenalbum kann sich im Notfall ein gewisser Icek Kloc sein Leben erkaufen von einem Burschen, der bei der Gestapo diente.«

»Der Neffe des alten Kuperholz?«

»Mhm.«

»Der ist doch umgekommen!«

»Aber erst hinterher. Und du hast nach dem Krieg mit Dollars gehandelt, mit Papuziński wolltest du über die grüne Grenze nach dem Westen abhauen, nachher habt ihr Gondek das ehemals jüdische Vermögen in Form eines Speichers und einiger Nebengebäude zugeschanzt, indem ihr euch einer gefälschten Vollmacht von Perelman aus Amerika bedientet . . .«

»Und wer hat dabei das Geschäft gemacht?« konnte

Pudrycy nicht länger an sich halten. »Wenn ich das, was Gondek in Dollars hat, nur in Groschen hätte!«

Das Frösteln ließ nach, das Material des Kommandanten machte einen sehr verjährten Eindruck.

»Man erinnert sich deiner Reden auf den Kundgebungen.«

»Wer hat damals keine Reden gehalten?«

»Wer hat damals keine Berichte auf kariertem Papier geschrieben?« schloß sich der Kommandant seinem Tonfall an, Pudrycy schluckte und sagte nichts mehr, das Frösteln schwand nicht ganz. »Wer hat nicht einen Konkurrenten erledigt, indem er ihm einen Verwandten in einer revanchistischen Landsmannschaft am Main erfand? Und einen anderen wegen zionistischer Neigungen, weil er sich boshaft über patriotische Romangestalten geäußert hat? Ha, ha, ha, Pudrycy!«

»Ha, ha, ha . . .«, stimmte der Lagerverwalter verhalten ein.

Der Kommandant hielt seinen Blick auf das Fensterviereck mit dem vergitterten Himmelblau gerichtet und begann Erinnerungen aus der Zeit der Rebellion auszukramen, als es den einen leicht wurde, die anderen aber niederhielt, ein parallel verlaufender Prozeß wider die Ordnung, wie auf einem Schiff, das bei der nächsten, stärkeren Woge kentern muß, weil in seinen Laderäumen alles schlecht verstaut ist – wild, auf Teufel komm raus, wie es gerade kam, wir lassen uns doch nichts vorschreiben! Jeder Stoß kann der letzte sein, das Kentern, die Katastrophe bringen. Wie war das zu verhindern? Wer hört auf die Vernunft, wenn er sich aller Zwänge ledig glaubt?

»Immerhin haben sie auf Góralczyk gehört. Bis du angefangen hast, ihm den Stuhl wegzuziehen.«

»Er war der Vorsitzende«, sagte Pudrycy.

Der Kommandant wiegte sich auf seinem Drehstuhl und

bleckte das spärliche, paradontosegeschädigte Gebiß mit dem geschrumpften Zahnfleisch. »Oh, oh, Pudrycy, bu bist eine Nummer, haha! Bei der Rebellion hast du die Galle gespielt, bei Góralczyk den Zwölffingerdarm, und mich hast du mit dem Schwanz umwedelt!«

»Mit was für einem Schwanz?« flüsterte der Lagerverwalter.

Der Kommandant drohte ihm mit dem Finger. »Ich bin selber schuld, Pudrycy, ich bin auf Teufelswerk hereingefallen. Umwedelt hast du mich, umgarnt. Ich glaubte, du hättest dich dem berechtigten Protest angeschlosen, um die gerechte Sache vor dem Protest zu schützen, aber du hast Góralczyk zum Abschuß freigegeben!«

»Ich?«

»Du, jawohl!« schrie der Kommandant. »Der anonyme Brief! Góralczyk habe eine Ware in eine niedrigere Preisklasse gestuft, damit sie für den Käufer billiger werde! Du hast diesen Mann in Schande gebracht und in den Tod getrieben! Zum Zweck der Erlangung persönlichen Vorteils in Form des Vorsitzes durch das Mandat der Rebellen!«

»Ich nicht.«

»Doch.«

»Der anonyme Brief war mit Maschine geschrieben.«

»Du unterschätzt die Polizei, mein Lagerverwalter. Wir haben Experten, die alles vergleichen: sowohl die Grammatik und den Satzbau als auch den Anschlag bei einzelnen Wortfolgen, Silben, Satzzeichen und Leertasten! Maschinengeschriebenes ist für den Menschen weniger typisch als Handschriftliches, besitzt aber seine Besonderheit und Einmaligkeit. Ich habe unwiderlegliche Beweise, daß du der moralische Urheber des Todes des Vorsitzenden Góralczyk bist, denn der Vorwurf der schändlichen Einstufung in eine niedrige Preisklasse wurde von derselben Hand getippt wie das Glückwunschschreiben zum Namenstag des Parteisekretärs Konstanty und die Bescheinigung über einen Bezug von Salpeter durch Hubert Molko, ein Bezug, den es nicht gegeben hat, weil der Salpeter von Gondek für dessen Frühbeete erworben wurde.«

»Aber Vorsitzender bin ich nicht geworden«, flüsterte Pudrycy und starrte ratlos auf die Glasplatte des Kommandantenschreibtischs, auf der sich nichts befand als die Spiegelung des vergitterten Fensters.

»Wir sind wachsam gewesen. Rebellionen sind spontan, die Rebellen jedoch Menschen, die nicht vom Himmel fallen. Was für ein Vorsitzender wäre aus dir geworden?«

»Gar keiner«, fand sich Pudrycy schnell zu erklären bereit. »Ich gebe zu, es gab mal einen Moment . . . Aber Góralczyk habe ich nichts Böses gewünscht!«

Der Kommandant stöhnte. Die Sonne war weitergerückt und füllte das Zimmer aus, pumpte es voll mit flimmernder Glut. Schweißbäche flossen von den Schläfen des Kommandanten.

»Wünsche ich denn jemandem Böses?« fragte er. »Ich weiß, daß manche so denken, aber sie irren sich gründlich. Ein Kommandant, der die Menschen nicht liebt, kann seinen Hut nehmen: Er behütet nichts, spürt nichts aus und rettet nichts. Die wahre Strenge entspringt dem Gefühl. Ich leide, wenn ich strafe. Aber ich strafe, ich habe gestraft und werde strafen, weil die väterliche Hand nur Achtung weckt, wenn sie schwer ist.« Der Kommandant hielt inne, neigte den eiförmigen Kopf zur Seite und sah Pudrycy nachdenklich an. »Hast du schon deine Dresche gekriegt?«

»Ich? Wofür denn?«

»Das ist doch egal«, sagte der Kommandant. »Es reicht doch das aus, was wir wissen, und laut Statistik wissen wir ungefähr zwanzig Prozent. Da kannst du dir vorstellen, welche Dresche du erst für die übrigen achtzig verdient hast!«

Pudrycy entschloß sich, die Taktik zu ändern. Er sprang auf. »Ich verbitte mir das!« rief er aufgebracht. »Ihr habt überhaupt kein Recht . . .«

Der Kommandant legte, ohne aufzustehen, eine seiner Gorillapranken auf Pudrycys Schulter und drückte ein wenig. Pudrycy fiel auf seinen Stuhl zurück und wurde ein bißchen blaß.

»Warum willst du mich nicht verstehen?« fragte leise der Kommandant, und aus seiner Stimme klagte hitzemüde Qual. »Jeder von euch kann seine Arbeit hinwerfen, ohne daß davon die Welt untergeht, aber ich muß rackern wie ein Eichhörnchen in der Tretmühle. Das polizeiliche Handwerk erlaubt keine Sesselfurzerei, kein Blaumachen und Faulenzen, keine Dreitagewochen und Durchhänger. Stell dir bloß mal vor, Pudrycy, ich würde die Polizeistation schließen wegen Renovierung oder Erkrankung des Personals, und inzwischen wird Sokolik von Banditen überfallen. Er schreit um Hilfe, aber bei mir ist der Laden dicht.«

»Was für Banditen?« fragte der Lagerverwalter.

»Für Fragen bin ich hier zuständig«, sagte der Kommandant automatisch. »Wir nehmen das ja nur mal an, rein theoretisch. Theoretisch tut der Polizeibeamte seinen Dienst zur Regelung des Verkehrs, zur Ergreifung von Dieben und zur Hilfeleistung bei Überquerung der Fahrbahn durch blinde alte Frauen. Niemand liebt ihn, jeder braucht ihn. Dieses Gebrauchtwerden aber ist polizeiliche Praxis, die Wirklichkeit unseres Lebens, die Nützlichkeit und schließlich die Unentbehrlichkeit für jeden Bürger. Die Sekretäre und Vorsteher kommen und gehen, ich aber bleibe. Und warum?«

»Warum denn?«

»Warum, fragst du? Weil sie die Macht nur ausüben, ich

diese Macht aber habe. Machtausübung bringt Befriedigung und Ehre, obwohl es dem Ausübenden nicht an Problemen fehlt, bei deren Lösung er hin und wieder Fehler begehen muß. Ist der jeweilige Fehler gerade Mode, paßt sich der Mensch an. Mit mir ist das anders. Ich muß meine Fehler mit mir selber ausmachen, mit eigener Plakkerei zahle ich für sie den Preis, Genugtuung wird mir selten und Ehrung nie zuteil. Ich bin dafür da, daß das Leben seinen Gang geht.«

»Den geht es.«

»Das sagst du so . . .« Der Kommandant reckte sich und gähnte. »Und diese Tunnel, die Helligkeit und das freie Schweben? Wem soll das dienen?«

Pudrycy saß wie angenagelt. Sein Genick war starr.

»Woher . . .«

»Die Polizei weiß viel«, kam der Kommandant ihm zuvor. »Zur Not kann sie sich in fremde Träume schalten. Es ist dir hoch anzurechnen, daß du keine Reklame für den Idealismus machst, denn dafür reicht uns schon der Pfarrer Celestyn. Im normalen Leben ist kein Platz für Auferstehung. Arbeit tut not, Pudrycy, harte Arbeit, jeder an seinem Platz, um den Krallen der zeitweiligen Schwierigkeiten zu entkommen. Auf Wunder ist kein Verlaß. Kein Tunnel des Lichts läßt uns den Schweinebestand und den Wohnungsbau auferstehen.«

»Das mag sein«, erklärte sich Pudrycy einverstanden.

»Im normalen Leben geht alles streng nach Verteilerliste«, sagte der Kommandant. »Selbst wenn Bednarcyk aus der Woiwodschaftszentrale beteiligt wäre. Unsere Experten vergleichen gerade das Glückwunschreiben an den Parteisekretär und die Bescheinigung über den Salpeterbezug mit einer Anzeige über Unregelmäßigkeiten in der Handelsgenossenschaft.«

Pudrycy stand auf. Sein Kopf geriet in die Lichtsäule, die

die Sonne durch das Fenster in den Raum schickte, die Hitze schlug auf ihn ein, der grelle Schein blendete ihn.

»Ich habe nichts zu fürchten«, sagte er heiser. »Mir ist das egal. Nach allem, was ich durchgemacht habe . . .«

»An uns brauchst du solche Ansprachen nicht zu richten«, unterbrach der Kommandant und ließ ruhig zu, daß Pudrycy von der Sonne durchleuchtet wurde. »Uns braucht niemand zu fürchten. Wir üben Strenge, aber wir sind auch fähig zur Nachsicht und sehen einmal durch die Finger bei den kleinen Schwächen eines Menschen, der mit uns, für ein geordnetes Leben und gegen die Feinde des Volkes ist. Ich brauche mir keine Sorgen über die Verteilung von zweihundert Tafeln Zinkblech zu machen, meine Aufgabe ist die Anweisung von Ruhe und Ordnung. Wer sie stört, wird beim Kragen genommen, und ab! Notfalls mit dem Knüppel! Verstehen wir uns?«

»Selbstverständlich, Herr Kommandant . . .«, murmelte Pudrycy, nach wie vor freiwillig der Folter durch Hitze und Licht ausgesetzt.

»Und das Mittagessen mit Lech Maciej heute? Ich wünsche wohl gespeist zu haben.«

»Jeder hat gegessen, was er gekriegt hat.«

Wußte der Kommandant, was in die Eierkuchen gebakken wurde? Bestimmt. Er selbst nahm es nicht in Anspruch, er aß zu Hause, seine Hela kochte ihm Eintopf von Erbsen oder Kohl, und sogar sein Schnäpschen trank er allein, weil das Trinken in Gemeinschaft in Krasnogaj unvermeidlich Verpflichtungen mit sich brachte, der Kommandant jedoch eine unabhängige Persönlichkeit war von Natur und Berufs wegen. Ohne diesen eigenständigen Charakter wäre der Kommandant je nach Etappe gestiegen und gefallen, wer weiß, was er heute sein könnte – General? Oder Ruheständler? Nein, er ist Kommandant im Rang eines Sergeanten, und dadurch bleibt Krasnogaj die

Kontinuität, die Tradition und die Ordnung im Polizeiregister erhalten.

»Wäre es denn möglich, daß Lech Maciej Orno hier keine Tätigkeit entfaltet?« fragte halblaut der Kommandant, als richte er die Frage nicht an den Lagerverwalter, sondern an sich selbst. »Wo kriegen diese Leute ihren Urlaub her? Nehmen sie ihn zur Erholung? Machen sie aus eigener Tasche krank?«

»Es sieht so aus«, sagte Pudrycy und setzte sich endlich wieder hin. »Samosiejka ist sich sicher.«

»Das wissen wir. Und das ist verdächtig. Außerdem hat jemand Herrn Orno über Herrn Sokolik die Warnung zukommen lassen, daß es nach einer Haussuchung aussieht. Gegen eine kleine Gefälligkeit hat der Jemand versprochen, bei seinem ehemaligen Kaderleiter ein gutes Wort einzulegen. Mit einem Wort, er mahnt das Subjekt, sich in acht zu nehmen, weil es unter Beobachtung stehe, schon angepeilt sei und in seiner Wühlarbeit gestört werden könne.«

Voller Leidenschaft suchte Pudrycy dem Kommandanten klarzumachen, daß er in der Absicht gehandelt habe, Herrn Orno alle feindlichen Handlungen auszutreiben und ihn zu vergraulen. Er, Pudrycy, habe damit nur seine staatsbürgerliche Pflicht erfüllen wollen. »Er sollte sich fortmachen, ich wollte ihn verscheuchen! Ihr seid falsch unterrichtet worden! Was wir gemeinsam durchgemacht haben, will ich nicht noch einmal erleben, unter uns ist kein Platz für Leute mit Machenschaften, und so gedachte ich, Sokolik Angst einzujagen, damit er Lech Maciej fortschickt und wir die Sache vom Halse haben. Genauso hatte ich das vor, mein Ehrenwort . . .«

Der Kommandant ließ Pudrycy reden, denn er hing dem Grundsatz an, daß mit einem, der sich ausgeschwatzt hat, besser klarzukommen ist – wie mit einem geplatzten Ballon oder einem leergeschossenen Revolver. Sollte er sich entleeren, entspannen, leerquatschen.

Die Sonne verschwand hinter einem Wölkchen. Der Kommandant setzte sich auf seinem Drehstuhl zurecht, nahm aus der Schublade einen Aktendeckel, blätterte in den Papieren und wartete geduldig darauf, daß der Lagerverwalter seine Rede zu Ende brachte.

»Bist du fertig?« fragte er, als Pudrycy verstummte.

»Ich kann noch . . .«

»Nicht nötig. Hier habe ich dich, Pudrycy. Als den Leuten die Vernunft abhanden kam und sie versuchten, die Orndung in Irrsinn zu verwandeln, gab es nur wenige, die den Mut und den Verstand behielten. Wer hat der Tollheit vorzubeugen versucht? Góralczyk, Jonasz, Pfarrer Celestyn. Aber nicht der stellvertretende Genossenschaftsvorsitzende, der Bürger Pudrycy W., der hurtig zwischen unsere Pyromanen sprang und ihnen Zündhölzer in die Finger stopfte. Würde ich an den Herrgott glauben, so würde ich sagen, daß dich dafür die verdiente Strafe in Form eines Motorradunfalls ereilt hat . . .«

»Aber ich . . .«

»Schwindle nicht!« wies ihn der Kommandant barsch zurecht. »Wenn die Zeit kommt, da die Wahrheit über die Gefallenen gesprochen wird, hast du dich für Góralczyk zu verantworten, der ein untadeliger Mensch und ein Mann war.«

»Aber die Preise hat er doch herabgesetzt!« pipste Pudrycy.

Der Kommandant kratzte sich die Brust. Vor dem inneren Auge sah er einen Krug schäumenden Biers. Sein Mund schmatzte vor Gier.

»Was weiß du von der Macht?« fragte er. »Was einer war, kommt erst hinterher heraus. Der eine ist ein Speichellecker, schützt Vergessen und Unkenntnis vor, lügt jämmerlich und schiebt alles auf seine Untergebenen. Von so einem heißt es dann, er selbst sei in Ordnung gewesen, nur habe er seine Leute falsch gewählt, weil er naiv und vertrauensselig war. Ein anderer nimmt alles auf sich, ob er nun schuldig ist oder nicht. Der Hochmut schwellt ihm die Brust, und allein stellt er sich dem Mob entgegen: Da, lyncht mich! Ein dritter leert einen Flintenlauf und füllt sich den Schädel mit Blei.«

»Zwei Läufe.«

»Einen. Mit dem großen Zeh kannst du nicht beide Abzüge auf einmal betätigen. Die zweite Kugel ist Legende. So ein Mann tötet sich weder aus Furcht noch aus Scham oder Schuldgefühl. Er kann den Verrat der Seinen nicht ertragen. Die Entdeckung, mit wem er da zu tun hatte. Was durchaus nicht bedeutet, daß er selbst stets sauber war wie ein Engelsarsch . . .«

Der Kommandant stützte die Ellenbogen auf den Schreibtisch und begann Pudrycy mit müder Stimme zu erläutern, daß die Redlichkeit der Macht gemessen wird am statistischen Mittel des staatsbürgerlichen Wohlbefindens, nicht aber an der chaotischen Anhäufung von Fakten. Er entnahm der Schublade eine Rolle Pfefferminzdrops und bot dem Lagerverwalter einen an. Was ist das Wichtigste? Das Gefühl der Sicherheit. Was heißt das? Die Hoffnung, daß es morgen genauso ruhig ist wie heute. Was ist das wert? Womöglich sogar einen Aufruhr des Gewissens wegen unnötiger Prügel, vorbeugender Einbuchtung, individuellen Unrechts. Wenn du vermutest, daß einer eine Bombe unterm Arm trägt, haust du ihm eins vor die Rübe – wenn du dich geirrt hast, ist der gesellschaftliche Schaden nicht sehr groß.

»Die verfaulten Demokratien spiegeln Rechtsstatlichkeit vor. Wir vollziehen die historische Gerechtigkeit. In Krasnogaj hat Ordnung zu herrschen!«

»Selbstverständlich«, pflichtete Pudrycy bei.

»Wir wissen, daß ihr heute abend anläßlich des vierzigsten Jahrestags des Märtyrertodes von Regina Kuperholz bei Jonasz zusammenkommt. Hering mit Zwiebel und Räucherspeck . . .« Der Kommandant schüttelte den Kopf. »In die Symbolik dieser Zuspeise wollen wir nicht eindringen. Auch Selbstgebrannten werdet ihr auf die Gesundheit trinken, ich will das diesmal durchgehen lassen. Ich kann auch über die Falten in deinem Lebenslauf hinwegsehen, eingeschlossen die unangemeldete Inspektion, die im Lager zwei verdächtige Kilo Zucker finden wird. Du mußt mir aber helfen.«

»Wobei?«

»Lech Maciej Orno muß heute abend entlarvt werden. Genau wie der Anstifter aus Skirolawki, der gefaßt wurde, als er aus dem Leim gegangen war.«

»Wie soll ich Herrn Orno veranlassen, aus dem Leim zu gehen?« fragte Pudrycy hilflos.

Der Kommandant drohte ihm mit dem Zeigefinger, der kurz und dick war und einen geschwärzten Nagel hatte.

»Spiel nicht den Einfältigen, Pudrycy! Bis du nicht auferstanden? Dann wirst du doch auch den Judas angeben können, der das Vaterland für Silberlinge an Diversantenzentren verkauft. Gib dir nur Mühe, streng deinen Kopf an. Ich will, daß Lech Maciej morgen nicht mehr hier ist.«

Pudrycy stand auf. Seine blauen Augen funkelten wie Diamanten.

»Ich bin kein Provokateur!« rief er laut.

»Was bist du nicht?« fragte der Kommandant.

»Kein Pro-vo-ka-teur.«

»Wer braucht denn heute so was?« Der Kommandant seufzte und raufte sich den gelichteten Scheitel. »Spiel nicht den Trottel, Pudrycy. Und den Nationalhelden auch nicht. Wenn ich den Bürger Orno einsperren wollte, brauchte ich deine Hilfe nicht. Er soll aber freiwillig abreisen, in Schande die Flucht ergreifen, kompromittiert werden. Wie du das schaffst, ist deine Sache.«

»Ich verstehe . . .«

»Was verstehst du?« fragte der Kommandant.

»Das, was ich von euch aus verstehen soll.«

Der Kommandant trat vor Pudrycy, lächelte freundschaftlich und klopfte ihm auf die Schulter.

»Angeködert, angelockt«, sagte er.

»Angelockt und festgepflockt«, gab Pudrycy zurück.

»Festgepflockt und zugepackt!«

»Zugepackt und eingesackt!«

»Eingesackt und zugeschnürt!«

»Zugeschnürt und durchgeschüttelt!«

»Durchgeschüttelt und blamiert!« faßte der Kommandant zusammen und brachte den Besucher zur Tür. »Also maßvoll, Pudrycy, aber konsequent.«

Allein geblieben, schritt er langsam ans Fenster, stützte die Hände gegen das Gitter und starrte hinaus. Aus der staubigen, flimmernden Luft löste sich das Gesicht der Genossin von Pszenna aus Zielenniki, genauer gesagt, das Gesicht von Zdzicha Kusiak, die damals noch ein junges Mädchen mit schwarzen Brauen und schwarzen Haaren gewesen war, mit warmen Brüsten, die der Kommandant auf einem Jugendlehrgang geküßt, in denen er sein vor Leidenschaft glühendes Gesicht vergraben hatte. Als er aber seine Hand zwischen die noch viel wärmeren Schenkel schob, um sie auseinanderzubringen, zu gastlicher Aufnahme, zu gütigem Nachgeben zu bewegen, bekam er zu hören: »Oje, Jugendfreund, so sehr steht bei Ihnen das Problem?« Der Kommandant war ernüchtert, sein Problem augenblicklich erschlafft. Er zog die Hand zwischen den Schenkeln hervor. »Es war nur auf der Basis der Kameradschaftlichkeit, bei Einwilligung . . .« Beim nächsten Mal gab es keine Ziererereien mehr, und vielleicht wäre es sogar zur Heirat des Kommandanten und der Jugendfreundin Kusiak gekommen, wenn nicht der Genosse Pszenny aus der Kreisstadt auf der Bühne erschienen wäre, ein Veteran der revolutionären Kämpfe und persönlicher Freund des Woiwodschaftssekretärs. Konnte man dem einen Korb geben? Die Hochzeit richteten sie zum Erntefest aus, Trauzeugen waren Genossen von der zentralen Ebene, und gleich danach wurde Zdzicha einstimmig zur Kreisvorsitzenden des Frauenbundes gewählt. Sie hielt Vorträge über den dialektischen Materialismus und entlarvte den Pfarrer Celestyn als Handlanger der Reaktion und als Händler von Opium für das Volk. Wenn ein Frauenzimmer fanatisch ist, kann ihr darin kein Mann das Wasser reichen: Sie jagte die eigene Tochter aus dem Haus, weil deren Verlobter ein Medaillon am Hals trug, und der heilige Nikolaus hieß in Zielenniki Väterchen Frost. Der Kommandant entsann sich eines Lehrgangs in Morąg und seines Widerstrebens, als ihm die Genossin Pszenna nachts ins Bett gekrochen kam und ohne Umschweife alte Forderungen stellte. Das Sträuben des Kommandanten entsprang, ehrlich gesagt, nicht moralischen, sondern ästhetischen Motiven – die gute Zdzicha hatte Speck angesetzt wie eine Muttersau, der Kommandant aber fand Geschmack an eher zierlichen Frauen. Es blieb ihm jedoch keine Wahl, jedermann trägt in sich das Quentchen Zartgefühl, das nicht zuläßt, in einer intimen Situation kalte Duschen zu verabreichen. Was hast du denn? Nichts, meine Liebe . . . Kleinbürgerliche Vorurteile, was? Ach, ihr Männer! Mir macht ihr nichts vor! Nicht für einen Groschen Begriff, was revolutionäre Moral ist!

Wie starb solch eine Frau?

Die Genossin Pszenna starb in wacher Umsicht.

Doktor Samosiejka hatte sie zur Untersuchung ins Woiwodschaftskrankenhaus überwiesen, nach ihrer Rückkehr kaum einen Blick auf den Befund geworfen und sofort von einer entschiedenen Besserung geschwatzt, die sich durch eine scheinbare Verschlechterung ankündige. Die Pszenna hatte ihn angefahren, das sei hier keine Versammlung, und sie werde selber rauskriegen, was sie habe. Sie schrieb das Latein von der Patientenkarte ab, besorgte sich ein Handbuch über innere Erkrankungen und verglich ihre Beschwerden mit der Diagnose. Was herauskam, war Krebs der Bauchspeicheldrüse. Zdzicha Pszenna hatte zwanzig Kilo an Gewicht verloren, sie hatte hohes Fieber, einen aufgetriebenen Leib und allgemeine Schwäche, aber ans Sterben glaubte sie deswegen noch lange nicht. Daran glaubt keiner, der Krebs hat, nicht einmal ein hochgelehrter Krebsforscher, den Samosiejka, als er noch Student und kein Doktor war, erst im Krankenzimmer besucht und dann im Seziersaal ausgeweidet hatte. Schon im Sterben, mit dem letzten Schnaufer, hatte jener Wissenschaftler die Hypothese vom eingebildeten Krebs, der *carcinoma phantastica* entwickelt, vergleichbar der *Grossesse nerveuse*, der eingebildeten Schwangerschaft, und sich selbst als Beispiel hingestellt. Zdzicha Pszenna hatte nicht ans Sterben geglaubt, aber der Fall gestaltete sich nicht zum besten, und die Stimme der Ahnen warnte raunend vor dem Spiel mit dem Unbekannten. Immerhin gab es den Fall des Genossen Janiak, der aus dem Kreisparteikomitee direkt ins Kloster und von dort nach Empfang der Priesterweihe schnurstracks als Missionar nach Dahomey gegangen war. Andererseits hatte Pater Anastazy eine Pilgerfahrt zu den heiligen Stätten unternommen, daraufhin das Priesterkleid von sich geworfen und sich bei den Kommunisten angemeldet. Jetzt war er Direktor eines Musterstaatsguts in Skiroławki. Wo liegt da die Wahrheit?

Die Genossin Pszenna hatte die Angelegenheit überdacht und war zu dem Schluß gekommen, daß es in ihrer persönlichen Lage und in einer Zeit, in der die Gnade der Macht auch nach katholischen Kriterien aufgeschlüsselt wurde, nicht von Schaden sein könnte, sich mit Gott auszusöhnen, ohne Rücksicht auf die Wahrheit. Gab es Gott nicht, so erledigte sich das Problem von selbst. Gab es ihn, und er stellte Anforderungen, so waren sie sicher nicht zu hoch angesetzt.

Gewissenhaft setzte sie den Sekretär Konstanty in Kenntnis. Er war dagegen: »Sie machen damit Ihr ganzes Lebenswerk zunichte!« – »Unsinn!« antwortete sie. »Zu Lebzeiten war und bin ich in der Partei, aber auf der anderen Seite ist vieles möglich.« – »Sie sterben«, sagte Konstanty vorwurfsvoll, »und wir müssen weiterleben. Das gehört sich so nicht, Genossin . . .« – »Das mache ich mit deinem Urgroßonkel aus!« fauchte sie wütend, denn schreien konnte sie nicht mehr. »Da bleibt es in der Familie. Es muß zwischen der Kirche und der Partei ein heimliches Abkommen geben, sonst wären Gläubige nicht in der Partei, und das Parteiaktiv bekäme nicht die Absolution erteilt.«

»Nein, nein«, widersprach Pfarrer Celestyn und trank vor der Rückfahrt nach Krasnogaj seinen Tee aus. »Ein solches Abkommen gibt es nicht, das ist nur eine nationale Besonderheit. Ich weiß aus Erfahrung, was die Geschichte mit einer Nation anzustellen vermag. Mal wird sie krummgeschlossen, dann wieder beschnitten oder in Portionen zerteilt. Eine kluge Nation macht vieles mit, nur um zu überdauern. Sie lernt fremde Lieder, ausländische Tänze, fremdsprachige Parolen. Warum, meine Tochter? Weil die Nation ein großes Gedächtnis ist. Wer waren die anderen, wer sind wir? Wie oft ist alles wieder umgekippt? Ein neuer Purzelbaum, nur um durchzuhalten! Das Geringe wandelt sich zur Größe, das Nichts zum Etwas, das Glorreiche zum Moder. Immer im Kreis, und keiner weiß so recht, warum und wozu.«

»Lästern Sie jetzt nicht etwa?« fragte Frau Pszenna mit schwacher Stimme.

»Keineswegs«, versicherte er. »Wir wissen es nicht, ER aber weiß es.«

»Hochwürden, ich beneide Sie«, sagte Doktor Samosiejka und packte seine Utensilien in die Bereitschaftstasche. »Das Bewußtsein, daß dieses ganze Hurenhaus einen Sinn und Zweck hat, den wir kleinen Leute nicht begreifen können, muß kolossal das Wohlbefinden erhöhen.«

»Das tut es auch.«

Gemeinsam verließen sie die Genossin Pszenna, die nach der Aussöhnung mit Gott und einer Spritze gegen den Schmerz eingeschlummert war. Der Arzt schickte seinen Einsatzwagen nach Barty zu einer Gebärenden und stieg um in den Trabant des Pfarrers Celestyn.

»Ich glaube Ihnen nicht«, sagte er, als das Auto anruckte. »Sie leben viel zu lange, um auf so etwas reinzufallen. Was kann der Sinn und Zweck einer wachsenden Sterblichkeit von Säuglingen sein? Die haben es noch nicht mal geschafft, Schweinehunde zu werden, und schon ist es mit ihnen aus. Ich kämpfe dagegen wie Cervantes gegen die Windmühlen, aber mein Einfluß endet am Flechtzaun.«

»Kämpfe dennoch, mein Sohn«, ermutigte ihn der Pfarrer. »Das Ziel ist der Sieg des Guten über das Böse. Weil niemand richtig weiß, was was ist, wurde die Kirche ins Leben gerufen. Das Monopol der Auslegung teilen wir mit der jeweiligen Staatsmacht. Wenn diese in der Reihenfolge denkt, legt sie sich nicht mit der Kirche an. Dadurch kann sie sich unsere Erfahrung aus zwei Jahrtausenden zunutze machen.«

»Die Kommunisten legen sich an.«

»Glaubst du das wirklich, mein Sohn?« fragte Pfarrer Celestyn heiter und gab Gas. Der Trabant bohrte sich jaulend in einen asphaltierten Kieferntunnel. Der Auspuff räucherte erbarmungslos.

»Ich würde vorschlagen, in den dritten Gang zu schalten!« schrie der Arzt. »Der Motor läuft heiß!«

»Den dritten benutze ich nie«, rief der Pfarrer zurück. »Mit Geschwindigkeiten will ich nicht übertreiben! Am wohlsten fühle ich mich im zweiten Gang!«

Immerhin nahm er Gas weg, um Doktor Samosiejka zuhören zu können, der in eine seiner philosophischen Stimmungen geraten war und über die originellen Denker räsonierte, über die vom Genius gezeichneten Heger eines Klassenmythos und die von ihnen verführte und verhexte gesellschaftliche Klasse, die Wasser im Gehirn und den Kopf in den Wolken trage, aber bis zu den Knien in der Scheiße wate. Allem Pragmatismus der Geschichte zuwider – so führte der Doktor aus – hätten die Politiker die Philosophie ernst genommen und Volksrevolutionen angefangen, ohne zu bedenken, daß der Vertreter des Volkes gern mal von der Frau eines anderen Gebrauch mache, aber diesen anderen nicht an seine Frau heranlasse. Pfarrer Celestyn verzog bei dieser Metapher leicht das Gesicht, aber er kannte Doktor Samosiejka und wußte, daß darin nichts Zotiges lag, sondern allein die Sorge um die Menschheit, und so entgegnete er, die Philosophie der irdischen Gerechtigkeit würde alle Religionen um Längen schlagen, wenn sie nicht den Fehler hätte, nachprüfbar zu sein.

»Unsere Erde, mein Sohn, ist gegen die Gerechtigkeit unempfindlich wie der Teufel gegen die Tränen der Unschuldigen. Daher die Sehnsucht nach dem Himmel.«

»Die nun wiederum nicht so groß ist«, sagte der Arzt. »Jeder meiner Patienten strampelt mit den Beinen, um den Termin hinauszuzögern. Ihm ist der eigene Strohsack lieber als alle himmlischen Daunenbetten.«

»Aber Pudrycy ist nicht mehr wie früher.«

»Er ist so und ist nicht so. Typisch für Rückfällige. Wer zum zweitenmal lebt . . .«

Hier stockte Doktor Samosiejka, denn der Fall war so ungewöhnlich, daß sich kein passender Vergleich bot. Der Kommandant hätte sich rasch darüber hinweggeholfen und etwas losgelassen wie »Wer zum zweitenmal lebt, bekommt sein Kind vom Teufel gewiegt« oder »Ein zweites Leben ist wie der erste Gang zu Kreuze, weder Stein noch Bein«. Es lag nicht in der Art des Doktors Samosiejka, nur zu reden, um zu reden, denn im Gegensatz zum Kommandanten, dessen einfache Pflicht es war, die äußere Ordnung zu wahren durch Vorschrift, Überwachung und Strafe und nur ausnahmsweise durch einen Vortrag für Schulkinder, fühlte der Arzt sich verantwortlich für die innere Ordnung, das Zusammenspiel der Organe, die gesunde Kooperation von Leber, Nieren, Herz und Lunge. Warum war es eigentlich noch nie jemandem in den Sinn gekommen, die Führer von Rebellionen, die Stars des Terrorismus, die tobsüchtigen Versammlungsredner und die Begnadeten des Untergrunds einmal einer ärztlichen Untersuchung zu unterziehen? Harnstoff, Adrenalin, Magensäureüberschuß, Reflexe von Gliedern und Organen, Elektroenzephalogramm, Psychoanalyse . . . Warum sind die Lieblinge der Massen in der Regel kleinwüchsig, leicht klumpfüßig, mickrig bis rachitisch? Ein Kerl wie Jonasz hätte bei den Massen keine Chance: Da er weder ihre Bewunderung noch kollektive Anbetung nötig hatte, hätte er sich bei den Leuten nicht mit Lobhudeleien angebiedert, sondern ihnen die häßliche Wahrheit ins Gesicht gesagt, sie an das erinnert, an was sie sich nicht erinnern wollten, und damit hätte es sich gehabt. Anders Pudrycy. Der wollte gestreichelt werden. Im Streben auf den angepeilten Vorstandsposten war er zu vielem bereit gewesen, an ihm lag es nicht, daß die Rebellen angefangen hatten, sich vom Schwanz her selber aufzufressen, ganz im Einklang mit der Geschichte, die Lehren vermitteln sollte, es aber nicht tut, weil sie verkorkst, tragisch und sinnlos ist. Pudrycy hatte es an Charisma gefehlt. Wenn man Charisma haben soll, muß man überdurchschnittlich minderbemittelt sein. Ein Dummkopf, der an das glaubt, was er sagt, obwohl er sich selbst widerspricht. Pudrycy war von der Überdurchschnittlichkeit glücklich verschont geblieben, dann hatte er seinen Unfall und ein neues Leben gehabt und sich auf den gescheitesten Platz gesetzt: den des Croupiers.

»Wer zum zweitenmal lebt, wird Croupier«, rundete Doktor Samosiejka seine Gedanken ab.

Der Pfarrer nahm vom Gas weg, was noch wegzunehmen war, und schielte über das Lenkrad hinweg den Doktor an.

»Äffst du jetzt den Kommandanten nach?«

»Ich spreche einen Gedanken aus«, erwiderte der Arzt. »Wir pokern am grünen Tisch und grübeln über Gewinnchancen, um eventuell die Mittel zur Beglückung der Bedürftigen zu bekommen . . .«

»Zur Erlösung«, faßte es der Pfarrer präziser.

»Meinetwegen«, sagte der Doktor Samosiejka. »Wir sind alle auf der Suche nach dem Mittel, mit der Welt fertig zu werden, Jonasz sucht es in den Sternen und den Kräutern, ich in der Bereitstellung von Krankenbetten und in den Kämpfen mit dem Gesundheitsressort, und Sie, Hochwürden, in der vielhundertjährigen Sorge um die Seelen . . .«

»Nun übertreiben Sie bloß nicht. Ich bin noch nicht mal zweihundert!«

». . . und unser Pudrycy befaßt sich seit seiner Auferstehung nur noch damit, die Karten zu verteilen. Sagen Sie,

Hochwürden, haben Sie einen Antrag auf Zinkblech unterschrieben?«

»Ja.«

»Ich auch. Und wir haben uns was dabei gedacht. Wir sehen eine Aussicht auf Erfolg, es ist uns etwas versprochen worden. Pudrycy bringt Bewegung ins Geschäft. Dem einen macht es sich bezahlt, ein anderer bricht in häßliche Flüche aus, weil nicht alle gewinnen können. Pudrycy aber kann nicht verlieren. Er hat seinen Anteil und die Freude am Kartenausgeben. Man scheint im Jenseits keine üble Anleitung zu bekommen . . .«

»Ketzer!«

»Verzeihung. Es fällt mir gar nicht ein, mich mit dem Herrgott anzulegen, noch weniger aber mit Euch, Pfarrer Celestyn. Unter dem Jenseits verstehe ich das Erleben unseres Freundes W. während seines klinischen Todes: Wo steht denn geschrieben, daß man nach Verlassen dieses Jammertals, das dazu noch zeitlich begrenzt ist, direkt in den Himmel kommt? Pudrycy schweigt sich über seine Erlebnisse vielsagend aus, gibt aber doch das eine oder andere zu verstehen. Er fürchtet den Tod nicht mehr, das steht fest. An der Macht liegt ihm auch nichts. Im Gegensatz zu uns liegt ihm an gar nichts mehr. Er spielt und amüsiert sich.«

»Nein, nein . . .«, sagte leise Pfarrer Celestyn und ging mit dreiundzwanzig Stundenkilometern in eine Kurve. »Das ist unmöglich . . .«

»Man sollte es meinen«, gab Samosiejka zu. »Schließlich kann es kein menschliches Wesen geben, dem an gar nichts mehr liegt. Pudrycy will über den Dingen stehen.«

»Die Sünde der Hoffart. Das hätte ich nicht vermutet.«

»Er ist auferstanden. Der zweite Fall in beinahe zweitausend Jahren.«

»Und das sagt ein Doktor? Damals gab es noch keine

Defibrillatoren. Heute wird Reanimation gemeindeweise betrieben.«

»In unserer Gemeinde nicht. Pudrycy hat ohne Zweifel ein Gefühl der Außerordentlichkeit, aber die Freude wird ihm durch irgend etwas vergällt.«

»Die Unruhe des Gewissens. Er war lange nicht in der Kirche.«

»Vielleicht«, stimmte Doktor Samosiejka zu. »Aber da ist noch mehr.«

»Was denn?«

»Ich weiß es nicht. Ich habe eine Schwäche für Pudrycy, er ruft mir den Eid des Hippokrates ins Gedächtnis. Er wird keine Schweinerei begehen, wenn er nicht dazu gezwungen wird.«

»Das ist nicht viel . . .«

»Nicht viel? Schauen Sie sich doch um, Hochwürden! Wir quälen uns ab, damit die Menschheit nicht verkümmert, und düngen die Fluren von Krasnogaj mit unserem Herzblut, und so ein Hubert Molko? Er säuft, denn er lebt.«

»Gesoffen hat schon sein Urgroßvater. Er mußte zu den Soldaten, weil er den Fähnrich Ogurzow beleidigt hatte. Der Urgroßvater Pudrycys hingegen rührte ein Gläschen nicht einmal an, er war Gemeindeschreiber und selbst vom Starosten hochgeachtet. Aus Uneigennützigkeit und Menschenfreundlichkeit schrieb er auf, was die Schreibunkundigen ihm diktierten. Er tat es nach Dienstschluß und nahm für diese Berichte keine Kopeke.«

»Was waren das für Berichte?«

»Meldungen. Es war schon immer so, daß die Leute Meldungen über ihre Mitmenschen machten, woher wüßte die Obrigkeit denn sonst Bescheid?« Pfarrer Celestyn schaltete in den ersten Gang herunter und bewältigte ohne Eile eine weitere Kurve. »Früher ging das reibungsloser.

Für eine wertvolle Meldung ließ der Starost gelegentlich einen Goldrubel springen, für eine falsche oder geradezu verleumderische gab es von Fähnrich Ogurzow mit dem Gewehrstock Hiebe bis aufs Blut. Da hat es sich der Mensch siebenmal überlegt, ehe er zu Pudrycys Urgroßvater diktieren ging. Und heute, mein Sohn? Wäre nicht das Beichtgeheimnis, so könnte ich dir Beispiele von Denunziation anführen, von denen einem selbst nach mehr als hundertjähriger Erfahrung im Dienste des Herrn speiübel wird.«

»Das kann ich mir vorstellen«, sagte Doktor Samosiejka und schloß die Augen, um sich in das Gefühl zu versetzen, er führe in einer Droschke mit zwei trägen Gäulen. »Ich frage einen Patienten nach dem Stuhlgang, und er erzählt mir im Vertrauen, daß der Buchhalter klaut, weil seine Frau mit dem Wachtmeister Mołojec durchgeht. Wie soll da alles gut werden?«

»Es ist alles gut«, sagte Pfarrer Celestyn voller Überzeugung. »Ich erinnere mich, daß es einmal schlechter und davor ganz schlimm war. Wenn meine Mutter sich über die Not beklagte, berief sich mein Vater auf seinen Erzeuger, der die Seinen in der Zeit großen Hungers am Leben erhalten hatte, indem er das Rezept für eine Armensuppe à la polacca erfand. Sie bestand aus Dachstroh, das im Mörser zerstoßen wurde.«

Der Trabant holperte über die rissige Fahrbahn, die Straße zog sich durch Felder, die von Hitze und Trockenheit versengt und ausgedörrt waren, und Pfarrer Celestyn kramte in Erinnerungen. Das Überleben dank dem Strohdach, das war im Winter 1772, gegen Ende des Bürgerkriegs, den die konservativen Magnaten und die fanatische Schlachta vorgeblich zum Schutze von Freiheit und Unabhängigkeit, de facto aber gegen die Reformen des Königs Stanisław August entfesselt hatten, denn diese sollten die

Willkür der Schatzmeister und Hetmans beschränken, den Staat stärken und mit dem Liberum veto aufräumen. Sollte sich die Schlachta auf Beschränkungen im Namen irgendwelcher Staatsinteressen einlassen? Erst veranstaltete sie die Verschwörung von Radom, unter der Führung des Fürsten Karol Radziwiłł, mit dem russischen Botschafter Repnin als dem Ideengeber gegen die Reformen und für die Abtrünnigkeit, für die goldene Freiheit des Adels. Dann kehrte sie Repnin den Rücken, schloß die Konföderation von Bar und bereicherte die reaktionären Losungen von Gruppen und Privatinteressen um einen antirussischen Akzent. Wie viele junge Patrioten waren damals gefallen, verdummt von den Magnaten und ihrem Schlachtschitzenapparat! Der Großvater des Pfarrers Celestyn war auf die Agitation von Kazimierz Pułaski nicht hereingefallen, weil ihn die freie Königswahl nicht betraf, ebensowenig wie das Recht, dem König den Gehorsam aufzukündigen, das Monopol der Schlachta auf Grundbesitz und Ämter und die Herrschaft über die Bauern. Vielleicht lag es daran, daß er selbst Bauer war. Seine Familie rettete er vor dem Hungertod, aber das Land wurde von der Rebellion kaputtgemacht, das Chaos bot den Vorwand für die erste Teilung, die mit dem völligen Verfall des Staates und dem in Polen die Anarchie aufrechterhaltenden Fraktionsgeist motiviert wurde. Woran erinnert das? An die zweite Teilung, nicht wahr, provoziert von der Konföderation von Targowice, die sich zusammenschloß gegen die Verfassung des 3. Mai, weil diese den Magnaten Schranken setzte und diese Manaten die Zarin Katharina um bewaffnete Hilfe baten? Vielleicht, nicht wahr, auch an die dritte Teilung, zu der auch der Vater des Pfarrers Celestyn als Sensenkrieger unter der Führung Kościuszkos beitrug und die eigentlich nur die Konsequenz der beiden vorangegangenen gewesen war?

»Wir haben kein Glück mit Aufständen«, sagte Pfarrer Celestyn unvermittelt, und der Doktor nickte dazu, als hätte er die Gedanken des Pfarrers verfolgt und sei mit ihm zur gleichen Pointe gelangt.

»Nein«, bestätigte er. »Weil wir nicht begreifen, daß man die Situation umkehren muß.«

»Wie denn das?«

Doktor Samosiejka setzte sich etwas bequemer, um seine Erklärungen abgeben zu können, aber er mußte damit warten, weil der Trabant eben den Rand eines Kiefernwäldchens erreichte, wo Lech Maciej Orno stand und winkte. Der Pfarrer trat auf die Bremse. Das Auto ruckte und bockte, der Motor ging aus.

»Erst die Kupplung, und dann den Gang raus«, sagte Samosiejka vorwurfsvoll.

»Das lerne ich nie«, antwortete der Pfarrer.

Lech Maciej Orno trat an das Auto heran. Er war bleich und schweißüberströmt, atmete schwer und gefiel Doktor Samosiejka überhaupt nicht: »Ich habe gesagt, sie sollen sich hinlegen, Herr Kollege!«

»Aber noch nicht für immer«, wandte Lech Maciej ein. »Gelobt sei Jesus Christus. Ich habe einen kleinen Spaziergang gemacht, auf dem Rückweg ist mir schlecht geworden, und das gütige Schicksal hat mir alles gesandt, was ich brauche: einen Arzt, einen Priester und ein Auto . . .«

Er versuchte zu lächeln, verzog aber nur kläglich das Gesicht. Samosiejka griff nach der Bereitschaftstasche, stieg aus und gebot Herrn Orno, sich auf ein Rasenstück unter den Kiefern zu legen. Er hörte ihn ab, betastete ihn und sah ihm unter die Lider. Der Pfarrer war ebenfalls ausgestiegen und beobachtete diese Verrichtungen mit einer freundlichen, etwas melancholischen Versonnenheit. Er war selbst nie krank gewesen, abgesehen von einem Keuchhusten in der Kindheit und einigen tropischen

Durchfällen in seiner Missionarszeit in Lagos. Diese Durchfälle hatten sich nach dem Verzicht auf Affenfleisch, gegen das der Pfarrer Celestyn offenbar allergisch war, gegeben. Zahnschmerzen kannte er nicht, er hatte noch das vollständige Gebiß, vielleicht weil er nie Süßigkeiten aß. Er aß überhaupt wenig. Nach dem Abenteuer mit dem Affenbraten hatte er das Fleisch von seiner Speisekarte gestrichen, und seither gab es nur noch Gemüse und Obst, selten einen Aal oder einen Hecht, oft weichgekochte Eier. Dennoch verstand er die Qual der Kranken, die unter dem Schmerz nicht nur litten, sondern denen er auch ein Signal war – die Nieren machten nicht mehr mit, die Leber ließ nach, das Herz warnte: Ankündigung des Zerfalls, des Absterbens, der nicht mehr rückgängig zu machenden Untüchtigkeit. Wenn das Hand in Hand mit dem Altern ging, war es zwar traurig, aber natürlich. Orno jedoch hatte es bis zum Alter noch weit. Sollte die Leidenschaft den Menschen auffressen, ihn innerlich verzehren, wie es vorgegeben war von der Natur, die das Leben in Portionen zuteilt: Du hast deine Ration weg, jetzt kannst du abtreten! Lebst du langsam, stirbst du nicht so schnell. Du stirbst von Geburt an, um so weniger ist daher Eile angebracht, es gibt verschiedene nützliche Sachen zu tun, die Geduld und Zeit verlangen. Was hatte solch ein Orno gesät, indem er stürmisch pflügte und düngte? Aufstände, Teilungen, Zweckbündnisse? Wie vielen Menschen hatte er den Kopf verwirrt mit seinem Rebellentum, seiner Aufwiegelei und seiner Renitenz gegen die Ordnung, also gegen die Staatsmacht – und also auch gegen die Kirche? Verwirrt hatte er, und nun starb er? Pfarrer Celestyn raffte die Soutane, setzte sich neben Arzt und Patient ins Moos und lehnte sich an einen Kiefernstamm. Herr Orno bekam von Doktor Samosiejka eine Spritze, verzog das Gesicht und schloß die Augen. Nach einer Minute schlug er sie wieder auf: »Es ist besser.«

»Es wird völlig gut werden«, sagte der Doktor, »aber Sie müssen zwanzig Minuten liegen, und wir bleiben so lange bei Ihnen sitzen. Nicht wahr, Pfarrer Celestyn?«

»Sehr wohl«, sagte der Pfarrer. »Wir sind ja nicht in Eile, und du, mein Sohn«, wandte er sich an Samosiejka, »bist mir noch die Umkehrung der Situation schuldig. Ich sagte, daß wir mit unseren Aufständen kein Glück haben . . .«

»Das meinen Sie, Hochwürden?« fragte mit schwacher Stimme Lech Maciej Orno.

»Es sieht mir danach aus, mein Sohn. Ich erinnere mich an viele dieser Aufstände. An den vom November nicht so sehr, da war ich ein Knabe von sechs Jahren. Die späteren Niederlagen hingegen habe ich bewußt und schmerzhaft erlebt. Wir haben nur einen einzigen Aufstand gewonnen, aber ich weiß nicht, welchen. So lange ist das her.«

»Und Sie wissen, warum immer diese Niederlagen?«

»Ich denke doch.«

»Ich will es Ihnen sagen, Hochwürden.« Lech Maciej sprach sehr leise. »Zwei Jahre habe ich daran gekaut und darüber nachgedacht. Ich habe den Defekt gefunden. Adere Völker sind hin und wieder solidarisch. Wir niemals.«

»Aus Veranlagung?«

»Ja eben.«

»Nein, nein.«

»Doch. Es ist eine nationale Eigenschaft. Ich nehme an, daß selbst bei Racławice, nach der siegreichen Schlacht, im Feldlager einer dabei war, der heimlich in den gemeinsamen Kessel gepinkelt hat . . .«

»Davon hat mir mein Vater nichts erzählt«, murmelte Pfarrer Celestyn.

»Weil es heimlich geschehen ist. Bei uns geht alles heimlich. Lautstark so, und hintenherum anders. Hoffnungslos. Jeder hat jemanden, den er nicht leiden kann, und das wiegt selbst in der Stunde der Prüfung schwerer als alles andere. Wir besaufen uns nicht nur zur Schau, aber in die Arme fallen wir uns nur nach dem Schnaps.«

»Aus Galle bist du erstanden, zu Galle wirst du werden«, lachte Doktor Samosiejka.

Pfarrer Celestyn schüttelte mißbilligend sein graues Haupt, denn er mochte es nicht, wenn die Bibel paraphrasiert wurde. Mit sanfter, aber doch schon etwas verdrossener Stimme begann er Herrn Orno zu erklären, daß nationale Eigenschaften Merkmale seien, die in einem historischen Prozeß erworben werden, zuweilen sogar eingeimpft von den Feinden, die unter der Maske der Freundlichkeit aufpaßten, daß die Menschen keine gemeinsame Sprache fanden, das gegenseitige Mißtrauen nicht ablegten, die Vernunft nicht im Kopf, das Gefühl nicht im Herzen suchten. Er, Celestyn, habe das in früher Jugend an der Schwelle seiner Priesterschaft durchschaut und diese Lehre begeistert verbreitet, seinen Schäfchen im Vaterland die Augen öffnen wollen! Aber was war daraus geworden, er hätte das mit gleicher Wirkung vor Hackklötzen predigen können . . .

»Nur die Geschichte gibt Unterricht, nämlich durch schmerzhafte Hiebe. Es können hundert Jahre oder zweimal soviel vergehen, ehe wir uns als Ganzes begreifen, mein Sohn.«

»Denn wir sind ein auserwähltes Volk«, setzte Doktor Samosiejka hinzu.

»Wie alle anderen auch«, bestätigte der Pfarrer. »Am Niger hatte ich zu diesem Thema einen Disput mit Stammesältesten der Yoruba. Sie erklärten mir, sie seien ein auserwähltes Volk. Da hätte ich auch zu Hause bleiben können.«

Lech Maciej Orno stützte sich auf den Ellenbogen und sah in grenzenloser Wehmut vor sich hin: Graugrüne Kiefern, ein graublauer Himmel, eine schneeweiße Sonne, die aus dem Zenit herabstieg.

»Spott über unser Martyrium«, flüsterte er. »Was bleibt uns?«

»Die Arbeit von unten auf«, erwiderte Pfarrer Celestyn.

»Das hatten wir schon, es greift bei uns nicht.«

»Das stimmt«, sagte Doktor Samosiejka. »Wenn die Seele der Arbeit nicht der gesunde Verstand, sondern der Haß wäre, wären wir berühmt für unsere Arbeitsamkeit. Statt dessen sind wir berühmt für unsere hoffnungslosen Aufbrüche und dümmlich vertanen Chancen.«

»Du wolltest die Situation umkehren«, mahnte Pfarrer Celestyn.

»Gleich geht es los«, sagte der Arzt. »Wir haben Aufstände entfacht und sind unterlegen, nicht wahr?«

»Ruhmvoll«, flüsterte Orno. »Die Welt hat uns bewundert . . .«

»Das zählt etwas«, bestätigte Samosiejka. »Aber noch mehr zählt der Sieg. Wer entfacht einen Aufstand? Der Schwächere gegen den Stärkeren. Hier steckt das Geheimnis des Mißerfolgs der meisten Aufstände. Ein regulärer Soldat, der sich bewußt ist, die rechtmäßige Ordnung zu schützen, ist mehr wert als fünf Rebellen ohne Ausbildung und mit einem Wirbelsturm im Kopf. Nun aber kehren wir die Lage um.«

»Na los«, drängte der Pfarrer.

»Die Aufstände werden gegen uns entfacht. Wir unterdrücken sie. Selbst zum Schaden unseres guten Rufes, einem Schaden, der vorübergeht, weil immer der Sieger recht hat und der Verlierer höchstens Mitleid erntet. Ist das nicht besser?«

»O ja«, sagte der Pfarrer. »Aber dazu muß man eine Macht sein.«

»Das muß man.«

»Und wie soll man das werden?«

»Da liegt die Klippe. Seit einigen hundert Jahren sind wir in der Etappe der Aufstände. Wir sind von Ländern überholt worden, die es noch gar nicht auf der Landkarte gab, als wir Konföderationen schlossen und Aufruhr entfachten. Die Macht muß aufgebaut werden.«

»Durch mühevolle Arbeit.«

»Von Grund auf.«

»Habe ich es nicht gesagt?« erinnerte Pfarrer Celestyn.

Lech Maciej Orno setzte sich mühsam auf und atmete schwer. Es war ihm weh ums Herz: Fast dreißig Jahre seines Lebens hatte er dem Kampf um das Eine geopfert, hatte er konspiriert, Strafen abgesessen und wieder konspiriert, sich von Gelegenheitsarbeiten ernährt, von bescheidenen Honoraren für Artikelchen über die Volkskunst in den Beskiden, denn die Annahme von verdächtigen Stipendien war ihm zuwider. Und nun? Fast drei Jahrzehnte auf den Großen Tag hinzuarbeiten, ihn endlich zu erleben und zusehen zu müssen, wie er sich in einen Riesenzirkus verwandelt, eine Schutthalde zertrümmerter Hoffnungen, eine Show der Demagogen, eine Orgie von Verrat und Provokation, krankhaften Ambitionen und Emotionen, ein anarchisches Chaos, das der alten Ordnung gelegen kam – es war das Ende der Welt des Lech Maciej Orno. Der archaische Anachronist der Anarchie, ausgepreßt wie Ölkuchen, der Schorf des Schwachsinns. Ein Streif der Trauer. Leere.

»Oh, ihr Spötter!« stöhnte er. »Über wen macht ihr euch lustig? Sie, Herr Pfarrer, sollten sich schämen, diesem Doktor beizustimmen, der ein provinzieller Zyniker ist.«

Die beiden, der Pfarrer und der Arzt, sahen einander etwas verwundert an. Wer machte sich denn hier lustig? Warum wurde ihr logisches Zwiegespräch als Spott bezeichnet? Doktor Samosiejka wollte soeben versichern, daß ihm jeder Zynismus fremd sei, kam aber nicht dazu, denn zwischen den Kiefernstämmen erschien Jonasz' Bärengestalt.

Der Alte sah sie nicht. Er trug unterm rechten Arm ein Buch in geschwärztem Ledereinband, in der linken Hand aber einen Korb voller Kräuter. Rot, Violett, Zinnober, Türkis, Gold. In brummelndem Baß sprach er vor sich hin, das Haupt leicht erhoben, als folge sein Blick durch das Geäst dem Zug der Wolken. Der Doktor neigte sich zum Pfarrer, stieß ihn an und wies auf Jonasz: »Na?«

»Levitation«, gab der Pfarrer halblaut zurück. »Ich kenne das aus Indien und Ägypten . . .«

Jonasz berührte mit den Füßen nicht den Boden. Seine schweren Stiefel schleiften durch die Luft, als ginge er über ein unsichtbares Seil. Aber nicht das schien dem Doktor am interessantesten. Um den zottigen Kopf des Alten lag ein Kranz von Licht, die Farben des Regenbogens, leicht pulsierend und nicht sehr stark. Er verschwand, wenn Jonasz aus dem Schatten ins Sonnenlicht wechselte.

»Eine Aureole . . .?« fragte fast unhörbar der Arzt.

Pfarrer Celestyn erwiderte nichts. Aureolen waren seltener als Levitationen, aber auch mit diesen Erscheinungen hatte er zu tun gehabt. Sie waren in der Regel von besonderen Geisteszuständen begleitet, die der Pfarrer telepathisch wahrnahm. Sollte die Priesterweihe ihm eine Art Antenne verschafft haben? Das Empfangen ließ sich nicht in Worte fassen, es war eine Folge von Empfindungen, die nicht die des Pfarrers Celestyn waren, eine Serie oder Mischung von Gefühlen.

Jonasz' Qual teilte sich dem Pfarrer mit, so daß der die Augenlider zukniff. Nie hatte er einen so brennenden Haß verspürt, eine so wilde Gier, jemandem zu begegnen und sich mit ihm zu messen, ihn mit tödlichem Griff zu umschlingen. Kann ein Mensch den Satan erwürgen? Ist der Satan derjenige, der sich für den Engel des Erlösers hält? Gutes tun oder mit dem Bösen kämpfen?

Und wenn er nun in mir ist?

Regina, Regina, wie wird man Jude . . .

VI

Kowalski hatte die Geduld verloren. Pudrycy erkannte es an der Stirnhaut, die sich runzelte und furchte und dabei die Ohren des Vorsitzenden in kreisende Bewegung versetzte. Hinzu kamen häufige Blicke zur Uhr. Die Finger trommelten Wirbel auf der Schreibtischplatte.

»Es ist schon nach fünf. Wie lange soll das dauern? Die können doch morgen wiederkommen!«

»Sie wollen heute fertig werden.«

»Und ich will nach Hause! Werden Sie tätig!«

»Ich bin es bereits geworden«, sagte Pudrycy. »Bei der gegenwärtigen Wetterlage dauern überfallartige Kontrollen einen einzigen Tag und müssen am Ende etwas aufgedeckt haben. So ist es von oben festgelegt.«

»Eine blöde Festlegung!«

»Das höre ich zum erstenmal. Die pflichtgemäße Aufdeckung eines Vergehens ist der Beweis, daß alles anders geworden und mit Mauscheleien endgültig Schluß ist.«

»Das ist der Beweis, daß überall gemauschelt wird«, sagte der Vorsitzende trocken.

»Wurde.«

»Überall?«

»Die Aufklärungsrate beträgt in unserer Woiwodschaft gegenwärtig hundert Prozent«, sagte Pudrycy. »Krasnogaj darf keine Ausnahme machen.«

»Doch.«

»Lieber nicht. Ausnahmen wecken Aufmerksamkeit und ein ganz spezielles Mißtrauen. Bedeckt gehalten, von nichts wissen – aufgedeckt und angeschissen.«

Der Vorsitzende war anders geartet als der Kommandant. Er legte Wert auf den Inhalt, nicht auf die Form.

»Was wird bei uns aufgedeckt?« fragte er. »Bedenken Sie, daß ich hier neu bin.«

Pudrycy sicherte dem Vorsitzenden zu, daß sich alles in der Norm halten werde, und informierte ihn halblaut über ein Telefongespräch mit dem Woiwodschaftsgroßhandel, der einen Beitrag zur Erhöhung des Getreideaufkaufs leisten und fünf Kühlschränke, drei Waschmaschinen und einige Schwarz-Weiß- sowie eventuell einen Farbfernseher liefern wolle.

»Aber da müssen Sie sich persönlich bemühen, Herr Vorsitzender.«

»Warum?«

»Die Leitung des Großhandels möchte mit Ihnen bekannt werden. Die Bestellung lautet auf fünf Kilo Kaffee, zwölf Bonbonnieren und Räucherlende aus unserer Fleischerei. Kognak extra, wie üblich, drei Flaschen.«

Kowalski traten die Augen aus den Höhlen, er beugte sich vor.

»Und das per Telefon?« raunte er Pudrycy ins Ohr.

»Keine Stimme im Hörer kündigt an, daß das Gespräch abgehört wird«, sagte der Lagerverwalter. »Aber es gibt keinen Grund, weshalb der Großhandel sich nicht bei uns über Leute beschweren soll, die vier Kilo Kaffee, elf Bonbonieren, Koteletts und zwei Flaschen französischen Kognak geboten haben, um hintenherum Waren zu kriegen. Diese Leute sind natürlich sofort entlassen worden.«

»Aber wie soll ich das verbuchen?« fragte hilflos Kowalski.

»Mit der Kollegin Malawko wäre es schwierig«, gab Pudrycy zu, »wenngleich die Frau schon ganz anderes verbucht hat. Möge ihr die Versetzung leicht werden. Wojtasik bucht es um auf Arbeitsschutz: Schutzanzüge, Schutzhandschuhe, Desinfektion und Rattengift.«

»Sie werden hinfahren.«

Du Scheißkerl und Angsthase, dachte Pudrycy, man könnte dich ja erwischen, in einer schwarzen Stunde ertappen und sogar fotografieren, und wenn du dann als Minister jemandem was abschlagen willst, heißt es: Ha, dich haben wir in der Hand! Aber du wirst nicht Minister. Ein Minister kriegt seine Angst etliche Etagen höher und steckt mitten in den Dingen, du aber bist nicht mal dem Vorsitz einer läppischen Gemeindegenossenschaft gewachsen, du mußt ja erst mal von Grund auf erzogen werden.

»Kein Stück«, sagte Pudrycy. »Sie nehmen die Geschenke und fahren.«

»Kollege Pudrycy . . .« Kowalski legte dem Lagerverwalter den Arm um die Schulter, sah ihm voller Gefühl und Nachdruck in die Augen. »Treffen wir eine Vereinbarung. Solche Dinge machen Sie ab, und bei mir haben Sie dafür Stand.«

Der Arm des Vorsitzenden rutschte ins Leere, denn Pudrycy hatte einen Schritt nach hinten gemacht.

»Wollen wir uns duzen?« bot er an.

»Ja, vielleicht später . . . ich verstehe nicht . . .«

»Dann paß mal auf, du! Du bist kaum erst hier, und ich weiß von dir schon so viel, daß ich dich auf die Schnauze fallen lassen könnte. Ich weiß sogar so viel, daß der Staatsanwalt seine Freude hätte. Die Beweise liegen in einem sicheren Versteck, ich habe seit Jahren die Gewohnheit, mir Kopien zu machen.«

»Wie . . . was . . .«, stammelte der Vorsitzende. »Was wollen Sie?«

»Der Vorsitzende bist du! Gehalt, Prestige und Dienstwagen! Deine Gegenleistung ist das Risiko. Klar? Das Risiko trägst du! Ich bin nur ein kleiner Lagerverwalter in deinen Diensten. Wenn alles läuft, ist es gut. Wenn du stolperst, fällst du hin. Wenn du daliegst, hebt dich keiner auf. Du brauchst mich als Schirm und Stütze, damit du nicht stolperst. Ich lege meinen Treueeid ab, dir zu helfen. Die Vorsitzenden kommen und gehen, der Lagerverwalter bleibt. Deshalb will ich Lagerverwalter bleiben und keine Karriere machen. Du aber willst es. Es gibt keine Karriere ohne Risiko . . .«

»Rausschmeißen lasse ich Sie«, rief Kowalski.

»Bravo!« sagte Pudrycy besänftigt und bleckte das schartige Perlzahngebiß. Seine Augen blitzten. »Du hast es begriffen! Du kannst mich rausschmeißen und allein, ohne Teilhaber, weiterspielen. Das Plus: Alles hängt nur von dir ab, du brauchst mit niemandem zu teilen. Das Minus: Du bist hier neu und kennst keinen; das wird ein Seiltanz ohne Netz – und ich könnte mich ja rächen wollen. Oder wir spielen das Doppel – dem Vorsitzenden, was des Vorsitzenden, dem Lagerverwalter, was des Lagerverwalters ist. Ich bringe Erfahrung und Ideen ein und halte mich im Schatten, du repräsentierst die Firma. Du hast die Wahl.«

Kowalski schwieg. Man sah ihm an, daß er geistige Arbeit leistete. Hatte W. etwa die Absicht, ihn zu verdächtigen? Aber wenn er den Vorsitz im Auge hatte, so wäre er damals nicht freiwillig vom Vizevorsitz zurückgetreten, um sich die Lagerverwaltung anvertrauen zu lassen, weil das seinem Gesundheitszustand nach dem Unfall besser entspräche! Wollte er ihn ausnutzen oder erpressen? Letzteres entfiel: Sie saßen beide in einem Boot. Was erstrebt dieser Mann, worauf hofft er? Jeder will etwas. Jeder will mehr, als er im Augenblick besitzt. Man sollte einfach fragen, geradezu, ohne Umschweife.

Er fragte.

Jetzt schwieg Pudrycy eine ganze Weile. Eigenlich hatte er möglichst offen antworten wollen, aber da zeigte sich, daß es auf diese Frage keine eindeutige Antwort gab. Jede Antwort, die sich anbot, ließ sich mit Leichtigkeit aus den Angeln haben, in Zweifel ziehen und gegen ihn kehren. Die Helle hatte ihn nicht aufgenommen, sondern ihm geboten, zu den Lebenden zurückzukehren. Lag darin eine

Absicht? Offenbar. Gäbe es eine solche Absicht nicht, und die Rückkehr würde wahllos veranlaßt werden, etwa in jedem hunderttausendsten Fall, so taugte das ganze Unternehmen nichts. Folglich eine Mission. Einfacher: Etwas gibt es zu erledigen. Aber was?

Jonasz könnte es wissen. Vielleicht galt es, auf ein Zeichen, ein Signal zu warten. Oder es gab gar keine Aufgabe, es hieß lediglich: »Kehr zurück und schau dir alles noch einmal aufs neue an. Dann wirst du begreifen, warum wir uns in unserer Gnade so selten auf Auferstehungen einlassen. Du wirst noch einige Kleinigkeiten verstehen – Unsinn, Vergeblichkeit, Zufall . . .« Unmöglich! Wozu denn der ganze Gips, wenn er keinem Zweck diente?

»Was ich erstrebe und erhoffe, betrifft das Leben außerhalb meines Büros«, sagte Pudrycy schließlich. »Darauf brauchen wir nicht näher einzugehen. Hier tue ich meine Pflicht, und mehr, als ich habe, will ich nicht. Ich lege Wert darauf, meine Ruhe zu haben. Ich will glückliche Menschen um mich sehen.«

Dieser letzte Satz verblüffte sie beide. Den Vorsitzenden, weil er bombastisch und dümmlich klang. Pudrycy, weil nicht er ihn gesagt hatte, sondern etwas in ihm. In späterer Zeit sollte das öfter vorkommen und Pudrycy an den Gedanken gewöhnen, daß er jemandem oder etwas zum Sprachrohr diente, eine Art kosmisches Relais für Wünsche, Warnungen und sogar Prophezeiungen war (»Morgen gibt's Regen.« – »Steig nicht aufs Dach, du wirst dir das linke Knie verrenken.« – »Sei gut zu deinem Nächsten.« – »Saufen macht häßlich.« – »Am Mittwoch bekommst du einen Brief mit zwanzig D-Mark.« – »Über sieben und sieben Jahre vereinen sich Feuer und Wasser, Himmel und Erde, Tag und Nacht.«). Jetzt stand er erst mal wie vor den Kopf geschlagen.

»Das ist aber sehr lobenswert, Kollege W.«, sagte der

Vorsitzende herzlich und gönnerhaft, weil er seine Segel schwellen sah. »Setzen Sie alles daran. Unsere Zusammenarbeit kann einen konstruktiven Fortgang nehmen.«

»Ich danke Ihnen, Herr Vorsitzender . . .«, flüsterte Pudrycy.

Kowalski lebte auf. Er nahm den Lagerverwalter beim Arm, führte ihn ans Fenster und teilte ihm mit, es sei ein Waggon Kalidünger abzunehmen, der im Rahmen der Hilfe und Zusammenarbeit aus einem befreundeten Land gekommen sei.

»Damit haben wir das Lager voll!« protestierte Pudrycy. »Was wir brauchen, ist Stickstoffdünger.«

»Das weiß in Krasnogai jedes Kind«, seufzte Kowalski. »Der Fall ist aber politisch. Wir müssen dieses Kali abnehmen.«

»Und bezahlen.«

»Ja, natürlich. Sie können sich denken, wer mich angerufen hat.«

Pudrycy ballte die kleinen Fäuste. Was sollte er mit einem Waggon einer Ware anfangen, die nicht abging? Man konnte die Leute doch nicht mit Kali locken, wenn sie Stickstoff brauchten. Eine abgenommene Ware mußte umgesetzt werden. Um Umsatz machen zu können, muß man einen Käufer haben. Das Ausbleiben von Käufern belastet den Verkäufer. Finanziell. Aber der Fall war politisch.

»Ich werde auch jemanden anrufen«, sagte der Lagerverwalter. »Jemanden auf viel niedrigerer Ebene natürlich, und auch an einem anderen Strang. Wir nehmen das Kali, wenn sie uns einen halben Waggon Stickstoff schicken.«

»Und wenn nicht?«

»Der Fall ist politisch. Sie müssen. Sonst spricht sich herum, daß das befreundete Kali in den Lagern vergammelt.«

»Und was bringt uns der halbe Waggon Stickstoff?« fragte der Vorsitzende Kowalski.

Pudrycy erläuterte ihm, daß er viel bringen würde, denn jeder Bauer würde zwei oder drei Säcke Kali kaufen, wenn das die einzige Möglichkeit war, an einen Sack Stickstoff heranzukommen. Der Boden muß kriegen, was er braucht. Koppelgeschäfte sind das Wesen allen Handels im Gemeindemaßstab und über Weltmeere hinweg: eine Million Tonnen Getreide, Baumwolle und Rindfleisch gegen eine Million Barrels Rohöl und Tonnen Katalysekupfer plus Damenpullis und Kaugummi. Wer Chromerz und die Technologie des Laserschweißens erwerben will, muß Panzer und Raketenabschußrampen kaufen, am besten gegen Bananen, Kaffee, Kokosmilch oder Steinkohle. Pudrycy hätte weiter schwadroniert, denn er besaß einen unbewußten Trieb zum gemeinde- und erdumspannenden Surrealismus, er wurde aber jäh unterbrochen, weil der Hauptkontrolleur in Begleitung der Blondine hereingestürmt kam: »Da sind Sie ja!«

»Zu Diensten.« Pudrycy bedachte den Inspektor mit einer Verbeugung, die Blondine mit einem Lächeln und seinen Chef mit einem unmerklichen Zwinkern. »Haben Sie Probleme?«

»Wir nicht, aber Sie«, sagte der Hauptkontrolleur. »Folgen Sie mir in Ihr Büro. Auch Sie bitte ich hinzu, Kollege Vorsitzender.«

Kowalski wurde blaß. Du kleinkalibrige Pfeife traust mir also doch nicht, dachte der Lagerverwalter. Habe ich dir Schmalspurfeigling nicht eben erst den Sinn des Lebens erklärt, du jämmerlicher Gemeindefatzkokrat? Mit der ernsten und sogar leicht verstörten Miene, die sich für eine Verdachtsperson gehört, schlurfte Pudrycy dem Hauptkontrolleur hinterher. Die Blondine suchte ihm einen Wink zu geben, sie war sichtlich besorgt. Der Hauptkontrolleur ließ triumphierend seinen graumelierten Schnauzbart wippen. Er wies auf einen Schrank, der hinter den Regalen, in einer Nische des Zimmers stand.

»Was ist dort, Kollege?«

»Aktenordner«, sagte Pudrycy.

»Was noch?«

»Schnellhefter, Kataloge. Eine Teekanne.«

»Weiter nichts?«

»Ein durchgebrannter Tauchsieder«, erinnerte sich Pudrycy. »Er steht auf der Inventarliste, Streichungen machen wir vierteljährlich mit einer Kommission . . .«

»Weiter nichts?« fuhr barsch der Hauptkontrolleur dazwischen.

»Nein, weiter nichts.«

»Hat außer Ihnen noch jemand Zugang zu diesem Schrank?«

»Nein.«

Der Hauptkontrolleur öffnete die Schranktüren sperrangelweit und wies mit theatralischer Gebärde auf das Innere: Aktenordner, Schnellhefter, Kataloge, im untersten Fach die Teekanne und der Tauchsieder. Er ließ eine Kunstpause verstreichen, dann griff er nach dem ersten Ordner oben rechts und zog ihn heraus. Durch die Lücke sah man etwas Weißes.

»Na? Erinnern wir uns?«

»Na, nein, was denn . . .«, stotterte Pudrycy.

Jetzt ließ der Häuptling seine Schnauzbartspitzen tanzen, zwei flinke Griffe, und auf dem Schreibtisch landeten zwei Kilotüten mit Zucker. Pudrycy kam sich wieder vor wie in dem Tunnel, durch den er der unerklärlichen Helle entgegenflog, aber er scheuchte die Erinnerung fort, weil sie ihm unangebracht schien. Kowalski flatterten die rotblond gesäumten Lider. Die Blondine zeigte Trauer.

»Und nun?« fragte herzlich der Häuptling.

Pudrycy klatschte sich mit der Hand vor die Stirn.

»Mein Zucker! Ich habe ihn schon überall gesucht! Seit dem Unfall habe ich Schwierigkeiten mit dem Gedächtnis . . .«

»Schützen Sie nicht Ihren Unfall vor! Gewiß, das ist die Monatszuteilung für eine Person, es sei denn, es geht nicht mit rechten Dingen zu. Jemand für Sie, oder Sie für jemanden. Geben Sie es zu?«

»Es ist nicht verboten, Zucker am Arbeitsplatz zu haben.«

»Natürlich nicht. Um mal einen Tee zu süßen. Ich habe selber eine Zuckerdose im Schreibtisch. Aber zwei Kilo? Und dazu noch hinter den Ordnern versteckt?

Der Lagerverwalter sagte nichts mehr und ließ den Kopf hängen. Der Hauptkontrolleur setzte Kowalski in Kenntnis, daß der Fall mit dem Zucker ins Protokoll aufgenommen und die übergeordnete Dienststelle über Konsequenzen gegen den Lagerverwalter B. befinden werde. Der Vorsitzende seinerseits sicherte zu, sich unabhängig von den Entscheidungen der übergeordneten Dienststelle mit dem Fall zu befassen. Mit gebremster Entrüstung sah er Pudrycy an: »Das hätte ich nicht von Ihnen gedacht, Kollege! Hinter dem Aktenordner! Schämen Sie sich!«

Das Protokoll war fertig. Der Hauptkontrolleur fügte ihm den Bericht des Mittleren und des Jüngeren bei. Die Inspektion war günstig ausgefallen, abgesehen von der Zuckeraffäre, die in einem gesonderten Paragraphen festgehalten wurde. Man ging gemeinsam ins Zimmer des Vorsitzenden, wo die Blondine das Protokoll verlas. Kowalski und W. setzten unter das Dokument ihre Namen, gleich neben die der Inspektoren.

»Ich spreche Ihnen meinen Dank aus«, sagte der Vorsitzende Kowalski. »Überraschende Kontrollen helfen uns, gewissenhafter zu arbeiten.«

Pudrycy war für eine Weile verschwunden, dann erschien er mit einer Flasche und sechs Gläsern: »Die Kontrolle ist beendet, das Protokoll unterschrieben, und es ist auch schon Dienstschluß . . .«

»Alkohol?« fuhr der Häuptling entrüstet auf. »Am Arbeitsplatz?«

Dich sehe ich schon mit deinen Kumpels schlucken, du mein violettnasiger Freund, dachte Pudrycy belustigt, während er eine dunkelrote Flüssigkeit in die Gläser goß. Ich sehe die ganze Verlogenheit, als wolltest du den Bevölkerungsüberschuß verbieten, statt nach den Gründen zu forschen, warum die Leute die Liebe dem Fernsehen vorziehen, schließlich geht die Armut immer einher mit dem Leichtsinn. Warum tranken sie denn? Wer hatte sie zu welchem Zweck ans Glas gewöhnt, sie umnebelt und verdummt und dabei noch kräftig geschröpft, denn dieses Vergnügen war nicht billig?

»Es ist Johannisbeersaft«, beschwichtigte Pudrycy. »Nach harter Arbeit gut gegen die Hitze.«

Einträchtig schlürften sie das Getränk: die drei Kontrolleure, der Vorsitzende Kowalski und die Blondine. Sie leerten ihre Gläser, einmal, zweimal, dreimal. Niemand schien zu schmecken, daß der Johannisbeersaft zur Hälfte mit Sprit versetzt war. Pudrycy tat, als trinke er mit ihnen. Er hielt sein Glas verdeckt, täuschte vor, sich ebenfalls einzuschenken. Wie oft hatte er Kommissionen und Inspektionen niedriger, mittlerer und höherer Ebene mit angereichertem Johannisbeersaft bewirtet!

Er fühlte Verachtung in sich hochsteigen. Gleich würde sie hervorschießen . . . Nur keine Angst: Niemand bemerkt die Fünkchen in Pudrycys Augen, die verzogenen Lippen, das Beben der Nasenflügel. Ach, liebe Landsleute, so seid ihr nun! Man braucht euch nur schreien zu lassen: Nein, niemals, weg damit! – dann setzt ihr euch hin und sauft friedlich euren Sprit, der mit Fruchtsaft versetzt ist. Armselige Verkümmerung, schleimig, schmierig, wurmbefallen.

Und plötzlich . . .

Plötzlich fühlte sich Pudrycy durchdrungen von einer grenzenlosen, schmerzenden, barmherzigen, süßen Liebe. Er hätte sie alle ans Herz drücken mögen, die drei Kontrolleure, die Blondine, den Vorsitzenden Kowalski, alle, alle, auch Hubert Molko nicht ausgenommen, obgleich der nach Mist stank und sich nie die Füße wusch. In die Arme schließen, wiegen und trösten: »Ihr Armen, Hilflosen und Verstörten, die ihr bis in den Zipfel des Herzens erfüllt seid von Ungewißheit, dem Spiel der Elemente ausgesetzt, voller verschämter Sehnsucht nach Papa und Mama – ich lasse nicht zu, daß euch Unrecht geschieht!«

Nicht er, etwas in ihm liebte. So stark, daß er fürchtete, es werde ihn sprengen. Mit einem Zug leerte er sein Glas.

»Ich liebe euch«, sagte er leise zu den Anwesenden. »Ihr tut mir ja alle so leid.«

Auf einen Schlag war es still. Der Hauptkontrolleur unterbrach seinen Witz von der Frau, der es die Titte abgerissen hatte, er schaute erst seine Untergebenen an, dann den Vorsitzenden Kowalski und endlich den Lagerverwalter W.: »Wie bitte?«

»Ich liebe euch . . .«, wiederholte Pudrycy.

Das Gesicht des Häuptlings schwoll vor Zorn, seine Augen flammten.

»Ich verbitte mir das! Sie sind besoffen, Kollege W.!«

Kowalski neigte sich rasch zu dem Empörten und versicherte ihm, in der Äußerung des Kollegen W. stecke keinerlei Bosheit, der Lagerverwalter leide nach dem Motorradunfall, der mit einer Wiederbelebung geendet habe, unter Dämmerzuständen und Lallanfällen, die aber glücklicherweise nicht anhielten und für die Umgebung völlig harmlos seien. Auch könne es eine Rolle spielen, daß der Johannisbeersaft leicht angegoren sei.

»Wie ich euch liebe . . .«, seufzte Pudrycy.

»Putputput, mein Hühnchen!« antwortete der Hauptkontrolleur und tätschelte ihm die Wange.

Die Blondine preßte die jeansumspannten Schenkel zusammen. In der Szene war für sie etwas ungemein Aufreizendes. Sie kannte nicht den Grund, fühlte sich aber erregt und wünschte sehr, mit Pudrycy allein zu sein.

»Unser Bus fährt erst in einer halben Stunde . . .«, flüsterte sie ihm ins Ohr.

Sie tranken die nächste Runde, der Hauptkontrolleur erzählte den Witz von der Frau ohne Titte zu Ende. Kowalski lachte schallend und stieß die untergeordneten Kontrolleure an, die Blondine und Pudrycy verdrückten sich unauffällig. Getrennt – Pudrycy voran, die Blondine zehn Schritte hinter ihm – überquerten sie die Straße, bogen erst links, dann rechts ein, traten in den Hof und ins Haus. Pudrycy schloß auf und trat in die Wohnung. Die Tür ließ er angelehnt, die Blondine kam hereingestürzt und schob den Riegel vor. Sie machten es auf dem Fußboden. Von hinten. Die Blondine stand, den Kopf in den Nacken geworfen, auf allen vieren und gab einen anhaltenden hohen Ton von sich, der immer dramatischer wurde und in einem jähen Krampf unterging: »Aao-ao-aoo-aau-ouu-uuuh . . .«

Beim erstenmal war Pudrycy noch gut. Sogar sehr gut. Er kam in langen, gleichmäßigen Schüben, nicht wie ein Grünschnabel, bei dem alles vorbei ist, kaum daß er ihn drin hat. Mit dem Alter erwirbt der Mensch Beherrschung, die Technik von Bewegung und Ton, die Kunst der Regie. Damit macht er die fortschreitende Trübung der Phantasie und den Schwund der Gier wett: er ist nicht mehr das einstige Stehaufmännchen, das nur zu gucken und zu schnuppern brauchte. Das zweite Mal kommt er, oder er kommt nicht, das hängt vom Objekt, von dessen Aktivität und Teilnahme ab. Wer hat ein zweites Mal nötig? Ein reifer Mann bestimmt nicht. Und ein fünftes oder siebentes Mal? Mannstolle Weiber und Nummernfanatiker. Übrigens kommt es darauf an, wie man zählt: Der Fachmann macht aus einem Mal acht, und eine dankbare Partnerin multipliziert das noch mit Zwei.

Die Blondine war eine dankbare Partnerin. Als sie fertig waren, nach genau zwanzig Minuten, lobte sie Pudrycy für seine außergewöhnliche Qualifikation und sein höchst anerkennenswertes Stehvermögen.

»Du warst wunderbar«, sagte sie und zog die Jeans hoch. »Keine meiner Freundinnen hat je einen Auferstandenen gehabt. Die Sache mit dem Zucker kannst du vergessen.«

»Wieso denn?« fragte Pudrycy besorgt.

»Ich erledige das mit meinem Chef. Ich nehme die zwei Kilo Zucker auf meine Kappe.«

Daß die aber auch gar nichts begreifen! Ihre Dummheit heftet Gut und Böse zusammen, verflicht es wie einen Zopf. O diese Menschen! Merkte diese Frau denn nicht, daß eine auf Anzeige erfolgte Kontrolle ein Resultat haben muß, wenn sie den Verdacht nicht verstärken soll!

»Untersteh dich!« sagte er.

»Aber warum denn?«

»Ich bin eben so.«

»Du bist wunderbar! Wie du willst. Eine Rüge kriegst du nicht, das besorge ich. Höchstens eine Ermahnung.«

Sie küßten sich, Pudrycy versicherte, sie nie zu vergessen, die Blondine versprach, nächstens wieder nach Krasnogaj zu kommen, und hetzte zum Bus. Er fuhr in vier Minuten, zumindest theoretisch. In der Praxis sah es anders aus.

Jonasz saß, die struppigen Brauen zusammengezogen, über einem Stück Pergament. Die einstmals schwarzen Schriftzüge waren grau verlaufen und kaum lesbar auf dem vergilbten Grund. Die Sternenkarte war das Werk ägyptischer Priester, ein Astrologe hatte darauf den Namen des Pharaos Ramses des Soundsovielten verewigt, die Zahl war unleserlich.

Das Pergament hatte Hauptmann Storch aus Afrika mitgebracht. Er hatte im Rommelschen Expeditionskorps gedient, die Briten aus Libyen vertrieben und im Mai 1941 die Westgrenze Ägyptens erreicht, von wo er nach Osteuropa versetzt wurde, weil seiner dort der nächste Feldzug harrte. Die Karte hatte er in einem Tempel mitgehen lassen. Jonasz hatte er sie erst gezeigt und dann zum Geschenk gemacht – es war in der Zeit der guten Beziehungen zwischen ihnen gewesen, der Schmied mißachtete die Warnungen der Sterne, hielt Storch für die Verkörperung edler Uneigennützigkeit und naiven Idealismus und hoffte auf des Hauptmanns Hilfe im Falle der Gefahr. Nur in einer Sache waren sie zerstritten – im Verhältnis zur Rasse. Jonasz hatte den Verdacht, Günter Storch mache ihm und vielleicht auch sich selbst vor, daß seine mustergültige Dienstführung eine moralische Rechtfertigung habe. Wie konnte man an die Rasse glauben, an die Überlegenheit eines barbarischen Teutonen über Marcus Tullius Cicero, den feinsinnigen Kommentator der Natur der Götter? Über Marx, Tolstoi, Chopin? Man kann zwei Philosophen, Komponisten, Schuhmacher oder Schmiede miteinander vergleichen, aber nicht einen Buckligen mit einem Rothaarigen, Herr Storch. Bei Anwendung Ihrer Kriterien wäre ein debiler Graf mehr wert als ein weiser Dörfler. »Suche in den Sternen, Schmied«, hatte der Hauptmann gelacht, »vielleicht findest du den Weg zum germanischen Stolz und liest heraus, was es bedeutet, ein Herrenvolk zu sein . . .«

Er suchte in den Sternen. Über den Tisch gebeugt, übertrug er von dem Pergament auf eine eigene Zeichnung Ansammlungen von Punkten: die Jagdhunde, die Leier, den Drachen, den Schwan, die Andromeda, die Fische, die Waage, den Schützen, den Fuhrmann, die Nördliche Krone, das Haar der Berenike. Im Streif der Milchstraße brachte er Skorpion und Pfeil, Adler und Füchslein, Perseus und Kassiopeia unter. Den Schwan sah er sich genauer an – ein aus mehreren hellen Sonnen zusammengesetztes Kreuz, das man im Altertum als das Abbild des königlichen Vogels betrachtete. Er erinnerte sich, wie er vor acht Jahren mit dem Fernrohr in dieser Konstellation einen neuen Himmelskörper entdeckt hatte, der alles, selbst den Deneb überstrahlte. Einige Nächte lang hatte er ihn beobachtet, fasziniert von der Geburt eines Sterns, der aber nicht lange lebte, bald an Leuchtkraft einbüßte und sich in der Milchstraße verlor. Oder hatte es ihn nie gegeben? War er nur in Jonasz' Phantasie aufgeflammt und erloschen? Oder hatte sich im Kosmos eine Explosion ereignet, eine Katastrophe abgespielt: der banale Untergang einer entfernten Zivilisation, die mit sich selbst nicht zu Rande gekommen war? Für Jonasz war es eine Lichterscheinung gewesen, Zauber des Nachthimmels. Nichts Ernsthaftes, etwas wie eine Blume im Wiesengrund. Der metaphysische Sinn des Kosmos steckte in der Wechselwirkung von Zeit und Raum, in den in den Sternbildern eingetragenen Urteilen, in der Dreieinigkeit des Schicksals von Ameise und Universum. Wenn etwas sein wird, so heißt das, daß es dieses Etwas schon gab, so daß es also ist. Die ägyptischen Astrologen hatten das begriffen. Sie wußten viel. Ihre Aufzeichnungen, vereint mit den Überlieferungen der Chaldäer, den Lehren Buddhas und den Weisheiten des Talmud, bereichert durch das Wissen der schwarzen Fürsten des Mittelalters und der Forscher von heute, die im verborgenen, ohne Aufsehen tätig sind, Sternenbahnen, Geburtsdaten von Genies, Glücks- und Unglücksfälle in Computer eingeben und Ergebnisse erhalten, die nur den Eingeweihten zugänglich sind – alles das, was Jonasz ereichbar war, was er durchdacht und durch eigene Beobachtungen ergänzt hatte, wies darauf hin, daß der Zeit-Raum-Punkt der Geburt die Zukunft und damit den Tod bestimmte. Das klingt kompliziert? Oder ganz einfach. Kindisch einfach: Der Schöpfer verfügt nur über eine begrenzte Zahl von Schicksalsvarianten und verteilt sie in Zeit und Raum sekundenbruchteilgenau an den Schnittpunkten der Bahnen der Planeten und der Sonne. Der Augenblick der Geburt ist Zufall, ein Lotteriegewinn. Danach aber läuft alles mit unantastbarer astrologischer Konsequenz ab, und ändern läßt sich nicht mehr viel.

Jonasz hatte eine Konzeption: Man mußte auf den Moment der Geburt Einfluß nehmen. Dazu bedurfte es eines KALENDERS DER ZEUGUNG UNTER EINEM GLÜCKLICHEN STERN, einer graphischen Darstellung der vorteilhaften und unvorteilhaften Zonen, der Zeitpunkte, an denen man nicht zur Welt kommen durfte, wenn einen nicht lauter Schweinereien erwarten sollten. Wenn es Jonasz gelänge, einen Kalender der glücklichen Momente aufzustellen! Sie waren jedoch in der Zeit verstreut wie Rosinen in einem Kuchenteig . . .

Warum ist der Kuchen so groß, und warum sind der Rosinen so wenige? wird Jonasz von der grünäugigen Regina Kuperholz gefragt, die einen langen schwarzen Rock trägt, das kupferrote Haar zu einem Knoten geschlungen hat und ironisch, vielleicht auch wehmütig lächelt. Warum kommen auf einen Glückspilz hundert, tausend oder gar einen Million Unglückliche? Warum ist das ganze Volk Israel unter einem Unglücksstern geboren und wird, solange es existiert, nur von Schicksalsschlägen getroffen? Nicht einmal von den Eskimos wird es geliebt, und dabei hat es den Rabbi Jesus und sämtliche Apostel hervorgebracht, die ersten Christen waren Juden, dann ging es in die Diaspora, wurde aus Ägypten getrieben, aus Spanien verjagt, im Osten bei Pogromen geschlagen, von den Übermenschen aus dem Westen durch den Schornstein geschickt . . .

Heute aber, da es nach Kanaan zurückgekehrt ist, quält es die Schwächeren.

Es will fortdauern.

Auf Kosten fremden Unglücks?

So ist es immer, Jonasz. Unser beider Glück war ein Unglück für meine Familie: nicht nur ein Goj, sondern noch dazu ein Deutscher.

Jonasz lachte, zog Regina in den Arm wie ein körperloses Etwas, atmete den Mandelduft ihres Haars und suchte ihr klarzumachen, daß er kein Deutscher, sondern ein Pole sei, zumal nach alledem, was die Deutschen den Polen angetan hatten. Er war also Pole, suchte aber ein Mittel, Jude zu werden, weil er dann ein lebender Köder für den Hauptmann Storch sei, der nach wie vor in den Sümpfen hause, um die Erdhütte kreise, aus der er einst Regina hervorgezerrt hatte, die beerensuchenden Kinder schrecke, das Wild vergräme und Jonasz mit seinen Orden foppe. Ein Kalender der Zeugung unter einem Glücklichen Stern würde die Pechvögel aussieben, das Verhältnis zwischen Rosinen und Kuchenteig umkehren, so daß auf einen Märtyrer – es muß von Zeit zu Zeit Märtyrer geben – eine Million Leute käme, die glücklich oder wenigstens zufrieden wären. Dieser Kalender aber, unterstützt von der ärztlichen Kunst, die schon heute eine Niederkunft aufschieben oder beschleunigen kann, dieser Kalender werde sich nur dann als wirkungsvoll erweisen, wenn die störende Kraft verschwindet, die die Liebenden die Stunde der günstigen Vereinigung verpassen läßt und dem Arzt, der die Zeit der Entbindung überwacht, die Spritze aus der Hand stößt. Diese schwarze Kraft, liebe Reginka, ist Günter Storch, der hinkende Hauptmann aus dem Moor, der Schwadenumdunstete, Pfuhlnebelfinstere, der unter den Schindeldächern das Geile mit dem Greisen paart, in empfängliche Herzen und Hirne giftige Gärung träufelt, einen Virenextrakt, der die Seele mit Einsamkeit verseucht.

Mit Einsamkeit, Jonasz?

Ja, Regina, mit Einsamkeit. Der Haß ist einsam. Er hat alle gegen sich. Darum ist er mißtrauisch und argwöhnisch, nährt sich von Verachtung und schießt als erster. Aber es wird geschehen, daß ich den ersten Schuß abgebe, und die geweihte Kugel macht Schluß mit Storch.

Weißt du noch, wie du ihn gelobt hast? Sensibel sei er, intelligent, dein Freund. Im Notfall werde er uns schützen . . .

Jonasz sprang auf und ballte die Fäuste. In seinen Augen flammte es wild, er sah sich um: Da war keine Regina. Er atmete tief durch. Von fern hallte ein heiseres Gelächter, das Herz krampfte sich schmerzhaft zusammen, der Mund war wie ausgetrocknet, von den Schläfen troff der Schweiß – wie stets während der phosphoreszierenden Strahlung. Das Gelächter kam jedoch nicht näher, es verklang und verwehte in den fahlen Schwaden über dem Moor.

Der Entwurf des Kalenders war fast fertig. Noch ein, zwei Jahre, und man würde ihn als Partitur aufführen können, auf Notenpapier, wie ein Konzert. Jonasz sah zur Kuckucksuhr. Es war spät geworden. Behutsam rollte er das Pergament zusammen und steckte es in eine Papphülse. Die Bedenken des Pfarrers Celestyn fielen ihm ein, das skeptische Lächeln des Geistlichen: Die Menschheit willst du glücklich machen? – Warum denn? – Du? – Kopernikus war Bischof in einem Provinznest. Das ist lange her.

Krasnogaj ist heute nicht schlechter als Luanda, Syktywkar, Hradec Králové oder New Jersey. Die Welt ist ein Dorf geworden. Man kann sie von jedem Ort aus glücklich machen. – Oder unglücklich? – Noch unglücklicher? – Jonasz, du bist ein Usurpator. Wenn ich dich nicht schon vierundsiebzig Jahre kennen würde, müßte ich dich für dünkelhaft halten. Mit einem Kalender hoffst du den Lauf der Dinge umzukehren, den Menschen zu bieten, was der HERR ihnen nicht zubilligen wollte, weil die ewige Glückseligkeit erkauft werden muß durch Leiden, Buße oder Opfer. – Maskieren wir damit nicht die eigene Hilflosigkeit, Pfarrer Celestyn? Auf Erden wird sowieso nichts aus dem Glück, und daher, weil wir so schön in Schwung sind, gebieten wir gleich noch zu leiden, weil sich das im Himmel rentiert? Das kann ich nicht glauben! Ich bin nicht damit einverstanden, daß das Leid auf Erden die Valuta für den Himmel sein soll! Es muß *hier* eine Lösung geben! – Hättest du nicht hin und wieder diesen Lichtschein ums Haupt, würde ich denken, daß du unter der Herrschaft des Satans stehst, gegen unseren Herrn. – Ich bin dem Satan auf der Spur. – Du wirst die Welt nicht bessern, Jonasz. Solange ich lebe (und ich lebe schon unanständig lange), ist die Welt auf dem Wege der Besserung, sie entwickelt und bereichert sich, weil sie es als Fortschritt bezeichnet, wenn sie auf neue Weise etwas Außerordentliches herzustellen lernt, während die Mehrheit der Menschen sich nicht satt essen kann und kein Tag vergeht, an dem nicht irgendwo Krieg ist. Der Satan, Jonasz, ist in uns, wie ein Parasit im Gedärm. Er ist es, der uns zuraunt, Gerechtigkeit und Fortschritt erfüllten sich als Ritual, durch Blutvergießen. Was ist an polnischem Blut allein während des Völkerfrühlings geflossen! Als junger Kaplan habe ich auf den Schlachtfeldern bei Genua und Rom Landsleuten die letzte Ölung gegeben, die in den Legionen Garibaldis gekämpft hatten, ich sah unsere Jungs in der Legion der Lombardei und Piemonts fallen, mit Józef Bem habe ich Wien und Siebenbürgen verteidigt, in Ungarn habe ich Henryk Dembiński, dem Führer der Revolutionsarmee, die Beichte abgenommen und auf Sizilien eine Feldmesse gelesen, bei der Ludwik Mierosławski dabei war, der nachher im Badischen Aufstand gekämpft hat. Alles das in diesem einen Jahr 1848! Und es ist noch gar nicht alles: Hilflos habe ich zugesehen, wie die Unseren in Dresden fielen, zum Kampf angefeuert von Chrystowski und Heltman, und in Bayern unter Franciszek Sznajd. Was hat ihr jugendlicher Opfertod gebracht? Was hat, zwei Jahre zuvor, der Bauernaufstand von Jakub Szela gebracht, den ich angefleht habe, er solle nicht die Gutshöfe in Brand stecken, weil seine Leute, falls sie überlebten, eben diese Gebäude im Schweiße ihres Angesichts wieder würden aufbauen müssen? Er hörte nicht auf mich: Pfaffe, du schwatzt dummes Zeug! Mehr als vierhundert Adelssitze hat er in Schutt und Asche gelegt, heute wären sie historische Sehenswürdigkeiten und Baudenkmäler. Im Menschen steckt eine Zerstörungswut, die Gabe des Tötens und die Berufung zum Opfer. Hast du jemals ein Denkmal des Unbekannten Bauern gesehen? Oder des Schmieds, der ein redliches Leben geführt hat? Ich nicht. Es gibt einen erprobten Weg zur Erlösung. Er wird von der Kirche gewiesen. Ehrlich gesagt, ich habe auch gegen andere Religionen nichts, denn sie alle entwachsen ja der einen Wurzel, die unser Herr und Gott ist. Nicht einmal die Kommunisten, für die es sich doch gehören würde, stellen Gottes Gebote in Frage. Wer könnte auch bessere ersinnen? Dem Menschen muß nämlich geboten, gedroht und zuletzt mit Nachsicht begegnet werden, falls er die begangenen Schweinereien bereut. Das Menschsein, Jonasz, ist im Grunde nämlich weder leicht noch angenehm. – Das weiß ich. Deshalb will ich, daß jeder unter einem glücklichen Stern geboren wird. Soviel werde ich für die Menschen doch tun dürfen? – Wenn du dein Leben nur damit hinbringen würdest, könnte ich dich nicht gern haben. Leider trinkst du . . . – Sie trinken auch, Hochwürden. – Ja, Meßwein. – Was ist da für ein Unterschied? Das Blut meines Gottes ist durchsichtig und riecht nach Hefe. Deshalb setze ich ihm einen Extrakt von Kirschen, Hagebutten und Ebereschen zu . . . – Halt den Mund, du Gottloser! Sonst ziehe ich dir eins über den zottigen Schädel!

Lachend ging Jonasz hinaus auf den Hof, und die Leute, die dort auf ihn warteten, zeigten sich über dieses Lachen nicht verwundert, denn es war eine der geringeren Wunderlichkeiten des Alten. Sie verneigten sich tief vor ihm und stützten dabei ein Mädchen. Es war vielleicht achtzehn, unsäglich sommersprossig, in einem pferdeapfelfarbenen Minikleid. Das Gesicht war schmerzverzerrt.

»Sie hat Blutungen«, sagte die Mutter.

»Und will um nichts in der Welt zum Doktor«, sagte der Vater. »Wir sind aus Skiroławki.«

»Es geht schon den achten Tag. Das Kind wird uns noch verbluten . . .«

Jonasz hieß die Eltern, bei ihrem Fuhrwerk zu warten, nahm das Mädchen um die Taille und führte es vorsichtig ins Haus. Dabei erfuhr er, daß sie Stacha hieß, der Bursche aber Aldo, eine Koseform für Romuald. Aber es war nichts gewesen. Sie war nicht so eine. Andere ließen gleich jeden, wie er kam, die Welt ist so geworden, keiner hat mehr Zeit für langsame Annäherung, Ehrlichkeit nennen sie das, natürliches Betragen, wie in dem einen amerikanischen Film, vielleicht haben Sie ihn gesehen? Sie aber hatte ihre Grundsätze. Erst nach der Trauung. Eventuell auch vorher, wenn in der Kirche das Aufgebot verkündet war. Mit Aldo hatte sie sich geküßt . . .

»Weiter nichts?« fragte Jonasz, legte die Patientin auf eine Bank, entfernte die Watte- und Zellstofflagen und ging an die Untersuchung.

Das Küssen kann unterschiedlich vor sich gehen, erfuhr er, man küsse sich nicht nur auf den Mund, die Liebe suche Mittel, um sich auszudrücken. Sie hatte viel gestattet und auch selber viel getan, sie verhehle auch gar nicht, daß es ihr Spaß gemacht habe. Aber nicht das. Nicht dort.

»Durch den Mund kann man doch nicht schwanger werden?«

»Nein, das kann man nicht«, sagte Jonasz. »Wissen deine Eltern, daß du es bist?«

Sie warf sich herum wie ein Fisch auf dem Trockenen und preßte instinktiv die mageren Schenkel zusammen. Die Blässe zwischen den Sommersprossen vertiefte sich: »Ich bin es nicht!«

Ein dünner, schwacher Körper, durch die Haut sieht man die Rippen, die Brüste aber sind groß, schon angeschwollen und prall. Die Augen voller Furcht. Sie möchte fliehen, aber wohin, wie kann man sich selbst entfliehen? Aldo ist beim Militär. Auf ihn wartet ein anderes Mädchen, Halinka, eine Lehrerstochter aus Barty. Zu Stacha kommt mit dem Motorrad Grzegorz, ein junger Förster aus Zielenniki. Er ist sehr verliebt. Sie passen gut zusammen. Warum wird sie vom Herrgott so gestraft?

Oder belohnt, erwiderte Jonasz, der mit der Untersuchung fertig war, trübsinnig, in Gedanken verloren. Nicht zum ersten, nicht einmal zum hundertsten, sondern wohl schon zum tausendsten Male stand vor ihm das Problem, das nicht zu lösen war. Hat der Mensch das Recht, bewußt zu entscheiden, ob er ein neues Leben hervorbringen will? Ist er bereit, Pflichten und Unannehmlichkeiten, die Verantwortung zu übernehmen? Die langjährige Mühe, ein lebendiges Wesen, ein Kind zu erziehen, ihm ein würdiges

Dasein zu sichern und durch das eigene Vorbild eine Haltung zur Welt einzuprägen? Wenn das Wort »Mensch« stolz klingen soll, muß das Recht zur Entscheidung bestehen.

Aber zu welchem Zeitpunkt?

Vor der Empfängnis, sagt Pfarrer Celestyn unerschütterlich. Bevor die Frucht des Lebens sich mit der in ihr keimenden Seele verbunden hat. Der Anschlag auf das Leben ist ein Verbrechen. Du hast empfangen – nun rühre nicht daran!

Das sagt sich leicht. Als wäre der Mensch von Natur aus ein denkendes, diszipliniertes, verantwortungsbewußtes Geschöpf. Ein Computer kann so sein: Von hier bis da programmiert, führt er alles aus. Er hat nicht die Leidenschaft Stachas und das fieberhafte Keuchen Aldos, der sich zwischen den dünnen Schenkeln verausgabt, ohne zwischen sie einzudringen. Eine Jungfernzeugung also, eine Empfängnis in Unschuld. So unschuldig nun auch wieder nicht. Der Mensch ist sündig. In etwas muß er sich von den übrigen Säugetieren unterscheiden.

Vor der Empfängnis – das ist überhaupt keine Frage. Familienplanung, Vernunft, Empfängnisverhütung. Und wenn es passiert war? Zur Welt bringen und Schluß – der Mißachtung, Heimatlosigkeit, Verwahrlosung preisgeben? Wer das verlangt, soll jedem Neugeborenen ein Dach überm Kopf garantieren, Speise und Trank und Liebe.

Du sollst nicht töten! Was ist da noch zu diskutieren, Jonasz? Wenn man gegen den Tod protestiert, übernimmt man doch keine Verpflichtungen. Man muß nur festlegen, wann das Leben beginnt.

Und was das überhaupt ist.

»Womit hast du es gemacht?« fragte er.

»Mit einer Stricknadel«, antwortete sie tonlos, auf die Bank gestreckt, den Blick starr an die Decke gerichtet.

»Du hast die Frucht verletzt. Sie lebt, aber das Kind kann ein Krüppel werden.«

»Ich will es nicht.«

Sie will es nicht, wird einfach in die Bezirksstadt fahren, wo man es ihr ohne Umstände wegmacht, gegen eine entsprechende Gebühr, wie eine Dauerwelle. Oder sie sticht wieder mit der Stricknadel hinein. Das ist das Wahrscheinlichere. Der unbewußte Hang zur Selbstquälerei.

Durch einen Griff seiner Hände hatte Jonasz die Blutungen zum Stillstand gebracht, auf ähnliche Weise konnte er eine Fehlgeburt auslösen. Hingegen konnte er nicht garantieren, daß das Kind gesund und unter einem glücklichen Stern geboren wird. Noch nicht.

Vom dumpfen Schmerz der Hilflosigkeit erfüllt, vom Bewußtsein, daß er Übles tat, weil es sein mußte, voller Abscheu gegen sich selbst und voller Sehnsucht nach einem großen Schnaps legte Jonasz seine schweren Pranken auf den Mädchenleib.

Befehlsgemäß war Korporal Słowacki auf seinem Motorrad nach Zielenniki gejagt, wo er feststellen mußte, daß Doktor Samosiejka und Pfarrer Celestyn ihren Besuch bei der Genossin Pszenna bereits beendet hatten. Eine Nachbarin, Frau Czerwik, ein derbes Weibsstück mit gastfrei ausladenden Hüften und dem Gesicht einer Ikonenheiligen, beobachtete zusammen mit den Gevatterinnen das Backsteinhaus, dessen Blechdach in einem herausfordernden Rot gestrichen war, und erklärte dem Korporal, Pfarrer Celestyn habe sich bei der Sterbenden nicht lange aufgehalten, der Doktor noch weniger, und gemeinsam seien sie weggefahren.

»So ist das eben, Genosse Staatsmacht.«

»Was ist so?« fragte der Korporal Słowacki, stieg von der Maschine und brannte sich eine Zigarette an.

»Ihr macht die Leute dem Glauben abspenstig, doch kommen sie in große Not, dann rufen sie: O Herre Gott . . .«

Die Weiber lachten, und Frau Czerwik zwinkerte dem Korporal zu. Słowacki zuckte die Achseln.

»Die Miliz macht niemanden abspenstig. Ich bin selber gläubig und gehe in die Kirche.«

»Das dürfen Sie?« staunte Frau Czerwik. »Einer von der Partei?«

»Ein Milizionär braucht nicht in der Partei zu sein«, erklärte Słowacki den Frauen. »Ich zum Beispiel bin es nicht. Wir dienen dem Staat.«

»Aber die da ist doch eine Dreihundertprozentige«, sagte Frau Czerwik und zeigte auf das Haus der Genossin Pszenna. »Als in den Städten dieser Protest war, hat sie beide Hunde von der Kette gelassen, und aller drei Tage kam zu ihr ein Kübelwagen mit Männern in Zivil . . .«

»Nicht von uns.«

»Von der Woiwodschaft. Was sind denn aber die dreihundert Prozent wert, wenn der Herrgott obenauf ist? Pfarrer Celestyn hat sich nicht angeboten, sie hat ihre Tochter zu ihm geschickt. Fleh ihn an, hat sie gesagt, er soll sich beeilen, es ist ein gutes Geschäft, und er macht sich bei seinen Oberen verdient: Er bekehrt eine Kommunistin.«

Korporal Słowacki mußte an seine Bekehrung durch die heilige Cäcilie denken. Nun, vielleicht war er von ihr nicht so sehr bekehrt als zur Ordnung gerufen worden, jedenfalls wies er die Frauen darauf hin, daß von einer Bekehrung keine Rede sein könne, da die Genossin Pszenna von sich aus nach dem Priester geschickt und die Angelegenheit überdies ein gutes Geschäft genannt hatte: »Sie hätte es gar nicht nötig gehabt, die Ungläubige zu spielen. Sind etwa wenig Gläubige in der Partei?«

»Jedenfalls hat sich unsere Staatsmacht nach diesen Protesten geändert«, sagte Frau Czerwik zu den Gevatterinnen. »Früher wurde alles danach beurteilt, ob einer in der Partei oder ob er gläubig war, und jetzt wird erzählt, daß Pfarrer Celestyn einen staatlichen Orden kriegen soll, weil er den Leuten die Rebellion aus dem Kopf geschlagen hat.«

»Das stimmt«, sagte der Korporal. »Der Gemeindevorsteher hat den Antrag eingereicht, der Parteisekretär hat ihn unterschrieben. Was wird denn sonst noch bei euch erzählt?«

Er biß sich auf die Zunge, als er die vielsagenden Blicke sah, die die Tratschen wechselten. Wie hatte er auch so fragen können! Der Wachtmeister Karaś fragte nie direkt, er hatte besondere Reizwörter, die die Leute veranlaßten, aus sich herauszugehen, sich zu beklagen und zu beschweren. Er verstand, sich Zugang zu den Menschen zu verschaffen wie ein Geldschrankknacker zu seinem Banksafe, er hatte dafür die Nase, das Auge und das Ohr. In diesen Dingen muß man Psychologe sein, Talent und die entsprechende Ausbildung haben: den einen bedauern, den anderen reizen, mit dem dritten Vertraulichkeiten gegen einen vierten pflegen und immer die Spreu vom Weizen sondern, denn die Leute schwatzen manchmal, was ihnen auf die Zunge kommt, vor allem, wenn sie jemandem ein Bein stellen wollen.

»Sind Sie neugierig?« fragte lächelnd Frau Czerwik. »Schnüffelt nicht schon Karaś herum?«

Słowacki packte der Zorn. Ein wenig auf sein eigenes Ungeschick, vor allem aber auf dieses Frauenzimmer. Man mußte die Staatsmacht doch verstehen, wenn sie die Wahrheit über die Bürger zu erfahren suchte, um dem Bösen vorzubeugen, um zuweilen den Wolf aus dem Wald zu locken, sie von Gelüsten und Versuchungen zu befeien, ihnen diese aus dem Kopf zu schlagen und insgesamt die Ordnung durch die Gerechtigkeit zu schützen.

»Hunde schnüffeln!« schnauzte er. »Und wen ruft ihr zu Hilfe, wenn euch eure Männer im Suff verdreschen?«

Frau Czerwik war verwirrt, als habe sie ihre Taktlosigkeit eingesehen, und sie begann zu plappern, so sei das nicht gemeint gewesen, der Korporal habe sie falsch verstanden, ohne die Polizei wäre ja niemand sicher, am Morgen im Stall noch die eigenen Kuh vorzufinden, diese geliebte Polizei habe also sicherlich kein leichtes Leben, und im Dorf werde erzählt, die Genossin Pszenna habe den Priester kommen lassen, um ihrem Schwiegersohn zu schaden, der durch ihre Protektion Karriere in der Stadt gemacht und dann seine Frau sitzengelassen hatte und jetzt mit einer anderen in Krakau wohne.

»Wenn dort bekannt wird, daß die Pszenna sich bekehrt und ein katholisches Begräbnis mit dem Bischof selbst bekommen hat, dann fliegt Jędrek aus seiner Parteistellung.«

»Wieso mit dem Bischof?« fragte Słowacki, der endlich etwas Greifbares sah.

»Sie hat um den Bischof gebeten. Damit es Aufsehen gibt. Zur Beerdigung der Genossin Pszenna kommt selbst der Bischof.«

Als der Korporal Zielenniki verließ, dachte er an die Sorge, die den Kommandanten packen wird, wenn er von dem bevorstehenden Besuch des Bischofs erfährt. Nach dem Begräbnis der Genossin Pszenna hatte man sich sogar aus der Hauptstadt erkundigt. Słowacki war bei dem Telefongespräch zufällig dabeigewesen. Der Kommandant hatte erklärt, sie sei noch am Leben, ihr Zustand hoffnungslos, ein ungefähres Datum jedoch nicht festlegbar: Doktor Samosiejka verweigere darüber jede Auskunft. Worum es denn gehe? »Es geht darum«, schallte es aus dem Hörer bis zu dem etwas entfernter stehenden Korporal, »daß an dem Begräbnis der Genossin Pszenna als einer bekannten Parteiaktivistin und Bäuerin der Genosse O-ski persönlich teilnehmen will! Folglich muß das Datum rechtzeitig bekannt sein, denn der Genosse O-ski hat einen sehr gedrängten Terminkalender!« – »Beschleunigen kann ich nichts«, hatte der Kommandant darauf gesagt, »hinausschieben aber immer, um zwei, drei Tage.«

Würde der Genosse O-ski zur Beerdigung einer Bekehrten kommen? Und wurde ein ganzes materialistisches Lebenswerk dadurch getilgt, daß man sich in der Todesstunde mit Gott versöhnte? Zum gegebenen historischen Zeitpunkt konnte es nicht getilgt werden. Blieb nur der Bischof. Genosse O-ski würde sich bestimmt nicht bereitfinden, die Trauerfeierlichkeiten mit dem Bischof gemeinsam zu zelebrieren . . .

Plötzlich spürte er die Wärme in seinem Rücken, das bekannte Kribbeln, als werde er mit leichten Stromstößen gekitzelt. »Hör auf zu philosophieren, Wächterlein«, hörte er die süße Stimme der heiligen Cäcilie, »zwei mal zwei ist vier, das steht fest, aber auch das läßt sich in Frage stellen, es gab schon Zeiten, da war es fünf, sieben oder dreizehn. Du weißt nichts von der Taktik und um so weniger von der Strategie, so nimm denn zur Kenntnis, daß O-ski sich bei der Beerdigung mit dem Bischof treffen wird, jeder führt seine liturgische Übung aus, und anschließend gibt es einen gemeinsamen Spaziergang über den Friedhof von Zielenniki, unter alten Bäumen und zwischen Grabsteinen mit Inschriften in verschiedenen Sprachen. Es zeigt sich, mein Wächterlein, daß O-ski hauptsächlich wegen des Bischofs und der Bischof wegen O-ski hergekommen ist. Brauchten sie, so wirst du fragen, dazu extra den Tod der Genossin Pszenna? Ja, denn jeder hängt von jemandem ab. Ein Treffen O-skis mit dem Bischof könnte irgendwo irgend jemandem zu denken geben. So aber ist es der reine Zufall. Vielleicht deswegen wird die Genossin Pszenna von heute an in genau vier Tagen sterben, damit die Vertreter der beiden hohen Stellen einander etwas abdingen können.« – »Ich träume doch wohl?« fragte der Korporal Słowacki und fühlte sich im selben Moment emporgehoben und herumgedreht, so daß er mit dem Rücken zur Fahrtrichtung im Sattel saß. Das Motorrad fuhr über den Asphalt, als sei nichts geschehen. Wenn mich bloß keiner sieht, dachte er, es wäre gleich überall herum, daß Słowacki einen Stich hat. »Fürchte nichts«, hörte er die Heilige sagen, »die Sache bleibt unter uns, jetzt aber halte dein Fahrzeug an und begib dich in den Wald, denn das, was dir heute beschieden ist, verlangt einen Waldspaziergang.« Die gleiche Kraft hob den Korporal wieder hoch und setzte ihn richig hin, so daß die Griffe des Lenkers in die behandschuhten Fäuste kamen. »Bete fleißig«, hörte er noch, »und sündige nicht so oft mit Teresa . . .«

Er hielt am Straßenrand, stieg ab, versteckte das Motorrad im Gebüsch und marschierte los, immer in der sonderbaren Überzeugung, das Ziel nicht verfehlen zu können. Auf diese Weise fand er sich in der Gegend von Sokoliks Forsthaus wieder. Hätte Korporal Słowacki seine Gedanken in Worte zu fassen vermocht, so hätte sich erwiesen, daß er, indem er zwischen den Kiefern gemächlich seiner Bestimmung zuschritt, über die in der Natur vorhandene Zweckmäßigkeit nachdachte, die sich durch scheinbare Zufälle und das Zusammentreffen von Umständen zeigte. In der Tat wird alles gesteuert, es ist nur die Frage, von welcher Etage aus. Selbst von einer Korporalsetage aus läßt sich an mancherlei drehen: Man kann zum Beispiel unter einem Vorwand Hubert Molko auf der Wache festhalten, bis es draußen dunkel ist, ihn dann auf der Landstraße einholen und ihm eine Strafe aufbrummen, weil er ohne Licht gefahren ist. Der Wachtmeister Karaś ist in solchen Kombinationen noch besser. Einmal hat er eine ganze Truppe rebellischer Agitatoren wegen einer Kiste Kornbranntwein eingebuchtet, die aus einem Transport gestohlen und aufs Gelände des Metallbetriebs in Barty geschmuggelt worden war. Die Agitatoren schworen Stein und Bein, daß man ihnen den Schnaps untergeschoben hatte. »Und wer hat ihn sich in die Kehle gegossen?« fragte freundlich der Wachtmeister und wies auf einige geleerte Flaschen, die ein unwiderleglicher Beweis waren: Etwas Untergeschobenes trinkt man nicht, sondern man ruft die Polizei, denn es könnte ja Gift sein!

Je höher die Etagen, um so spitzfindiger, um so listiger getarnt die Steuerung. Was hatte Genosse O-ski mit dem Bischof gemein? Gar nichts. Allenfalls, daß O-ski seinen Vornamen Martin bei der heiligen Taufe empfangen hatte, der Bischof aber verbieten konnte, daß in den Kirchen Embleme und Aufschriften weltlichen Inhalts angebracht wurden. Sie trafen sich zufällig auf dem Friedhof von Zielenniki an der Bahre einer katholischen Kommunistin, was wiederum zur Folge hatte, daß der Schwiegersohn der Genossin Pszenna allen Schwierigkeiten aus dem Wege ging, denn auch er würde ja anwesend sein.

Die allerhöchste Etage regiert das Ganze. Korporal Słowacki hatte das Gefühl, daß diese höchste Etage der ein Stockwerk tieferliegenden, also dem Staat mit seiner legalen Macht, wohlgesonnen war, obwohl diese aus wohlbekannten Gründen allen Verbindungen nach oben entsagt hatte. Die allerhöchste Etage braucht sich nicht mit Kinkerlitzchen abzugeben: Sie regelt den Gang der Dinge, indem sie Gelegenheiten und Zufälle baut. Manchmal wird etwas übersehen – oder gerade nicht? Vielleicht aus höherer Absicht? Transfusion und Abführung? Dann lodert es ringsum, rauscht und blitzt. Für den Fall eines außergewöhnlichen Eingreifens hat die allerhöchste Etage Gesandte. Die heilige Cäcilie zum Beispiel. Ein paar Wunder, ein Auftrag, eine Information. Korporal Słowacki hat sich im Wald zu ergehen, hier und jetzt.

Also ergeht er sich. Als er Stimmen hört, bleibt er stehen. Den Weg zu Sokoliks Forsthaus kommen drei entlang, einer sieht wie der andere aus: dunkler Vollbart, üppiger Haarwuchs, Schnauzbärtchen, Neigung zum Dikkerwerden, schwarze Cordhosen, modische Hemden mit Achselklappen. Selbstzufriedene Gesichter. Leichter Bauchansatz. Rosige Wangen. Die pure Jugendlichkeit.

Den Ausweis verlangen? Das kannst du immer noch, hörte er in sich eine Stimme, schleich nur erst mal hinterher. Korporal Słowacki ist nicht viel älter als diese Burschen, vier, höchstens sechs Jahre, aber sein Haar ist gelichtet vom Tragen der Dienstmütze, das Gesicht fleischig und blaß, das Kinn etwas zurückgezogen, so daß ein flauschiger Bart ihm ganz zupaß käme, aber wer hat schon so was bei einem Milizionär gesehen? Auch ein zufriedenes Gesicht macht der Korporal nur selten. Das fällt schwer, wenn man von einem Gehalt die Frau und vier Kinder zu ernähren hat, der behinderten Mutter beisteht und mit Teresa etwas vom Leben haben will. In der Milizschule an der See hatte man ihm Härte beigebracht. »Man wird euch nicht lieben«, hatte der Major doziert. »Bulle, Greifer, verschiedene Witze, einer dümmer als der andere, wie über die Polen in Amerika. Man wird euch fürchten und verachten, Säufer werden euch vollkotzen und Nutten euch anspucken. In der Gefahr aber werden sie alle zu euch um Hilfe gerannt kommen. Ihr werdet die Stütze des Staates und des Volkes sein. Die Ehrlichen, Rechtsinnigen, Anständigen haben zu euch Vertrauen, daß ihr sie vor dem Gesindel schützt, indem ihr oft genug euren eigenen Kopf hinhaltet. Unsere Arbeit ist schmutzig. Sie läßt sich nicht in weißen Handschuhen tun, es sei denn, man regelt den Verkehr auf einer Kreuzung. Sonst aber steckt man bis an die Ellenbogen im Unflat. Nicht im eigenen, denkt daran! Es ist der Unflat der Gesellschaft, und die Miliz ist dazu da, ihn wegzuräumen. Mit Gewalt und mit List. Jeder Trick ist gut, wenn er dazu führt, die Mehrheit vor außer Rand und Band geratenen Schurken, Dieben und Huren zu bewahren. Ihr werdet Wunden davontragen, im Dienst umkommen. Denkmäler bekommt ihr nicht gesetzt. Was für euch gilt, sind nur Härte, Charakter, Unbeugsamkeit und Liebe zum Dienst, zu den Euren: Wir sind eine Familie. Zum Polizisten, Jungens, muß man geboren sein!« War das bei Słowacki der Fall gewesen? Als Kind hatte er einen reinen, von himmlischer Süße durchdrungenen Knabenalt gesungen, die Lehrerin prophezeite ihm eine große Tenorkarriere. Wer kann wissen, was man einmal wird? Die heilige Cäcilie vielleicht, die Schutzherrin der Gesangvereine: Sie mußte ihre Aktie daran gehabt haben, daß sich die süße, hohe Stimme zu einem krähenden Diskant auswuchs. Wozu braucht der Polizist eine Stimme? Zuerst der Dienst, Korporal! Und jetzt mach dich geräuschlos hinter den drei bärtigen Levantinertypen her, sei wachsam und sperr die Ohren auf!

»Błazej, ist das auch der richtige Weg?«

Sie blieben stehen, der erste von links zog ein Papier aus der Leinentasche, eine Karte oder Skizze, sah nach und verglich.

»Es hat den Anschein. Wir müssen gleich dasein.«

Das Polizeiliche im Menschen ist eine Gabe Gottes oder anders ausgedrückt, eine Berufung; Korporal Słowacki fühlte in sich den atavistischen Ruf des Jägers, der Fährtensucher in ihm spannte sich, er verlautloste seinen Schritt, hielt die Atemzüge geräuschlos, den Blick aber spicknadelscharf.

»Was machen wir, wenn Fremde da sind?« hörte er den zweiten von links fragen.

»Wir sind Urlauber und suchen ein Nachtquartier«, sagte der dritte. »So ist es ausgemacht.«

Lautlos seine Schritte setzend, sich immer hinter den Zotten der Büsche haltend, begleitete er das bärtige Trio bis zum Forsthaus, wo Sokolik auf dem Hof Holz hackte. Die drei blieben stehen, der Korporal verbarg sich hinterm Hühnerstall.

»Guten Tag«, sagte derjenige, den sie vorhin Błazej genannt hatten. »Herr Sokolik?«

»Ja, was ist denn?« fragte Sokolik und ließ das Beil sinken. »Ihr strengt euch umsonst an. Ich habe doch gesagt, daß ich es mir erst überlegen muß, ob ich Gründungsmitglied werde. Der Mensch ist keine Wetterfahne. Hals über Kopf soll diese Gewerkschaft entstehen? Ihr habt versprochen, eine Woche zu warten.«

»Wir?« fragte verblüfft der erste.

Sokolik zeigte auf den dritten.

»Sind Sie nicht vorgestern hier gewesen?«

»Ich? Nein.«

»Sie sehen so aus.«

»Ich kenne Sie noch vom Liederfestival«, sagte der zweite.

Sokolik nahm das Beil von einer Hand in die andere. Er tat dies sehr vielsagend und musterte finster die Bärtigen. »Denkt euch was Neues aus. Wenn ihr es wissen wollt: Meine Mutter ist gebürtige Russin, eine geborene Pjatigorskaja.«

Er sah gefährlich aus: scharfnasig, rundäugig, gereizt. Wie ein Sperber, der zustoßen will. Die Bärtigen grinsten sich zu und zuckten die Achseln.

»Das ist ein Irrtum«, sagte der erste. »Wir kommen genau von der anderen Seite. Wir möchten zu Herrn Orno.«

Korporal Słowacki hielt den Atem an. Welches Spiel

trieb die heilige Cäcilie mit ihm? Gegen wen? Die hier waren es doch gewesen, die wie bei einem Kinderkreuzzug Heiligenbilder getragen und, wo immer es ging, unter Gebeten und Gesängen Altäre gebaut hatten. Ihnen mußte die Heilige günstig sein, nicht einem Beamten der Miliz, der privat zwar seinen Glauben an Gott besaß, im Dienst aber bereit war, Randalierer zu beschwichtigen, selbst wenn sie sich dreimal bekreuzigten, ehe sie Steine nach ihm warfen. Vielleicht hatten sie deshalb die heilige Cäcilie gegen sich, weil sie den Glauben zu einem Schild zu machen suchten, hinter dem sie sich bergen wollten wie die Polizei hinter Plexiglas? Der Herrgott hatte es wohl nicht gern, für solche Dinge eingespannt zu werden, da so viele Kriege mit seinem Namen auf den Lippen verloren worden sind.

Sokolik wurde weder freundlich, noch erfaßte ihn Rührung. Er teilte den Bärtigen mit, daß Orno krank sei und Ruhe brauche.

»Es ist so, als wäre er nicht hier.«

»Er ist es aber«, sagte der dritte. »Er will sich mit uns treffen.«

Der Förster wies unwillig nach dem Garten, wo Lech Maciej Orno im Liegestuhl ruhte, unter einem Apfelbaum, trotz der Nachmittagshitze in ein Plaid gehüllt. Der Korporal mußte die Stellung wechseln, er huschte vom Hühnerstall zum Gartenschuppen und hockte sich zwischen Spaten, Rechen, Sicheln und Sensen. Lech Maciej schlummerte, vielleicht war er auch ohne Bewußtsein oder ganz an dessen Rand: das Gesicht blaß, blutleer, auf Stirn und Schläfen Schweißtropfen.

»Gelobt sei Jesus Christus«, sagte leise der erste.

Lech Maciej Orno hob mühsam die geschwollenen Lider.

»In Ewigkeit, Amen«, antwortete er. »Das Priesterseminar aus Zgierz? Ich habe bei euch mal einen Vortrag gehalten . . .«

»Nein, nein«, unterbrach ihn der zweite. »Von der Werft. RB-16. Die besten Gurken kriegt man auf dem Markt in Krosno.«

Konspiranten! stellte der Korporal fest und hatte keinen Zweifel mehr, auf wessen Seite die heilige Cäcilie stand. Festnehmen? Noch abwarten? Der Wachtmeister Karaś hätte gewußt, was zu tun war, Slowacki konnte sich nur auf die innere Stimme verlassen.

»Leokadia ißt sie am liebsten warm«, erwiderte Lech Maciej wie ein Automat. »Ich habe unbefristeten Urlaub.«

»In unserer Sache gibt es keinen Urlaub«, sagte der dritte. »Wir brauchen Sie. Sie müssen . . .«

»Ich muß überhaupt nichts«, fiel ihm Lech Maciej ins Wort und drehte sich im Liegestuhl herum. »Ich sterbe. Das ist Privatsache.«

»Soll ich Sie erinnern, was Sie auf der Kundgebung im Februar 1981 zu uns gesagt haben?« fragte der erste. »Irgendwie ist das nicht eingetreten.«

»Niemand ist Prophet im eigenen Hause, Kollege.«

»Dann muß zwischen den Häusern ein Austausch der Propheten organisiert werden!« gab der erste scharf zurück. »Wir bereiten auf der Werft einen Streik vor.«

»Wozu?«

Der zweite kauerte sich neben den Liegestuhl und sah Lech Maciej in das von kaltem Schweiß bedeckte Gesicht.

»Es sollte eine andere Welt werden, erinnern Sie sich? Eine Welt, in der man sich beim Zubettgehen nach dem Erwachen sehnte und morgens von der Freude erfüllt war, daß man lebte. Eine Welt ohne Öde, ohne Lüge und ohne Einsamkeit.«

»So eine Welt gibt es nicht . . .«, flüsterte Orno.

»Ja eben! Es muß nur der Anfang gemacht werden.

Noch einmal. Die Menschen haben die Lust verloren, sind apathisch geworden, reißen sich nicht mehr um unsere Flugblätter. Zu den friedlichen Demonstranten kommt der Mob aus den Vorstädten. Meine Frau hat mich verlassen . . .«

»Fängst du schon wieder damit an?« mahnte der dritte.

»Verzeihung«, entschuldigte sich der zweite. »Jeder zweite ist ein Provokateur.«

»Und ihr seid hier zu dritt«, stellte Orno fest, reckte sich auf dem Liegestuhl und schloß die Augen.

Der erste schob die anderen beiseite und beugte sich über Lech Maciej.

»Warum spotten Sie?« fragte er. »Wer hat Ihnen das Recht gegeben, uns so einzuseifen? Erst lehren Sie, wie wir leben sollen, und dann soll alles vergessen sein! Daraus wird nichts, Herr Orno. Erst habt ihr jene Wirklichkeit gestiftet, dann die kontrollierte Rebellion, die diskrete Wiederholung, eine Salve, eine andere Variante des gleichen Lieds, Aufbruch, Gegendruck, und alles von vorn? Darauf lassen wir uns nicht ein.«

»Worauf denn?« fragte Lech Maciej, ohne die Augen zu öffnen.

»Wir sind der Untergrund der Bewegung. Wir brauchen Sie.«

»Ich sterbe.«

»Das wissen wir. Sie müssen auf die richtige Weise sterben. Die Bewegung braucht einen Märtyrer.«

Lech Maciej Orno setzte sich auf und starrte den anderen mit großen Augen an.

»Wie soll ich das verstehen?« fragte er.

Das Trio tauschte Blicke. Korporal Słowacki spannte sich innerlich, um nichts von der Szene zu verpassen. Er steckte den Kopf tiefer zwischen die Spaten und Sensen. In Los Angeles, hieß es, gehörte zur Standardausrüstung jedes Polizisten ein Videorecorder. Warum hatte bei ihnen nur der Wachtmeister Karaś ein Tonbandgerät, das sowieso nie lief, weil es mal an Bändern, dann wieder an Batterien oder Ersatzteilen fehlte?

»Ihr Tod wird Aufsehen erregen«, sagte der erste. »Sie werden so sterben, daß in hundert Jahren in der Schule davon gesprochen wird. In Dichtungen werden Sie besungen werden.«

»Ich sterbe oder sterbe nicht.« Orno stemmte sich aus dem Liegestuhl und stellte sich vor die Bärtigen, dünn wie eine Stange Spargel, die Glatze gesäumt von kastanienbraunen Löckchen. »Sprüche habe ich nicht nötig. Ich soll demnächst aus London ein sensationelles Mittel für die Lungen kriegen.«

»Spinnerei«, meinte der dritte. »Ihr Zustand ist hoffnungslos, wir haben es nachgeprüft, sonst hätten wir Sie gar nicht erst belästigt.«

»Sie werden auf der Werft sterben, mitten unter uns«, setzte der zweite hinzu. »Wir haben alles vorbereitet. Das Begräbnis wird zur Demonstration und zum Beginn des Streiks.«

»Wir nehmen Sie gleich mit«, faßte der erste zusammen. »Bitte packen Sie Ihre Sachen. Sollen wir Ihnen helfen?«

»Moment, Moment«, sagte Lech Maciej Orno. »Das muß ich mir erst überlegen.«

»Was denn?« fragte der erste. »Es sei denn, Sie sind ein Verräter.«

»Oder ein Provokateur«, ergänzte der zweite.

Lech Maciej tat einen Schritt auf sie zu. Er war wütend, Korporal Słowacki sah das an der ziegelfarbenen Röte, die ihm auf die Wangen und die gewölbte Stirn getreten war.

»Ich bin, wer ich bin, ihr Rotznasen!« rief er, und seine

Stimme überschlug sich leicht. »Mein ganzes Leben habe ich gegen die Diktatur gekämpft! Und ich lasse mir nicht vorschreiben, wie und wo ich sterben soll, verstanden?«

»Warum gehen Sie denn gleich so hoch?« fragte der dritte. »Ist das nicht alles egal?«

»Wenn mir alles egal wäre, du Fettsack, dann wäre ich Dozent am Institut für Folklore und würde die tausenddreihundertsiebenundzwanzigste Publikation über die Töpfertradition im Beskidenvorland veröffentlichen«, fertigte ihn Lech Maciej Orno ab.

Alle schwiegen. Der zweite seufzte und ließ den Kopf hängen.

»Sollen wir aufgeben?« sagte er leise. »Muß es so sein, wie es gekommen ist? Läßt sich denn gar nichts ändern, Lech Maciej?«

»Ich denke die ganze Zeit darüber nach«, erwiderte Orno, auf einmal besänftigt, demütig, in sich zusammengefallen. »Vielleicht fahre ich mit euch, aber erst morgen. Für heute bin ich eingeladen. Ich muß die Stimmung auf dem Lande kennenlernen. Ihr übernachtet in der Scheune, auf dem Heuboden. Sokolik wird nichts dagegen haben.«

»Gibt es in dem See dort hinter dem Birkenwald Fische?« erkundigte sich der dritte. Weiter hörte der Korporal nicht mit, die innere Stimme hatte sich vernehmen lassen und befohlen, Słowacki solle schleunigst dem Kommandanten Meldung machen. Er zog sich aus dem Schuppen zurück und kam durch eine Zaunlücke direkt in den Wald. Auf dem Weg zur Chaussee, wo er das Motorrad abgestellt hatte, suchte er Verbindung mit der heiligen Cäcilie aufzunehmen, was ihm endlich auch gelang: Er wurde darüber belehrt, daß für die Produktion von Märtyrern der Himmel zuständig sei, man also diese Stümper an ihrer illegalen Pfuscherei hindern müsse. Daher rühre das Eingreifen der Heiligen, die sich jetzt aber ausschalte, da sie hoffe, der Korporal werde von nun an allein zurechtkommen.

Auf der Fahrt zum Polizeirevier rekapitulierte der Korporal Słowacki: »Am Begräbnis der Genossin Pszenna nimmt der Bischof teil«, formulierte er in Gedanken den Bericht an den Kommandanten. »Die Genossin Pszenna stirbt in vier Tagen . . .« Woher wußte er das? Wie sollte er es dem Kommandanten klarmachen? Wie sollte er die Begegnung mit den Bärtigen im Wald erklären? Lügen nämlich konnte der Korporal Słowacki nicht besonders, seine Ohren wurden dabei immer rot.

Pudrycy kniete neben Anielka und starrte gedankenverloren auf den gold- und silberdurchwirkten Stoff, der die Schultern des Pfarrers Celestyn umspannte, auf den Altar mit dem Gekreuzigten und die bunten Glasfenster über ihm. Er grübelte darüber nach, wie er Lech Maciej Orno aus Krasnogaj vergraulen, zuvor aber lächerlich machen, kompromittieren oder wenigstens beschämen konnte. Es war wenig Zeit. Eine funktionstüchtige Intrige erfordert sorgfältige Vorbereitungen, Gespräche mit Leuten, Sammlung von Material, das Stellen der Falle, die Ausstreuung von Gerüchten – alles nach einem präzisen, vorher festgelegten Plan, in dem es keine Schwachstellen der Art geben darf, daß zu bezweifeln sei, ob X an die Unzuverlässigkeit von Y glaube. Hier aber standen nur wenige Stunden zur Verfügung!

Eine Intrige – das war eine Idee. Vielleicht half das Gebet. Zu Anielkas Überraschung begann Pudrycy mit ungewöhnlichem Eifer zu beten, und er sang so laut, daß Pfarrer Celestyn argwöhnisch die Stirn runzelte und mißbilligend den Kopf schüttelte. Es wurde nichts. Der Verstand war zu sehr beansprucht, die Worte der Gebete und Kirchenlieder zusammenzukriegen, als daß er darüber hinaus noch etwas produzieren konnte.

»Was ist denn mit dir los?« raunte Anielka.

»Ich bin ein Sünder«, gab er zurück.

»Das sind wir alle, lieber Pudrycy . . .«

Pfarrer Celestyn kam zur Predigt. Die kleine Faust und die spärliche Mähne des weißen Haupthaars schüttelnd, hielt er den Gläubigen eine Standpauke über die Verderblichkeit des Dünkels, der zum Gefühl der eigenen Außerordentlichkeit, zur Überheblichkeit führt und den Bruch der zehn göttlichen Gebote zuläßt, die Moses auf den Steintafeln vorfand. »Ob er sich auch daran noch erinnern kann?« wisperte jemand rechter Hand von Pudrycy. »An Moses?«

»Rede mir hier nicht von Juden!« wies Parhoń seinen Nachbarn zur Linken zurecht.

»Die Verletzung der Gebote aber ist Sünde!« donnerte Pfarrer Celestyn, der immer mehr in Fahrt kam. »Die Sünde aber ist Einsamkeit! Verlassenheit aber ist die schrecklichste Strafe, die den Menschen im irdischen Jammertal treffen kann! Du trittst herbei – man sieht dich nicht; du sagst etwas – man hört dich nicht; du suchst Geborgenheit – man stößt dich fort; du ertrinkst in Tränen – man reicht dir nicht die Hand zur Rettung! Lieber aussätzig unter Gesunden als allein unter Verbrüderten! Doch gibt es der Verbrüderungen viele, meine Lieben, für eine gute oder eine schlimme Sache, für die Vernunft oder den Wahnwitz, der ein Trugbild ist, ein vergebliches Unterfangen . . .«

Dann pries Pfarrer Celestyn die vernünftigen Verbrüderungen, darunter die der Arbeiter, so sie nach erfolgter Auflösung eben neugegründet wurden, vielleicht zum Guten führend, sofern auf christliche Weise geschaffen, ohne Hochmut, Arroganz und Rachesucht, denn selber erinnere er sich, daß in unserer Geschichte stets nur die Perioden Früchte trugen, da das Schwert zur Pflugschar geschmiedet wurde, und nicht umgekehrt. Pudrycy wurde aufmerksam: Bot sich hier nicht zufällig ein Aufhänger für Lech Maciej? Seinen Rat suchen in der Frage dieser neuen Gewerkschaften, ob man in der Handelsgenossenschaft eine gründen sollte oder nicht. Bestimmt würde er dagegen sein. Um Argumente bitten, die man brauche, um mit den Leuten zu reden. Parhoń als Zeugen nehmen und plötzlich auffahren: »Für wen setzen Sie sich hier eigentlich ein? Für diejenigen, die das Volk in die Knie zwingen wollen, oder handeln Sie im Auftrag des Senders Freies Europa?!« Wenn dem anderen dann gar noch etwas aus der Tasche fiele, aber was? Ein Revolver, eine Bombe, eine umstürzlerische Instruktion in einer westlichen Sprache, eine mikrocomputerisierte Sendestation? Pudrycy wurde in seinen Gedanken gestört, weil jemand die Kirche betrat, nach dem sich alle Köpfe umdrehten.

Der Lagerverwalter folgte den Blicken und bekam den Korporal Słowacki zu Gesicht. Daran wäre nichts Aufsehenerregendes gewesen, wenn es zur sonntäglichen Messe geschehen und der Korporal in Zivil erschienen wäre. Aber heute war alles andere als Sonntag, und dort, etwas beiseite und gleichsam verschämt, kniete ein Polizist in der vorschriftsmäßigen Dienstuniform. Schon wieder eine neue Zeit, dachte Pudrycy entmutigt. Nächstens werden die Lektoren aus der Woiwodschaft Vorlesungen über metaphysischen Materialismus halten, die Bischöfe werden in die zentralen Stellen kooptiert, und der Treueschwur zur Idee wird gekoppelt mit dem Kuß des Kruzifixes, damit es den Leuten im Kopfe quirlt, vor den Augen dreht, die Richtung und jeder feste Punkt verlorengeht. Sie brauchen nur noch den passenden Segensspruch zu finden, dann gründen Sekretär Konstanty und Pfarrer Celestyn in Krasnogaj eine christlich-marxistische Partei, der Kommandant schießt sich in den Kopf oder geht als Nachtwächter an die

Botschaft nach Bukarest. Obskurantismus, gnädiger Herr! Vier Jahrzehnte lang hat man den Hiesigen auf verschiedene Weise die Augen zu öffnen, den Glauben an Gott durch den Glauben an den Menschen zu ersetzen gesucht. Denkste! Was gibt es denn am Menschen, daß man an ihn glauben könnte? Man weiß ja, was in ihm steckt. Je tiefer die Forscher in das Menschenwesen dringen, um so mehr schrumpfen die Grundlagen eines Glaubens an den Menschen: ein schwächliches Etwas, anfällig für jede Schweinerei, kränklich, von Geburt an verfault und verdorben, genetisch degeneriert und sterblich obendrein. Wo bietet sich hier eine Konkurrenz mit dem Glauben an den Herrgott, der alles kann, wenn er will, und der will, wenn wir es verdient haben? Pudrycy sah sich den betenden Korporal Słowacki an und kam zu dem Schluß, daß ihm die neue Zeit nicht gefiel – polizeiliche Frömmigkeit roch nach Befangenheit oder Hinterlist. Wie konnte er auch wissen, daß der Korporal gekommen war, um der heiligen Cäcilie, seiner Schutzherrin, dafür zu danken, daß der Kommandant nach Entgegennahme der Meldung keine Fragen gestellt, sondern nur nachgedacht, anschließend aber Słowacki die Wange getätschelt und baldige Beförderung versprochen hatte?

Schade, daß nicht alle auf einmal sterben und danach auferstehen können, dachte Pudrycy W. Die Welt würde aufhören, von Illusionen zu leben. Worauf er sich bedachte und den Entschluß faßte, in das Komplott gegen Orno auch Anielka einzubeziehen, natürlich nur halbwegs, also ohne die Information, daß der Kommandant dahinterstehe. Ein schädlicher Mensch, so würde er zu ihr sagen, der Menschen gegen Menschen hetzte, etwas zusammenbraute, Verwirrung stiftete und Fäden spann; auch hier drehe er daran, die Situation wiederherzustellen, in der so großartige Männer wie Góralczyk sich das Leben genommen hatten.

Oder war Gott jene Helle am Ende des Tunnels? Er achtete nicht auf die Dummheiten, die die Menschen auf ihrem Durchzug durchs Leben anstellten, er war mit seiner eigenen Gegenwart beschäftigt, aber seine Sachwalter, die die Herde vor dem Tunneleingang bewachten, mußten mit der Peitsche knallen, damit die einzelnen Exemplare sich nicht hackten, bissen oder mit den Krallen zerrissen. Sollten sie ruhig daran glauben, daß es dort Betragensnoten gab. Fässer mit Teer waren wirkungsvoll, genau wie das Tauchen in Unflat, das Ausreißen der Leber, verschiedene andere Martern. Aber wie läßt sich Reklame für das Paradies machen?

Wie auch immer, Pudrycy dankte, da er nun schon einmal in der Kirche war, dem Herrgott für den guten Tag, insbesondere für den glimpflichen Ablauf der unangemeldeten Inspektion. Er stattete seinen Dank ganz normgerecht ab, in den Worten, die er als Kind von seiner Mutter gelernt hatte. Auf einmal aber, zum eigenen Erschrecken, spürte er, wie ihn jäh eine echte, wahre Dankbarkeit erfüllte, heiß und grenzenlos: dafür, daß ihn seine Nähte, Narben und geflickten Knochen nicht schmerzten, daß er unter Menschen war, daß er sich nicht allzusehr prostituiert hatte, die reine Abendluft mit dem leichten Aroma der brennenden Kerzen atmete und durch ein Loch in der Glasmalerei über dem Gekreuzigten ein Stück Himmel sah, abgrundtiefes Schwarz, darin eingebettet die Sichel des Mondes.

Das Erschrecken aber rührte daher, daß dankbar nur die Schwächlinge sind.

VII

Jonasz sah erst noch mal nach der Ratte. Er machte Licht im Anbau, denn die Dämmerung war dichter geworden. Das Nagetier sprang auf, lief durch den Käfig, sträubte die Barthaare und wirbelte mit dem Schwanz. Der Freßnapf war leer. Das Fell schien Glanz gewonnen zu haben. Die roten Augen maßen den Alten mit einem durchbohrenden, haßerfüllten Blick.

Neben dem Käfig blitzte etwas, Jonasz bückte sich und hob es auf. Ein Uniformknopf, blank geputzt, mit dem Reichsadler. Storch! In die Ratte bist du geschlüpft? Dort ist am ehesten dein Platz! Hoho, Hauptmann, du kommst mir eben recht, genau am Jahrestag! Wie rührt es mein Herz, daß wir uns heute treffen, hahaha!

Ich weiß, daß du dich nicht so leicht kriegen läßt. Du hast etwas vor. Aber auch ich habe eine Überraschung für dich.

Der Alte griff in die Jackentasche und nahm einen kleinen schwarzen Lederwürfel heraus, in den ein Pergament mit einem Vers aus der Thora eingenäht war. Die Gläubigen pflegen solche Würfel beim Gebet an die Stirn zu binden. Dank welchem Wunder war dieser hier nicht verbrannt, als auf Storchs Befehl die Synagoge mit den betenden Juden in Brand gesteckt worden war? In ganz Krasnogaj hatte es eine Woche lang nach verkohltem Fleisch gestunken. Der Alte hatte diesen Würfel kürzlich in den Ruinen des Gotteshauses gefunden: an einem Schädel klebend. Vielleicht war es der Schädel des Rabbiners Garfinkel, der zum Gehorsam aufgerufen und den drei Brüdern Urbach, Kärrnern und Lastträgern, verboten hatte, Storch totzuschlagen, denn das Volk Israel sei berufen, zu dulden und auszuharren. Was soll die Würde der Juden, wenn es ums Überleben geht? Liegt nicht in der Demut die wahre Weisheit? Weiß der Teufel. Nachgiebigkeit fordert den Übermut heraus, Widerstand bietet den Vorwand zur Abrechnung. Das eine ist schlecht, das andere nicht gut. Dann vielleicht doch lieber eine Geste, damit etwas für die Nachwelt bleibt? Für Denkmäler gibt es keinen besseren Baustoff als die Würde. In Legenden und Heldenliedern haben die Völker überlebt, die ruhmvoll untergingen, bis zum letzten Blutstropfen kämpften und deren Frauen und Kinder von den Siegern ausgerottet wurden. Der Rabbiner Garfinkel hatte seine Gründe, die Gebrüder Urbach die ihren. Storch brachte sie zur Eintracht, indem er den Juden gebot, am ersten Sabbat im April für den Führer zu beten. Wer wollte prüfen, wofür ein Jude in seiner Synagoge betet? Rabbiner Garfinkel wußte das Seine. Hauptmann Storch desgleichen: Ringsum Benzinkanister und Maschinengewehre entsprechend Variante sechs der aus Berlin übermittelten Instruktion.

Jonasz näherte den schwarzen Würfel langsam dem Käfig. Die Ratte erstarrte.

»Das gefällt dir nicht, was?« lachte der Alte und hielt den Würfel noch näher an das Gitter. »Orden jubelst du mir unter! Mit Knöpfen willst du mich foppen! Komm raus, Günter, und miß dich mit mir!«

Über ihm hob ein Schwirren an, Schwefelgestank hüllte ihn ein, in der Brust spürte er ein Stechen, so tief und schmerzend, daß er sich hinsetzen mußte. Heiser heulte er auf und hieb sich mit der Faust auf den Brustkorb, um die Pumpe zur Arbeit zu zwingen.

Sie sprang wieder an, der Schmerz ging allmählich zurück. Gleichzeitig meldete sich ein anderer, eine unablässige Marter, ein Brennen im Gehirn. Wo suchst du Dummkopf denn? Such in dir selbst! Reiß es mit dem lebendigen Fleisch aus, laß es mit deinem Blut fließen: Bringe dich um, wenn du mich umbringen willst, hahaha . . .

»Ich werde es tun«, sagte Jonasz laut. »Aber ich glaube dir nicht, ich werde dich durch meine Sühne besiegen. Ich weiß nicht, wann ich gesühnt haben werde, aber ich will so lange leben, bis sich die Schale zu meinen Gunsten neigt. Nur wer lebt, kann sühnen. Nur wer auch schlecht ist, hat genügend Kraft, Gutes zu tun.«

Er reckte sich und musterte die Ratte, die gesund aussah. Den Käse, den er ihr hinwarf, verschlang sie im Handumdrehen. Die Besserung konnte nur vorübergehend sein. Mal sehen. Er schaltete den Kocher an, erwärmte das kugelförmige Glasgefäß mit der zinnoberroten Flüssigkeit und füllte damit die Spritze. Mit dem übergezogenen Lederhandschuh packte er die Ratte, ohne auf ihr wildes Quietschen zu achten, steckte ihr den kleinen Schlauch in den Schlund und verabreichte ihr die Arznei. Die Ratte suchte ihn zu beißen, sie hätte Jonasz durchgenagt, wenn sie nur gekonnt hätte. Wieder im Käfig, ging sie in ohnmächtiger Wut auf das Metallgitter los.

Jonasz löschte das Licht und ging zum Haus. Mitten auf dem Hof blieb er stehen: Am saphirblauen Himmel war der erste Stern aufgegangen. Es war heute der Stern Davids, der Stern der Regina Kuperholz.

Auf dem Nachtschränkchen im Schlafzimmer stand eine Menora. Jonasz zündete alle sieben Kerzen an.

Im Gastzimmer deckte er den langen, aus groben, dikken, altersschwarzen Brettern gezimmerten Tisch mit einem Tuch von graublauem Leinen. Er setzte tönerne Trinkschalen darauf, Teller aus dunkelblauer Keramik, dazwischen Krüge mit Kwaß und Sträußchen frischer Pfefferminze mit Schnittlauch und Knoblauch. Er verteilte Trinkgefäße aus klobigem Preßglas, Messer und Gabeln mit hölzernen Griffen.

Er ging in die Küche. Die Heringe waren durchgezogen, Jonasz richtete sie auf einer Platte an und bestreute sie mit fein gewiegter Petersilie. Sie rochen wie die Matjesheringe im Laden des Krämers Kuperholz. Fett, milchigrosa, fast ohne Gräten. Der junge Schmied war gekommen, um Matjesheringe zu kaufen, und erblickte hinter dem Ladentisch statt des Alten ein Mädchen mit kupferfarbenem Haar, grünlichen, dunkel umrahmten Augen, etwas zu vollen Lippen, einer kleinen, höckerigen Nase und einem herausfordernd üppigen Busen. Wer bist denn du? – Regina, die Tochter. – Wo haben sie dich denn versteckt gehalten? – Ich habe bei der Tante in Osinki gewohnt, dort, wo die Leute Vogelgesichter haben, haha! Dann bin ich zwei Jahre in Krakau zur Schule gegangen, die Tante hat mich heimlich hingeschickt. Sie ist ein bißchen wunderlich, spielt Klavier und macht Gedichte. Und wer sind Sie? – Jonasz Hoff. – Ah, der Schmied, der in den Sternen liest! – Deine Augen, Regina, sind interessanter als die Sterne – sie sind voller Geheimnisse, dunkler Rätsel und einer fröhlichen Helle, sie spielen wie Lichter auf dem Wasser. Du wirst mich lieben. – Was fällt Ihnen ein! Das dürfen wir gar nicht . . . – Du wirst mich und ich werde dich lieben . . . Der Schmied sagte es sehr nachdenklich, denn die Offenbarung, die ihn plötzlich überkommen hatte, war von einem Schleier unbegreiflicher Wehmut getrübt. Von selber wirst du zu mir kommen. – Ich, zu einem Goj? Wer zu einem Goj geht, ist verflucht, denn er verrät das Volk Israel. In der Diaspora, Herr Schmied, müssen wir Juden zusammenhalten, um auszuharren bis zum Tag der Rückkehr ins Gelobte Land. Wie viele Heringe soll ich abwiegen? Er aber wußte schon, daß es sie und keine andere war, daß sie sich ihm anvertrauen, sich ihm ganz hingeben, die Ihren verleugnen würde, als Entgelt dafür aber . . . Hier barg sich die Abfolge der Ereignisse in einem Nebel, der den Schmied erschauern ließ. Aber er war jung, er kannte das Leben noch nicht. Er sah weiter als andere, glaubte aber daran, daß man der Vorsehung zuvorkommen, eine schlimme Prophezeiung abwenden, sich mit dem Schicksal arrangieren könnte. Ziehe die Vorhänge heute abend nicht ganz zu, bat er sie, ich will dich sehen, wenn du dich vorm Schlafengehen ausziehst. – Wieviel Hering wollen Sie, Herr Schmied? Die weißen Wangen waren dunkelrot geworden. Abends ging er hin, der Vorhang in einem Parterrefenster war nicht ganz zugezogen, er sah ihre nackten Brüste und den mit Flaum bewachsenen Schoß, nur nicht das Gesicht, denn schamhaft hielt sie den Kopf abgewandt . . .

Aus der Speisekammer holte er eine goldgelbe Speckseite, die nach dem Rauch des Feuers roch. Er schnitt sie in Scheiben, bestreute sie mit Knoblauchsalz und Paprika, legte sie in zwei Reihen auf ein langes schmales Brett. Aus Radieschen schichtete er einen rot-weißen Hügel. Eine Glasschüssel füllte er mit Gurken, die mit Eichenblättern, Meerrettichwurzel und Dill eingelegt waren, in eine andere Schale kam Sauerkraut mit Kümmel. Er löste hartgekochte Eier aus der Schale, dünstete eine Zwiebel glasig, hackte sie mit den Eiern klein und gab frische Butter, Pfeffer und Salz hinzu. Dann fiel ihm das dicke Leinenbündel ein, das Stachas Eltern ihm aufgenötigt hatten. Es war in der Gegend bekannt, daß er kein Geld für seine Medizin nahm. Die einen nutzten das aus, andere, die vorsorglicher waren, ließen bei Jonasz eine Flasche oder einen Weidenkorb mit Leckerbissen stehen, denn was seinen Preis hat, ist mehr wert als das, was man umsont bekommt.

Das Leinenbündel enthielt Lachsschinken, so fein und zart, daß das Messer hineinfuhr wie in Butter. Im Halbkreis lagen die Scheiben auf der Platte, etwas heller als die Tomaten, die Jonasz in der Mitte angeordnet hatte. Was noch? Er ging noch einmal in die Vorratskammer und hielt Umschau: Einmachgläser mit Heidelbeeren, Steinpilzen und roten Rüben, ein Topf Griebenfett, mit Zwiebel und Apfel ausgelassen, marinierte Birnen, Pflaumen in Weinessig. Eine Wurst vom Wildschwein. Die hatte er total vergessen, jetzt war sie wunderbar gedörrt und von einem braunen Glanz. Doktor Samosiejka hatte sie gebracht: »Zum Dank für die Zusammenarbeit, mein Wundertäter. Du schickst mir Patienten und hältst mir andere vom Halse, das Horoskop, das du mir gestellt hast, geht allmählich in Erfüllung, und die Wurst ist von einem Wilderer – man kann sie nicht mit einem seiner Nächsten teilen, denn der frißt sie auf und verpfeift dich. Begießen wir sie?« Jonasz hatte zugesagt, nur mußte ihm der Himmel erst wieder die Flaschen füllen, denn der alte Vorrat war erschöpft gewesen.

Heute war es soweit. Man würde sich beim Becher in Witzen zu überbieten suchen, seine Kenntnisse der Histopathologie, Biochemie und vergleichenden Anatomie ausbreiten, das erste Viertelchen würde Jonasz die Truhe des Gedächtnisses öffnen, den Koffer mit den Doktorbüchern, die er jahrelang gesammelt, Wort für Wort gelesen und durchdacht, mit der eigenen Erfahrung verglichen und um tiefe Grübeleien bereichert hatte, wenn er einem Kranken weder durch Kräuter noch durch Handauflegen helfen konnte. Was geht im Menschen vor, daß er einmal die gefährlichste Krankheit überwindet, ein andermal aber die läppischste Schwäche das Leben in ihm tötet? Geschah dasselbe nicht mit den Völkern, die sich mit unsterblichen Lettern in das Buch der Geschichte eintragen, wenn scheinbar keine Aussicht auf den Sieg besteht, und in Trägheit verkommen und verlottern, obgleich alle Voraussetzungen zur Blüte gegeben sind?

Nach dem zweiten Viertelchen wird diese Truhe des Gedächtnisses krachend zugeschlagen. Der Eintritt in die Gegenwart. Ein bißchen Phantasterei, viel Spinnerei und

Schabernack, verschiedene Gelüste, wenn Anielka bei der Hand ist.

Nach dem dritten Viertel reißt die Wunde auf. Manchmal passiert das schon vor dem ersten oder nach dem zweiten Viertel. Es gibt dagegen kein Mittel. Wozu soll man sich etwas vormachen? Die Wunde war immer da.

Jonasz betrachtete seine geschwärzten, knotigen Hände voller Schwielen, Wülste und Narben. Sie bluteten nicht, ebensowenig wie die Seite, in die sich das Eisen gebohrt hatte. Der Alte war einmal in eine Wolfsgrube gestürzt, hatte sich aufgespießt und war nur mit Mühe losgekommen.

Draußen duftete die Mondnacht nach erwärmten Heu. Vom See zog ein Lüftchen herauf. Am Gartenzaun greinten brunstselig die beiden rotbraunen Katzen. Es war nicht mehr heiß. Jonasz reckte sich und gähnte so laut, daß die Spatzen aus dem Ahorn stoben. Er ging zum Brunnen, griff nach einer Schnur, die an die Haspel gebunden war, und zog die Flasche mit dem Selbstgebrannten herauf. Das Glas fühlte sich kalt an.

Er zog den Korken heraus und nahm einen Schluck. Ein winziges Schlückchen, um zu prüfen, ob der Schnaps kalt genug, von der gehörigen Stärke und frei von Hefegeschmack war. Er roch nach Backpflaumen. Im Hause hatte Jonasz noch mancherlei aufgesetzt: aus Ebereschen, Heidelbeeren, Brennesseln, Wacholderschnaps auf Kiefernholz, Essenzen aus Himbeeren, Johannisbeeren, Brombeeren, Hagebutten und Tamarisken, Holunder und Maiglöckchen. Das alles war eher als Arznei gedacht, obgleich Pfarrer Celestyn daran größeren Geschmack fand als am primitiven Klaren – Jonasz hatte nach manchem priesterlichen Besuch schleunigst die Bestände in seiner Hausapotheke auffüllen müssen.

»He, Jonasz! Empfängst du deine Gäste?«

Parhoń war der erste: im fliederfarbenen Anzug, nach seinem Knoblauch selbst durch das Kölnischwasser riechend, mit dem er nach der Rasur das vom Zahnschmerz zur Hälfte geschwollene Gesicht eingerieben hatte. Würdevoll, pünktlich wie ein Buchhalter. Um acht war um acht.

»Was ist denn der Anlaß? Entschuldige, ich habe nicht gefragt, den Zahn hat mir der Rabensohn gezogen . . .«

»Heute ist ein großer Tag«, sagte Jonasz.

»Wie ist das zu verstehen?«

»Die Wahrheit kommt zur Verteilung. Jeder kriegt, was er am wenigsten erwartet, haha!«

Parhoń verzog die intakte Gesichtshälfte und rückte den Schlips zurecht, der nicht nur tomatenrot, sondern auch gemustert war: Rührei mit Schnittlauch.

»Seine Späße kenne ich«, sagte er. »Ich würde gleich wieder gehen, aber Pudrycy hat mich sehr gebeten, dazusein. Ich sei hier nicht zu ersetzen.«

»So ist es«, bekräftigte Jonasz und führte Parhoń ins Gastzimmer, wo sich der Tisch unter den Leckereien bog, als lebten wir in einer Zeit des Überflusses, wo doch überall nur von Mangel gesprochen und an den Nationalstolz appelliert wurde. Krasnogaj war jedoch stets das Gegenteil vom Rest gewesen, vielleicht die Ausnahme von der Regel oder gar die Regel selbst, nur ohne Maske: Was die Leute in Küche und Keller, Kühltruhe und Speisekammer hatten, brachte hin und wieder schamlos den stärksten Tisch zum Biegen und sprach der regierungsamtlichen These Hohn, man solle den Gürtel enger schnallen.

»Du bist nicht zu ersetzen, Parhoń«, wiederholte Jonasz und setzte seinen ersten Gast an ein Bankende. »Du wirst heute den Anwalt machen. Du hast einen Schurken zu verteidigen, und da du selbst einer bist, wenn auch gegen den Angeklagten nur ein winzig kleiner Fisch, so wirst du im Herzen dies und das zu seiner Rechtfertigung finden.«

»Du stänkerst«, knurrte Parhoń und musterte den Tisch. »Darum ging es Pudrycy nicht.«

»Jedem geht es um das Seine«, meinte der Alte verträglich. »Auch du, mein Parhoń, bist kein Mann von Holz und leidest deine Qualen. Heute, an diesem Tisch hier, darf jeder, der nur will, sein Herz ausschütten.«

»Ich habe nichts auszuschütten«, sagte Parhoń, und seine Augen leuchteten auf, als er den Lachsschinken und die Wurst vom Wildschwein sah, trübten sich aber augenblicklich beim Anblick des Herings: »Eine jüdische Speise hast du aufgestischt. Nach Hering mit Zwiebel stinkt man eine Woche lang.«

Jonasz stützte die Arme in die Hüften und sah sich Parhoń an: das graue Gesicht, die dicken Lippen, die Adlernase, die dunklen Augenringe, die Wangen, eine geschwollen, die andere hohl, die schwarzglänzenden Härchen, mit Brillantine an den Schädel geklebt. Jonasz sah sich das an und wurde nachdenklich.

»Liebst du unser Land?« fragte er leise.

»Mit ganzem Herzen«, raunte Parhoń zurück.

»Unser Vaterland, unsere slawische Erde? Die ritterliche Tradition, den Adler der Piasten?«

»Ja.«

»Und warum?«

»Weil ich ein Sohn dieser Erde bin«, sagte Parhoń. »Der wahren Söhne werden immer weniger, und es gibt immer mehr Rabensöhne, Zugelaufene, Mischlinge, Andersartige . . .«

»Wie mich zum Beispiel«, fiel ihm Jonasz ins Wort und prüfte mit einem Blick, ob der Tisch in Ordnung war, ob er nichts vergessen hatte und ob neue Gäste im Anzug waren. »Ein reinrassiger Germane. In der Hoffschen

Sippe wirst du nicht einmal eine slawische Urgroßmutter finden.«

»Aber du hast dich historisch slawisiert«, sagte Parhoń. »Du bist im katholischen Glauben erzogen. Die Hoffs haben sich um das Slawentum verdient gemacht wie die Estreichers, Haberbuschs und Manteuffels. Ich habe darüber gelesen.«

»Ich danke dir!« freute sich Jonasz, und Parhoń sah nicht seine Augen blitzen. »Auch die Parhońs sind ein berühmtes Geschlecht. Sie sind mit den Parchomenkos verwandt.«

»Mit wem?«

»Parchomenko, ein berühmter russischer Heerführer. Hast du darüber nichts gelesen?«

»Nach dieser Seite orientiere ich mich nicht«, sagte Parhoń vielsagend.

Jonasz neigte sich über ihn, fuhr ihm mit der Pranke zärtlich über die glänzenden Härchen und schenkte ihm ein. Sie stießen an und tranken.

»Und nun, mein Parhoń, sei ein Mann. Ich wollte es dir schon lange sagen, aber Pfarrer Celestyn hat mir immer wieder abgeraten. Nur er und ich wissen es, die ältesten Einwohner von Krasnogaj. Die Zeit ist reif dafür.«

»Was wißt ihr?« fragte Parhoń mit etwas fremder Stimme.

Jonasz gab keine Antwort. Er ließ Parhoń, den er nach dem Trinken umfaßt hatte, aus seinen Armen, trat beiseite und seufzte schmerzlich.

»Dir wird beim Festmahl eine Tragödie zustoßen«, sagte er endlich leise. »Ich möchte sie abwenden und kann es nicht. Siehst du, dort über dem Tisch?«

»Die Lampe.«

»Darunter. Dieser hellblaue Dunst, ein wallendes Wölkchen. Das ist der Tod.«

»Wessen Tod . . .?« fragte Parhoń und beschloß, rasch

von hier fortzugehen, selbst auf die Gefahr hin, es sich mit Pudrycy zu verscherzen.

»Ich habe keine Ahnung, mein Parhoń, aber deiner ist es nicht. Du wirst ein langes Leben haben, verschiedene Schweinereien durchmachen, deinen Urenkeln erzählen, wie schön es einmal war. Nur eines wirst du ihnen nicht sagen. Daß du sowenig ein Parhoń bist wie ich eine Primadonna.«

»Wer soll ich denn sonst sein?«

»Deine Mutter hatte drei Fehlgeburten, nie konnte sie die Frucht austragen«, sagte Jonasz leise. »Und beim vierten Mal brachte sie ein totes Kind zur Welt. Damals wandte sie sich in aller Heimlichkeit an Pfarrer Celestyn und flehte um ein Kind, das das ihre sein sollte, weil man sie sonst in Krasnogaj als unfruchtbar verspotten würde. Zu ebendieser Zeit war gerade die Frau Rosenzweig im Kindbett gestorben . . .«

»Halt's Maul!« schrie Parhoń und sprang purpurrot von der Bank. »Ich kenne deine dummen Witze, du alter Bock!«

In Jonasz gurgelte und schnorchelte es, er verschluckte sich, dann brach ein dröhnendes Gelächter aus ihm heraus, von dem die Scheiben klirrten. Er hieb Parhoń aufs Kreuz, der Geschlagene sackte auf die Bank zurück und steckte sich die Finger in die Ohren, um nicht dieses gellende Gelächter hören zu müssen.

Es brach übrigens ebenso jäh ab, wie es ausgebrochen war. Jonasz hatte Anielka den Hof betreten sehen. Er ging ihr entgegen.

Sie standen unterm Birnbaum, der im Mondlicht seinen Schatten über sie warf. Mit der Rechten knetete Jonasz sanft die Brüste Anielkas, die Linke hatte er ihr von hinten zwischen die Schenkel gesteckt, seine Pranke bedeckte unter dem weiten Rock beide Hinterbacken auf einmal.

»Gleich so, hier?« protestierte Anielka.

»Nicht so«, beschwichtigte er. »Ich streichle nur.«

»Aber mich machst du scharf, du Verrückter!«

Er hörte trotzdem nicht auf. Von seiner Hand her kam ein belebender Strom, von dem Anielka im Überfluß besaß, an dem aber er Mangel zu leiden begann – daher das morgendliche Frösteln, das Reißen in den Knochen, die zeitweilige Schwäche, in der er keine Eisenstangen zu verbiegen vermocht hätte. Anielka büßte nichts ein, und Jonasz kam zu Kräften: Es gibt für Greise keine wirksamere Medizin als das gierige Betasten eines Mädchenkörpers. Unter der Voraussetzung, daß er sich freiwillig dazu hergibt. Gewalt wirkt niemals günstig auf die Gesundheit, bei der Übertragung der Energie von Körper zu Körper muß Harmonie vorhanden sein. Mit dem Handauflegen war es ebenso, Jonasz konnte einem Zweifler, der nur gekommen war, ihn zu verspotten, keine Hilfe bringen. Das war schon passiert. Ein Dozent aus Krakau wollte, daß ihm die fehlenden Zähne nachwuchsen, eine Journalistin aus der Hauptstadt spielte die Gelähmte. Es war nicht Jonasz, sondern die über ihm wachende Kraft, die bewirkte, daß der Dozent die Maulsperre, die Journalistin aber eine Verrenkung, einen Bruch und eine Woche Krämpfe bekam.

»Kind, es wird Zeit, daß du einen Mann kriegst«, flüsterte Jonasz zärtlich. »Warum nicht Molko, den Sohn von Hubert? Er hat irgendwelche Lehrgänge mitgemacht, er liebt dich, du gibst ihm die Sporen und zwingst ihn zum Galopp, stachelst seinen Ehrgeiz an: Die Wirtschaft hat ein Musterbetrieb zu werden!«

»Du spinnst wohl?« lachte Anielka. »Mich willst du für den Kuhstall?«

»Für den Kuhstall wird es Maschinen geben, genau wie für die Wiesen und die Felder. Düngung vom Flugzeug aus. In der Hazienda, so wie du es willst, Zentralheizung . . .«

»Was ist eine Hazienda?«

»Ein Farmerhaus im Pyrenäenstil«, erklärte Jonasz. »Wojtek Molko ist gewitzt wie eine Ameise. Er tritt in die richtigen Organisationen ein, hält wo es nötig ist, eine Rede, überzeugt jeden, den er nötig hat, daß auf ihn Verlaß ist. Überall muß es einen zum Vorzeigen geben. Nicht Gondek, den Selbständigen, der auf dem Markt mit Champignons spekuliert, sondern der einfache Landwirt, der mit dem Staat in Liebe lebt.«

Anielka lachte und wiegte im Takt mit den Liebkosungen des Alten die Hüften.

»Wie soll der Staat ausgerechnet an Wojtek einen Narren fressen?« fragte sie und kicherte. »Noch Dümmere gibt es wohl nicht?«

»Dumm sind alle, kleine Anielka. Die Trinker und die Nichttrinker. Den Säufern trocknet der Schnaps das Gehirn aus, und den Abstinenzlern brennt dieses Gehirn im Kopf wie der Fuß in einem drückenden Schuh. Schläue und Lebenslauf – das ist es, was zählt! Der Staat setzt auf den Fortschritt, also muß man nachweisen, daß er im Gange ist. Was hat Hubert Molko? Ein Feld voller Unkraut, eine Hütte, in der der Schwamm sitzt, einen schrottreifen Traktor und Schulden. In einem Staat, der nicht auf den Fortschritt setzt, hätten so einen längst die Ratten gefressen. Der unsere will helfen. Wojtek braucht sich nur zu verpflichten, bei passender Gelegenheit zu erzählen, wie sein Vater lebte. Er wird dazu Dias zeigen, und du, in einer Création aus Paris . . .«

»In was?«

»In ausländischen Klamotten. Du wirst also den Zuhörern Champagner kredenzen. Oder Milch, ganz volkstümlich.«

»Wodka.«

»Vielleicht auch Wodka. Das kommt auf den Gast an,

inwieweit er dazugehört. Die Sterne sagen, daß kein Jahr vergehen wird, bis du heiratest.«

Anielka machte sich von den Grapschereien des Alten frei, rückte den Rock zurecht und stopfte die Brüste in den Büstenhalter, den sie extra für diesen Besuch angelegt hatte. Ihre großen grünen Kinderaugen glommen im Dunkeln wie bei einer Katze.

»Aber nicht etwa Wojtek Molko?«

»Einen Prinzen, mein Kind. Die Geschichte dreht sich im Kreise und wir nähern uns wieder der Monarchie. Vielleicht wird es das Himmelreich sein.«

Die Pforte knarrte, und die nächsten Gäste betraten den Hof. Jonasz legte Anielka den Arm um die Taille und ging ihnen zur Begrüßung entgegen.

Man hatte am Tisch Platz genommen: In der Mitte Jonasz auf seinem Sitz aus einem ausgehöhlten Baumstamm, das weiße Leinenhemd weit offen, daß der sehnige Hals und die mit grauen Zotteln bewachsene Brust zu sehen waren, mit struppigem, graumeliertem Schopf, zusammengewachsenen Brauen, dicken Borsten über tiefen Augenhöhlen, aus denen warme, leicht verblichene, nachdenkliche Augen blickten. Links von ihm Anielka, honigfarbenes Haar über einem rotwangigem Gesicht, pralle, geöffnete Lippen, ein sommersprossiges, keß aufgestülptes Näschen, eine Bluse aus grünem Plüsch, im Ausschnitt zwei weiße Wölbungen. Neben ihr, klein und schmächtig, Pudrycy in einem kirschroten Seidensweater, einer goldfarbenen Jacke aus Sämischleder, ein weißes, etwas schartiges Gebiß, kornblumenblaue Augen. Freimut und Süße, ein freundliches Lächeln, die Stirn nicht zu hoch, gerade richtig, bedeckt von weißen Narben, die sich unter das dunkelblonde Haar zogen. Daneben Sokolik mit dem Vogelgesicht, aus Osinki gebürtig, nur daß bei ihm der Hang zum

Fliegen in die Fähigkeit zur Verfertigung von Couplets umgeschlagen war:

W Szczebrzeszynie chrząszcz brzmi w trzcinie,
W szczękach chrząszcza chrzęści miąższ.
Czcza szczypawka czka w Szczecinie.
Chrząszcza szczudłem przechrzcił wąż.

In Szczebrzeszyn summt ein Käfer im Schilf,
In den Kiefern des Käfers knirscht das Gewebe.
Ein nüchterner Laufkäfer rülpst in Szczecin.
Der Käfer hat die Schlange mit der Krücke umgetauft.

»Ist das eine Anspielung?« fragte Parhoń, der gegenübersaß.

»Worauf?« fragte Sokolik und legte die Gitarre weg.

»Das weiß man doch . . .«

»Du vielleicht, ich jedenfalls nicht«, sagte Sokolik und nahm sich ein Stück Hering vor. »Dieses Lied dient als Aussprachehilfe beim Polnischunterricht für Ausländer.«

Neben Parhoń saß Lech Maciej Orno. Er saß nur mit Mühe. Das Gesicht grau, schweißnaß, blaue Lippen, fieberglänzende Augen.

»Was hat das für einen Sinn?« fragte ihn der zur Linken sitzende Pfarrer Celestyn. »Im Bett hätten Sie bleiben sollen.«

Orno lächelte den Geistlichen an. Es kostete ihn Mühe. Das Zahnfleisch, das er im Lächeln entblößte, war blutleer und geschrumpft. Paradentose. Dennoch wird er seine Zähne nicht verlieren, kein einziger wird es noch schaffen, ihm herauszufallen.

»Im Bett, Pater, schläft oder stirbt man«, sagte er. »Mir ist prophezeit worden, daß ich nicht im Bett sterbe.«

»Und das ist schlimm«, versetzte Pfarrer Celestyn, dem

Jonasz im Unterschied zu den anderen ein Ebereschengetränk eingeschenkt hatte. Er stieß mit Lech Maciej an und nahm einen Schluck, ohne eine Miene zu verziehen, obwohl der Trank die Stärke von Spiritus hatte. »Seit das Bett erfunden worden ist, gehört es zu den Pflichten eines anständigen Menschen, darin den Geist aufzugeben, nicht aber im Kampfgetümmel, an einem Ast, vor einer Mauer oder eingeschlossen in Blech, das über die Straßen jagt.«

»Und du selbst, Pfarrer?« fragte Jonasz und bleckte die Zähne.

»Mein Fahrzeug ist aus Plast. Und der Tod ist mir noch nicht beschieden, erst muß sich der historische Kreis schließen, und geboren bin ich im Jahre 1824. Ich habe noch ein Stück Leben vor mir. Du weißt es, Jonasz.«

»Ich weiß es«, bestätigte der Alte und nahm einen großen Schluck Selbstgebrannten. »Wenn es keine plötzliche Beschleunigung gibt.«

»Was heißt das?« fragte Orno.

»Rums!« sagte Jonasz.

»Krach-bumm?«

»Jawohl. Die Sterne sagen das nicht genau, denn auch sie setzen dir Grenzen, wenn du von der Erde aus in ihnen lesen willst. Weiße Flecken.«

Pfarrer Celestyn rückte an Lech Maciej heran und begann seine Vorstellung vom Bett auszubreiten, das dem Menschen gegeben ist, damit er in ihm empfangen wird, nachts darin schläft, in seiner Wärme die Krankheiten überwindet, in seiner gemütlichen Weiche Ruhe nach des Tages Arbeit findet, die den Kern des Menschenlebens ausmacht, weil man der Göttlichkeit durch nichts so nahekommt wie durch schöpferische Arbeit. Sechs Tage hat der Herrgott gearbeitet, um die Welt zu schaffen, den siebenten Tag hat er geruht.

»Ihr habt euch von Gott, dem Herrn, entfernt . . .«

Orno war verblüfft.

»Wir?« fragte er.

»Jawohl«, bekräftigte Pfarrer Celestyn. »Als alles in Trümmer ging und es heiß wurde, habt ihr das Geschrei nach den arbeitsfreien Samstagen erhoben.«

»Nach dem Sabbat!« mischte sich Parhoń ein. »Und wer steht hinter alledem, Herr Ornower? Oder Ornstein?«

Lech Maciej konnte Parhoń ignorieren, den Pfarrer jedoch nicht. Mit vor Schwäche brüchiger Stimme erklärte er, im Westen arbeite der Mensch fünf Tage in der Woche und ruhe zwei Tage, trotz oder wegen des Kapitalismus, folglich habe die Bewegung des Protests das Recht gehabt, dasselbe zu fordern, da bei uns eine antikapitalistische Ordnung herrsche: »Dort beuten sie den Arbeiter fünf Tage lang aus. Die Wochenenden sind frei von Ausbeutung. Sind wir etwa schlechter, mit Verlaub?«

»Jawohl!« sagte Pfarrer Celestyn voller Nachdruck. »Bei denen herrscht Ordnung und Reichtum, bei uns Mangel und Chaos. Hat der Herrgott die Welt schaffen müssen? Hat er sechs Tage und Nächte im Schweiße seines Angesichts schuften müssen? Für wen hat er das getan? Für uns, mein Wohltäter! Und bei dieser Gelegenheit hat er uns ein Beispiel, hat er der Zeit einen goldenen Rhythmus gegeben!«

»Byzantinisches Denken . . .«, murrte Lech Maciej.

»Der Goldene Schnitt von sechs zu eins!« Der Pfarrer schien nicht gehört zu haben. »Es sei denn, daß es an Arbeit fehlt, dann kann es auch drei zu vier sein, sogar sieben zu null. Das Menschentum des Menschen äußert sich in der Qualität seiner Arbeit, die das göttliche Maß ist. Und was machen wir?«

»Wir trinken einen!« rief vom anderen Tischende Doktor Samosiejka und hob den Becher mit dem Selbstgebrannten.

Sie gehorchten der Aufforderung. Pudrycy folgte der Unterhaltung aufmerksam, wenn Lech Maciej sich beteiligte, denn hier konnte sich ihm der Ansatzpunkt für die Intrige bieten. Er trank aus, aß ein Stück Hering und streichelte Anielkas heißen Schenkel vom Knie bis ganz hinauf. Orno gefiel ihm nicht. Bei dem war's fünf vor zwölf. Gewissenlos, gegen so einen zu intrigieren. Vor allem wenn man ihm nichts Böses wünscht. Was konnte Lech Maciej dafür, daß sein Schmetterlingsnetz im Getriebe zermalmt worden war?

Er hatte es selber dort hineingesteckt. Die Intrige hatte nichts mit der Privatperson Pudrycy W. zu tun. Jedermann erfüllt irgendeine Aufgabe: der eine ist Gedächtnis, ein anderer Erlöser, wieder andere halten sich heraus. Pudrycy war auferstanden. Das verpflichtete, auch gegenüber der Staatsmacht.

Orno trank keinen Alkohol, er hatte in der Trinkschale Kwaß mit Kräutern, die Jonasz gemahlen und hineingemischt hatte. Essen konnte er nicht. Er hielt einen Vortrag über Europa und seine Werte, über die geschichtliche Mission und die historische Bestimmung Polens, erregte sich dabei bis zur Atemlosigkeit und dachte gleichzeitig an die drei Bärtigen, die im Forsthaus auf ihn warteten, um ihn wie einen Sklaven zu verschleppen, unter Leuten gleich ihnen unterzubringen und ihm den Tod zu bereiten. Vielleicht würden sie ihn beschleunigen, wenn es ihnen zu langsam ginge? Sie hatten einen Plan, einen Termin, passend zu denkwürdigen Daten.

Die heutige Jugend ist nicht sentimental. Als Lech Maciej Orno, den Revolver an der Hüfte und Pickel im Gesicht, noch Revolution an der Fakultät für angewandte Volkskunst machte, hätte er den zuständigen Dienststellen den eigenen Vater ausgeliefert. Dennoch deklamierte er

Gedichte, sang mit Fistelstimme von der dunklen Nacht und dem einsamen Harmonikaspieler, war unsterblich in Natasza verliebt und meldete nicht weiter, daß sie einen Bruder in London hatte. Er politisierte mit Feuereifer bis in die Nacht und lernte bis zum frühen Morgen, denn die Revolution brauchte ideenbewußte Volkskundler. In Auschwitz, wo er sich die löchrige Lunge geholt hatte, hatte er mehrfach seine Kohlsuppe einem Schwächeren gegeben, der sonst nicht den Appell überlebt hätte. Wer weiß, ob es nicht leichter ist, in einem Anfall der Verzweiflung an Stelle eines anderen in den Tod zu gehen, als ihm einen Löffel Nahrung abzutreten. Lech Maciej war nicht berechnend. Das sei schade, hatte ihm einmal jemand in Zivil gesagt, mit einem berechnenden Menschen könne man sich verständigen, man könne mit ihm etwas aushandeln oder ihn zu etwas bringen, er aber, Orno, sei leider sentimental.

Die Bärtigen waren das nicht, das war offensichtlich. Was für eine Taktlosigkeit, jemandem zu sagen, daß er bald sterben werde! Von wem wußten sie das überhaupt? Weder von Jonasz noch von Doktor Samosiejka. Aber solche schnüffeln alles aus. Und sie werden auch keine Umstände machen und den sterbenden Orno auf eine Kundgebung schleppen. Und wenn er sich weigerte? Nicht mitfahren würde? Mit dem Sterben geht es sehr unterschiedlich, manche auferstehen sogar.

»Das Latein!« rief er mit schwacher Stimme. »Unsere Zugehörigkeit zum mediterranen Kulturkreis! Polen als Bollwerk!«

Pfarrer Celestyn wartete, schlürfte seinen Likör, aß dazu bald ein Radieschen, bald ein Gürkchen oder Hering mit Zwiebel.

»Eine Dreiecksbeziehung«, sagte er, als Orno innehielt, um Luft zu holen. »Wir lieben den Westen, der Osten liebt und haßt uns, denn wir haben ihm Unrecht und Demütigung nicht erspart, als wir noch die Kraft dazu besaßen. Ich erwähne nur Kasimir den Großen, der schon 1349 über die russischen Gebiete von Halitsch-Wolynien hergefallen ist.«

»Über uns sind sie auch hergefallen . . .«, ächzte Lech Maciej, dem die Luft immer knapper wurde.

»Aber die besten Geschäfte haben wir mit dem Osten gemacht«, sagte Pfarrer Celestyn. »Ich erinnere an den Vertrag von Krewo vom 14. August 1385, in dem Władysław Jagiełło sich als Gegenleistung für die Hand unserer Prinzessin Jadwiga verpflichtete, Polen mit Litauen und den russischen Gebieten zu vereinen, dort das Christentum einzuführen und das von uns verlorene Pommern wiederzugewinnen. Er hat mehr als Wort gehalten. Ich erinnere nur an die Schlacht bei Grunwald im Jahre 1410.«

»Grunwald!« griff Parhoń den Namen auf. »Eine heilige Sache!«

»Und der Westen, mein Wohltäter, öffnete uns seine Arme, als wir im Osten gut dastanden«, nahm der Pfarrer den Faden wieder auf, und auch seinen Becher, den Jonasz unablässig füllen mußte. »Als er uns aber gegen den Osten aufhetzte, kam er schnell zu seinem Gewinn, da Polen aufgeteilt wurde wie das Fleisch eines Ochsen. Ich erinnere nur . . .«

Ich will nicht sterben, sagte sich Lech Maciej Orno, nicht in aller Stille und schon gar nicht öffentlich, für eine Sache, die hoffnungslos ist, weil alles hoffnungslos ist, geplant wie für einen Verrückten. Niemand weiß, von wem, wozu und ob überhaupt geplant. Es geht vom Besseren zum Schlechteren. Nicht nur bei uns. Überall. Man kann die Gewalten kollidieren lassen, Katastrophen auslösen, Aufrufe verfassen, von denen die Herzen höherschlagen, aber eines kann man nicht ändern: Die Welt wird regiert von rätselhaften Gesetzen, unbegreiflichen Kräften, Universalcomputern und Voudous. Die Schlauköpfe der Geschichte schreiben sich die Urheberschaft an den Wandlungen zu und schicken die Kleinen zur Schlachtbank, ins Martyrium . . .

Und er, Lech Maciej? Hatte er nicht flammend zur Unnachgiebigkeit aufgerufen, zum Kampf ums Ganze? Hatte er sich nicht mit einem entzweit, der zum Aufhängen geraten hatte, und ihm einen friedlichen Kreuzzug mit Blumen und Kindern entgegengestellt, vor dem das Militär auseinanderstob? Sein Leben war mit Appellen aufgezehrt worden: als er seine Kohlrüben in Auschwitz einem Halbtoten gegeben hatte, der den Tag darauf trotzdem ganz tot war; als er mit dem Revolver in der Hand das Land unter die Bauern verteilt hatte; als er die einander ablösenden Losungen skandiert hatte, bis dann etwas in ihm umkippte, aber ihn nicht brach, als Parhońs Lieblingswendung obenauf war. Damals war Lech Maciej Orno von einer Position in die Opposition gegangen oder aber dorthin versetzt worden mit dem Verlust der Planstelle am Lehrstuhl für angewandte Folkloristik. Aber dann im August, im August!. . . Als hätte der Herrgott über Polen einen ganzen Zuber an Brüderlichkeit, Nächstenliebe und Erneuerungsgeist ausgegossen! Nun ja, so sehr viel Liebe war es nun auch wieder nicht. Revision des Inhalts der Kochtöpfe, Inventarisierung der Pelzmäntel und Ringe, Abrechnung der Autofahrten. Das aber hatten nicht Lech Maciejs Leute gemacht, sondern die Gefährdeten selbst, die sich gegenseitig den Knüppel gezeigt hatten, statt Schulter an Schulter zu stehen. Lech Maciejs Leute, so sauber und unfehlbar wie von einem anderen Planeten (Jesus Christus, wo ist so ein Planet?!), hatten ein anderes Schauspiel aufgeführt, überaus schön, traurig und surrealistisch innerhalb der aktuell verabredeten Konstellation von Zeit und Raum. Lech Maciej aber feuerte an: seine Appelle trieben die Temperatur nach oben, indem sie unbekannte oder aufgedeckte Bereiche der Wahrheit an den Tag brachten, sie wurden zur Offenbarung und wirkten auf die Phantasie der Rebellen wie ein Rauschmittel. War es nicht an der Zeit, den Herrgott – auf höflichste und demütigste Weise natürlich, mit Feldaltären und gemeinsamen Gebeten – zu erinnern, daß den Ausgestoßenen eine Amnestie zustand?

Die Welt wird dennoch von rätselhaften Gesetzen und unbegreiflichen Kräften regiert. Der Mensch ist klein, vom Charakter her schwach, und er sucht das Gleichgewicht; Was gestern Glut war, ist heute Asche. Wieder die Sehnsucht nach mechanischem Spielzeug, nach Flitterkram, dem Wohlwollen der Obrigkeit und der gedankenlosen Wärmeseligkeit, die ein Glas Schnaps vermittelt. Na, wenn schon, Lech Maciej Orno ist müde, fühlt ein Stechen in der Brust und braucht Luft. Es wäre schön, den Rest des Lebens im Forsthaus zu verbringen. Im Dorfklub könnte man einen Zirkel für bildende Kunst gründen, den Kindern Zeichenunterricht geben und ihnen die Scherenschnitte des Beskidenvorlands beibringen.

»Sie wollten gar nicht kämpfen, ich habe es mit eigenen Augen gesehen!« redete Parhoń auf Sokolik ein. »Ich war damals Ende April in Warschau, habe im Futteral eines Feuerwehrhorns Hackfleisch hingebracht. Die Deutschen schossen aus Kanonen, und die Juden, statt anzugreifen, suchten nur die Einstiege in die Kanalisation. Was das für ein Geschrei war!«

»Und ihr?« fragte Sokolik.

»Was?«

»Nichts?«

»Die Religion verbietet ihnen den Widerstand«, erklärte Parhoń. »Was anderes ist der Handel, die Hinterlist, einen Goj aus der Stellung verdrängen, eine Freimaurerloge gründen. Aber kämpfen? Gucken Sie sich doch hier diesen Lejb Ornberg an. Gestänkert und gehetzt hat er, und selbst schlägt er sich in die Büsche . . .«

»Oh, das ist aber nicht schön, Rosenzweig!« rief Jonasz, der angeblich sogar die Bäume atmen hörte, zu Parhoń herüber. »Wie kann man sich so über die eigenen Leute auslassen!«

Er nahm einen Schluck, lachte dröhnend und stieß mit dem Ellenbogen leicht den Pfarrer an. Dieser zwinkerte ihm zu, nahm ebenfalls einen Schluck und trank schnell Kwaß hinterher.

»Ich?« Parhoń stand fast auf der Bank. »Ich?! . . . Iiiich?!!!«

Lech Maciej fühlte, daß er erstickte, wenn er nicht sogleich an die frische Luft ging. Lautlos stand er auf, zwängte sich um den Tisch herum und wankte aus der Stube. Pudrycy folgte ihm. Pfarrer Celestyn rückte auf den von Orno verlassenen Platz und legte Parhoń die mollige Hand auf die Schulter.

»Sei nicht bekümmert, mein Sohn, Jonasz treibt seinen Scherz mit dir. Du bist nicht das Kind der Frau Rosenzweig, die bei der Niederkunft gestorben ist. Du hattest Glück, denn auch dieses Kind gab seinen Geist auf, kurz nachdem es die Parhońs durch meine Vermittlung adoptiert hatten.«

»Wer bin ich dann?« fragte Parhoń tonlos.

Pfarrer Celestyn rückte ganz nahe an ihn heran und erzählte von einer Ägypterin vom Nil, die Ende der zwanziger Jahre als Tänzerin in den Kabaretts der Hauptstadt berühmt gewesen, plötzlich aber von einer bösen Krankheit befallen worden war: Ihr Bauch war immer dicker geworden, und so hatte sie die Bühne mit einem Leierkasten und einem Papagei vertauscht und war über die Dörfer und durch die kleinen Städte gezogen.

»Fatima hat sie geheißen. Als sie nach Krasnogaj gekommen war, verschwand die Wölbung ihres Leibes ganz plötzlich. Auch Fatima verschwand, hinterließ mir aber auf der Türschwelle einen Weidenkorb, in dem Korb ein Bündel aus Lumpen, und in dem Bündel dich. Auf diese Weise wurdest du untergeschoben: Eine erste Version, rechtzeitig getauft, ging in geweihte Erde, und an ihre Stelle trat die zweite . . .«

»Ebenfalls eine semitische«, ergänzte Jonasz.

»Ich habe selbst die Taufe vollzogen!« erinnerte sich Pfarrer Celestyn.

»Glaubst du, Hochwürden, daß dem davon leichter wird?« fragte Jonasz und zeigte mit dem Finger auf Parhoń. »Bei ihnen kann sich der Mensch nicht mit der Taufe herausreden. Sie grasen nach bis ins vierte Glied. Wenn sie von Reinheit sprechen, ist die Sprache durchgefiltert, und sie haben Beweise, daß es keine Beimischungen gibt, die das Faß Honig verderben wie ein Tropfen Teer. Was wird aus ihm nun werden?«

»Was soll denn werden?« fragte Pfarrer Celestyn.

»Er wird sich selbst hassen.«

»Ich denke nicht daran!« rief Parhoń. »Ich glaube das nicht! Daß Sie sich nicht schämen, Hochwürden, in Ihrem Alter einen ehrlichen Christenmenschen zu verspotten!«

Er leerte seinen Becher und füllte ihn wieder, leerte ihn erneut und aß nichts dazu. Es sah aus, als wolle er vor den Witzen des Pfarrers und Jonasz in die Betäubung durch den Alkohol fliehen.

Pudrycy wollte hinzueilen, dem wankenden Lech Maciej unter die Arme greifen und ihm bei der Gelegenheit etwas in die Tasche schieben, aber Orno kam allein zurecht. Er schlang die Arme um den Birnbaum und schmiegte sich mit dem ganzen Körper an den Stamm, als wollte er sich vom Saft des Baumes nähren, Kraft aus ihm gewinnen.

Der ist abgeschrieben, dachte Pudrycy W. An der Stelle des Kommandanten würde ich den vorgesetzten Behörden eine entsprechende Meldung machen und gelassen die natürliche Lösung abwarten. Wozu fortjagen? Das Gegenteil war sogar besser. Anderswo hatte er Stunk gemacht, hier aber war er gestorben. Unser Klima war für solche Leute eben nicht günstig.

Allerdings gibt es Situationen, da der Kommandant nicht mit sich reden läßt. Was lag daran, daß Pudrycy keine Angst vorm Sterben hatte? Vorläufig war er am Leben. Und für einen Lebenden konnte es keine Freude sein, mit dem Kommandanten über Kreuz zu sein, der in solch einem Fall die Pflicht und die passenden Mittel besitzt, es den Bürger fühlen zu lassen. Die Fragestellung war ganz eindeutig: Lech Maciej sollte sich aus Krasnogaj verziehen. Ein für allemal. Lächerlich gemacht, kompromittiert.

Vorerst brauchte sich der Lagerverwalter nicht zu beeilen. Lech Maciej trug eine graue Jacke nach chinesischem Schnitt. Nichts einfacher, als in eine der aufgesetzten, abstehenden Taschen etwas hineinrutschen zu lassen. Es war noch Zeit. Das Gelage hatte erst begonnen.

Lech Maciej Orno jedoch, an den gekalkten Birnbaum gelehnt, blickte traurig zum Himmel, der fern, kalt und bestirnt war, als sollte dadurch seine für Menschen nicht zu fassende Tiefe betont werden. Die Kühle erfrischte das glühende Gesicht. Die Luft aber blieb knapp, sie wurde immer weniger, und Lech Maciej Orno wurde sich jäh bewußt, daß es das Ende sein würde, wenn sie ganz wegblieb. Das Ende des Universums, lautlos und normal wie das Löschen des Lichts in einem Zimmer.

»Haben Sie genug, Chef? Vielleicht können wir einfach los, ohne Zeit zu verlieren? Der Bus geht in einer Stunde . . .«

Ein Bärtiger mit Speckfalte über dem Bund der Jeans. Der erste, zweite oder dritte? Egal.

»Schleicht ihr mir hinterher? Paßt ihr auf? Mit welchem Recht?«

»Wir brauchen Sie auf der Werft, Jesus, was das für ein Begräbnis wird! Wir schätzen Ihre Verdienste für die Gesamtheit der Bewegung, wir haben aus Ihren Schriften gelernt, aber das alles ist gar nichts gegen die Rolle, die das Begräbnis von Lech Maciej Orno spielen wird! Błazej meint, Sie wollten kneifen. Der ist mißtrauisch, was?«

Der Bärtige lachte leise. Er stand im Schatten des Nebengelasses und rauchte eine Zigarette, deren Glut er mit der Hand schirmte.

»Mit der Rebellion ist es aus«, sagte Orno mühsam, denn es fehlte ihm immer mehr an Luft. »Genug des Gezerres. Muß denn Blut fließen?«

»Für uns ist es ein Glück, für das Vaterland zu fallen.«

»So? Hast du schon mal Gefallene gesehen? Junge Menschen, und schon tot?«

»Jedenfalls Sie werden nicht jung sterben.«

Ich werde nicht mehr jung sterben, wurde es Lech Maciej auf einmal klar. Vierundfünfzig Jahre, und kaum gelebt. Schade.

»Ihr braucht eine Salve«, sagte er. »Eine große Salve für sehr viele Leichen. Dann die Exekution derjenigen, die geschossen haben, desjenigen, der den Befehl gegeben hat. Anschließend Tränen, Umarmungen. Unser die Macht! Und an die Kandare genommen, denn wie soll es anders gehen? Alles von vorn. Die heutigen feisten Machthaber verwandeln sich in abgezehrte Konspiranten.«

»Sie reden vielleicht ein Zeug!« unterbrach ihn der Bärtige, sehr zum Ärger Pudrycys, den Lech Maciejs prophetische Worte neugierig gemacht hatten. »Kommen Sie, sonst haut uns der Bus ab.«

»Ich bleibe hier.«

»Und morgen?«

»Ja, morgen. Und verschwinde von hier. Ich bin im Leben genug überwacht worden.«

»Vorher haben Sie es mit anderen so gemacht. Wir wissen genau, wer und was einer ist und war, wann und warum er aufgehört hat . . .«

»Auch du wirst noch Lebenslauf ansetzen.«

»Sie gehören uns«, fiel ihm der Bärtige ins Wort und trat den Zigarettenstummel aus. »Alles ist aufgezeichnet. Versuchen Sie bloß nicht, uns reinzulegen.«

»Ich werde rechtzeitig sterben«, versicherte Lech Maciej.

»Und um das Begräbnis kümmern wir uns!«

Der Bärtige tauchte in die Dunkelheit, ging aber nicht fort, sondern hockte sich auf einen Stamm hinter dem Anbau. Sie hatten beschlossen, ihren künftigen Helden nicht aus den Augen zu lassen. Alle zwei Stunden würden sie sich abwechseln, auf dem Posten bleiben bis zum Ende des Gelages, damit ihnen nichts dazwischenkam. Irgendwo wird schon der Nachruf vervielfältigt. Pudrycy beobachtete hinter dem Brunnen hervor den immer noch an den Birnbaum geschmiegten Lech Maciej Orno und suchte Ordnung in seine aufgestörten Gedanken zu bringen. Würde der Kommandant, falls er wußte, was sich hier anbahnte, seine Anordnungen ändern? Vielleicht durfte nun gerade nicht zugelassen werden, daß Orno abreiste? Wie konnte man jetzt Kontakt aufnehmen und Rat einholen?

Hätte Pudrycy W. in dieser Angelegenheit für sich selbst und allein in der Absicht handeln müssen, sich den Ärger vom Hals zu schaffen, so hätte er einfach jegliches Tun eingestellt und Herrn Orno abreisen und sterben lassen, wie es diesem beliebte. Pudrycy war hingegen nur

Werkzeug, und ein menschliches Werkzeug hat nicht das Recht, höheren Gewalten in die Speichen zu fallen.

Also alles nach Plan erledigen? Wenn nun Orno aber die Verhöhnung und Kompromittierung nicht aushält und stirbt, die anderen aber alles publik machen, auf die Staatsmacht abwälzen und neuen Aufruhr stiften? Findet ein Pudrycy W. dann Deckung hinter dem Auftrag des Kommandanten? Ein Auftrag besitzt formelle Gültigkeit, wenn er schriftlich erteilt wird – daher die Weltkarriere des Telefons. Auf einmal kann sich nämlich erweisen, daß der Lagerverwalter Pudrycy W. die Lokomotive der Weltgeschichte zum Entgleisen brachte, daß er einen neuen Kindermord zu Bethlehem auf dem Gewissen hat und sich vor der Nation für eine vaterländische Katastrophe verantworten muß. Schließlich war er nicht dafür auferstanden!

Und wenn doch?

Das wäre also die Tücke der Lustvollen Helle? Das ihre Grausamkeit?

Pudrycy neigte sich über den Brunnen, schloß die Augen und begehrte heißen Herzens, in ihm solle eine Stimme sprechen. Er wollte Sprachrohr, Instrument, Empfänger sein . . .

Als sich nichts meldete, ging er zurück in das Gastzimmer, wo Lech Maciej Orno wieder an seinem Platz saß, bleichen Gesichts und mit glühenden Augen.

Jonasz wandelte um den Tisch, hielt die Flasche am Hals wie eine gerupfte Gans und füllte die geleerten Gläser, die Gäste aber nahmen sich auf ihre Teller Radieschen und Schnittlauch, Schinken und gehackte Eier, Speck und Gewürzgurken, Pilze und Rüben, Wildschweinwurst und marinierte Birnen. Der Hering war längst alle.

Der Förster Sokolik zupfte mit den Zähnen an einer Scheibe Lachsschinken und machte sich seine Gedanken über die Ähnlichkeit dunkelblonder bärtiger Männer, die zu den Leuten kommen, um sie zu einem Beitritt zu überreden, auf gleiche Weise eifernd zur Widersetzlichkeit auffordern und durch die Blume drohend zu verstehen geben, daß hier Demokratie und Patriotismus gefragt seien. Warum sollte denn ausgerechnet er, Sokolik, unter den Gründungsmitgliedern sein? Weil sie ihn in der Oberförsterei als begeisterten Gewerkschafter kannten, der öffentlich die zeitweilige Gewerkschaftslosigkeit und den Zustand der ordnenden Gewalt bedauert hatte. Ja, eben! Was, eben? Soll ich vielleicht eine Wetterfahne sein? Nein, Herr Sokolik, keine Wetterfahne, sondern eine Standarte, das Banner der nationalen Wiedergeburt gegen die Anarchie, der wir von Zeit zu Zeit verfallen, die unser Land wirtschaftlich und psychisch ruiniert. Nehmen Sie also Ihren Mut zusammen! Habe ich das früher nicht gemacht? Habe ich nicht gesungen? Wir haben alles notiert, was Sie gesungen haben, auch die Dummheiten, die aus staatlicher Sicht unsagbar schädlich waren, gerade als hätten Sie mit einem Strohhalm die Nase eines Tigers gekitzelt und sich hinter dem Rücken der Mutter Heimat und des Vaterlands versteckt. Jetzt, Sokolik, haben Sie Gelegenheit, sich zu rehabilitieren: Wir schreiten zur Selbstverwaltung, es gibt kein Zurück in die Vergangenheit, die Gründer haben einen Pluspunkt beim Oberförster. Und nicht nur dort. Denk drüber nach . . .

Er dachte. Hätte es nicht Lech Maciej Orno gegeben, wäre alles einfacher gewesen, zumal nach der Predigt des Pfarrers Celestyn, der zum Eintritt in die ganz neue Bruderschaft der Werktätigen aufgerufen hatte. Vor Lech Maciej würde man sich schämen müssen. Was würde der machen? Einen als Verräter abstempeln, verächtlich abwinken: Ach, ihre Kämpferlein, ihr hasenfüßigen Erneuerer, ihr rebellischen Protestler . . . Euch braucht man nur eins hinter die Ohren zu geben, und schon macht ihr kehrt! Wieso denn kehrt, Meister? Im Gegenteil, wir gewinnen. Es hätte ja überhaupt keine Gewerkschaften mehr geben können, aber nun entstehen sie doch, nicht auf Befehl von oben, durch Kriegsrechtsdekret, sondern von unten, auf Initiative der Initiatoren. Daher bin ich inzwischen der Ansicht, daß man diese Initiative nicht allerlei Leuten überlassen darf, die kompromittiert sind, sich in Lauerstellung halten oder Rache nehmen wollen. Sehen Sie, so sehe ich das.

Würde Lech Maciej Orno dem Förster Sokolik zustimmen? Sie würden miteinander reden. Nach dem vierten Glas entdeckte dann Sokolik in seinem Innern die Wut oder auch nur den Ärger: Wer hatte Herrn Orno überhaupt das Recht gegeben, jemandes Gewissen zu sein? Versprechungen hatte er von den Tribünen gemacht, Zusagen gegeben und Aufrufe verfaßt, und was war dabei herausgekommen? Scheiße! Die Zuhörer hatten versagt? Immer wird es auf die Zuhörer geschoben. Das falsche Gehör und so. Aber das Leben muß weitergehen, Herr Orno, den Leuten werden Kinder geboren!

»Heda, Doktor!« rief Jonasz von seinem Thron und hob das Glas. »Du bist dran! Auf wessen Verderben trinken wir?«

Doktor Samosiejka, der dem Alten gegenüber am anderen Tischende saß, stand vom Schemel auf. Bisher hatte er geschwiegen, Glas um Glas mit Jonasz mitgehalten und Gurken gegessen, aber nichts gesagt, immer beschäftigt mit der Beobachtung Pudrycys und mit den eigenen Gedanken. Diese Gedanken waren träge und trübe, Pudrycy W. aber imponierte Samosiejka durch die Ausdruckskraft seiner Mimik: Wenn er etwas empfand, spiegelte sich das auf der ganzen Fresse. Im Moment mußte er etwas sehr Starkes empfinden. Die Schrammen wogten, die Narben tanzten, die Lippen verzogen sich, und die blauen Augen zwinkerten. Sollte Pudrycy zum erstenmal im Leben nicht wissen, wie er eine Sache hinzukriegen hatte?

»Auf das Verderben der Proportionen!« antwortete Doktor Samosiejka vernehmlich. »Weg mit den Bauklötzen, die man Kindern kauft! Quader auf Quader, Schwarz zu Weiß, obendrauf ein Dreieck. Und so bleibt das dann, meine Herrschaften. Das Bedürfnis, zu ordnen, zu bauen und einzureißen und wieder von vorn anzufangen. Das alles zusammen ist Scheiße! Wenn dieses ganze Ordnen nichts ergibt, sind die Proportionen erstunken, und gegen Schnupfen gab und gibt es keine Medizin. Ebensowenig wie gegen die Wehmut . . .«

»Gegen die Wehmut gibt es eine!« rief Jonasz dazwischen und schwenkte sein frisch gefülltes Glas und bleckte die riesigen schrägstehenden Hauer.

»Und der Kater?« fragte Doktor Samosiejka.

»Wo Sünde ist, ist auch Buße«, merkte Pfarrer Celestyn an.

Doktor Samosiejka drehte sich zu ihm und neigte seinen Kahlkopf über ihn.

»Hochwürden werden mir vergeben, aber nachdem ich die Welt nun eine gewisse Zeit beobachtet habe, muß ich feststellen, daß sie mißraten ist. Vielleicht hat der Schöpfer in seiner Sammlung gelungenere Werke, aber uns hat er eine eher verkitschte Konstruktion zugeteilt.«

»Untersteh dich!« fauchte der Geistliche und verdrehte wunderlich die Augen.

»Ich würde mich nicht unterstehen, aber die Wehmut frißt mich in Gestalt von Sodbrennen infolge Geschwürbefalls des Magens«, erwiderte der Doktor. »Wir sehen die Dinge wahrscheinlich entstellt. Mich packt die Wut, wenn ich einen Patienten in ein wackliges Bett auf dem Krankenhausflur legen muß, mich ärgert die Trockenheit seit zwei

Monaten, wegen der es keine Kartoffeln geben wird, der Hunger in Angola, dieser Parhoń hier, der so brav und bieder aussieht, die ganze scheinheilige Wirklichkeit, die sich edel gibt und dabei doch gemein und hinterhältig ist, was sich aus dem Verhältnis der Butter zu den Kanonen herleitet . . .« Samosiejka hielt plötzlich inne und zeigte Anielka ein breites Lächeln: »Auf die Verhältnisse wollen wir trinken! Auf dein Wohl, Anielka! Auf die männliche Kraft an deiner Seite, die uns die Schwäche in unserem Alltag vergessen macht!«

Der Förster Sokolik trank automatisch sein Glas leer und griff ebenso automatisch zur Gitarre:

> Neu sprießt Ordnung aus allen Gevierten,
> Das Land kommt wieder zu Futter.
> Bittsteller machen wir aus Privilegierten
> Und schmelzen Kanonen zu Butter.

Beifall rauschte um die Tafel. Pudrycy kniff Anielka zärtlich in die linke Kniekehle. Sie kicherte und drohte ihm mit dem Finger, voller Genugtuung und Stolz, daß man auf ihr Wohl getrunken hatte.

»O Leute, Leute«, seufzte der Pfarrer Celestyn. »Entweder Erhabenes oder Schweinereien . . .«

»Entweder Absurdes oder Ketzereien!« fiel Jonasz mit schallendem Baß ein.

Der Pfarrer drohte ihm mit der Faust und schluckte Likör. Da die Eberesche soeben ausgegangen war, hatte er auf Heidelkraut umsteigen müssen: ein herbes Violett mit dem Duft herbstlicher Wiesengründe. Anielka beugte sich über den Tisch herüber, und hätte Pfarrer Celestyn nur gewollt, so hätte er in allen Einzelheiten einen phantastischen Busen betrachten können. Rasch senkte er den Blick.

»Warum denn?« hörte er sie sagen. »Sie nennen es Schweinerei, wenn man gut zu den Menschen ist? Wenn ich dem Durstigen ein Tröpfchen Glück gebe und dabei auch meine Tröpfchen abbekomme? Was ist denn daran schlimm, Pater Celestyn?«

»Wollust . . .«, stammelte der Pfarrer.

»Wollust für die Wollüstigen«, sagte ihm Anielka über den Tisch hinweg. »Trost für die Untröstlichen. Hier machen sie sich lustig übereinander, aber Sie müßten sie mal bei mir im Bett sehen, wie sie sich da vor Sehnsucht nicht zu helfen wissen und wie sie in mich hineinfließen vor ihrer männlichen Einsamkeit. Andere haben bei mir keinen Zutritt.«

Pfarrer Celestyn wollte reagieren, er war der Überzeugung, es zu müssen. Aber er war aus dem Konzept gekommen. Diese kindliche Naivität, sozusagen eine ungeheuchelte Jungfräulichkeit! Dieser Blick voll unschuldigen Staunens, die fragend geöffneten vollen Lippen, zu einem launischen Halbkreis verzogen . . . Fort mit dir, unsaubere Kraft! Apage, Satanas! Pfarrer Celestyn hatte ihm nicht anderthalb Jahrhunderte widerstanden, um ausgerechnet jetzt weichzuwerden.

»Reiche mir, meine Tochter, diese Schüssel mit den gehackten Eiern. Und die marinierten Pilze, wenn du so liebenswürdig wärst . . .«

Schon wanderte die zweite Flasche auf den Tisch, und Jonasz sagte immer noch nichts über den Anlaß des Gelages, auch einen Trinkspruch hatte er noch nicht ausgebracht, sondern seinen Gästen immer nur nachgeschenkt und nachgereicht. Hin und wieder verschwand er auch in der Küche, wo im Backofen auf kleinstem Feuer ein eiserner Topf stand, bedeckt mit von oben eingefettetem Pergamentpapier. Es war gerade zwei Tage her, seit Jonasz ihn angesetzt hatte. Tscholent: fette Hochrippe, eine Handvoll Gerstenraupen, gut eingeweichte Bohnen, große Kartoffeln, die nach zweitägigem Backen im Rinderfett dunkelbraun werden, dazu gefüllter Gänsehals. Die Füllung: durchgedrehte Leber mit Eigelb, Mehl und Gänseschmalz, kleingehackte Petersilie, Knoblauch und Pfeffer. Die Krönung des Mahls. Die Festtagsspeise der Familie Kuperholz, das Essen für den Samstagabend. Jonasz hatte sich das Rezept Wort für Wort gemerkt, Regina hatte es ihm eines Abends in der Erdhöhle gesagt. »Heute ist Sonnabend, sagst du? Da möchte ich Tscholent essen. Braungebratene Kartoffeln, Rindfleisch, das einem auf der Zunge zergeht, ganz weiche Bohnen, vor allem aber Gänsehals!«

Er ging zurück in die Stube und hielt Umschau. Sein Blick blieb an Lech Maciej Orno hängen, der zu schlafen schien.

»Jetzt sind Sie dran, Herr Orno! Ihr Trinkspruch bitte!«

Orno hörte nicht sofort. Seine Augen nahmen nichts wahr, bewegten sich aber, wie aufgeschreckt von der plötzlichen Stille. Alle sahen ihn an. Das ist die Gelegenheit, dachte Pudrycy, kein Zaudern, soll der Kommandant sich seinen Kopf zerbrechen. Mit einem Nicken gab er Parhoń einen Wink, aufzupassen.

Lech Maciej nahm sein unberührtes Glas in die Hand. Mit einem Lächeln wehrte er ab, was die warnende Geste des Doktors ihn hieß: Wehe, keinen Tropfen! Mühsam erhob er sich.

»Die Welt ist unerforschlich«, sagte er. »Sie wird regiert von Kräften und rätselhaften Gesetzen, die das Menschenhirn nicht zu erfassen vermag . . .«

Vorerst Bla-Bla, registrierte Pudrycy. So waren diese Leute. Verallgemeinerungen, übertragener Sinn, goldene Regeln. Zitate werden nicht ausbleiben. Achtung: Zitate können etwas bieten! Wenn jetzt, nur mal als Beispiel, der

Sender Freies Europa oder der US-Präsident zitiert würden . . .

»Es probiert's aber«, warf Jonasz ein.

»Die Menschen sind klein, schwach und hilflos«, sagte Orno. »Aber es packt sie das Gelüst nach Freiheit, Gerechtigkeit. Sauerstoff . . .«

». . . und Wasserstoff«, kicherte Parhoń und bekam von Pudrycy unter dem Tisch prompt einen Tritt, daß er das Gesicht verzog. Schnauze halten! Orno könnte noch aufgeben, die Tischrede sausen lassen. Aber es kam nichts. Phrasen. Ob er noch was sagt?

»Vielleicht werden wir von Zyklen regiert«, fuhr Lech Maciej fort. »Warum hat das Jahr nur zwölf und nicht dreizehn Monate? Sieben magere und sieben fette Kühe. Und sein Name ist Vierundvierzig. Das weiß man nicht. Gar nichts weiß man! Macht auch das überhaupt nichts aus?«

Er sprach nicht weiter. War er fertig? Pudrycy beschloß einzugreifen. Er neigte sich zu Lech Maciej und sah ihm von unten in die Augen.

»Damals haben Sie es gewußt. Keinerlei Zweifel, wenn ich mich recht erinnere. Nicht nachlassen im Protest, haben Sie gelehrt, endlich Ordnung schaffen mit alledem.«

»Ja«, sagte Orno. »Damals habe ich noch daran geglaubt, daß wir das Volk das Fliegen lernen.«

»Und uns über die anderen erheben?« fragte mit Unschuldsmiene der Lagerverwalter.

»Und uns über die anderen erheben«, bekräftigte Lech Maciej. »Aber leider stellen wir einander sogar in der Luft ein Bein, was zur Verringerung der Flughöhe und letztlich zum Absturz führt.«

»Und nichts Neues ist«, führte Pfarrer Celestyn den Gedanken fort. »Ich kann mich erinnern, daß die Mächte, die uns geteilt hatten, es weidlich auszunutzen verstanden.«

Orno holte tief Luft, aber sie kam nicht bis in die Lunge,

kühlte nicht das Fieber. Die Menschengesichter verschwammen ihm vor den Augen.

»Ich lege mein Veto ein«, stammelte er. »Ich setze Sie alle im voraus in Kenntnis, daß ich dagegen stimmen werde, denn das führt zu nichts, es führt alles zu nichts, und daher lasse ich mich nicht wie eine Kuh zur Schlachtbank führen . . .«

»Wo soll das überhaupt hinführen?« fragte Parhoń, aber niemand gab ihm eine Antwort, alle, sogar Anielka, starrten schweigend Lech Maciej an, denn er hatte etwas überaus Tragisches an sich, das sich ausbreitete wie ein erstikkender Dunst.

Orno kam zu sich, riß sich zusammen. »Verzeihung«, sagte er. »Entweder sind wir unreif, oder uns war es beschieden, diesen stinkenden Braten anzuschneiden. Es riecht nach Verwesung. Ich trinke gegen den Fluch, der uns zum auserwählten Volk gemacht hat!«

Er hob den vollen Becher an die Lippen.

»Nur symbolisch!« rief warnend Doktor Samosiejka. »Das ist purer Sprit!«

Orno trank aus. Er fühlte, wie es ihm die Eingeweide verbrannte. Alles wurde leer in ihm. Nur der Schmerz blieb.

Mittlerweile analysierte Pudrycy Wort für Wort die Tischrede Lech Maciejs, er rekonstruierte Satzbau und Betonung, um am Ende festzustellen, daß für den Kommandanten dabei nichts herauskam, es sei denn, man hätte etwas retuschiert – aber eben darum ging es im Moment ja nicht, es ging um Beschämung und Ächtung, also mußte die Intrige dem ursprünglichen Plan folgen: erst ein Pappbändchen in Ornos Jackentasche, dann die scheinbare Bitte um Rat, schließlich der Zornesausbruch, bei dem Parhoń hilfreich zur Seite stehen würde. »Es riecht nach Verwesung . . .« O du beschissene Intelligenz! Unsere

Politiker haben Angst vor euch, weil sie meistens selbst aus diesem Kleinadel kommen, heimlich in den Wappenbüchern stöbern, sich belesen geben und die Salonlöwen spielen. Ein Politiker aber muß Kanten haben, eckig und ehrlich sein Busineß betreiben, die Politik ist ein großes Spiel, in dem ein kleiner Schwindel nichts einbringt, um so mehr aber Gefühlsduselei, Erhabenheit und Überheblichkeit. Warum begreift das er, Pudrycy, so daß ihm Lech Maciej höchstens leid tut, während die Vorgesetzten des Chefs die Hosen voll haben? Weil wir Amateure sind, weil es bei uns nicht den Kult des Professionalismus gibt.

Muß man erst auferstanden sein, um elementaren Durchblick zu gewinnen?

Damit schloß Pudrycy seine Überlegungen, die ihn nicht gehindert hatten, zu trinken und zu essen, vor allem Wildschweinwurst mit einem Gürkchen.

»Was knobelst du wieder aus, Pudrycy?« hörte er den Baß von Jonasz.

»Wieso?« fragte er.

»Weil du so blaue Äuglein hast.«

»Die sind immer so.«

»Na eben!« lachte der Alte schallend und schlug mit der Pranke auf den Tisch, daß die Gläser klirrten. »Das ist es ja, hahaha!«

Pudrycy beschloß, nicht beleidigt zu sein: Der Selbstgebrannte war vorzüglich, das Essen erstklassig, und es gab noch etwas zu erledigen.

»Ich suche das Rätsel des Seins zu lösen«, sagte er.

»Und was bekommst du heraus?« fragte Pfarrer Celestyn.

»Eine Tomate, Pater. Jedesmal eine Tomate.«

Pfarrer Celestyn wurde nachdenklich, seine weißen Brauen zogen sich an der Nasenwurzel zusammen.

»Es sollte aber ein Apfel sein«, sprach er nach einer

Pause, die erfüllt gewesen war vom Stimmengewirr an der Tafel, dem Kichern Anielkas und dem Hüsteln Lech Maciejs, dessen Augen einen trüben Schleier bekamen. »Alles Übel, Pudrycy, rührt von einem dummen Apfel her, kannst du dir das vorstellen?«

»Eine Tomate . . .«

»Manchmal kommt es mir vor, als sei ich viel jünger. In meinen Knabenjahren habe ich mich für Geschichte begeistert, und nun weiß ich nicht einmal mehr, ob ich eine Sache vom Anblick oder vom Lesen her kenne. Von Kind auf konnte ich keine Äpfel leiden.«

»Aber warum eine Tomate?« fragte Pudrycy gequält. »Vor meinem Unfall hatte ich solche blödsinnigen Gedanken nicht.«

»Du weißt sehr wohl, warum es eine Tomate ist«, hörte er eine Stimme in seinem Innern sagen.

Und er sah eine Schüssel saftiger, in Viertel geschnittener Tomaten, darüber gebeugt den Vorsitzenden Góralczyk, dem der Tomatensaft vom Kinn troff. Na, wie sieht es aus, Kollege? Kommt ihr endlich zur Ruhe? Ich lese heute keinerlei Forderungen mehr, die Arbeitszeit ist vorbei, und ich habe das Recht, in Frieden meine Tomaten zu essen. – Das haben Sie, sagte Pudrycy, ich wünsche guten Appetit, den Verzicht auf den Vorsitz können Sie auch morgen unterschreiben. – Du bist wohl übergeschnappt, W.? Ich denke nicht an einen Rücktritt. – Du wirst zurücktreten, Góralczyk, sonst wirst du auf der Schubkarre hinausgefahren . . . Góralczyks rechte Hand tauchte in die Schüssel und begann die Tomaten zu zerquetschen. Es entstand ein roter Brei. In leicht spöttischem Ton, in dem dennoch Nervosität mitschwang, setzte Góralczyk Pudrycy davon in Kenntnis, daß er bisher den übertrieben hoch angesetzten Ehrgeiz seines Stellvertreters bewußt übersehen habe, das Maß nun aber voll sei: Morgen werde W. aus disziplinarischen Gründen entlassen. – Weswegen denn? – Oh, da gibt es reichlich Ursache! – O nein, da gibt es gar keine Ursache! bleckte Pudrycy die Zähnchen. In den Papieren ist Ordnung gemacht . . . – Raus jetzt, W.! Mir glauben die Leute aufs Wort, wenn ich ihnen sage, daß du ein Lump bist. – Sie würden es glauben, Chef, aber sie tun es nicht, denn sie werden einfach glauben müssen, daß der Lump du bist: Nur Tatsachen zählen in der Epoche des berechtigten Protests . . . Góralczyk erklärte, seine Hände seien sauber, wenngleich das im Moment nur für die Linke zutraf, denn die Rechte war mit Tomatenbrei besudelt. Niemand könne ihm Diebstahl, Bestechlichkeit, Schiebung oder private Vorteile aus dienstlicher Funktion nachweisen – er, Góralczyk, habe sich einfach nicht demoralisieren lassen. Niemals, Chef? Und das hier? – Was ist das? – Eine Anweisung auf Eternit für den stellvertretenden Woiwoden, unterschrieben von dem ehrenwerten Vorsitzenden. Hier das Protokoll über die Neueinstufung des Eternits: Aus der obersten Güteklasse ist die niedrigste gemacht worden. Hier die Visitenkarte des stellvertretenden Woiwoden mit Dankesworten für den Kollegen Vorsitzenden. Und die Mitteilung über eine Auszeichnung . . . – Die habe ich nicht angenommen! Die Neueinstufung hat der Vorsteher angeordnet! Du weißt das genau! – Freilich, meinte darauf Pudrycy, man weiß so allerlei, dies und das, und in diesem Heftchen sind alle telefonischen Anweisungen von oben notiert, mündliche Anliegen verschiedener würdiger Besucher, Andeutungen und Anregungen und die Art und Weise, in der sie vom Vorsitzenden Góralczyk in fast fünfzehn Jahren realisiert worden sind. Er hat dafür nichts genommen? Nein, aber die Gesellschaft hat er bestohlen! Die Armen beraubt und alles den Wichtigmachern hineingestopft! Pudrycy ließ die Daten aus seinem Heftchen stieben, daß Góralczyk sich immer tiefer über die

Schüssel mit seinen geliebten Tomaten duckte, als wolle er darin untertauchen. Dann schleuderte er Pudrycy den Brei ins Gesicht. Pudrycy hielt es gelassen aus. Während er sich abwischte, hörte er Góralczyk plötzlich ächzen: Jesus Christus, so ein Hurensohn bin ich also! Wie konnte ich davon keine Ahnung haben?! – Morgen früh komme ich mit Belegschaftsvertretern, sagte Pudrycy, nachdem er die Augenlider vom Tomatenbrei befreit hatte. Du hast eine Chance: eine kurze Selbstkritik und Rücktritt, ohne erst die Vorwürfe abzuwarten. Einbußen erleidest du nicht, in Barty suchen sie einen Direktor fürs Volksgut.

Und am Tag darauf das Krachen des Schusses im Dienstzimmer, auf dem Schreibtisch die blutigen Krümchen, etwas blasser als Tomatenbrei.

»Warum hast du das getan?« brach es, im Gewirr der Schnapsstimmen untergehend, aus Pudrycy hervor. »Ich bin unschuldig, ich bin unschuldig . . .«

»Du bist unschuldig wie ein Neugeborenes, mein Pudrycy«, erwiderte ihm der Vorsitzende Góralczyk und zwängte sich geräuschlos zwischen Parhoń und Orno, um seinem einstigen Stellvertreter in die Augen sehen zu können. »Kampf ums Dasein nennt sich das. Wenn man dort, wo du nur reingeschaut hast, ich mich aber ständig aufhalte, alle irdischen Vorfälle analysieren wollte, würde die Lustvolle Helle den Fall im Handumdrehen aufklären: Die einen machen sich zur Hure, weil andere sich zur Hure machen, und ein Dummkopf ist derjenige, der sich kollegial verdrängen läßt, weil er Skrupel hat, Skrofeln und Furunkel am Arsch, daß er nicht stehen noch sitzen kann. Bist du unter die Wölfe gegangen, so heule auch mit ihnen und mache dem Arrangeur keine Vorwürfe, daß er dieses Heulen programmiert hat. Die anderen aber, mein kleiner Pudrycy, du blutiger Vampir . . .«

»Warum nennst du mich so?« heulte W. auf.

»Erinnerst du dich an den Tomatenbrei?« fragte Góralczyk und kicherte. Sein Gesicht war weiß wie das Laken, das ihn bis zum Hals verhüllte. »Diese anderen, kleiner Pudrycy, müssen, um herrschen zu können, das Gefühl der eigenen Untadeligkeit haben. Sie wollen geliebt werden, verstehst du? Sie lassen sich nichts in die Pfote stecken, essen sparsam, betrügen nicht ihre Frauen und beten allabendlich zu ihren Göttern, manche per Telefon. Diese Untadeligen nun haben, wenn sie manchmal gegen das Gesetz verstoßen, das Bewußtsein höherer Notwendigkeit. Die höhere Gewalt, die die Geschichte vorantreibt! Die Untadeligen fühlen sich, wenn sie Verstöße begehen müssen, als Märtyrer. Weißt du, wie . . . ski gelitten hat, wenn er beim Verhör den Leuten die Fingernägel ausriß? Nachher hat er sich daran gewöhnt, denn auch an das Märtyrertum kann man sich gewöhnen.«

»Vor allem an fremdes . . .«, murmelte Pudrycy.

»Schweig, du Mörder!« sagte Góralczyk über den Tisch. Zum Glück hörte es keiner außer Pudrycy. »Mich hast du mit deiner räudigen Buchhalterei umgebracht: Du hast bewiesen, daß ich genauso ein Scheißkerl war wie du selbst, nur noch dümmer, denn ich habe nie etwas davon gehabt.«

»Doch, doch«, sagte Pudrycy. »Tu nur nicht so.«

»Hör auf zu stacheln!«

»Dann schwindle nicht. Du hattest das Gefühl der Verbundenheit mit der Obrigkeit. Gegen den ganzen Rest, den du von oben herab behandelt hast. Willst du vielleicht was essen? Oder trinken?

Pudrycy wies mit der Hand auf den gedeckten Tisch. Góralczyk schüttelte den Kopf.

»Das ist vorbei. Alles geht vorüber, du wirst es sehen: Gewissensbisse sind genau wie Verdauungsbeschwerden,

Sodbrennen, Rülpsen, Dünnpfiff. Und vorbei. Der Organismus reinigt sich. Mach's gut, kleiner Pudrycy.«

»Warte noch! Ich fühle mich schlecht. Ich will niemanden umbringen.«

»Das wollen nur Perverse.«

»Wozu bin ich auferstanden?!« schrie Pudrycy aus vollem Halse.

Góralczyk verschwand. Das Stimmengewirr legte sich, aller Augen richteten sich auf den Lagerverwalter.

»Ich würde eine Wiederbelebung nicht als Auferstehung bezeichnen«, sagte Doktor Samosiejka. »Eine Auferstehung erfolgt nach längerer Zeit und ohne Defillibration.«

»Auferstanden ist der Erlöser«, sagte Pfarrer Celestyn und schüttelte die kleine Faust gegen Pudrycy. »Daß du mir solches Zeug redest!«

Pudrycy entschuldigte sich für seinen Aufschrei und schrieb ihn der ungeahnten Stärke des Selbstgebrannten zu. Um sich zu beruhigen, schob er die rechte Hand zwischen Anielkas freundliche Schenkel und fühlte sich sogleich wie in einer warmen Wiege, geborgen unter einem Daunenbettchen, im Mäulchen einen süßen Schnuller . . .

»Du gibst mir das Leben wieder«, wisperte er.

Gott sei Dank, sie hatte es nicht gehört. Ihr Blick war auf Sokolik gerichtet, der vor der nächsten Runde aufstand und zur Gitarre griff, sie aber, als hätte er seine Absicht geändert, wieder aus der Hand legte.

»Willst du deinen Trinkspruch nicht singen?« fragte Jonasz.

»Ich kann auch ohne Musik auskommen«, sagte Sokolik. »Anklage will ich erheben.« Sein Zeigefinger mit dem dicken Trauerrand unterm Nagel wies auf Lech Maciej. »Gegen ihn! Den Mann, der in amerikanischen Restaurants blutige Steaks mit kalifornischen Kartoffeln, Knoblauchbutter, Toasts von Weizenbrot und einer Schüssel

Salat verzehrt hat, der mit einer französischen Sauce auf der Basis von Roquefort übergossen war. Wißt ihr, daß dieser Mann argentinisches und holländisches Rindfleisch am Geschmack unterscheiden kann?«

»Typisches Agentengebaren«, warf Parhoń laut dazwischen.

»Bei uns aber, so sagt er, werde es immer schlecht bleiben«, fuhr der Förster Sokolik fort. »Wir, so sagt er, können nur leiden und über das eigene Leiden rührselig werden. Wir sind, so sagt er, ein frustriertes Volk, das seit zweihundert Jahren jede seiner Chancen vergeben hat . . .«

Pudrycy schrieb, das Notizbuch hinter dem leeren Kwaßkrug versteckt, eilig mit.

»Heilige Worte . . .«, bemerkte traurig Pfarrer Celestyn.

»Aber was hat er vorher gesagt?« rief Sokolik. »Erinnert ihr euch?«

Lech Maciej Orno streckte den Arm nach dem Förster aus, als wollte er ihn zurückstoßen oder beim Aufschlag der Dienstjacke packen, die eine Nummer zu groß war.

»Sie haben sich ja betrunken!«

»Vor Qual«, erwiderte ihm Sokolik. »Aus Verzweiflung, Herr Orno. Aus dem Gefühl, daß ich dumm war wie mein Hackklotz, als ich Ihnen geglaubt habe, daß die Freiheit vor der Tür steht, daß die Souveränität zum Greifen hahe ist und der Wohlstand auf uns herabfließt wie das Sonnenlicht, wenn wir nur erst die Regierung in die Knie gezwungen haben . . .«

»Das ist eine einfältige Vereinfachung!« suchte Orno ihn zu unterbrechen. Mit weit geöffnetem Mund schnappte er nach Luft.

»Wir sind nun einmal einfältig, Herr Orno, und deshalb vereinfachen wir aus Einfalt und Einfachheit. Sie haben uns versprochen, daß wir selbst ganz andere werden, und wir sind diesem Zureden gefolgt, haben versucht, unseren Nächsten zu lieben wie uns selbst, uns kollektiv an den Herrgott zu schmiegen und das Vaterland wie eine Gitarre von einer Tonart in eine andere zu stimmen, ruck, zuck. Sie haben uns Größe eingeredet, Herr Orno! Vereinfachten Einfaltspinseln . . .«

»Das ist nicht wahr!« setzte Orno wieder an, aber aus seiner Kehle kam nur ein Krächzen.

Sokolik hatte es dennoch gehört. Sein Zeigefinger mit dem schwarzen Halbrund wies auf Lech Maciej: »Wer hat gesagt, daß die rebellischen Völker von der Landkarte der Welt verschwinden?«

»Ich habe es gesagt . . .«

»Und wer hat uns rebellisch gemacht? Wer hat die Vereinfachten losgelassen? Wer sagt heute, daß er die Enttäuschten verschnaufen läßt und dann wieder zu berechtigten Protesten aufruft, weil die Geschichte nicht auf der Stelle treten darf?«

Orno stand auf. Um nicht umzufallen, mußte er die Fäuste auf die Tischplatte stemmen.

»Entschuldigung«, röchelte er, laut genug, daß es alle verstanden. »Ich werde es nicht mehr tun.«

»Ich beeile mich, es zu glauben, Herr Ornberg«, höhnte Parhoń.

Der Förster Sokolik beugte sich über den Tisch und sah Lech Maciej vorwurfsvoll und streng in die Augen: »Sie lügen. Ich habe es mit eigenen Ohren gehört . . . Morgen geht es fort, nicht wahr?«

»Nein!« sagte Orno mit unerwarteter Stärke.

»Na, na . . .« Sokolik streckte Orno den Becher entgegen. »Ich trinke darauf, daß Sie Mut gezeigt haben.«

Er trank aus, und Orno folgte seinem Beispiel, trotz des warnenden Aufschreis von Doktor Samosiejka. Er schwankte und wäre gestürzt, wenn nicht Pudrycy reagiert hätte: Er schoß hinter dem Tisch hervor, sprang zu Lech Maciej, fing ihn in seinen Armen auf und stützte ihn. Unbemerkt glitt das Exemplar einer Untergrundschrift in eine der abstehenden Taschen der nach chinesischer Art geschnittenen Jacke.

Jonasz lachte schallend, drückte Pfarrer Celestyn an seine Brust wie ein Kleinkind und flüsterte ihm hemdsärmelige Wunderdinge ins Ohr, lästerliche Unsinnigkeiten von Engeln und Engelinnen, denen der Teufel die Kinder wiegt, ehe er ihnen in einem Loch, das mit Himmelsbrettern vernagelt ist, gute Nacht sagt. Dieses Loch heißt Erde und wird vom Schöpfer vernachlässigt wie Brachland. Warum vernachlässigt? Weil es eine Unzahl von Welten gibt, Väterchen, und nur einen einzigen Schöpfer. Der arme Kerl ist total überarbeitet: Kaum wendet er den Kopf, wächst das Unkraut, wuchert die Gemeinheit, treibt die Niedertracht ihre Blüten. Vergebens mühen sich die Priester, und seien sie noch so alt!

»Halte dein Ketzermaul, du Säufer! Sag mir lieber, wie ich den Simmering in meinem Auto ersetzen kann! Nirgends sind Simmeringe für den Trabant zu kriegen.«

»Haben Sie es schon mit einem Gebet versucht, Hochwürden?«

»Ich zerschlage dir gleich den Krug an deinem Zottelkopf!«

Die Uhr schlug Mitternacht, und Jonasz verstummte augenblicklich. Er ließ Pfarrer Celestyn aus den Armen und vergaß die übrigen Gäste, die sicherlich weiterfeierten, die dritte Flasche leerten und nicht auf den Gastgeber achteten. Zu dessen Füßen nämlich, auf einem niedrigen Schemel, saß, die weiße Stirn an seine Knie gelehnt, ein Mädchen mit kupferrotem Haar, großen, wie von Furcht geweiteten Augen, einem zarten, leicht sommersprossigen Teint, vielleicht zu vollen Lippen, vielleicht zu stark hervorstehenden Backenknochen. Sie trug ein glattes, dunkles Kleid, hochgeschlossen.

»Wen habe ich denn außer dir? Zu wem, wenn nicht zu dir, könnte ich heute gehen? Bin ich nicht immer gekommen?«

»Du bist immer gekommen«, sagte Jonasz. »Das ist noch schlimmer, als kämest du überhaupt nicht. Kannst du nicht warten, bis ich dich rufe?«

»Ich warte und warte, aber du rufst nicht. Du rufst mich niemals, Jonasz, aber ich brauche Gott sei Dank auf keinen Ruf zu warten. Ich kenne den Weg zu dir.«

»Noch gibt es keinen Weg zu mir. Noch immer steht Er dazwischen.«

Sie schmiegte sich an seine Knie und umschlang sie mit ihren schlanken Armen. Er erkannte den Kräutergeruch ihres Haares, das sich plötzlich löste und bis zu seinen Füßen auf die Erde floß, eine goldrote Woge, ausgekämmt aus der untergehenden Sonne.

»Du hast nichts vermocht. Sie sind immer die Stärkeren. Wen willst du übertreffen, wenn nicht einmal der Herrgott in den großen Städten zehn Gerechte gefunden hat? Vergiß es doch einfach.«

Und Jonasz stellte sich vor, er könnte vergessen, wie er, die Hände auf den Rücken gefesselt, zwischen zwei Soldaten in dunkelgrünen Uniformen geht, daneben, auf dem Knüppelsteg, Hauptmann Günter Storch, in getigerter, vom Lederkoppel gestraffter Feldbluse, die Parabellum in schwarzglänzender Pistolentasche, der Hauptmann braungebrannt, goldhaarig, mit lachenden, gutmütigen, klugen Augen von der Farbe des Wassers im See: grau, blau oder grünlich, je nach der Beleuchtung. Weißt du, Schmied, daß meine Mutter eine geborene Hoff ist und ihre Vorfahren aus Kurland stammen? Wir sind bestimmt miteinander verwandt. Der Vater meiner Mutter hat Hufeisen mit der Hand aufgebogen wie du. Es macht nichts, daß du katholisch bist und wir evangelisch sind, das sind verwandte Religionen, beide christlich. Gemeinsam vollbringen wir ein christliches Werk, hahaha . . . Jonasz lief es kalt über den Rücken, aber er hoffte noch, baute noch verzweifelt darauf, daß sich etwas ändern und abwenden würde, daß er die Warnung der Sterne nicht verstanden hätte. Ich werde Ihnen dienen bis ans Ende meiner Tage . . . Niemandem wirst du dienen! Wenn wir den Krieg gewinnen, wird jeder reinblütige Deutsche Gold wert sein. Du wirst Gauleiter an der Wolga oder in Tripolis, vielleicht steigst du auch noch höher, denn es fehlt dir nicht an Begabung. Vorher aber mußt du diese Prüfung ablegen, die nur scheinbar schwierig ist, denn der Mensch kennt sich nicht, solange er nicht die Grenze des Durchschnitts überschritten, die eigene Allmacht geschmeckt hat!

Sie kamen ins Moor, würden aber nun nicht mehr versinken. Der Schäferhund an der Leine führte sie ins Dickicht, hügelan, dann hinab, in den kleinen Talkessel. Wenn er bellen würde, könnte Regina es vielleicht hören. Und wozu? Konnte sie entkommen? Wohin? Zu wem? Doch der Schäferhund blieb stumm, er war gut abgerichtet. Er könnte jemandem die Kehle durchbeißen, ohne Laut zu geben.

Der Eichenstamm. Vier Soldaten hatten zu tun, ihn zu entfernen. Ich will Ihnen zu Diensten sein bis ans Ende meiner Tage, Herr Storch . . . Jonasz konnte es nicht mehr sagen, denn man hatte ihm den Mund mit Pflaster verklebt. Auch den Strick, mit dem er gefesselt war, hatte er unnötigerweise gesprengt, denn der Hauptmann hatte ihn daraufhin mit Lederriemen binden lassen und ihm das Ende in Form einer Schlinge um den Hals gelegt: Wenn du zerrst, erwürgst du dich!

Hauptmann Storch ließ die Zweige entfernen, die den Eingang tarnten, und riß eigenhändig das Pflaster von Jonaszs Mund. Du gehst als erster hinein, sagte er. Nimm Abschied von ihr, das will ich für dich tun. Du hast sechzig Sekunden Zeit.

Sie hatte es bereits erraten. Als er eintrat, stand sie mitten in der Erdhöhle. Auf der Truhe brannte die Petroleumlampe. Luxus. Sie wußte offenbar, daß sie kein Petroleum mehr zu sparen brauchte. Sie trug ein glattes, dunkles Kleid, hochgeschlossen. Das rote Haar war zu einem Knoten gebunden. Das Gesicht weiß wie immer, weder weniger noch mehr. Wie ein Grashalm unter einem Stein.

Wenn Gott ein Herz hat, sagte Jonasz, dann sterbe ich an deiner Stelle, damit es auf Erden einen Deutschen weniger gibt, oder wir sterben gemeinsam. – Es gibt keinen Gott mit einem Herzen, hörte er ihre leise, ruhige Stimme, wer hat denn wen geschaffen, Er uns oder wir Ihn, Jonasz? Jonasz, wie ich mich fürchte . . . Wenn es nur nicht lange weh tut . . .

Er versprach Regina, daß es nicht weh tun werde.

Sie wurden auf die Lichtung vor das Versteck geführt, wo eine große Eiche stand. Unter Gelächter kletterte der jüngste der Soldaten auf einen hohen Ast und warf einen Strick darüber, der in einer Schlinge endete. Du selbst mußt sie töten, sagte Hauptmann Storch zu Jonasz, erst dann wirst du ein richtiger Deutscher. – Macht ihr mir die Hände frei? – Zum geeigneten Augenblick, Schmied . . .

Regina war barfuß. Jonasz fuhr der absurde Gedanke durch den Kopf, sie werde sich in dem nassen Gras erkälten.

Sie wurde unter die Eiche geführt. Der Jüngste ließ den Strick herab, und Regina wurde die Schlinge um den Hals gelegt. Ein kräftiger Soldat, fast so großgewachsen wie Jonasz, mit braunen Locken, die unter der Feldmütze hervorquollen, hockte sich nieder, packte Regina bei beiden Knöcheln und hob sie hoch, während der Jüngste gleichzeitig den Strick anzog. Hauptmann Storch dirigierte das Ganze, gab seine Anweisungen mit einem Lächeln, mit Kopfnicken und Augenzwinkern.

Die Arme des Soldaten streckten sich in die Höhe. Reginas Füße verschwanden in seinen Händen. Schwer ist sie nicht, rief er fröhlich, aber immerhin! Wer löst mich ab?

Auf ein Zeichen Storchs wurden die Riemen mit einem Bajonett durchschnitten, und Jonasz hatte Arme und Hände frei. Sie waren steif. Es brauchte seine Zeit, bis sie wieder durchblutet waren. Komm, Schmied! grölte der Soldat, der Regina hielt. Sonst lasse ich sie los!

Er hätte es wahr gemacht. Jonasz sprang hinzu, packte Reginas Füße. Vielleicht war das nur eine Prüfung? Ein Spaß? Ein grausamer Scherz des Hauptmanns Günter Storch, der mit ihnen noch ein bißchen sein Spiel treiben wollte und dann den Schmied anraunzen würde, er solle mit seiner Jüdin verschwinden und sich hier in der Gegend nicht mehr blicken lassen?

Der junge Soldat zog den Strick weiter an. So hoch, daß Jonasz sich wie eine Saite spannen und auf die Zehenspitzen stellen mußte, damit Reginas Füße eine Stütze fanden. Er legte den Kopf in den Nacken. Er sah Regina von hinten, der Hanfstrick schien ihr aus dem Hals zu wachsen und lief schräg über den Hinterkopf hinweg zu dem Ast, um den er geschlungen und geknotet war. Der junge Soldat war von der Eiche gestiegen, er wurde dort oben nicht mehr gebraucht. Alles lag in den Händen von Jonasz. Die Soldaten setzten sich in das von der Sonne erwärmte Moos, knöpften ihre Feldblusen auf, und einer ließ eine Packung »Juno« reihum gehen. He, Schmied, willst du eine Zigarette? Oder will deine Liebste eine rauchen? Hahaha!

Eine Zirkusnummer: ein kraftstrotzender Athlet und

eine zierliche Artistin, zur Sicherung ein Seil. Wie lange kann man auf Zehenspitzen stehen, die Arme emporgereckt, darauf eine Last von einigen Dutzend Kilo?

Großer Gott, barmherziger Gott, mache, daß alles dies nur ein Scherz oder ein Traum ist, aus dem ich in der Erdhütte erwache, verschwitzt, glücklich, an der Seite von Regina . . . Was macht es dir aus? Was schadet es dir überhaupt, zu bewirken, daß es keinen Krieg, keine Bomben, keine Toten gibt? Was hättest du für einen Schaden, wenn du alle Qual und Folter verbieten würdest! Wozu sollen wir uns Theorien aussinnen über den Nutzen des Martyriums und sadistischer Buße? Es sei denn, du wirst mit dem Satan nicht fertig und mußt ihm Opfer bringen, Menschenopfer . . . Herr Storch, erbarmen Sie sich, ich kann sie nicht mehr halten! – Du hast es auf dich genommen, das Schicksal dieser Jüdin zu tragen. Also trage es! Das Schicksal von Regina Kuperholz ruht in deinen Händen, Schmied.

Ein heißer Tag. Das Rauschen des Laubs, Vogelzwitschern. Die Burschen in den getigerten Feldblusen rauchen vorsichtig ihre Zigaretten, um keinen Waldbrand zu verursachen. Nette Gesichter, von der Sonnenglut in Schweiß gebadet, etwas schläfrig, denn der Soldat wird früh geweckt. Die Sonne verstärkt die Schläfrigkeit.

Das Schmerzen der Muskeln ließe sich ertragen, aber gegen die Schwäche gibt es kein Mittel. Der Körper wird gefühllos. Die Zehen hören allmählich auf zu brennen, die Armmuskeln erschlaffen. Regina, meine Liebste, warum hilfst du mir nicht? Du brauchtest nur die Beine anzuziehen, dich von meinen Händen abzustoßen, als würdest du ins Wasser springen. Erinnerst du dich an den See, ans Baden, nackt und bloß? An deine Neugier, wie ein Unbeschnittener aussieht, die Furcht vor Jahve, als du ihn zum erstenmal in den Mund nahmst? Nichts hat dein Jahve getan. Genauso wenig wie jetzt. Es gibt IHN überhaupt nicht. Es gibt nur den Satan, den Doppelteufel, deinen und meinen Peiniger. Weißt du, daß er das zu meinem Wohle macht? Und dabei bin ich gleich fertig. Ich fühle meinen eigenen Körper nicht mehr. Gleich werden deine Füße den Halt verlieren . . .

Flehend sah er Storch an, der eine Zigarette rauchte und ihm den Blick zurückgab: herzlich, voller Mitgefühl, aber unnachgiebig. Schmied, du mußt diese Prüfung bestehen, die nur scheinbar schwierig ist, solange der Mensch nicht die Schwelle überschritten hat, die die Untermenschen Menschlichkeit nennen.

He, Schmied, wie steht's?

Wird es dir nicht schwer?

Ha-ha-ha-ha!

Können wir behilflich sein?

Halt nur fest, sonst fällt uns noch die Welt zusammen, hahaha!

Die Welt stürzt ein, die Sterne rasen aufeinander zu, die Pfeiler des Himmels krachen und bersten, Jonasz birst die Wirbelsäule und zerfällt in Stücke. Wie kann die Welt gerettet werden? Was hätte Jesus Christus an der Stelle des Schmiedes getan? Er mußte einen arischen Ahnenpaß gehabt haben, damit er etwas bewirken konnte. Jonasz hätte Regina solche Papiere beschaffen, sich an Pfarrer Celestyn wenden müssen, der so manchem hellhaarigen Israeliten ein Taufzeugnis ausgestellt hatte. Dank seiner Hilfe war Awrum Kuperholz entkommen, Reginas Bruder.

Jonasz war am Ende. Gleich würde er die Gewalt über seine Hände verlieren. Er spürte es. Mit einer Kopfbewegung winkte er Hauptmann Storch herbei, als wolle er ihm etwas sagen. Der Aufgeforderte kam mit einem freundlichen Grinsen: Hast du endlich begriffen, Schmied? Der

Schmied packte Reginas Füße und riß sie nach unten, brach Regina durch den jähen Ruck die Halswirbel.

Dann fuhr er Storch an den Hals.

Der Hauptmann hatte alles vorausgesehen. Ein Kolbenhieb auf den Hinterkopf beraubte den Schmied des Bewußtseins.

Regina schmiegt sich Jonasz an die Knie, unverändert, mädchenhaft.

»Sie sind immer die Stärkeren«, sagt sie zum wiederholten Mal. »Was kannst du ausrichten?«

»Ich werde sie jagen, solange ich lebe«, erwidert Jonasz. »Ich bin nicht allein.«

»Aber sie sind mehr. Du wirst die Welt nicht ändern, Jonasz . . .«

»Das wollen wir erst mal sehen!«

Jonasz bleckt seine Hauer zu einem Raubtierlächeln. Er springt von seinem ausgehöhlten Baumstamm und hebt sein Glas, randvoll mit Selbstgebrautem.

»Auf das Wohl des jungen Paares!« dröhnt sein Ruf. »Trinkt aus bis auf den Grund, meine Lieben!«

Anielka schielte bald nach Jonasz, bald nach Pudrycy, der schon wieder seine Hand dort hatte und sie mit dem Finger kitzelte, als wollte er sie in ständiger Bereitschaft halten. Sie war die einzige Frau am Tisch, also ging es um sie, aber wer war der Mann dazu? Der zur Linken oder der zur Rechten? Oder gar ein Dritter oder Vierter? Lech Maciej Orno zum Beispiel: Lungenkranke sollen ein unerhörtes Temperament haben. Auch solche wie der hier, mit dem es zu Ende ging?

Keinerlei Fragen. Sie tranken, dann brachte Jonasz aus der Küche den eisernen Topf mit dem Tscholent und gab jedem eine dampfende Portion auf den Teller: Rindfleisch mit Graupen, Bohnen, braunen Kartoffeln und einer Scheibe Gänsehals.

»Was ist denn das?« fragte interessiert Pudrycy, der von Zeit zu Zeit gern selber kochte.

»Tscholent«, sagte Jonasz. »Ihr zu Ehren. Heute ist der vierzigste Jahrestag unserer Trennung.«

»Der Jahrestag des Märtyrertodes von Regina Kuperholz«, präzisierte Pfarrer Celestyn. »Ihr Urgroßvater war Rabbiner in Krasnogaj. Wir haben mancherlei miteinander ins reine gebracht. Damals wohnten hier viele Alttestamentarische, aber sie sind verschwunden.«

»Die einen unter die Erde, die anderen durch Schornsteine in den Himmel«, sagte Pudrycy und hieb in den Tscholent ein, an dem der Gänsehals und seine Füllung das Schmackhafteste ist. »Es ist kein dauerhaftes Volk, aber ausdauernd.«

»Manche verstecken sich bis heute«, bemerkte Parhoń, »ich würde sie . . .«

»Du hältst das Maul«, wies ihn Jonasz zurecht. »Den Tscholent brauchst du nicht zu essen, er ist koscher und Gift für dich. Die Völker aber, Väterchen«, wandte er sich an den Pfarrer, »die Völker sind wie die Sterne. Sie gehen auf, kreisen auf ihren Bahnen, ziehen mit diesen Bahnen irgendwohin und verlöschen schließlich. Vielleicht verlöschen sie auf unserer Seite, um sich drüben auf der anderen wieder zu entzünden?«

»Könnten sie denn nicht nach beiden Seiten strahlen?« fragte Sokolik.

»Wer auf zwei Stühlen sitzt, dem reißt der Arsch entzwei«, meinte Parhoń sentenziös.

»Du sollst das Maul halten«, sagte jetzt auch Sokolik, griff nach der Gitarre und begann seine Lieder zu singen, erst die lustigen, dann die normalen und schließlich die traurigen, immer traurigeren. Die Gäste beiderseits der Tafel nahmen sich bei den Händen und wiegten sich hin und her, wie Schilfrohr, durch das ein Windhauch geht.

Jonasz trat vors Haus. Ihm war heiß. In den Händen fühlte er die Eindrücke der Füße von Regina Kuperholz. Die Sterne am Firmament formten sich zu einer Prophezeiung. Ein jäher Tod und danach Mühsal, Eintönigkeit. Öde. Wessen Tod? Letztlich doch der des Pfarrers Celestyn, damit sich der Kreis schloß? Oder der Pudrycys, nachdem die verlängerte Frist abgelaufen war? Der seine, Jonasz? Ausgeschlossen. Erst der Hauptmann Günter Storch.

Und da war er. Jonasz erspähte ihn im Schatten hinter dem Nebengelaß. Heute mußtest du kommen, Hauptmann. Auch du hast es nicht leicht. Die Ideologien kommen aus der Mode, den Philosophen geht es mies. Rebellionen lassen sich weder vorhersehen noch rational erklären: Sie brechen aus und verlaufen im Sand. Das Leben scheint sich in die Länge zu ziehen, die Jugend aber zu schrumpfen – wohin man blickt, sieht man frühreife Greise in kurzen Hosen.

Vielleicht ist auch die Welt im Altern?

Hier in Krasnogaj scheint alles zu sein wie eh und je. Parhoń möchte die Abwesenheit der Israeliten nutzen, um ein Vermögen mit Knoblauch zu machen, der Förster Sokolik verspürt ein unbezwingbares Bedürfnis zu dienen, der Pfarrer Celestyn soll Rettung vor einer Wiederkehr der Tollheiten bringen, die den siechen Organismus des Epileptikers nur schwächen. Hier wird bekehrt, und dort kehrt man sich ab. Alles kehrt. Bekehrung der Wiedergekehrten, Umkehrung und Verkehrung. Und man begibt sich. Man begibt sich des Eindrucks, es könnte anders sein, als es sollte, oder man begibt sich sonntags in die Kirche, um etwas zu erwirken, zu erflehen, zu ergaunern. Oder man gibt preis, sich und andere.

Wie es mit Regina gewesen war. Vor jemandem mußte Hauptmann Storch von ihr erfahren haben. Jemand hatte sie verraten.

Jonasz beobachtete die im Schatten lauernde Gestalt des Hauptmanns und wußte, daß er danach nicht fragen würde. Es waren andere Zeiten gewesen. Die Menschen hatten Angst, etwas zu wissen. Auf das Wissen stand der Tod. Derjenige, der Regina Kuperholz an den Hauptmann ausgeliefert hatte, war nicht mehr vorhanden, selbst wenn er es bereitwillig, nicht aus Furcht, sondern aus Genugtuung getan hatte. In jedermann nämlich steckt ein Hundesohn und ein Heiliger. Die Zeit setzt sie frei: in dem einen diesen, in dem anderen jenen. Was kann der Mensch dafür, daß er schwach ist? Wie viele gibt es denn, die wirklich mit sich selbst zufrieden sind?

Still und vorsichtig, um Storch nicht zu verscheuchen, schlich Jonasz in den Flur zurück und holte die Flinte, in deren Läufen die magischen, aus einer Menora gegossenen Kugeln steckten. Als er wieder auf die Vortreppe trat, stand der Hauptmann noch an der gleichen Stelle. Orangerot glomm eines seiner Augen. Ich werde wohl nicht zuviel getrunken haben, dachte Jonasz und spannte langsam den Hahn, er weiß nicht, daß ich ihn sehe, ich muß blitzschnell zielen und schießen, ehe er verduftet.

Er tat, als blicke er nach der anderen Seite. Er war müde. Trotz der Schwüle schauerte ihn, und in seinem Innern fühlte er die Einsamkeit wachsen, viel stärker als gewöhnlich: als tauche er ins Leere. Er ahnte, daß alles, was immer er auch tun würde, vergebens war. Stand in den Sternen nicht geschrieben, daß man dem Unausweichlichen nicht ausweichen, das Uneinholbare nicht einholen, das Unbegreifliche nicht begreifen kann? Die Ratte war krepiert, Jonasz spürte es, er brauchte gar nicht im Käfig nachzusehen. Die astrologische Geburtenkorrektur war die Ausgeburt eines Greisenhirns – er nahm das genau so deutlich wahr wie den Tod der Ratte. Doktor Samosiejka brauchte keinen solchen Schmerz über seine Mißerfolge zu empfinden, denn er funktionierte innerhalb eines Systems: Dem einen verschrieb er ein Rezept, den anderen überwies er zum Facharzt oder ins Krankenhaus. Jonasz war allein. Die Leiden der Welt preßten ihn mit ihrer Last in die Erde, immer tiefer, bis diese ihn verschlingen würde wie ein grundloser Morast. Vorher aber mußte mit Günter Storch abgerechnet werden.

Günter Storch war kein böser Mensch. Er war gläubig, im Gegensatz zu den Führern, die diesen Glauben gestiftet hatten, um ihre politischen Interessen zu verwirklichen. Wessen Interessen verwirklicht der Satan? Wer steht hinter der Institution der Hölle? Wem hat das Böse zu dienen?

Ich habe zuviel getrunken, dachte Jonasz, immer noch nicht nach dem Anbau schauend und doch aus den Augenwinkeln die geduckte Gestalt sehend. Wenn ich nur nicht fehle . . .

Mit der Gewandtheit eines Tiers vollzog er eine halbe Drehung, legte an, drückte auf den Abzug. Ein metallisches Klacken. Der Schuß war nicht losgegangen.

Ein Schrei: »Jesus! Was fällt Ihnen ein?«

Das war nicht Hauptmann Storch in Stiefeln und Kampfanzug. Hinter dem Anbau kam ein bärtiger Mensch hervorgestürzt, mit erhobenen Händen und in ausländischen Kordhosen: »Nicht schießen, ich ergebe mich!«

»Wem denn?« fragte Jonasz ratlos und ließ die Waffe sinken.

»Wir leisten keinen aktiven Widerstand«, erklärte der Bärtige, ohne die Flinte aus den Augen zu lassen. »Ich verweigere von vornherein jede Aussage. Wenn mir etwas passiert, gibt es Krach im In- und Ausland.«

Jonasz stellte die Flinte weg, packte den Bärtigen bei den Schultern und zog ihn an sich.

»Hattest du ein Glück, mein Sohn . . . Ich hätte dich erschossen . . . Ich habe getrunken . . .«

Der Bärtige gewann die Fassung zurück. Verächtlich schüttelte er die Pranken des Alten ab: »Der große Herr auf kleinem Fuß, was? Solches Volk kann nur ballern und Schlingen legen, saufen und sich die Fressen polieren. Nach einem Schüßchen war ihm zumute! Hast du keinen, auf den du schießen kannst?«

»Doch«, sagte Jonasz. »Ich habe dich für ihn gehalten.«

»Hast du eine russische Pelzmütze gesehen? Wo warst du denn, als wir um die Freiheit gekämpft haben? Geh schlafen, Opa, du hast zuviel gesoffen!«

Diemal packte Jonasz den Bärtigen bei den Aufschlägen der Jacke. Er zog ihn zu sich heran, daß die Nähte krachten. Błazej suchte freizukommen, aber er steckte wie in einer Zange, seine Beine baumelten in der Luft.

»Ich habe eine Feldmütze mit dem Totenkopf gesehen«, hörte er die heisere Stimme des Alten. »Es konnte auch ein Hut mit einer Feder gewesen sein. Du verstehst das nicht, mein Sohn. Dafür verstehe ich es. Auch er hat für die Freiheit gekämpft, für meine, Jonasz Hoffs Freiheit, und er tat es in dem tiefen Glauben, recht zu tun.«

»Wieviel hast du denn reingegossen, Opa? Du stinkst wie ein umgekippter Kesselwagen. Laß mich los!«

»Er steckt hier irgendwo«, sagte Jonasz leise. »Wenn wir auf dem Hof richtig suchen, finden wir sein Eisernes Kreuz. Wer schmückt sich nicht gern mit dem Martyrium Christi?«

»Laß los, Alter!«

»Ich kriege ihn nicht tot. Dieser Bock hat seinen Samen verspritzt, und überall wimmelt es von denen, die die Menschen in bessere und schlechtere, die Völker in kluge und dumme, die Staaten in gerechte und falsche teilen . . . Und es wird einem weh ums Herz!«

»Mir nicht«, sagte Błazej. »Ich warte hier auf jemanden.«

»Was nützt es, daß ich dies begriffen habe, mein Sohn? Ich werde nicht aufhören zu jagen. Und du? Hast du ein Ziel?«

»Weder eine Flinte noch ein Ziel und auch keine Lust, mit Ihnen zu schwätzen«, murrte Błazej ungehalten und strampelte mit den Beinen. »Da haben schon ganz andere zu provozieren versucht.«

»Verzeihung.« Der Alte setzte den Bärtigen behutsam auf die Erde. »Die Welt ist heutzutage aus Argwohn gebaut, jeder traut dem anderen Schweinereien zu. Aus Furcht. Denn die Zeichen in den Sternen sind immer weniger leserlich. Der Skorpion kriecht ins Haar der Berenike . . .«

»Ein Verrückter!« Błazej machte einen Satz zur Seite. »So wahr ich lebe!«

Jonasz brach in dröhnendes Gelächter aus. Mit einer Gebärde lud er den Bärtigen zur Teilnahme an dem Gelage ein, aber der schüttelte hastig den Kopf und tauchte wieder in den Schatten.

Pudrycy W. konnte die Beobachtung einstellen. Auf Zehenspitzen durchschritt er den Flur und kehrte vor Jonasz in die Stube zurück.

Die letzte Flasche Selbstgebrannter ging zur Neige. Doktor Samosiejka lehnte mit der Stirn an der Schulter des Försters und erklärte ihm, es helfe alles nichts, aber Spritzen und Klistiere müßten gegeben werden, genau wie Durchleuchtungen und Abtreibungen gemacht werden müßten, worauf sich Pfarrer Celestyn vom anderen Tischende mit heftigem Prostest meldete: »Nur keine Abteibungen, mein Sohn! Was empfangen ist, muß sich vollenden!«

»Warum denn?« fragte Samosiejka.

»Darum!« schrie Pfarrer Celestyn zurück. »Du wirst deine picklige Nase nicht in den Topf stecken, in dem unser Herrgott Tscholent kocht!«

»Bigos, Herr Pfarrer!« heulte Parhoń auf.

»Von mir aus Bigos«, gestand der Pfarrer zu. »Und unerforschlich ist die Rezeptur dieser Speise, ebenso wie ihre Bestimmung . . .«

»Amen«, zog Anielka die Summe.

Jetzt hielt Pudrycy die Zeit des Handelns für gekommen. Er beugte sich über den Tisch zu Lech Maciej Orno und fragte, wie dieser eine mögliche Initiative der Belegschaft der Handelsgenossenschaft beurteile, sich den wiedergegründeten Gewerkschaften anzuschließen, da das Leben verrinne und die Zeit nicht stehenbliebe. Zugleich trat er Parhoń gegen den Knöchel: Das war das verabredete Zeichen.

»Wie bitte?« flüsterte Lech Maciej.

»Nun, Sie haben doch gesagt, jene von damals waren authentisch und spontan, sogar Männer haben geweint, als sie zu bestehen aufhörten, und keine anderen könnten sie ersetzen?«

»Hä?« stieß Orno hervor und wurde immer bleicher.

»Das Volk, so sagen Sie, läßt sich ja doch nicht unterkriegen, nicht wahr?« fuhr Pudrycy fort, und Parhoń lauschte, zu ihnen gebeugt, sorgfältig und vereinbarungsgemäß. »Es wird, so sagen Sie, dahinvegetieren, aber die Erinnerung pflegen und an der eigenen Brust die Legende nähren? Bis es plötzlich die Adlerflügel ausbreitet und sie schwingt, um die entfesselte Rotzfrechheit, den wuchernden Unflat und die jämmerliche Mittelmäßigkeit hinwegzufegen? So sagten Sie doch, Herr Orno, oder habe ich falsch verstanden? Wenn Sie so freundlich wären, es zu wiederholen . . .«

Lech Maciej Orno öffnete den Mund und schloß ihn wieder, ohne einen Laut hervorgebracht zu haben. Er nahm nichts mehr wahr, er sah sein Begräbnis. Ein schlichter Eichensarg, bedeckt mit der Nationalflagge, getragen von vierschrötigen bärtigen Männern. Trauerflore, Kränze, Transparente. Menschenmassen, die sich aus den Nebenstraßen ergossen, immer gefährlicher anschwollen, sich erhitzten durch ihre Vielzahl, sich aufluden durch die gegenseitige Reibung.

Eine Linie, die nicht überschritten werden durfte. Alle wußten: Es war verboten! Mit Ausnahme kleiner Kinder, die man vorangehen ließ, und krächzender, mit Gebetsutensilien behängter alter Weiber.

Ein Ruf, der ausreichte: der schizophrene Schrei, so romantisch der unsere, direkt von Herzen: »Laandsleeeuuuteee!«

Die Linie. Die die Ordnung der Welt hüten, haben keine Wahl. Wie überall, wie immer. Eine Salve. Danach braucht nicht wieder durchgeladen zu werden, es sind moderne Schnellfeuerwaffen. Also Dauerfeuer, das sich ausbreitet, bis es alles erfaßt.

Brandstätten, Ruinen, qualmende Reste. Ödland.

Die Stimme eines Reiseführers: »Und hier, meine Damen und Herren, ein unverbrannter Überrest des Sarges von Lech Maciej Orno, der durch seinen Märtyrertod das Signal zu dem Gemetzel gab, in dem es Bruder gegen Bruder, Vater gegen Sohn ging. Möglicherweise, meine Damen und Herren, waren auch die seinerzeit von den Astronomen beobachteten Sonneneruptionen nicht ohne Einfluß auf den Gang der Dinge . . .«

»Nein!« schrie Lech Maciej Orno und sprang auf.

Gurgelnd schoß ihm Blut aus dem Mund und überschwemmte das Tischtuch mit einem dampfenden Strom. Er fiel mit dem Gesicht in diesen Strom, spürte aber nicht mehr den Aufschlag: Schon hatte ihn der Tunnel mit der Helle am anderen Ende verschlungen.

Jonasz schob Doktor Samosiejka beiseite, legte seine Pranken um Lech Maciejs Hinterkopf und verhielt sich reglos. Pfarrer Celestyn bemerkte, wie Jonaszs Füße sich leicht vom Fußboden hoben und um sein Haupt ein schwacher Lichtkranz schwebte. Er erlosch nach wenigen Sekunden.

»Zu spät.«

Jonasz hob den gebrechlichen Körper Lech Maciejs auf, trug ihn in sein Schlafzimmer und legte ihn auf das Bett neben dem siebenarmigen Leuchter, auf dem die Kerzen für Regina Kuperholz niederbrannten.

Pfarrer Celestyn war Jonasz in das Schlafzimmer gefolgt und vor dem Bett niedergekniet. Jonasz ließ ihn allein, er ging zu seinen Gästen zurück, die schweigend auf die gerinnende Lache starrten. Er griff nach der Flasche und verteilte den restlichen Inhalt auf die Gläser.

Das war der Moment, da Pudrycy sich bewußt wurde oder vielmehr von einer Stimme, die er von fern her, gefiltert aus unfaßbarer Helle empfing, bewußtgemacht bekam, daß es geschehen war: Er hatte getan, was sich in der Weltgeschichte unzählige Male wiederholt, mit immer der gleichen Summe, trotz Abwertung, Inflation, Rezession, Hausse oder Baisse.

»Auf das Leben!« rief Jonasz. »Auf seinen Sinn, der unerforschlich ist und den es dennoch geben muß!«

Als sie ausgetrunken hatten, trat Pudrycy W. still an Jonasz heran und schmiegte sich an ihn. Jonasz, tief in Gedanken versunken, strich ihm über den Kopf.

Warschau – Jerzwałd, 1983